张怀敏　傅星硕 / 著

冰火之恋

中国文联出版社

http://www.clapnet.cn

图书在版编目（CIP）数据

冰火之恋 / 张怀敏，傅星硕著. —北京：中国文
联出版社，2018.5

ISBN 978-7-5190-3616-4

Ⅰ.①冰… Ⅱ.①张… ②傅… Ⅲ.①长篇小说—中
国—当代 Ⅳ.①I247.5

中国版本图书馆 CIP 数据核字 (2018) 第070961号

冰火之恋

作　　者：	张怀敏　傅星硕		
出 版 人：	朱　庆		
终 审 人：	朱彦玲	复审人：	郭　锋
责任编辑：	刘　旭	责任校对：	郝媛媛
封面设计：	中尚图	责任印制：	陈　晨

出版发行：中国文联出版社

地　　址：北京市朝阳区农展馆南里10号，100125

电　　话：010-85923043（咨询）85923000（编务）85923020（邮购）

传　　真：010-85923000（总编室），010-85923020（发行部）

网　　址：http://www.clapnet.cn　　http://www.claplus.cn

E － mail：clap@clapnet.cn　　liux@clapnet.cn

印　　刷：万卷书坊印刷（天津）有限公司

装　　订：万卷书坊印刷（天津）有限公司

法律顾问：北京市德鸿律师事务所王振勇律师

本书如有破损、缺页、装订错误，请与本社联系调换

开　　本：880×1230		1/32	
字　　数：326千字		印　张：13.5	
版　　次：2018年5月第1版		印　次：2018年5月第1次印刷	
书　　号：ISBN 978-7-5190-3616-4			
定　　价：79.00元			

我走近了天堂，才发现天堂依旧遥远；你将你的歌，遗忘在了我的梦里，我却在独自悲伤！

——题记

序

冰是沉睡千年的水，火是激荡万古的情。他碧血丹心，琴心剑胆，他们的情犹如火山萌动般豪迈激越；她心系边陲，无怨无悔，她们的爱犹如冰山雪莲般清纯圣洁。他们从冰山雪谷、大漠戈壁走来，他们用赤胆忠诚日夜奋战在西部边陲，守卫着边疆的和平与安宁，他们用铁骨柔肠兑现着对爱的承诺，演绎着忠贞不渝、新美如画的爱情故事。这些爱的故事，有的堪称爱的孤本。

大漠孤烟直，长河落日圆；羌笛何须怨杨柳，春风不度玉门关；醉卧沙场君莫笑，古来征战几人回……自古以来，提起西部边陲，人们联想更多的是金戈铁马和边关冷月。时至今日，西部边陲仍以其辽远寂寥、雄浑萧瑟而蒙上了神秘的色彩。的确，在这个有着六分之一国土面积的辽阔疆域里，由于受特殊气候、地质构造和地缘政治的影响，驻守在这里的数以万计的武警官兵，时常都要面对地震、风灾、雪灾等严酷的自然灾害，肩负繁重的维稳处突任务，部队经历了怎样的建设发展历程，官兵们如何看待生活，如何对待情感，如何献身边疆、建功边陲，无疑是大家普遍关注的一个话题。

小说《冰火之恋》，作者以主人公的成长、爱情和婚恋为主线，以反映边疆部队建设发展进程为脉络，展现了边疆军人和军嫂在当下这个情爱泛滥却爱情奇缺的社会里，爱的心路历程以及他们对爱的理解和对婚姻的坚守，用真情乃至生命诠释了人间至爱。正如书中所说，如果把爱比作一顶华美的皇冠的话，那么爱情就是镶嵌在这顶皇冠上的最耀眼的一颗明珠。主人公对情感历程的追溯和思考，无疑破译了人世间最难破译的密码！那就是，爱是太阳，爱是月亮，爱是宗教，爱是信仰，爱是至死方休的修行，爱情使人心的憧憬升华到至善之地！

莫言在瑞典的诺贝尔文学奖颁奖仪式上曾说："文学最大的用处，也许就是它没有用处。"莫言表达的实质是文学具有独特的审美意识属性和独特的情感表现方式，文学没有强烈的目的性，不有意识地为政治所用。作家通过文学作品来反映自己的思想以及当时的社会风气，并对读者产生潜移默化的影响。《冰火之恋》无疑做到了这一点，它带给我们的启示就是"文学与成功无关，文学是生活的意义"。正如我们读诗写诗，并非因为它很好玩。我们读诗写诗，是因为我们是人类的一员，而人类充满了热情。医药、法律、商业、工程，这些都是高贵的理想，是维生的必需条件，但是诗歌、美、浪漫、爱，这些才是我们生存的原因。诗歌、美、浪漫、爱，它们都没有用，它们是生活的意义。

《光明大手印：文学朝圣》里曾说，文学让人变得非常有诗意、富有情感，变得更像一个"人"。否则，人就会变得非常实惠、功利、计较、迟钝、麻木。然而时下，一些人对文学持功利化、实用化、金钱化的态度，认为文学是有用的，是有价值的，期望文学能给自己带来巨大的财富，而进入作家富豪榜的作家因为文学和网络文学写作带来的巨额财富收益，更让一些人相信文学不是"无用"的。而我个人理解，莫言的"文学无用论"，就是不能狭隘地功利主义地看待文学，不能以直接的实用目的对待文学，不能把文学变成一种纯粹职业上的能力和工艺技巧。应该说，莫言的看法，是符合文学的本质规律是精神属性的这一根本特征的。文学是一种心灵之学，不是一种谋生之术；是人的一种修养，不是一种职业。文学是人类文明结构当中最高端的部分。最高端的部分不一定是有用的，却又具有最多的用处，是最滋育人的灵魂的。

黑格尔说："在艺术里，这些感性的形状和声音之所以呈现出来，并不只是为着它们直接本身或是它们直接现于感官的那种模样、形状，而是为着要用那种模样去满足更高的心灵的旨趣，因为它们有力量从人的心灵深处呼唤起反应和回响。"文学的作用从方式上讲是内在的、情感的，没有政治理论或道德观念的精神作用的那种对实践活动的指导性和规范性，从作用的内容上讲，它主要也不是简单地传达某种是非观念，或一般地惩恶扬善，而是立足于对优美高尚的思想感情的表现，显示人生的价值意义，通过对美的追求和高扬来陶冶性情，塑造灵魂，可以说，帮助人们懂得按照美的规律去创造生活，才是文学作用于社会的根本目的。

文学应引导人类心灵朝上仰望。著名作家韩少功曾说过："只要人类还需要精神的星空和地平线，文学就肯定广有作为和大有作为——因为每个人都不会满足于动物性的吃喝拉撒，哪怕是恶棍和混蛋也常有心中柔软的一角，忍不住会在金钱之外寻找点什么。在这个时候，在这个呼吸从容、目光清澈、神情舒展、容貌亲切的瞬间，在心灵与心灵相互靠近之际，永恒的文学就悄悄到场了。"《冰火之恋》的诞生亦如此，它就像一朵盛开在冰山之巅的雪莲，愿采撷者能用真情之手、赤诚之心抚之慰之，珍之爱之。

温亚军

目录

引　言

情切切，路漫漫！刚刚从英国学成归来的韩颖，顾不上拂去一路风尘，就来到了这座再熟悉不过的墓园。这里长眠着自己深爱的父亲，这里还将接纳自己百年后的母亲、爸爸和妈妈。是的！他们都将来这里长眠。不！确切地说，是来这里团聚！——他们在世时，没能达成心愿，他们相约百年之后，携手走进他们活着时就已看到过的天堂！韩颖怀抱白菊，手里捧着一本书，这本书仿佛是那般沉重，重得都快让她喘不过气来！

韩颖身形柔弱，面容清秀，一袭鹅黄色的连衣裙衬得她更加清丽，湖水般清澈的眸子和长长的一闪一闪的睫毛，像是在探寻，像是在关切，又像是在问候。这本书是父亲倾尽生命写就的！不！确切地说，父亲一直都在用深情、用至爱、用赤诚在撰写！如果他还在世，这部书也许永远没有结尾，更确切地说，即便是写完，也不会为人知晓！——这本书里埋藏着那般缠绵悱恻、刻骨铭心却也令常人为之不解乃至侧目的爱情故事！

雨雾里，幽兰含悲，迎春呜咽，这座地处天山腹地的墓园，这条蜿蜒崎岖的山路，这位年纪轻轻的国医新秀，每次走进这里，不是用脚在走，而是用心在丈量。每次踏上这条小径，她都感到有一双热切的眼睛在慈爱地注视着自己……

父亲，孩儿看您来了，母亲和爸妈都很想您。你们都是至情至性的人，你们的相识相知相守，虽称不上旷世奇缘，但却是那样的清新温婉，令人感佩！韩颖默立在墓前，抚摸着墨香清幽的《冰火之恋》，任泪水打湿书的扉页。父亲，孩儿如今懂得了您深埋心底的情愫。是啊！在这样一个情爱泛滥，但却爱情奇缺的年代，你们经历了怎样一场跌宕起伏、刻骨铭心的情感故事！我为我的年少浅薄而愧疚，为不谙世事而痛心不已！

我心将往，玉宇芬芳，爱恨入土方得安详……父亲，原谅孩儿吧！您走后，我在整理遗物时，看到了这部尘封已久的作品，使我有幸走进您的情感世界，看到了人间罕有的爱的孤本。孩儿现在懂得了，如果把爱比作一顶华美的皇冠的话，那么爱情就是镶嵌在这顶皇冠上最耀眼的一颗明珠。您对情感历程的追溯和思考，破译了人世间最难破译的密码——爱的密码！

如今，孩儿未征得您的同意，情难自已地增删整理，让你们的爱情故事重见天日，我想您若在天有灵，定能理解孩儿的一片苦心！父亲啊，这也许就是人的宿命！您穷尽一生雕刻着这顶缀满爱的皇冠，皇冠将成之日，竟是您猝然离世之时。生活啊！连谢幕的机会都不给……

"我走近了天堂，才发现天堂依旧遥远；你将你的歌，遗忘在了我的梦里，我却在独自悲伤！"韩颖在雾雨中精心收拾完父母、爸妈的坟头。一边悉心擦拭着墓碑，一边动情地为父亲默诵起书的题记，两行热泪禁不住簌簌而下。父亲生前写下的诗歌《冰火之恋》又回荡在自己的耳边——

你素净的容颜
有如冰山雪莲般的古典神秘
你炽热的心

有如火山萌动般的豪迈激越
你们从远古走来
犹如一对生死俏冤家

火爱慕冰的清纯
软语温存
你是结满愁怨的雨
你是诗意凝结的云
冰难拒火的激情
细雨呢喃
我是你挽不住的柔情
我是你明眸中闪动的幻影
一切终将归于无形

火忘情地追逐
不管灵魂飞升抑或化为灰烬
贪婪地品味着冰
雪一样的聪明
细雨般的柔情
冰忘情地绽放
云一样的霓裳
雾一样的忧伤
迎接着这爱的洗礼
爱的冲撞

第一章

初恋，一朵谎开的花

我迷恋你痴情的火焰，

宁愿放弃那令人心醉的青葱岁月，

我守候你鹅黄般的绿意，

孤独地芬芳着一个个无望的花季，

我绚烂着来世的路，

你守望着错过的人！

此生？来世！

彼岸？此岸！

爱如彼岸花，

深情苦相追，

年年复岁岁，

花叶两不见！

时间的断崖啊！

一瞬，即是永恒！

错过，再会无期……

问世间，情为何物，直教人生死相许！韩颖掩卷沉思，父亲对爱的叩问又萦绕在自己的耳畔。是啊！爱的归宿究竟是什么？父亲啊！你真的看到过人活着难以看到的天堂了吗？思绪又飞回了遥远的过去……

阳春三月，一个多情的季节。凤栖山下这座古县城人武部门前，此刻成了深情的海洋。过关斩将、披红戴花，即将奔赴军营的新兵们，此刻正与亲友执手话别、整装待发。韩钦宇也身处其中，亲友都来相送，母亲泪眼婆娑。天下老儿爱着小儿。这个被宠惯的小儿子，前边的路会顺畅吗？

喧天的锣鼓声中，离别的不舍和牵挂很快淹没在送行的洪流之中。韩钦宇强忍着泪水，一边挥手和亲友告别，一边在人群中张望搜寻着，他在寻找一个身影。她会来——她一定会来！可是，直到运兵车缓缓开动，卷起的沙尘遮蔽了他的双眼，那个他期盼的身影始终没有出现……依依不舍的乡情随着车轮的渐行渐远，慢慢被稀释淡化，取而代之的是对前途的憧憬和对未知世界的迷茫。

运送新兵的车队已然绝尘而去，喧天的锣鼓声也骤然停止，送行的人们三三两两地四散而去，韩钦宇的父亲却还呆站在路旁，一双昏花的老眼凄然地张望着，花白的山羊胡在微风中瑟瑟颤抖。一直强忍着泪水，面带微笑的母亲此刻木然地挥着手，几乎快把自己站成了一尊雕塑。此刻她红肿的眼睛里已流不出泪水！13年前的那个冬季，她和家人送走了自己的长子。长子当兵当到了天边，临走时儿子在院子里种下了一棵梧桐树，她围着那棵梧桐树转了13年的圈圈，头发都转白了。眼下前脚盼回了长子，她和老伴已是花甲之年，又将小儿子送进了军营。她真的不敢想牵肠挂肚的心啥时候才能放下。

望着风烛残年的父母，想想弟弟将要踏上的艰辛历程，一阵心酸不由得涌上了韩钦周的心头。弟弟韩钦宇一直是父母和家人的骄傲，他自幼聪明好学，从小学到高中，每年考试都是年级前三名，墙上贴满了奖状，以他的学习成绩，完全可以不去重复自己走过的路，可自己的拖沓大意，无意间改变了弟弟的人生轨迹。唉！如果自己稍上点心，弄清征兵的时间，就不会错过回信的机会，如果自己多问一句，早早给弟弟吃颗定心丸，他的人生之路也许……唉！尽管他从小就爱军装，就有从军梦！

"新战友们，军车已向军营进发，我们的军营地处关中腹地、爱国名将杨虎城的故乡——陕西蒲县……"运兵车刚驶出县城,接兵干部王参谋便开始了政治宣传。

"咱们行程将近200公里,五个多小时呢,这可是有生以来最远的一次旅程!"新兵们一边听着,一边小声交谈着,"啧!快听!一路上表现好的同志,还会分到炮兵团!"

"真的假的?分到炮兵团那可牛了!有车开,有技术学!"

"那可不!发动机一响,黄金万两啊!"有人已经开始打起了"小九九"。

"是得好好表现,这个机会说啥都不能错过!"

……

"行啦!大家安静!"

随着带兵干部的一声喝令,刚还在窃窃私语的新兵蛋子,立马换了个模样。听了大家刚才的议论,韩钦宇心里也有了想法,仿佛看到了自己的出路,两只眼睛像南极圈里的太阳,亮了整整一路。

新兵们开始严肃起来,一个个正襟危坐,势在必得!但没出百八十里,就有人像霜打的茄子蔫了下去,还有人前俯后仰打起了呼噜……"到了!到了!大家醒醒!"下午3点多,车到营地,王参谋扯开嗓门喊道,"下车到我右手边集合!"睡了一路的新兵在召唤声中睁开迷糊的双眼。韩钦宇第一个跳下汽车,奔向集合地点,心想,一路表现这么好,进炮兵团应该没问题。

韩钦宇一路小跑,此时他已在指定位置站定,心里默念着从大哥那里学来的立正动作要领:头要正,颈要直,下颌微收,两眼平视前方……他暗自规范着自己的站姿:"对!就这样,手脚现在都放到了位……"他对自己的仪表仪态表示满意,他不想放弃点滴表现的机会。

"看那个最先到位的新兵，还没训练就已经有些模样了！"最先赶到的两名新兵连干部，一眼就瞅中了韩钦宇，窃窃私语道，"这个新兵虽说个头中等，但比较精干，走路虎虎生风，双目炯炯有神，好好锤炼锤炼，绝对是块好料！"

"王参谋辛苦啦！这个新兵我们看上了，能不能给我们啊？"接兵干部刚一整理好队伍、清点完人数，两人便跨步上前，与王参谋握手寒暄套起近乎来。

"哟！是您二位啊！你们到得最早，对我的工作这么支持，看上哪个挑哪个！"王参谋说着便把花名册递了过去。颠簸了一路，他累得腰酸背痛，巴不得新兵连的人全都快点赶过来领人，自己也好早点完事，回去休息休息。

韩钦宇阴错阳差地进了步兵团，挑中他的那两人正是他的新兵连长和指导员。韩钦宇果然像一块璞玉，稍经雕琢便质比和璞。然承蒙错爱，此后，他的成长轨迹好像中了邪，总是剑走偏锋。

新训过半，团里首次组织轻武器射击考核，一段小插曲使韩钦宇成为全团瞩目的焦点。

"向射击地线——前进！"

"卧姿——装子弹！"

子弹上膛，拉动枪栓，打开保险……尽管新兵们已进行了快半个月的射击训练，每天也都在练习据枪瞄准，但真到了实弹射击，大家还是紧张得手足无措，直冒虚汗。韩钦宇尽管同样紧张，但依旧盼着这一天，教员说他的瞄准镜像非常到位，据枪很稳，再加上5.3的视力，当个狙击手都没有问题。

只见指挥员手中小红旗向上一举，靶场枪声顿时像爆豆子一样噼里啪啦地响了起来，唯有八号靶位此刻还没有半点动静。

"'1'单（单发）'2'连（点射）'3'保险，好像又不是……

听说枪的后坐力很大，抵不紧肩窝，膀子都能给你震脱位！"韩钦宇一边苦思冥想，一边向下扒拉着枪的保险，急得满头大汗，"保险由上拨到下，又由底拨到中……好了，现在保险应该处在单发位置，横竖就这样啦！"

这下韩钦宇将枪托紧紧抵在肩窝处，左手紧握护木，右手预压扳机，屏住呼吸，右眼瞄准靶心，扳机在无意中被扣响，"啪啪啪——"随着一阵刺耳的点射声，韩钦宇顿时面如土色，僵在那里。四周的风好像静止了一般，空气也似乎凝固了，韩钦宇的心都快提到了嗓子眼，他呆望着大张着的枪膛，豆大的汗珠簌簌地从额头滚落下来，生怕一有动静，就引来连领导山呼海啸般的批评与责骂。

"刚谁打的点射？"新兵排长瞅着刚被打倒的消息树，气得怒目圆睁，咬牙切齿，新兵连长唐昌云闻声也火急火燎地赶了过来，团长难得来一回，竟这样给砸了锅。

"10环！9环！8环！8环！脱靶！"正要发作，报靶成绩却使唐昌云打消了这个念头。点射能打出这样的成绩，一个老射手都不易做到，这名新兵看来是个可塑之才，他马上示意发弹员拿来子弹，亲自压弹递给韩钦宇，让他再补打一次。

"10环！10环！……"看着八号报靶杆上的红圈左右摆动一次，唐昌云的心就不由得乐一下，摆了五下之后，他看见报靶员又摆了一次，脸上的微笑一下子就凝固了。唐昌云心里暗暗叫苦，这新兵枪法准，心理素质弱了些，有意给他多压了一发弹，瞧，这下倒好，这不明摆着搬起石头砸自己的脚吗？

"八号靶，60环！"

"唐昌云，这究竟是咋回事？"

随着报靶成绩传来，坐在主考席上的团长脸一下子就黑了。

"你们今天的成绩看来都是弄虚作假得来的！全体重打！"

随后，所有弹匣都要经团长过目，才能上膛开打。韩钦宇成了大家关注的焦点，枪声响起，全连官兵的心一下就提到了嗓子眼。当听到韩钦宇所在的八号靶，五发子弹50环时，唐昌云悬着的一颗心，一下子就落了地，他认定这小子以后就是狙击手的料，得好好培养。尽管韩钦宇还不知道狙击手究竟能有多大的前程，但他依旧感到命运之神似乎在向他招手！

时间是弥合伤口的最佳良药，然而，人的心是玻璃做的，一旦出现了裂痕，便再难修补，尤其是至亲至爱的人。韩钦宇离开家都快半个多月了，父母脸上没有闪现过一丝笑容，他们感到自己真的老了，没能帮到小儿子，心里不落忍！韩钦宇的母亲比父亲小10岁，父亲翻过年已是古稀之人，母亲15岁就嫁到了韩家。那时，韩家可是钟鸣鼎食之家。在韩钦宇的记忆里，他家的院子三进三出，足足占了大半个村子，院中央的木阁楼雕梁画栋、青砖黛瓦，猛兽兽脊彰显着一家三个武举人的显赫与尊贵。这里曾是他和童年伙伴时常嬉戏的地方，屋顶兽脊上每天都会落下一群花喜鹊，叽叽喳喳，仿佛在和他打招呼，阁楼前一树一树的花香引得蝴蝶纷飞，蜜蜂成群，有时他出神地望着忙碌的蝴蝶和蜂儿，一望就是大半天。自打家道败落之后，木阁楼就上了锁，就连祖父最疼的长孙韩钦周也没能踏进去过一步。这座木阁楼据说是家族精神的象征，如今木阁楼里锁着家族人的梦，也锁着孙辈们心头不解的谜。有时韩钦宇哥几个会趁大人不注意，假装着掏房檐下的鸟窝，爬到窗子上捅破窗纸瞪大眼睛朝里瞅。屋子里黑咕隆咚的，房梁上和屋角里结满了蜘蛛网，被风刮断的游丝像在凄然地向他们招手，又像是在无声地诉说着什么……

　　"你们祖上那可是风光着呢，知道什么叫武举人不，那可是要经过乡试会试层层选拔才能获得的名头和身份，再往上有幸赶上殿试，那就是进士、榜眼、探花、状元……"韩钦宇很小的时候就有一搭没一搭地听这个村子里的老人讲他们家的掌故，更多的往事则是从父亲那里听到或验证的。父亲尽管性格外向豪爽，但处事谨慎，平素少言寡语，只有在酒酣耳热之际，才会给子女们抖搂一点家族过往："咱祖上家风醇厚，仗义疏财；你祖父兄弟五个，个个身材魁梧、相貌堂堂，能开三百斤大弓，箭法也都了得……""别说一个家一下子出三个武举人，那就是出一个，在十里八村，也可以说是凤毛麟角呢。自古人道'穷文富武'，咱家那时该多有钱啊……"在幼小的韩钦宇眼里，父亲微微眯起的眼睛、高高翘起的胡子里，不知藏着多少故事！

　　"隔山的金子当不住铜花！你爹海口夸得老大，不也后半生都在云游？"每到兴奋处，母亲总是打趣父亲，"好汉不提当年勇！你倒是给孩子们讲讲你好强逞能的事！"说的也是，自打韩钦宇记事起，只要母亲听到村里闹腾，她就紧张得直打哆嗦，这不闻声紧赶慢赶，父亲早已把人家给撂倒了。有一次，几十里外的"五只虎"不服气，来村里找碴儿，父亲愣是把人家哥几个打得撂到了一起……年纪尚小的韩钦宇管不了这些，他想破了脑袋也不能理解由铜钱和大板码成的钱山在五间开阔的客厅里是怎么样的壮观景象！后来，他渐渐知道，自己家族经营着一个钱庄，商号"地里生"，薛家坡镇上，他家的商号门面合起来能占去半条街。乐善好施的族人在方圆百里内可谓声名赫赫。十里八村的人谁家有个红白喜事，依着事情的大小拿只斗或升子，来钱山下盛了便走，无人阻拦。钱山亏出的豁口自有人拿钱补上。

　　后来，祖父受人引诱，豪赌输掉了大半家业，他心灰意冷、看破红尘，从此云游四海，散尽了家财。直到88岁那年冬至，他回到家中，当晚寿终正寝。韩钦宇的祖父半生云游散财，算是了道之人。他能算到自己的大限，算到韩家的未来，韩钦宇的父母对此深信不疑，据说算到的事情大都已经应验。祖父临终时曾说："韩家家大业大，武举有三，可谓风光一时，然美中不足者，兽脊只可卧猛兽，不可有莽凤也。及至孙子辈，虽家道中落，但有文人可出，此憾可消矣！"那年元旦，韩钦宇期末考试再次夺魁，成绩高出第二名20多分，大家都说韩钦宇是上名牌大学的料，街坊邻里纷纷前来道贺，父母乐得合不拢嘴。然而，高昂的学费很快让年迈的父母忧心不已。他们背着钦宇给大儿子写了信，却迟迟不见回音。老两口盘算着将家里唯一值点钱的老黄牛卖了给钦宇凑学费，可牛太老，卖的钱对于高昂的学费来说，简直是杯水车薪！现在大儿子回来了，钦宇的学费有了着落，可这学费到得实在是晚了些……唉！造化弄人啊！

韩海岳在乡亲们的眼里，无疑是个手艺人，可谁见了他这双布满老茧的粗手，都难以将他的手和他所编织的令人拍手叫绝的手艺活联系在一起。那精巧的竹篮、背篓、箸篓，该是怎样灵巧的手才能编成的。再往后些，村里成立了农业社，韩海岳除了冒着割资本主义尾巴的风险，继续做他的手艺人之外，又成了饲养员，村子里数十头牛，几十匹马、骡子，都归他和他的两个搭档照管。这些牛和骡马是新中国成立后他们家捐给农业社的，韩海岳怕别人不能善待这些牲口，才干上了社里的饲养员。那时，每个牲口都有户口，它们的草料基本上是定量供应的，黑豆、黄豆这些细料，他们总是炒得非常精心，即使家里的孩子再饿，也不给吃一颗。这些牲口，在他们的料理调教下，个个都通人性，骡子和牛不用人照看，就能驮东西上地里，或是把地里的庄稼驮回社里，马要更精明一些，稍懂些事的孩子，有时背着正在干活的大人，就能让马卧下，自己翻身骑上去。韩海岳是驯马高手，骡马要是不听话，他一个箭步冲上前去，胳膊肘将马脖子一夹，猛地一扭腰就能将马撂倒，这手绝活若不亲见，恐怕谁都难以置信。有时骡马在地里干活，一时性起，就会将他从耙地的耙子上摔下来，韩海岳一般都不会客气，他会将地头碾场的石磙子双手一掐，就撂在耙子上，任由骡马与他斗气，到头来，十有八九都是骡马认了尿。不过，调教骡马的事只有他和两个搭档可以，社里但凡有人糟践牲口，他们会一万个不答应。说来也怪，这些牲口不会言语，不会告状，可任凭谁想蒙混过关，都不可能。起初，大家总是不明就里，心存侥幸，有几回，有人折腾完牲口，回来的路上，牲口忍气吞声像没事一样，可一见到韩海岳，像是见到了救星，眼泪吧嗒吧嗒直往下掉，直到这时，这些人才自认倒霉……

韩钦周转业回家，家中的平衡被打破，原本宁静的生活也出现了波澜。父亲主持的家庭会议正在进行。这是父亲有生以来主持的第一次家庭会议，也是最后一次。大哥和二哥两口分列两边，母亲坐在一旁抹着眼泪。她心里难过：好不容易盼回了长子一家，进门屁股还没有坐热，又要分开另过了！当年韩家可是有着几十口人的大家庭，要放在眼下那还不闹腾得翻了天。可如今时代不同了，孩子大了，又各有各的想法，自己老喽，他们想咋样就咋样吧！

"爹！我在转业前就和云霞商量过了，现在村里搞联产承包制，国家也鼓励转业军人开办小微厂子和企业，现在我手头有点转业安家费，一部分拿出来给咱家还账，剩下的我准备开个预制厂。"见父亲一直低着头抽闷烟，韩钦周怯怯地开言道，"现在钦宇参了军，钦科也刚成了家，我们弟兄几个马上都有自己的小日子要过，爹娘受苦受累一辈子，不管跟谁过，我们哥几个都会好好侍奉，每月少不了你们的零花钱，有个头疼脑热，有我们哥几个，你们不用担心！"

韩钦周的话句句在理，可老人思想上还是转不过弯，钦周现在出息了，翅膀硬了，可老二钦科刚成了家，嫩肩膀还没挑过重担子，三小子钦宇参军刚走，前程未定，现在分家于情于理都有些说不过去，邻里知道了又该怎么看。想到这儿，母亲红着眼睛瞅了瞅老伴，父亲会意道："这家我看早晚得分，只是眼下就分清楚是不是急了些？"坐在一旁的钦科开言道："大哥这些年为家里的光景没少出力操心，眼下他想趁着好政策干一把，我和娟娟都支持，大哥大嫂之所以想分家，无非是想干得顺手点、顾虑少，毕竟二次创业有风险。再就是钦宇参了军，他聪明好学有闯劲，在部队会有发展。退一步讲，即使他在部队没干成，到时我们俩不管谁有奔头，都不会撇下他。"

韩钦周感激地看了看已然长大的二弟，支棱着耳朵等父亲的下文。父亲沉默了半晌，叹了口气说："国家都包产到户了，我们家如果还吃大锅饭，那也不太好发家，你们各过各的小日子，拖累小一点，心思好集中。咱们穷家薄业的，也没啥好分的，没必要搞得动静太大，人前我们还是一大家，避过众人的耳目，你们该忙自己的，就忙自己的。我和你娘现在腿脚还利索着，替你们照看一下孩子，做口饭吃，这样时间也好打发一些。"

韩钦周自打回来，每天忙得不着家。县广播局缺一名主管技术的部门副职，局领导见他技术精湛、人品好、懂管理，就让他补了缺。白天他忙单位的事，下班后，拉着妻子跑预制厂的事。这段时间，手续的事已基本停当，场地也有了着落，县城东边五里铺村一块空地被他相中，这里离主干道近，交通便利，租金也便宜。预制厂的地坪基本上都是亲朋好友帮工打造的，原本需要半个月的工期，缩短到了三天，各种设备也相继到位，不到一个星期，就已开工生产。拉运砂石等原材料的三台车都是亲友主动加盟进来的，韩钦科也买了台二手拖拉机，忙着运送楼板。没过多久，韩钦周就被县委宣传部盯上了，成了转业军人二次就业模范人物候选人。

家道开始复兴，家里人吃用越来越好，韩钦宇父母一颗悬着的心终于落了地，他们为长子敢闯敢干、光耀了门楣而由衷地高兴，他们恨不得马上将这些喜讯告诉自己的小儿子，好让他不再有后顾之忧，甩开膀子大干一场。这些天，老两口发现，他们走在路上，主动打招呼的人越来越多，过去不怎么说话的人，也都没话找话地和他们拉家常，这些都是人情世故，不必放在心上。只是打小和钦宇一起玩耍的姚家大女儿姚雨珙，也总在门前转悠，几次欲言又止……

连部门口，四块一米见方的小黑板前围满了人。指导员王宏伟望着跃跃欲试的选手们，郑重明确道："我们连文书调走了，现在要选出一名新文书来！初选对象共有四个，考题是每人出一期板报，内容自拟，版式自创，图案自画，下面比赛开始。"

话音一落，选手们便拉开架势，写、画、设计，忙得满头大汗。一旁观战的几十号战友左瞧右看，指指点点，生怕自己看好的人名落孙山。半小时后，比赛便见分晓。韩钦宇新颖的版式、精美的插画、飞扬的文采、俊秀的书法等一下子让人耳目一新。

一直在一旁观战的王指导员，按捺不住激动的心情，情不自禁地朗诵起题为《渴望》的诗作：

春的旖旎，

总渴望秋的明净。

夏的热烈，

总渴望冬的晶莹。

啊，我的心，

总在追求，

总在憧憬，

于是蓝天是明净的诗笺，

白云写下流动的诗行……

指导员朗诵未毕，大家便已喝彩连连。毫无悬念，韩钦宇成了文书，与狙击手失之交臂。新兵连是个临时机构，新训生活也是短暂的，韩钦宇这个文书满打满算干了还不到一个半月，但连里上传下达、制订计划、撰写材料，各项工作标准很高，连主官对他都很看重，韩钦宇很快脱颖而出、小有名气。

"今天新兵下连，我告诉你们，原来干吗的我不管，到我这儿就得听我的，该干啥还干啥，全都给我回班去！"正在训话的指导员中等个头、面色白净，但讲起话来却霸气十足。细长的眉毛下，两只又圆又大的眼睛，一直都在眨巴着，但从来都不看人，说到激动处，右手竖起的食指就会不由自主地朝空中戳去，微凸的嘴巴和一口让人听着费劲的南方口音，一下子暴露了他的籍贯出身。

这位广西籍的指导员瞅了眼还在队列里乱动的老兵，厉声道："在队列里都给我站好，要讲话就到前面来！别像乌贼一样窃窃私语！"尽管指导员满脸威严、话头很硬，但老兵们压根不拿他当回事，有人干脆叫板让他少说几句。

新兵们这才猛地想起，下连都快三天了，连里别说组织个欢迎仪式，两名主官连个面都没露过。指导员今天居然破天荒地出现了，据说这是他任职后最敬业的表现。此前，他贪吃贪喝，隔三岔五地往农场跑，打牙祭，一个月难得见几回。

韩钦宇现在所在的连队是该团一连，营区地处蒲县万泉河村，这里原来是一条古旧河道，断流后连队就建在古旧河道的岸边，斑驳的营房是一座座仿苏式建筑。连里由指导员一人主事，连长从未露过面，据说被借调到了团里的农场当主任。

营房外观看着就像一座座连成片的窑洞，其实这个窑洞式的营房并不是从山坡上挖出来，而是先用砖头箍成窑洞状，然后顶上再回填土而成。要拆下这些营房的砖，看着容易，其实拆不好就会有危险，莽撞而又年轻的官兵站在已清理掉泥土的窑顶，卖力地用锤头往下砸砖块，已打掉两头山墙，砸开窑顶的营房早已失去了支撑力。

"不好！窑洞塌了！"

"快快！赶快救人！"

说时迟，那时快，随着一声震耳欲聋的巨响，只见河谷对岸正在拆除的废旧营房上空腾起数十丈高的"蘑菇云"，声嘶力竭的哭喊声、呼救声、咒骂声顿时响成一片，大家一窝蜂地拥向坍塌的窑洞口……正在房间睡回笼觉的指导员覃星航被一阵急促的敲门声惊醒，他不问青红皂白，正想发作一通，但见几乎是破门而入的通信员一脸惊恐，两腿打战，语无伦次地说："指导员，不好啦！窑塌啦！"

"人都回来了没？"被搅了好梦的覃星航气不打一处来，直怨通信员莽撞不懂事，"拆个破窑洞又不是啥技术活，死不了人，慌张个啥！"

"指导员，人全都给埋进去啦！"

"你说啥！你再给我说一遍！"

"二排掏的那孔窑洞塌啦，塌得一个都不剩！"

"那你咋不早点给我说！"

"你不是说你睡觉时任何人都不要打扰吗？"

……

通信员的话犹如一记重锤，把覃星航砸得两眼直冒金星，他伸腿提溜上裤子，顾不得鞋子的正反，一路向事故现场狂奔而去。

现场慌乱成一团，大家七手八脚地在废墟里扒拉清理砖块，急切地搜寻着出事的战友，指导员赶到现场时，五个重伤员已被抬到了团里的救护车上，一名当场身亡的战士身上盖着白床单……闻知噩耗，遇难者的父母和未婚妻当天就赶了过来，料理完后事，他们不哭不闹，蹲在营门外，面无表情地看着抚恤金在火光里明灭，战友们噙着泪水，默不作声地望着蹿动的火焰，仿佛是在聆听逝者无尽的哀怨。

连里出了这么大的事，连长、指导员双双受到了处理，新兵连长唐昌云、指导员王宏伟接任了连主官。有人说："咱们新兵连长和指导员来接任连首长，连里的干部也都大换血了，这下我们该扬眉吐气了！"有人附和道："大家等着瞧吧，好戏在后头呢！连长是一等功臣，排长是一级战斗英雄……"

大家的议论不无道理：连长唐昌云、排长郑宇刚从南方战场下来，连长唐昌云身中26块弹片，腿差点被炸断了，现在上了障碍场仍能跑出1分24秒的成绩，排长郑宇用6种武器打死过15个敌人，尤其是他用40火箭筒俯角15度，干掉了敌人两座碉堡，他的这个绝活，在中国乃至世界兵器史上绝无仅有。可这又能说明什么，这个连也许什么都缺，唯一不缺能人，能人都有自己的想法，谁也不服谁，一不留神就砸自己的招牌。不过，这回砸的是锅——吃饭的锅！

　　早饭后，几名老兵围在一起打赌。高个子老兵拿着教练弹比画着，说："我只需扭腰送胯，就能将手榴弹甩进炊事班去！"有人目测后道："你果真能将手榴弹掷这么远，我请你吃大餐！"见有人小瞧自己，大个子加码道："我不光能投这么远，还能让手榴弹砸开窗户玻璃，端了连里的锅！"条件谈妥，只见大个子出手就是80米开外，随即，传来了刺耳的锅爆声……

　　作风整顿与强化训练几乎同时展开。训练场上，刚刚还在嬉笑打闹的官兵，见指导员巡视，有人立马收敛本性，假意迎合。有人却公然发难："指导员，我们都是半吊子，要不您给我们指点指点！"几名老兵自恃素质比较过硬，向身材壮实的指导员挑衅道。他们心说，我们连虽说像和尚的帽子——平不塌，但在团里那也是有名的滚刀肉！来之前你也不背上两斤棉花——访一访！"指导员，露一手！""指导员，来一个！"队列里有人在起哄，更多的人都想看他小阴沟里咋翻船！

　　"好！来就来一个，你们想要我做几练习？"指导员快步来到杠前，自信地仰起头，对大家说，"我看一到七练习也没啥可做的，我就勉为其难给大家示范一下八练习吧！"话音刚落，只见指导员伸出右臂，轻轻一跳，稳稳地抓住杠，准备展腹腾起，一旁站着的两名保护人员见状，一个箭步冲将前去，抱住了正准备示范的指导员，急得直犯嘀咕："指导员，这八练习危险，你咋一只胳膊抓杠，连个保险绳都不系！"

　　"放手！退后！"两名安全员闻令本能地向后退去，未等大家回过神来，指导员一个漂亮的展腹，直接就将身子送过杠去，30圈过去了，丝毫没有下杠的意思。好家伙！这还要转多少圈！大家正在暗叹之时，只见指导员速度刚一放慢，屁股向后一撅，又倒转了起来，转出30多圈，这才慢了下来，随后一个漂亮的展腹，身体在杠前划出一道优美的弧线，稳稳地下了杠！不等大家反应过来，指导员拍拍尘土，悄然而去，留给大家一个耐人寻味的背影……

然而，命运的安排却总是超出人们的掌控，一个星期过去了，连里该干吗还干吗，日子过得波澜不惊，美中不足的是连长、指导员谁也不是和事佬，一天到晚，面部肌肉随时都像在紧急集合，但却始终没有拉动。战士们年轻的心总是不安于现状，大家急切地期待着能发生些什么事情。

就在大家按捺不住激动的心情，跃跃欲试准备大干一场时，韩钦宇却变得忧心忡忡，他心中总有一种不祥之感，团里揪住了连里的小辫子，咋能这么轻易就松手，连里的苦日子眼看就要来了……

年初出事，一年白干；年尾出事，白干一年；年中出事，丢人现眼。韩钦宇的担心不无道理，一连冒的这个泡，使这个大功团不仅一年的辛苦顷刻间化作了泡影，更让要强的团领导在众人面前抬不起头。

"黄河边有几个村庄这几年闹洪灾，听说我们要去黄河滩给移民拉土垫宅基地！"

"我们连刚出了这么大的事，部队咋还敢让我们外出去搞劳务？"

"我们连不是全训连，现在部队投身经济建设主战场那是大势所趋，没啥大惊小怪的！"

"消息可靠吗？听说周末就得动身……"

传言不假。韩钦宇所在的部队是乙种部队，所在的连也不是全训连，加上连队出了这种事，团里让他们去支援地方建设似在情理之中。早在几天前，团党委会上，常委们你一言我一语，就使这件事板上钉钉了。

"生活是最大的哲学家,这个连在工作中不开窍,我们就让生活来帮他们开开窍!"

"上级给了我们为移民垫宅基地的任务,方圆好几公里,要垫两米多高,土方量非常大,至少要出动两个连的兵力,一连和七连相对后进一些,让他们到外面去历练历练,没啥坏处!"

悠悠黄河水绵延万里,来到了闻名遐迩的古军事名关——潼关,在渭黄交汇处,和自西而来的渭河、洛河,三河合一,黄河自此离开陕西,一路东去。移民的宅基地就选定在三河交汇的平坦地带——一个叫三河口的小乡村旁,离黄河岸边不到两公里。

连队借住在村外一个鱼塘边废弃的养殖房里,说是养殖房,除了十几根砖墩垒成的柱子,四面根本没有墙,屋顶也是由茅草覆盖而成的,四周全是一望无际的芦苇荡。

"听说我们连里受领的任务可艰巨啦,半年能干完就不错了!"

"可不是,移民宅基地要垫三米多高,宽两公里,长三公里呢!"

……

官兵们顾不上车马劳顿,连夜用玉米秸秆扎好围墙,打扫好卫生,安好了家。肆虐的蚊虫一拨又一拨地轮番上阵,一刻也没有消停,隔着衣裤叮人,一巴掌下去满手是血。大家累了一天,突然来到这个陌生的地儿,各自想着各自的心事,激动的心情久久不能平复。

东方未露鱼肚白,一阵急促的哨音将大家从梦中惊醒。连队官兵分乘三十几辆十五型拖拉机浩浩荡荡地来到了黄河滩一块空地。以后半年时间里,这里一直都是他们的取土场。

"大家安静!我左手边就是咱们的取土场,三人包一辆十五型拖拉机，每人每天连挖带装十五方土，也就是每天要装卸完四十五方土！"

"以上要求大家是否清楚？有没有决心？"

"清楚！坚决完成任务！"

"下面，我给大家划分一下取土场地。各班根据昨晚的分组，自行组织实施！"

唐昌云连长话音刚落，大家便分头行动起来。连里百八十号人各自占领有利地形脱衣挽袖干起来，但见战备锹如波浪般上下起伏，不一会儿一车土便已装起，拖拉机欢快地来回穿梭着。虽是刚过惊蛰，但没有干过这样粗活的官兵早已汗湿了衣背。

"同志们别泄气，加油干啊！"

"连长，我们晚饭啥时吃？"

"大家努把力，回去就有饭吃！"

掌灯时分，官兵们已是饥肠辘辘，有的手上打起了水泡，疼得钻心，有的血泡磨破，染红了锹把，但大家趁着这股新鲜劲，有人喊起了号子，有人唱起了歌，收工时已快子夜时分。饥疲交加的官兵累得几乎散了架，一个个像泄了气的皮球，连吃饭的力气都没有了，一回到宿营地倒头便睡。

接下来的日子好像停顿了，昨天是前天的翻版，今天是昨天的翻版。唯一不同的是暑热一天要比一天难耐。一天下来，官兵们一个个活像兵马俑，满脸的黄沙被肆意纵横的汗水冲得像一道道蜿蜒崎岖的沟壑，汗渍的衣裤犹如一幅幅地图，硬得像盔甲一般，可以直立在地上。

不是因为大家懒，就连平素最讲卫生的十几名城市兵也无奈地向当下的生活低下了高傲的头颅。不要说洗衣服，就是吃饭，或是稍微有间歇的那点时间，大家都渴盼着能躲在阴沟里眯上一小会儿，几名体质稍弱的战士，累得站着都能睡着……

"钦宇，你的包裹!"

"哪儿来的？"

"老家的，字迹挺娟秀的，看来你小子有好事瞒着大家啊！"

"这鸟不拉屎的地方，能寄来啥东西！"韩钦宇尽管知道战友不会跟他开玩笑，但仍一头雾水，他一边回应着，一边暗自思忖：转眼间离开部队营区已经快半个月了，现在晴天一身土，雨天一身泥，跟个兵马俑似的，还会有谁惦记呢？不过话又说回来，这么偏的地儿，竟然能收到包裹，倒也是让人开心的事。

"快拿好，这包裹实在是太重了！看来这人对你用情挺重嘛！"韩钦宇拿在手里掂了掂，有20多公斤。他顾不上看清寄件人的地址，娟秀的笔迹使他心头不由得一热。往事依稀，思绪翻飞。

"钦宇哥！快尝尝我给你做的饭……衣服破了，让我来给你补一补吧！你等着我，我长大了就嫁给你……"岁月啊，带不走这童真稚趣，挥不去这串串银铃。

是啊！有位诗人说得好：

你躲开了我的视线，却走不出我的牵挂我的情感！后来，天还是那个天，地还是那个地，村庄还是那座村庄，只是再难一见那个扎着小辫的姑娘。这难挨的日子，懵懂的心，似乎就像一只停滞的手表，永远都无法邂逅交错着的指针！

他又怎能忘记！那个夕阳晚照的黄昏，那宁静的月色、清幽的河水和余晖映照下的笑脸，在她的眼里，有河水跳动着的火焰！就在一刹那间，他迷失在她的眼神里，不能自拔，那一刻，他忘记了走路，忘记了学校，忘记了身边的一切，静静地痴迷地看着她，就像做了错事的孩子！那枝头清幽的丁香啊，可是你含羞的笑属？那随风起舞的花瓣，可是你不朽的精魂，一生的哀怨？

……

包裹是姚雨玦寄来的。韩钦宇眼前又浮现出她的倩影。姚雨玦的父亲是公社的电工，母亲是家庭主妇。她和韩钦宇自幼青梅竹马，成天腻在一起玩过家家，追着撵着要给韩钦宇当媳妇。姚雨玦从小就讨人喜欢，俊俏的脸上一双会说话的大眼睛，犹如暗夜里的星星，总让人看不够。

时光荏苒，不知何时起，岁月就将两小无猜的他们分隔开来。直到有一天，他与那个女孩再次同窗，韩钦宇才猛然发现，那个童真而又稚嫩的女孩，怎么一下子就出落成一个亭亭玉立的少女！他不由得侧过头偷看了一眼姚雨玦的侧影，惊异地发现她比想象的还要漂亮一些。洗得发白的天蓝色裤子，一点也遮挡不住她高挑的身材，玲珑的曲线，挺拔的身姿像白杨树一般可爱。淡黄色的短袖映衬着一张秀美而又古典的脸，仰起的脸庞微笑着，水灵灵的大眼睛自信而又羞涩，骨子里透出的那份似水的恬静和优雅，是那样的令人沉醉……

思念是一种孤独的美丽。也只有在思念的时候，孤独才显得特别的刻骨铭心！回头凝望，驻步沉思，生活，并非虚无的蓝，在似花非花、似雾非雾的心境中，韩钦宇觉得自己总也看不到海，柔软的内心在远离海之后才懂得，原来，自己曾是爱情怀里最受宠的雨燕！

在属于自己的那个小角落里，韩钦宇急切地打开了包裹，包裹里除了考军校用的复习参考资料，他喜欢吃的家乡的特产，还有一份厚厚的折叠得非常精美考究的书信，粉色的信笺纸散发着淡淡的幽香。

钦宇：

你一声不吭就从军入伍，走得实在突然，你走了都快半个月了，我们班有好多人还以为你在请长假。原谅我没能为你送行。虽知你不介意，但我仍自责不已。

你走后的日子，我们都在紧张地备考，一天最多能睡四五个小时。你是我们大家眼里的好班长，我们都很想你，你的座位大家都还给你留着，每天都有人擦拭，直到现在大家仍觉得你还在班里。我俩从小一起长大，自你走后，每当我想起儿时两小无猜，一起嬉戏的点点滴滴，想起同窗苦读的这些日子，想起这些年来你对我的好，思恋之情就如山呼海啸般涌上心头。

听说部队很爱惜人才，你文化课好，文采飞扬，如今想必已崭露头角，接下来努把力，考上军校，日后定会实现你的人生理想。顺寄一些参考资料，预祝佳音早传。

信很短，一眼便能看到尾，接下来，一首题为《月光下的相思》的长诗映入了韩钦宇的眼帘。

西方的天边，
最后一丝云彩含羞地隐去了。
夜幕笼罩了整个天宇，
于是，深蓝色的天幕上，
变得神奇而又莫测，
苍穹中摇曳不定的明灯，
分明是一双双火热而又深情的眼睛。

此时，月儿更圆更亮了，

如水般透明的月光洒向大地，
洒进了农家恬静的小院。
坐在院子里的她，
也溶进了月光之中。
面前的石桌上，
苹果散发着脉脉的香气，
合着那幽幽的风，
在月光里飘荡。
摆上一盘圆圆的月饼，
献上一颗相思的心，
望一眼圆圆的明月，
心中荡起一汪深情。

她的脸上漾溢着柔水般的温情，
轻轻地举起杯，
斟上满满一杯酒，
擎起深深的一杯情，
把含情的眼投向幽蓝的天空，
凝视着那轮明月，
寻找着那颗最亮的星。
啊，
她的明眸中闪现出两盘明月，
好圆好圆，好亮好亮。
忽而眼里的明月碎了，
化为两颗晶亮的泪珠，
缓缓地滑落，

溶进了月光之中。

啊，

此时此刻，

她看见了，

在那群星闪烁的地方，

闪现出他——自己的丈夫，

一个军人含情的笑脸，

看，他的眼里正燃烧着火一般的热情。

啊，他来了！

带着战火的硝烟，

带着粗犷的气质，

带着军人浓浓的爱，

含着满眼的情，

从群星璀璨的星光里，

向她走来……

端庄娟秀的笔迹、温婉炽热的情感，深深地扣动着韩钦宇的心弦，他这才意识到，这份蓄势已久的情愫，这些年来在他们彼此的心中埋得这样严，扎得那样深。难道这就是爱情？来得这么突然，以至于连一点精神准备都没有？韩钦宇还没有谈过恋爱，更没有想到过姚雨玦会主动向自己射来丘比特之箭。他感到惊慌，感到新奇，又觉得那样的顺情顺意。此刻，他觉得姚雨玦仿佛就在自己的身边，害羞地低着头，像一只可爱而又温驯的麋鹿依偎在他身旁，那温馨而又熟悉的气息包裹着他，那样的强烈，那样的令人着迷……年轻的人啊！爱情如此美妙，假如能形容这一切，他一定是一位艺术家，假如他是一位艺术家，一定有无法描摹的细节！

窗外月色如洗，塘中蛙声一片，飒飒作响的芦苇也像在微风中轻言细语。这天晚上，韩钦宇一遍又一遍地翻看着书信，品读着信中的字句，激动的心久久不能平复，他打着手电蜷在被窝里给心仪的人儿写回信，将自己的心迹表露无遗。信未寄出，他就已憧憬着自己将要收获的情和爱，甚至连探家如何相见、成家后如何相依相守，都谋划得妥妥当当……这天夜里，梦是那样的香甜，心是那样的欣喜。

钦宇！不知道这段日子过得好吗？吃得怎么样？黄河滩上的烈日受得了吗？每天的苦力活吃得消吗？……两颗动了爱的心，真是一处相思，两处闲愁！包裹发出去10多天了，姚雨玦的心一直都在忐忑，钦宇现在远在黄河岸边，不出意外的话，应该能收到吧？快一点的话，回信也该在路上了吧？姚雨玦坐在书桌前，复习资料摊开在桌上，但她的心却早已飞得好远好远。

何处逢春不惆怅，何人逢情不可怜！

这些天来，姚雨玦一有空就关起门来，学着给韩钦宇织围脖、手套，她买了好几斤毛线，准备抽空还要给韩钦宇织身毛衣毛裤，赶在天冷时寄过去，好让韩钦宇穿上暖暖地过个冬。每天下午一放学，她就往父亲单位收发室跑，询问有没有挂号信。门房里的老大爷都把她给认下了，一见面，就诡秘地笑着问她："什么信这么重要，让你这么牵心？"姚雨玦的脸一下子就红了，后来，她都没有勇气再踏进那个门房。

总是扑空的她，深深体会到了牵挂一个人的滋味。这段时间，因为阶段性测试成绩波动太大，老师找过她好几回，有一天去饭堂的路上，有个背影远远看着像父亲。但回到家，父亲见了她却还和往常一样，好像啥事都没发生，倒是母亲旁敲侧击地说过她几回。

这也难怪，有一次，她刚关上门铺开摊子给韩钦宇织围脖，就传来了敲门声，她手忙脚乱地打扫完战场，却还是留下了蛛丝马迹，母亲倒也没说啥就走了，不过神情看着好像有点异常。

"他爸，雨玦最近有点反常，你留意到没有？"这天晚上掌灯时分，母亲一边撩起围裙擦着面手，一边警觉地询问着丈夫。

"她最近吃完饭，老背着我往邮局跑，不知有啥事！"父亲刚踏进家门，顾不得脱去外套，便搭话道。

"可不是，你没看雨玦最近老说忙，一回来就关门！"说起女儿最近的表现，母亲显得忧心忡忡，她下意识地从上衣口袋里扯出一张信笺纸，疑惑地问老伴，"你看这信纸上写的都是些啥？这是我洗衣服时，从雨玦口袋里翻出来的。"

父亲接过没看几句，脸色顿变："我就说嘛，雨玦的成绩怎么直往下掉，你看这写的净是些啥！"母亲尽管大字不识一个，但她还是侧着身，费心竭力地在信笺纸上找寻着什么，似乎要将字里行间潜藏的秘密一网打尽。

这情啊爱啊的，老头子说不出口，顺手拿出了一个皱巴巴的信封："看！寄信地址好像是韩钦宇那儿的。"母亲接话道："原来是这么回事，你先别管，我先找雨玦聊聊吧！"

"一次测试失利，说起来也没啥大不了，可爸妈会不会这样看？"姚雨玦心里犯起了嘀咕，自己一直是爸妈和老师眼里的好学生，大考在即，却心挂两头，确实也说不过去，不由得自责起来。

"笃笃笃……"这时，一阵敲门声打断了姚雨玦的思绪，没等她应声，母亲就推门进来了。

"妈，有事吗？"

"也没啥事，咱娘俩坐下来拉拉话吧。"

"马上要高考了，最近复习得怎么样？"母亲见姚雨玦半天不说话，关切地对女儿说，"这些天，你房间的灯一直亮到很晚，人都瘦了一圈，别累坏了身子。"

"噢……妈！学校最近抓得很紧，作业量大，测试也越来越多，不熬到晚一点跟不上进度啊。"

"哦，对了！我还正准备问你这几次考试成绩怎么样呢！"

"三次考试我两次排在年级前20名，有一次在前5名……"一说起自己的学习情况，姚雨玦心里直打鼓，这在之前，父母即使不过问，她也会主动告诉父母。在这个学校，除了韩钦宇，无人敢出其右，后来韩钦宇走了，她顺理成章地替代了韩钦宇的位置。可这才多长时间啊，自己却……

"几次小考没考好倒也没啥，只是没考好的原因你自己得好好找一找！"母亲见女儿低头不吭声，眼里也泛起了泪光，一下子动了恻隐之心，她本想问问女儿买毛线做什么，马上话头就转了过来，"最近没人打搅你吧，你爸单位的伙食怎么样，也别太紧张，如果身体有哪儿不舒服，你就说一声……"

"妈，我最近啥都好，您放心，下次我一定考好！"姚雨玦尽量平复着自己的心情，生怕妈妈看出破绽。但她下意识地老盯着衣柜看，心里不时地发虚，这里藏着她的秘密。不过好在要不了两天，妈妈就是翻到了这里，她也会无功而返。

姚雨玦小心翼翼地和妈妈拉话周旋着，不知不觉传来了家里座钟的整点报时。忙着做晚饭的妈妈起身进了厨房，雨玦这才长长地舒了一口气。她得赶快养精蓄锐，今天晚上，给黄河滩边心上人织的毛衣还等着她收口呢……尽管自己还没有收到回信，自己还有好多话要说给钦宇听，这些都做完，还不得熬到天亮！

秋天爱上了冬天，此时相隔两地。相望？相忘？是啊！此情两心知！倘若爱上你是一个错，唯愿生生世世错下去！姚雨玦放飞鸿雁后，便急切地期待着云中锦书。

谁知她望穿秋水，却迟迟不见回音。

姚雨玦哪里知道自己藏得很深的恋情，早已被父母窥探得一清二楚。

"她妈，我打听了一下，韩钦宇那小子刚参加完军校考试，文化课成绩还是全师第一名呢！"

"这倒也是，韩钦宇要是当了干部，咱女儿跟着他不会吃亏！"话未说完，她一拍脑门儿，立马转过话锋道，"不过，听他们同年兵说，他好像连复试都没参加上！"

"那不叫复试，叫统考！我就说嘛，韩钦宇咋现在还在黄河滩上给人垫宅基地呢！"父亲随手摁灭了烟蒂，半睁着筛子一样的阴阳眼，把信纸抖得哗啦啦响，恨不得立马让女儿和韩钦宇撇干净。

"她爸，你说韩钦宇在黄河滩上干啥来着？"这心头刚松动的母亲急切地追问道，"这小子当了兵咋还干这粗活？命也真苦，家里穷上学供不起，考个军校吧，挣着命跑竟能把人给跑休克！"

"那小子要说是块好料，非要折腾着去当兵，这下好了，人家再过几天都要走喽，看他现在这样，要想上军校，八成是年三十晚上的月亮——没指望啦！"

姚雨玦想不到，父母会留这后手。这天晚上，卡了韩钦宇来信的父母，又凑到一起开始密谋。

"这进了部队啥情况都会有，当三五年兵复员回来的一茬一茬的，有的甚至还缺胳膊断腿呢！"在农村算是见过世面的父亲，见老伴一脸迷惑，兜头又是一盆凉水，"就算韩钦宇在部队上混出个样子来，咱女儿一下两下也随不了军。"

"这不是等于活守寡吗？日后有了孩子，那还不把咱女儿给忙累死！"母亲这下算是想明白了，扭过头就对老伴说，"咱可得把女儿看紧些，别让她由着性子乱来！我看，这事得双管齐下，不光要管住咱女儿，还得釜底抽薪，想法子断了那小子的念想！"

这天夜里，母亲偷偷找来女儿的作文本，让老伴模仿着女儿的字迹和口吻给韩钦宇写信。一封不到200字的绝交信，两人字斟句酌，忙了整整一宿，累得头晕眼花，直到自认为天衣无缝为止……

土方工程仍在继续，连里偶尔会腾出两三天时间帮驻地的农户搞搞秋收，刨刨落花生。农活忙时，一天只能吃上两顿饭，没有龙口夺食经验的官兵总是显得手忙脚乱。为了完成高强度的抢收任务，连里实行承包制，有些干活不得法的班排，到了子夜时分才能吃上晚饭，许多人都快扛不住了。韩钦宇尽管这些天和大家一样忙累，但他却意气风发，一天到晚有使不完的劲。这难道就是爱情的力量吗？

月圆又亏，亏了还圆。凉爽的秋风赶走了难耐的暑热。

"大家好好干，中秋节放假两天！"

"哇！太好了！"

连长话音刚落，便迎来一片叫好声。

"天气转凉，我们每班派一名同志回驻地给大家取御寒的衣物。"

"到时还能看到你们期盼已久的家书！"

……

拉运过冬物资的车驶出了大家的视线，韩钦宇却还呆呆地站在那里，他的心此刻似乎也被带走了……

"韩钦宇，你的信！还有包裹呢！"

"是女朋友的吧！快让大家分享分享！"

"别闹，家里来的信，等我有了女朋友，到时贴到宣传栏里，让你们好好看！"

开拆远书何事喜，数行家书抵千金。古人说的句句是实情。韩钦宇一边给自己打个圆场，一边拿了信和包裹就往角落里躲，怀里像揣了个兔子，心跳得快要蹦出来似的。瞅着熟悉而又有些陌生的字迹，猜着姚雨玦信里都说了些啥，韩钦宇的脸不由得火辣辣的，快要红到了脖子根，他随手将包裹塞到了床下，迫不及待地拆开来信……

钦宇：

来信收悉，你的心意我懂，我何尝是一个木石之人，无奈你我天各一方、各有前程，我喜欢南方烟波雾雨、诗意人生，而今你投笔从戎、戎马倥偬，你我就好比背向而驰的两列火车，注定志趣各异，渐行渐远。再者，你我前程漫漫，正当人生紧要关口，情误锦绣前程，不要分心走神才好。好了，不多说了，我最近不小心把手弄伤了，字写得不好，请勿见笑。

顺祝

一切安好！再结良缘！

雨玦亲笔

这不是真的！怎么会成这样？韩钦宇急得一下子涨红了脸，整个面部都僵住了，握信的手不由得颤抖着。前一封信还海誓山盟，情真意切，这封信怎么一下就……不对，雨玦不是这样翻云覆雨、薄情寡义之人，她一定是遇到困难或挫折了，要不就是……韩钦宇的心痛苦地纠结着，他费尽心思设想着一切可能发生的情况，但一次又一次被自己否定了。他从内心深处想为姚雨玦寻找一个开脱的理由，哪怕仅仅是一个苍白的借口，但他很快发现他找不到，他现在满脑子都是姚雨玦的影子，满脑子都是他们曾经一起走过的点点滴滴，他痛恨自己走得太远，身处异地他乡，不能一下弄个水落石出……

这个夜晚他辗转反侧，这个夜晚他痛彻心扉，他不甘心就这样不明不白地和自己所爱的人分道扬镳。时钟已指向凌晨一点，身边的战友早已进入了梦乡，他强打起精神拧开手电，蜷缩在被窝里又一次写起了回信，将心中的苦闷一股脑儿地倾注在笔端，直到眼皮重得抬不起来……

雨玦：

你我青梅竹马、两小无猜，明眼人都能看出你我间的情意，不须表白、各自心知。你的来信一反常情，满纸世俗，欲断情愫，让我颇为费解。情急之下，来遣飞鸿，叩问尔心。

你信中所言，你我前程迥异，志趣不同，乃至背向而驰，后会无期。容我拙见，述说一二：你我虽不能同窗攻读，然志趣仍可相投，术业虽各有专攻，前程亦可相扶相持，携手同行。再者，你信中所说的"情误锦绣前程"，也恕我不敢苟同，人生有三种力量是为牵引，有两种力量是向上的，那就是事业和爱情，将人引入天堂，有一种力量是向下的，将人带回人间，那就是悲悯。由此可见，事业和爱情是人生的两大翅膀，缺一不可，两颗动了爱的心不惧任何人任何事。我期待着你的复函。

顺祝

笔安！

思念你的人 钦宇

鸿雁飞出已两月有余，姚雨玦掰着指头数着日子，这短短的时光，漫长得好像过了两个世纪。这样的日子要放在以往，是她最自在欢心的日子，浓荫里读书，荷塘边漫步，月夜里听歌，可眼下她却不能。同学聚会，她托病不去；考试估分，她借故不到；亲友询问，她避而不答……

"你看人家雨玦把得多稳，一看就是上重点的料！"好心的邻居是眼瞅着姚雨玦长大的，一见这孩子就喜欢。

"公鸡三天两头啄孩子，炖了给雨玦补补身子吧！""昨赶集买了些日用品，给孩子带上，到了大学里用得上。"村里能出个名牌大学生，那可是大家共同的荣耀。可自从带病走出考场之后，未能正常发挥的姚雨玦，心里总有种不祥之感，她的心思能说给谁听呢？

担心变成了残酷的现实，高考成绩揭晓，姚雨玦没能考上重点大学，分数勉强能上个普通大学。一直颇受命运之神眷顾的姚雨玦，这些天来重重地跌入了人生的谷底。她每天偷偷以泪洗面，几乎快将自己封闭起来。她心里实在是苦啊！"没考上重点，人不待见那也罢了，可钦宇你怎么连句话也没有？我给你写了那么多封信，难道连你一个字都换不回来吗？"

思念日益深重，假期越来越短，离家的日子眼看就要到了，心力交瘁的姚雨玦仍不死心，她一天收不到韩钦宇的回信，她就坚持给韩钦宇继续写信，哪怕是韩钦宇拒绝了自己，那也算是了了自己一桩心愿。她拖着疲累的身子，又一次坐在了书桌前，信还没写完，泪水就已打湿了信笺。她真的不相信韩钦宇会这样铁石心肠！

一封幽怨悲鸣、血泪声讨的信刚刚发出，姚雨玦的心又软了下来，钦宇在那边又忙又累，看了这样的信心里能好过吗？刚从邮局出来，她又写了一封深情抚慰的信。可姚雨玦还是愤恨难平，不得解脱，她像得了强迫症，信写了发，发了写，写了还发，把自己这些天来的思念、怨恨、纠结、迷惑一股脑儿地全都倾泻给了韩钦宇，你让我这样愁肠百结，病魂难宁，我就要把你的心变成我的插针包，插得千疮百孔……

"她妈，雨玦高考不理想，这些天不吃不喝的，真愁人！"父亲眼瞅着女儿日渐消瘦，大门不出，二门不迈，心疼地对老伴说，"知女莫如母，雨玦心里苦，你得好好劝劝她！"

"这还轮得上让我劝啊！我们的脸都快让她丢尽了，这左邻右舍都巴望着她能进重点大学，这下倒好，比名落孙山好不到哪儿去！"母亲随手翻出老伴截获的一厚沓情书，气就不打一处来，愤愤地说，"要不是那小子灌迷魂汤，咱雨玦重点大学那是挑着上！还有就是你这死老头，不是说那封信是绝杀术嘛，咋就一下让人拆了招？"

"锣鼓听声，说话听音，咱这牌摊得够清楚了，谁知这小子咋就这么实诚！"姚雨玦的父亲见老伴急红了眼，赶紧给自己打起了圆场，"我看这小子不是实诚，简直是缺心眼儿，这门不当户不对的，他瞎骚情个啥呢！"

"都说真神不露相，墙里柱子不现身，这回看来不现身是不行了！"父亲捻着手里的卷烟，沉着嗓子道，"干脆一不做二不休，当面锣对面鼓地敲，让那小子彻底死了这份心！"

运送给养的卡车回来了，姚雨玦的信和包裹也到了，韩钦宇一下子收到了姚雨玦写给她的五封信，封封情真意切，哀怨忧伤，催人落泪，他的心被高高地揪起，重重地摔下，整个人一下子都感到不好了。看罢这一封封如投枪匕首、火药炸雷般口诛笔伐的信，再看看又一封封如微风细雨、家燕呢喃般柔情抚慰的信，他如何也不能理解这些会出自姚雨玦一人之手，再看看日期，又都是姚雨玦在短短两天时间里写下并发出的。他的心在滴血，雨玦啊，这些天你过得好吗？我写给你的信还不够明了吗？

这天晚上，累到大半夜才收工的韩钦宇，借着微弱的手电光亮，眼含热泪又给心爱的人儿写了回信，在这封回信里，他任由埋藏压抑在心中的情与爱像火山喷发一般一股脑儿地倾诉给了姚雨玦。这封信几乎耗去了他半沓子信笺纸，搁笔时鸡已叫过三遍，整个人好像被掏空一样。他心想，这下雨玦如果还不能理解我的这份情、这颗心，那我活着还有什么意思！

"我说她妈，你看看，这就是韩钦宇寄给咱雨玦的信，都快把信封给撑破了，你看上面贴了多少张邮票！"父亲一进家门，就将这封信在炕沿上摔得啪啪作响。他一直没有睁大过的阴阳眼，这回睁得滴溜溜的圆，眼里冒出的火星都快把眉毛点燃了，"我就不信了，这韩钦宇简直就像小强，他泛滥的情感真是野火烧不尽，春风吹又生啊！"

"这文戏武戏苦情戏咱都给他唱了，这小子还是点拨不透！"气昏了头的老伴歇斯底里地说，"既然撕破了脸，咱就没什么顾忌了！下午我到你单位去，给他挂个电话，看我怎么收拾他！"

"她妈，消消气儿，这事不能着急，咱们得好好合计合计，总会有办法的。"姚雨玦的父亲见老伴动这么大的肝火，劝道，"电话倒是能打，只是那小子现在黄河滩上受罪着呢，他那个地方哪有什么电话。"

无计可施的老两口只得用写信的老办法，不同的是这回他们要以自己的身份与韩钦宇过过招。两位老人虽然没有什么文采，但信写得入情入理、冠冕堂皇，让谁看了都感到不能再与人家女儿有任何纠缠，否则那就是害人精，就算自己的女儿怎么动了真情，倾慕于你，这份爱你也不能接受，因为你实在配不上人家女儿。否则，简直是拖累于人的无赖之徒。

剜心之人，一刀两伤！树上的蝉儿停歇了聒噪，荷塘的月色日渐变得清冷，姚雨玦离家的日子也到了。她终究没能等到韩钦宇写来的只言片语！村旁的树林深处，苦苦徘徊的姚雨玦又在这里珠泪空洒。这里曾留有她和钦宇心醉的过往。烧了吧！一把火都烧了吧！这令人心碎的日记！烧了吧！都烧了吧！这些尚未寄出的痴言妄语！毁灭了吧！把这一切都毁灭了吧！这令人肝肠寸断的印记……钦宇啊！钦宇！算我白恋你一场，白爱你一场！自此以后，你我两不相欠、一撇两清！带着对初恋的幽怨怅惘，带着对心上人的怨恨决绝，带着对故土亲人的难舍难离，姚雨玦登上了东去的列车……

再见吧！这令人终难释怀的初恋！再见吧！这令人心绪难平的爱人！再见吧！这令人柔肠百结的伤心之地！

雁去雁复来，韩钦宇在接到姚雨玦的回信后，紧接着又接到了姚雨玦父母的最后通牒，心中疑惑顿释。看来自己寄给雨玦的信，都被她父母给中途截留了，而从未收到回信的雨玦，至今还蒙在鼓里！人生啊，咋就这么难，真爱是属于有情人的，有情人本该终成眷属！但真爱也是属于亲人的，亲情也该天长地久！可当这亲情为深爱的人织就了牢笼，你该为亲情深深祝福，还是该用狂热的爱不顾一切地去击碎这爱的牢笼？

　　幸福是否像是一扇铁窗

　　候鸟失去了南方

　　如果你对天空向往

　　渴望一双翅膀

　　放手让你飞翔

　　你的羽翼不该伴随玫瑰

　　听从凋谢的时光

浪漫如果变成了牵绊

我愿为你选择回到孤单

缠绵如果变成了锁链

抛开诺言

有一种爱叫作放手

为爱放弃天长地久

我们相守若让你付出所有

让真爱带我走

有一种爱叫作放手

为爱结束天长地久

我的离去若让你拥有所有

让真爱带我走说分手

……

夜已经很深了，韩钦宇的心仍在挣扎、在流血，耳边传来了这首歌。是啊！爱，是不需要、也不能有任何附加条件的，否则，就不能称为真爱，甚至会沦为交易！然而，彼此相爱的人却各自有着各自的背景，各自有着各自的牵绊，天下之大，真爱却是如此的难以安放。俗世里，爱是需要有基础、有依托的。可怜天下父母心，谁不想为至亲至爱的人多考虑、多算计一分！

有一种爱叫作成全，有一种爱叫作放手！这初恋就好像过山车上见到的美景，纵使很美，那也是昙花一现，绚烂在刹那间！别了，我最初的爱！别了，我短如诗亦美如诗的初恋！

第二章

成长，剑走偏锋

一场春雨过后，如烟似雾的缕缕鹅黄、新萌初绽的朵朵桃花、若有若无的浅草新绿，点染着关中腹地部队的营区，也点燃了官兵奋勇前行的激情与梦想。移民工程征尘刚洗，一场百人主题演讲比赛接踵而至。这个刚从南部前线撤防回来的大功团有3000多名官兵，偌大的礼堂里座无虚席，就连过道里都塞满了小马扎。整个比赛预赛人数达到了近百人，耗时一周余，韩钦宇从中脱颖而出，顺利地进入了复赛。

"下面，请韩钦宇登台演讲，大家欢迎！"前一位选手刚刚演讲完毕，掌声尚未停息，主持人便登台报幕，"这位选手来自我团一营一连，他演讲的题目是《我们拥有一个共同的名字叫军人！》。"主持人话音刚落，一个英姿飒爽、目光如炬的年轻士兵步履铿锵地登上了演讲台，看着他自信满满的神情，联想到预赛时他骄人的战绩，一营的官兵和团里的啦啦队立马活跃了起来，掌声、喝彩声、欢呼声顿时响成了一片。韩钦宇望着台下为自己加油鼓劲的战友，一股豪情壮志骤然从心头涌起，他啪地一个有力的靠脚立正，唰地抬起右臂，敬了一个庄严的军礼，便开始了气势恢宏的演讲。

"有谁能把神圣的军徽高高戴在头顶？有谁能把自己的精魂融入鲜红的军旗？有谁能用铁骨柔情写就保家卫国的壮丽诗篇？"精彩的演讲刚一开篇，礼堂里立刻鸦雀无声，大家竖起耳朵，聆听着韩钦宇深情的演说，思绪随着演讲稿的脉络而跌宕起伏，内心深处犹如春雷炸响般惊喜欢畅，又如春风雨露般滋润惬意。韩钦宇出众的文采、恢宏的气度，令在场的官兵为之唏嘘不已，掌声如雷，演讲数次差点被打断。

……

"哦！太煽情了！太别出心裁了！""哇！钦宇是我们营的，夺冠那可是狗咬屁股——啃腚（肯定）的啦！"演讲刚一结束，一营的官兵便按捺不住激动的心情，炫耀道，"瞧我们韩钦宇，那演讲起句势如破竹、撼人心魄，构思新颖独到、精妙绝伦，行文如行云流水、扣人心弦！多棒啊！"熟悉他的人都知道，韩钦宇为了这短短五分钟的演讲，精心谋篇、悉心破题、旁征博引，没少花工夫。

"谁说我们部队后继乏人啊？听听，今天这演讲一个赛过一个好！"团长陈瀚扭过头感慨地对随行的常委们说。政委夏建国接过话茬道："部队干得好，还得有人来宣传，这演讲今天就结束了，你们将人才好好择一择，给咱们报道组补充一下新鲜血液！"

"韩钦宇我看就是个不可多得的人才，你们好好考察考察，没啥问题就赶快挖上来！"陈团长见夏政委来了劲，笑着对一路相随的政治处主任张能绪安顿道，"你看，我和政委这眼光早就瞅到一块了，初赛时就觉得这小家伙有灵气，有实力！"

"今天回去马上落实！"张主任见两位首长亲自点将，当即就拍着胸脯表了态，"两位首长站得高，看得远，代表着群众呼声，这可真是英雄所见略同啊！"

真可谓"辛苦遭逢起一经"！韩钦宇凭着犀利的文笔和出色的演讲技压群雄、独占鳌头，毫无争议地被选进团报道组，步入了"兵记者"的行列。

"马宏博，赶快找几个人，给咱们连里送出去的大秀才搬一下行李！送到团部安顿好了再回来！"连里出了团部要的人才，这可是破天荒头一回，连长唐昌云、指导员王宏伟乐得都快合不拢嘴了，"快看看，韩钦宇还缺些啥生活用品，帮他在小卖部里采购采购，到了团里人生地不熟的，上哪儿去买？"这个一连几年都走背运、四处冒泡的连队总算可以扬眉吐气一回，说啥都要把脸给长上。

"咱们团报道组听说可牛了！人不多，但见稿频率还蛮高的！""对，听说报道组就一名干事、两名报道员，今年年底至少有一个要提干！""呀！咱们团领导对舆论宣传工作可真重视啊！"一路上，送行的几名老兵有一搭没一搭地闲聊着，"听去过报道组的人说，报道组就设在团部跨院里，有五间青砖大瓦房，四面围墙，独门独院，院里鸟语花香、环境幽静、条件很好，适合写文章……"

……

"呀！这么快就搬过来了，欢迎欢迎！"韩钦宇一行刚踏进小院，报道组里便闪出了一位中尉军官，他热情地迎上前，"是韩钦宇吧，我是咱们团的新闻干事杨凯华，以后就叫我杨干事吧。"说着，杨干事伸出瘦长的右手，象征性地和韩钦宇他们一一握手，招呼着将行李先搬进客厅左手边的一间大房子里，指了指空着的那张床说："这里将是你以后的新家，趁着大家都来送你，打扫打扫，把床铺先安顿好……"

洒扫庭除，整理擦拭，前来送行的连通信员马宏博，这会儿成了大忙人："小李，床铺铺好了，被子再整得到位些！小王，把纱窗拆下来好好洗一洗……"虽说是给朝夕相处的战友安新家，但大家忙前忙后将整个报道组每个角落都挨着收拾了一遍，现在窗明几净、地板光洁、内务整齐，整个屋子似乎一下子亮堂了许多。直到掌灯时分，送行的战友才恋恋不舍地和韩钦宇挥手泪别。送走战友，杨干事扭头对韩钦宇说："天色不早了，我就先回去了，不然你嫂子又得打电话追我。今晚没什么事，你自己收拾收拾，到院子里转一转，熟悉熟悉环境。"

韩钦宇目送着杨干事出了院门。院子不大，一眼就能看遍，院里的情景和大家描述的大体相同，唯一让他醉心的是，院子里长着十数棵百年古槐。此刻已时近傍晚，落日余晖里，一群群倦鸟正在归来，有的挤在绿叶丛中啁啾，有的绕着硕大的树冠盘旋，晚风徐徐，归鸟啼林，一股浓浓的思乡之情不禁涌上心头。韩钦宇折身来到了屋里，他发现这座独门独院的报道组，现在有两间屋子闲置着，堆放了一些杂物，有两间住着人，他住的房间里，摆了两张床，另一个报道员独居一室，房门上了锁，从布局上看，这间房子很小，只容得下一床一桌。

熄灯前，韩钦宇正在房间里休息，院里传来了谈话声。他透过窗户看了眼，说话的是两个下士，一个高大魁梧、相貌堂堂，正有说有笑，另一个则是中等身材，体形稍胖，阴郁的脸上长了一对犀利的三角眼，韩钦宇猜他们应该是这里的报道员，便出门去迎。高大的下士见了他，笑着和他打了招呼，稍胖一些的那个则瞄了韩钦宇一眼便自顾自地进了自己的房间。待进了屋，同屋的下士对韩钦宇说："刚进屋的那个人叫孙益德，和我一样是这里的报道员，他比我进报道组还要早一点，他生性孤僻，待人比较傲慢一些，时间久了也就习惯了。杨干事下午你应该见过了，他刚结了婚，晚上住在团家属院里，白天上班时偶尔过来看看。哦，对了，还没给你介绍一下我自己，我叫申华，以后咱俩就在一口锅里搅稀稠啦！"

韩钦宇报到后，电话就响个不停："记者可是'无冕之王'啊！我们想想都羡慕你！""成了团部的人，可别把我们这帮兄弟给忘了！""基层遇到了苦累和烦心事，你可要多给鼓与呼啊！"一连几天，道贺的电话不时打进来。韩钦宇刚开始还感到有人惦记真好，心里暖暖的，总会小心翼翼地接一下，匆匆忙忙支应一声。接下来，他马上发现不是那么回事，这简单的问候竟然也会惹来麻烦。他现在和申华住在一起，孙益德独居一室，两个房间是套间布局，电话铃一响，尽管两间办公室中间隔着一个客厅，只要申华不在屋里，那阴郁的三角眼不管忙闲都会推门而入，进来巡视打趣一番："哟！这领导钦点的就是好啊！这么多人为你抬轿子夸官呢！"

韩钦宇听了这话心里很不是滋味，解释道："都是些要好的战友，这一走不是就难见面了吗？"

"你们倒是有情有义，你当这是骡马市场？稿子刚想出点头绪，就让你一个电话打没了。"孙益德鼻腔里哼着这话，嘴角挂着让人难以捉摸的浅笑，三角眼却不失时机地盯着他看，直看得他浑身起鸡皮疙瘩。韩钦宇领教了孙益德的刻薄，无心与他纠缠，苦笑了一下便忙起了自己手头的事情。就在这时，电话铃突然又响了两声，韩钦宇像被电击了一样，一下就挪开了听筒，不待他用手捂上，听筒里便传来了马宏博爽朗的笑声："午饭吃了吗？尊敬的'无冕之王'！……"韩钦宇的心一顿狂跳，心想：好你个"马副"，这节骨眼上开的哪门子玩笑，真是哪壶不开提哪壶！孙益德的身影又像幽灵一样飘了过来，他没好气地讥讽道："哟！这屁股还没坐稳呢，'无冕之王'就先当上了，我看你这业务太繁忙啦，干脆把这电话搞成新闻热线得了！"韩钦宇憋屈得要死，心说：忍一时之气，消百日之灾！要不是整天抬头不见低头见，以我的脾气，老死都懒得搭理你！他违心地赔着笑脸，费心解释半天才勉强送走眼前这个不速之客。后来，电话一响，韩钦宇的后背马上就发凉，哪儿还敢再接，他恨不得干脆把电话线给掐了去……

韩钦宇整天看着这三角眼，听着这阴阳怪气的腔调，有如芒刺在背！进报道组曾是多少人梦寐以求的事，这里埋藏着多少人的梦想与憧憬！唉！如今自己就像浮萍一样，一阵风就能刮跑！一着不慎那可就满盘皆输！他开始后悔自己当初咋就这样莽莽撞撞地来到这个令人心焦的地方！他何尝想过，更烦心的还在后边，眼下他对自己要干的工作一点谱都没有。别说当记者的荣耀，更别说写新闻作品，在家时，家里哪有闲钱订报纸，就是在学校里，也只有在自己出板报时，才能从班主任老师那里借几张《光明日报》看看。

晚上申华回到屋里，见韩钦宇闷声坐在办公桌前，愁眉紧锁，煞费苦心却一个字都憋不出来，拍了拍他的肩头说："新闻不是用笔写出来的，是用脚底板踩出来的！有许多老新闻都说新闻是跑出来的，新闻无学，新闻要靠你去发现，它们不会自己找上门来。"见韩钦宇有些发蒙，他又点拨道："新闻素材靠挖掘，写好新闻作品得吃透上情，摸透下情，要学着和基层官兵交朋友，他们的衣食住行、喜怒哀乐里藏着写不完的大文章……"

"这点我记住了，从明天起，我就跑连蹲班去，我要和连里的官兵想法子打成一片，直到他们能把自己的喜怒哀乐，乃至他们家的存折放哪儿能信任地告诉我。"这天夜里，韩钦宇悉心聆听着申华的教诲，一个又一个令他迷惑的问题不断涌上心头，他转过身来忍不住问道："鲁迅先生曾经有句名言：'当我沉默着的时候，我觉得充实；我将开口，同时感到空虚。'这点，我最近越发感同身受，这些天我一直在翻看报纸，往年的装订本上的线绳都快要翻断了，每每这个时候满脑子都是可写的东西，一动笔却都溜得无影无踪……"

"悟性不错嘛！刚来几天，就能思考到这么多问题，而且这些问题都还很有普遍性！"申华不等韩钦宇问完连珠炮般的问题，便高兴而又急迫地打断了他的问话，帮他解答起来，"你的困惑其实源于记者非常重要且必须具备的素质。有句行内人士比较熟悉的话，叫作这个世界并不缺少新闻，缺少的是发现新闻的眼睛。这话，其实说的是记者的新闻敏感问题。一个优秀的记者，必须具备众多良好的素质，而新闻敏感毫无疑问是其中很关键的一项。"

"经验性消息和工作通讯是我国独有的两种新闻体裁，这两种新闻体裁，在部队新闻中，占据着非常重要的位置。"见韩钦宇求知的眼神如炬，听得这般入神，申华乐得将自己所学和感悟一股脑儿地倾倒出来，"那么新闻敏感体现到部队新闻工作者身上，那就是抓问题的能力。首先，要研究与官兵息息相关的问题。其次，要研究部队工作中迫切需要解决的、对实际工作能起推动作用的问题。最后，要研究一定时期内官兵议论的焦点问题。"

"官兵的衣食住行和身心健康，看起来都是些小事，但细想却是事关我军战斗力的大问题，因此，报道员只有眼睛盯着官兵、心里装着官兵，用心体味官兵的疾苦，时刻想着为官兵鼓与呼，才能抓住'活鱼'。"夜已经很深了，报道组的那间房子里的灯依旧亮着，申华翻开他的工作笔记，侃侃而谈，"而部队亟待解决的问题，说到底，就是基层反映最强烈的问题，这些问题往往就存在于基层流传的'顺口溜'、牢骚怪话甚至于愤愤不平的发泄之中！马克思曾说过：'报纸是维护人民自由的人民精神的千呼万应的喉舌。'因此，报道员有责任真实地反映官兵的呼声和要求，有责任捕捉官兵议论的焦点问题，对其进行调查研究，寻求好的解决方法……"

"钦宇，今天我要去团后勤处采访迎新准备工作情况，你带个本，和我一起走一趟，采访一下后勤处长和军需股的同志。"一大早，一连几天泡在基层的韩钦宇正准备出门到连队去采访，突然听到申华在喊他，而且现在就要带他去采访军需股助理和后勤处长，惊得半天回不过神来："团机关我们想进就能进？后勤处长可是团党委常委，我们想采访就能采访到？"

"我们虽是团里的'小记者'，可那也是'无冕之王'啊！"见韩钦宇一脸疑惑的样子，申华不容分说地拉上他就走，"这采访有什么好大惊小怪的，咱们团里除了开党委会研究干部，其他的会都会让我们列席！今后，我们两个老报道员该上学的上学，该提干的提干，这些重任很快就会落在你肩上！"

"申组长，今天上午的采访很细致到位，我先拿了一份初稿，您费心看看，不知对不对路子。"午休刚一起床，韩钦宇便将自己加班撰写出的一篇动态消息交到了申华手里。申华瞅了一眼消息的标题，便情不自禁拍着韩钦宇的肩头，说："《吃喝玩乐皆备好，只待新兵入帐来》，这标题挺靓的啊！对仗工整，达意明确，很有文采嘛！不过你这出手也太快了，这点让我这老报道员都自愧不如啊！"

"组长，您可千万别这样说，这篇稿子我之所以能这么快出手，得益于事前准备充分。"申华的表扬与肯定使韩钦宇马上变得不好意思起来，他感慨地告诉申华，"您在教我如何读报的时候谈到，部队的工作周而复始，一年四季大项工作就那么多，乍一看，年年各不相同，但仔细琢磨，万变不离其宗。眼下正值年终岁尾，迎新工作自然正当其时，往年的稿子看多了，采访完了，想法自然就有了！"

"钦宇，我们连有个性格很活泼，非常优秀的战士，最近却突然变成了一言不发的闷葫芦……"报道组的"热线电话"又响了起来。"这个闷葫芦你们连主官知道吗？他们介入了没有？有没有找这名战士谈心？结果咋样？"不等新闻报料者说完，韩钦宇的问题便像连珠炮似的丢了过去。"纸上得来终觉浅，绝知此事要躬行啊！这里边可有道道了，劳驾你跑一趟吧……"

"钦宇啊！我们连长患了潜延性肝炎，痛得一训练直冒虚汗，几次晕倒在训练场……"拿起"热线电话"，电话里几十号声音在争着给他报料。不等韩钦宇开口，电话里又传来了大家焦急而又揪心的呐喊："钦宇好好写一写吧！替我们连长鼓与呼啊！送我们连长去治病吧！"

韩钦宇敏锐地意识到这是一个一碰就响的好新闻，他心里认定了一条理，官兵的衣食住行和身体健康看起来都是一些不起眼的"小事"，但细想却是事关我军战斗力的大问题。采访中，韩钦宇了解到标兵连长朱继民身患肝炎，仍带兵训练，几次晕倒在训练场，当晚，韩钦宇便写下了《下命令送我们连长去治病吧！》一稿。此稿被《人民军队报》《解放军报》在二版显要位置刊登后，团里及时改进了抓训练尖子的指导思想。

不到半个月，韩钦宇便在军区报纸和《解放军报》上接连发表了《巧解闷葫芦的启示》《典型也需要理解尊重和爱护："笔杆子"手下留情》等许多反映官兵生活疾苦的稿件，此后更是一发不可收拾，《望眼欲穿何处卡壳》《提倡张满弓，谨防绷断弦》等获奖作品以其沉甸甸的分量、独特的新闻视角引来了报社的关注和读者的强烈反响。

"我们连长上报了！"

"真的吗？快拿给我看看！"

"这还有假，喏，你瞧，这三版头题《拴心记》，就是写咱们连长的！"这天一大早，一连几名战士，拿着一份刚刚取到的军区报纸，兴高采烈地到连部去报喜，"你看！钦宇多棒！咱们连这么小的事，经他一挖掘放大，这经验不就推广了嘛！"

"首批唐山孤儿入伍了！这可是条大活鱼……"下连采访的韩钦宇，应邀参加完连队为唐山孤儿举行的生日晚会，就迫不及待地赶回报道组汇报起新闻线索，"申组长，最近军区报社正在举办'党在我心中'征文比赛，光唐山孤儿这一条线索，我们就能写好几篇通讯和特写，今晚我先以"唐山孤儿的十八岁生日"为题，写一篇特写，通讯的标题可否定为"经受寒冷的百灵，最知春天的温暖，失去双亲的孤儿，发自肺腑的呼唤——党，亲爱的妈妈！"……"韩钦宇刚踏进门，便兴奋地汇报着自己的战果，激动得面部都涨得通红。申华一下子就被吸引住了，半天才回过神来，连声叹道："钦宇，不错啊，这么快就上道了！"

"报纸是维护人民自由的人民精神的千呼万应的喉舌。"马克思的新闻观很早就根植在好学的韩钦宇脑海里，他深刻地意识到，基层新闻工作者有责任真实地反映官兵的呼声、疾苦和要求，有责任捕捉官兵议论的热点、焦点问题，并对其进行调查研究，寻求好的解决方法，这使韩钦宇迅速成长，很快在官兵心目中占据一席之地。

"钦宇吗？我们连头戴九顶'帽子'都快被压垮了，你能给向上反映一下吗？"

"小韩啊！我们的津贴费都快成了唐僧肉了，你敢不敢捅一下啊？"

……

报道组的那部电话几乎成了韩钦宇的新闻热线，部队战友几乎每天都有人给他新闻报料。热线里有高兴的事，也有愤慨的事；有欢笑声，也有谴责声……

官兵家中变故要捐款，地方遭灾要捐款；门窗玻璃要押金，桌椅板凳腿要押金；上级检查评比、工作组蹲点帮扶，脸盆脚盆、牙刷牙膏都得换，战士苦不堪言，有人却美其名曰"搞统一"。《捐款、押金、"搞统一"……项项都要津贴费，战士直呼负担太重，连队声称有难处——究竟谁之过》很快见报，解放军报内参很快转载了这篇文章。诸如此类的顽疾、土规定，在韩钦宇奋笔疾呼中分崩离析，成了大家的笑谈。

……

"好小子！别高兴得忘乎所以！嘚瑟个啥，也不看看出道先后！"韩钦宇稿件越写越好，素材越挖越多，他和申华的名气日盛，赞叹者有之，道贺者有之，准备放暗箭者也有之。孙益德原本最有机会今年年底提干，他说啥也没想到：这个半路杀出的程咬金，竟能一下子使棋局几乎快要翻盘，再这样搞不了多久，这提干的人选只能是申华了，往后我还得和这小家伙一个锅里抢饭吃，以他的悟性和吃苦劲，自己又能有多少剩饭？孙益德越想后背越发凉，他手里攥着新近收集的好多期碍眼的报纸，恨恨地抽打着桌子："你有张良计，我有过墙梯！我稍稍给你小子挖个坑，就够埋你好几年！"

"这人世间谁能笑到最后，那才算赢，能够笑到最后的人，能力不一定是最强的，但一定是最能坚守，最小心谨慎的！"孙益德眼珠子一转，便计上心头。他双眼紧盯着《解放军报》"读者来信"这个专版，邪恶的三角眼都快眯成了一条缝，嘴角不由得抽动了几下。"智者千虑，必有一失，这小子啥都好，但'凡事较真，不懂变通，好打抱不平，眼里容不得沙子'这一条，既是他的优点，也是他的缺点，稍加利用，就可以使他变得刚愎自用，到时他马失前蹄，只能打掉牙齿往肚里咽，又怨得了谁！"这的确不失为一条好计，但要让韩钦宇闷着头就往里钻，我看也难！不过，直接找到韩钦宇他未必搭理我，但只要想办法让杨干事一起中圈套，我看他韩钦宇还有啥退路！整整一夜，孙益德在床上翻着烙饼，肚皮都快被自己划烂了……

"最近手头工作太忙，我看你们几个工作劲头都很足，刊稿数、质量也都有了新的提升，团领导都表扬你们了。今天我过来，一是给大家带来团领导的嘉勉和问候，再就是按以往的惯例，让大家汇报一下手头的新闻线索，以便科学调配力量，尽快采写出更有分量的好作品！"杨凯华说明来意，申华由于去师部参加短期培训不在位，韩钦宇便搜肠刮肚地汇报了自己掌握的素材。和往常一样，孙益德还是拖到最后一个才慢条斯理地汇报起来，他今天汇报的有价值的东西还是非常少，这是他的一贯做派，他喜欢单打独斗。

"我近几天挖到了一条线索，写吧没时间！不写吧，又觉得亏得慌——这条新闻一碰就响！没准还能被军报内参转载，运气再好一些，还可能引起军区乃至军委领导的关注！"刚一汇报完，孙益德就给杨干事和韩钦宇卖起了关子。杨干事见他一副神神秘秘的样子，忍不住追问道："啥线索这么重大，你就别卖关子了，说出来我们大家一起合计合计！""我说出来了，只怕你们没人愿写或是不敢写！""只要是不违反党性原则的事，有啥不能写的！舆论监督是受法律保护的！""……上级为我们基层配发东西，基层眼巴巴地瞅着，总有一些人，要么私心作怪，中途截留；要么责任心不强，把上级的关怀厚爱随处乱丢，这究竟算哪门子事！"……孙益德本就有几分演讲的天赋，现在他更是口若悬河、义正词严，说到动情处，他噌地从椅子上蹿了起来，就差没有拍桌子骂娘了！这下倒好，干瘦如柴的杨干事本来就是一点就着的炮仗，早已是义愤填膺、心潮澎湃，没等听完孙益德的汇报，就扭过头去看了看韩钦宇，当场就部署起了任务："具体细节你私下再去了解，咱们报道组里，哪个不是铁骨铮铮的汉子，这篇稿件不仅要写，还要快写快发！"

这坑挖得多好！这陷阱掩得多棒！一下子就能让两个人栽跟头！孙益德见一切都在按照他的设计顺利进展，但他仍不露半点声色。韩钦宇又岂能想到，孙益德正在给自己下套，他甚至有这样一个错觉：他俩之间应该是已经前嫌尽弃了……

"你写的其他稿子都很好，倒没什么，可这《望眼欲穿何处卡壳》一稿，你真的是作者之一？发表在《解放军报》的三版头条！"这些天，韩钦宇可谓喜讯连连，如今他已成为备受全团基层战友喜爱的公众人物。大家都在为他道贺，为他报料，唯有刚刚参加完短期新闻培训的老报道员申华为他暗暗捏了一把汗："千写万写，这篇批评性报道你不该写，我看你是被人给算计了！"

"新闻人邵飘萍不是早就教育我们新闻工作者要铁肩担道义，

辣手著文章嘛！”韩钦宇见他一直敬仰的申组长也有明哲保身的思想，激愤之情难以自抑，“《解放军报》经常刊登原总政治部为我们基层配发了哪些书籍、哪些音像资料等，基层官兵十有八九都难以看到，这次为基层下发的《雷锋我们的战友》书籍、录像带等，这不又都被中途截留，这些问题如果不能及时反映出去，引起上级机关的高度重视，轻则会给政治教育带来被动，重则会失信于基层官兵，冷了大家的心！”

“钦宇，你别误会，我这样说也是在为你着想，批评性报道就好比捅马蜂窝，弄不好就会引火烧身！你如果是干部，还能经得起折腾，从哪里跌倒，再从哪里爬起来，无非耽误点前程！”申华见钦宇不谙世事，一副初生牛犊不怕虎的样子，耐心地给他分析道，“你所反映的问题在部队带有很大的普遍性，许多人视而不见，避之唯恐不及，而你却明知山有虎，偏向虎山行，稿件听说已被解放军报内参转载，原总政治部主任还在上面做了‘稿件反映的问题重大，十分普遍，望各级严查快办，杜绝类似问题的再度发生’的批示。你看着吧！首长的批示很快会被层层批转，这件事情你说该会闹得多大啊！”

“钦宇啊，你这回名算是出大发啦！”孙益德当天下午就阴阳怪气地幸灾乐祸道，“不过这也不容易，值了！一篇稿子能在《解放军报》三版头条上，加的花边比报纸上讣告照片上的镜框还要粗，要整出这么大的事，没个十年八载的修炼，想整也没这本事！不过话又说回来，这一整以后可能就真的没得整喽！”

“韩钦宇这小子娄子算是捅破天了！你看，团长政委给上级写了整整一个月的检查才勉强过关！”机关里许多人私下议论着，直为团长政委抱不平，“别看这家伙兵龄不长，也有才气，但他简直就是团领导卧榻旁的一颗定时炸弹，我们得尽快为团领导把这颗炸弹给排除了！"就这样，在团长政委不知情的情况下，韩钦宇被列入了年底的复员名单。

"你都被列入'黑名单'了，还傻乎乎不想想办法，坐在这儿磨啥笔头呢！"几名消息灵通的同年战友火急火燎地找到了他，给他支着道，"掌握你生杀大权的机关干部，有些是见风使舵的小人，他们才不管你写稿子出发点是什么，对部队建设有没有好处，他们只顾着巴结领导，至于把你踩成什么样，他们是毫不疼惜的。"

"伸头一刀，缩头一刀，这件事的确给团领导带来了很大的麻烦，但自己没有半点私心，问心无愧！"事已至此，这虽是韩钦宇所始料不及的，但他无怨无悔。当晚，他平静地打点好自己的行装，只待一声令下就向后转……他暗自安慰自己，回到地方如果还能有幸再圆记者梦，自己依旧是"向前敲瘦骨，犹自带铜声"。

"钦宇啊！这篇批评性报道，掀起了轩然大波，你们团里牵扯到的好几个人都没能扛得住，你倒好，跟没事的人一样！你就不怕断送了你的前程吗？"韩钦宇说啥也没想到，他没有等到退伍的命令，却被肩扛大校的师政治部主任请进了办公室，他见耿直率真而又倔强的韩钦宇窘得满脸通红，又和蔼地安慰道，"真实情况宣传科的来干事已向我汇报过了，不过这件事对单位影响再大，你做得也没错，新闻工作者好比啄木鸟，就得敢直言、有担当，如果我们发现了不好的人和事，不去针砭，而是明哲保身，那我们的部队还怎么发展进步！你们单位有的人讨好领导，讳疾忌医，组织会批评他们的，你放手好好干，不要背思想包袱。下一步，我们会对你的去向做出重新安排……"韩钦宇感激地望着政治部主任，心里顿时感到暖暖的，在自己的成长道路上，有这么多的好领导、好老师在关心着自己，别的不说，来干事在业务上没少帮助指导，这不，在关键时刻又是他伸出了温暖的手，他的眼圈不由得红了……

"钦宇啊！这些天让你受委屈了，我和政委忙一些工作上的事情，也没顾得上和你聊一聊！"团长陈瀚刚一开完早交班会，便让人把韩钦宇请进了办公室，他一边给韩钦宇泡茶，一边示意他坐下后，说，"这段时间发生在你身上的事，我和政委刚知道，你写的那篇报道情况属实，针砭时弊，完全出于公心，有人却背着我和政委为难你，真是伤了你的心。我在这里一则代表团党委向你表示歉意，再则希望你能留下，继续为团里的新闻事业献智出力……"

走还是留？一连几天，一边是老部队领导轮番找韩钦宇谈心交心，执意挽留；一边是新闻工作一直滞后的驻陕北某团领导闻讯，多次私下找到师里要人。韩钦宇心里乱糟糟的！老团队有自己牵挂的同乡战友，有自己为之奋斗过的事业和追求，有已融入自己血脉的点滴往事……若离开，那个新单位对自己而言却是两眼一抹黑，一切又将从头开始！

担心很快变成了事实，团政委夏建国、政治处主任张能绪先后找到他："钦宇，看来我们真的是留不住你了！师里下了调令，我们只有遵照执行的份！""你有坚守，有才气，有抱负，你这一走，是我们团里的一大损失……"

"钦宇，行李收拾好了没有，下午咱们就跟主任一起回团里！"这天一大早，来师部开会的驻陕北某团政治处主任闫奕林，便派人将行程预告给了韩钦宇。一路上，闫主任问东问西，高兴地和韩钦宇聊着天，他感慨地对韩钦宇说："咱们团驻地偏了些，但部队建设抓得不错，有好多经验做法只能在营区里转圈圈，把你请来了这下就好了。广阔天地，大有可为！当然，话又说回来，咱们部队有哪些不好的人和事，你的这支笔也千万不要留情。这些脓疮不挤，终究是祸患！"

一路翻山越岭，一路舟车劳顿，韩钦宇不知道何时起停止了攀谈，沉沉地睡去。等他被叫醒时，已是子夜时分，累得腰酸背痛的他被安排进了团报道组。直到第二天一觉醒来，他才留意到，团里报道组的办公室不在办公楼上，也不是独门独院，而是设在团常委家属楼里。这套两室两厅的房子，一进门左手是个小厨房，右手是个回廊，里边套着一间大卧室。房门正对的是客厅，客厅左手套着一间小卧室，报道组原先只住着一个中士，大卧室空着，小卧室锁着，他一个人就住在这个客厅里。

"这套房子是咱们团老政委的，你们两个报道员，别一人住一个屋，待在一起好有个照应不寂寞……"没有多久，有人就告诉韩钦宇，他们现在居住的这套房子是团已故老政委的住房。老政委是去参加师党委扩大会，归途中发生车祸因公殉职的。客厅的那间小套间里，至今还锁着老政委的部分遗物。老政委是个有名的笔杆子，在南方战场时，他是集团军猛进报的主编。韩钦宇住进了他的房子，可谓机缘巧合，但遗憾的是没能聆听到他的教诲。

"韩钦宇！电话！"

"哪儿打的？"

"军区的，你小子有背景啊！"

韩钦宇三步并做两步向团政治处奔去，他顾不上搭话，心里直犯嘀咕，他也就刚到团里时被师里推荐到军区参加了一期新闻报道培训班，除了他为人好、勤学好问，给培训班师生留的印象不错之外，基本上没跟谁交往过。

"请问是哪位首长找我？"

"钦宇，我是新华社军区分社的薛记者，我和你们团里沟通过了，你准备一下这两天来军区报到……"

"不会吧！这好事来得太突然了，是不是搞错了？"韩钦宇挂了电话，走出团部时心里还在一直纳闷，他和薛记者只有一面之缘，学习班上当时有个同乡战友与薛记者熟识，临结业时拉着韩钦宇当了一回陪客。因为初次相见，薛记者当时是肩扛少校的军官，韩钦宇只是一个中士，一晚上的聚会，韩钦宇从头到尾一言未发，临别时，薛记者也似乎只是礼节性地跟韩钦宇寒暄了几句。

"唉！这也许就是人生的妙处，没有彩排和逻辑，充满玄机与变数！"韩钦宇面对突如其来的喜讯，思想上一下子真有点转不过弯来。管他呢，想不清就不想了呗！你有你的处世逻辑，他有他的办事风格！不过，这点人生哲理，《断章》里最通透——"你站在桥上看风景，看风景人在楼上看你。明月装饰了你的窗子，你装饰了别人的梦。"

"今天傅彤带到咱家的这个年轻人不错！看着和咱小妹年龄相仿，有教养！有灵气！"那天晚上，这位新华社记者尽管累了一天，但还是一直把前来拜访他的两个小老乡送到了楼下，送出了好远。他打心底里喜欢这个年轻人，他准备在合适的时候帮他一把！这个爱看古戏、爱听秦腔、古道热肠的"无冕之王"信奉人做好事好事等人的人间至理，信奉若不相欠怎得相见的奇遇奇缘。

"六十一甲子。父母转眼间老了！日子一天天过，可这生活有时真不敢回头望！"夜静悄悄的，正直重情的薛记者一点睡意都没有，心里似乎总一个人在向他絮叨，"你16岁离家，眨眼间十几年过去了，父母能不老吗？家里贫寒，你走了当兵这条道，那些年，你年轻没能力帮你大妹妹还有弟弟，你大妹妹没文化，眼头也不高，自打嫁到邻村，起早贪黑，没日没夜地卖菜，后来搞起了蔬菜批发，钱赚得不算太多，但在咱们乡下那算是殷实人家，眼下家里二层楼也盖起来了。弟弟后来踏着你的脚踪也当了兵，眼下你小妹妹也在读高中，人生大事也已在眼巴前，父母老喽，你的世面宽，这主还得你来做！唉！不过这一切还得靠个人缘分！"

第三章

苦恋，亦诗亦酒亦如歌

孟春时节，冬眠太久的金城似乎在一夜间醒来，返青的草木绽出了片片新绿，初放的花朵在春风里摇曳。韩钦宇意气风发地敲开了薛记者办公室的大门。

"这么快就过来了！钦宇，一路累坏了吧！"薛记者拉着韩钦宇的手，热情地招呼着、安顿着。他留意到，眼前这个他颇为欣赏的小伙，尽管收拾得非常干净利落，但眼里带有红丝，眼神略显疲惫，这一路，他乘火车倒汽车，风尘仆仆自不待说。当然，他也可能不会想到，眼前这个中士还只拿着微薄的津贴，为了省钱，他买的是慢车站票，这趟火车几乎是见了厕所都要停上半天才走……

"走，正赶上饭点，咱们先去吃饭！"一阵寒暄之后，见同事拿着饭盒招呼他去饭堂，薛记者这才反应过来，他拉上韩钦宇，边走边说，"来了先歇口气，等会儿我让人把你的行李先搬到位，下午再带你去报到，杂志社那边我已沟通好，社长和我是好兄弟，你到他那里学习也有人照应！"下午报到完，韩钦宇才发现，学习的单位并非仰慕已久的新华分社，而是几乎八竿子打不着的军内杂志，这家刊物虽是军区主办，但却是自办发行。杂志是双月刊，每两个月邮寄一回杂志。杂志社的社长刘君睿是一个性格豪放、不拘小节的西北汉子，据说喝酒海量，文笔了得。

"这期要邮寄的杂志好像又多出了好多，是不是发行量增大了？"几个目前他还不知道来路的"封装工"一边手脚麻利地打着包，一边闲聊着。"可不是！这真是个喜愁愁，量大了人吃不消，量减了社里人又着急！""哦！对了小马！小韩这才刚到，业务不熟，你好好带带他，好让他手脚更利索些！"初来乍到，韩钦宇正巧赶上杂志社发行，一星期连轴转，每天晚上包装杂志，都要忙到后半夜。说是来军区学习的，可加上路途耽搁，眼看着离开部队都小半个月了，韩钦宇整天都被杂务缠身，哪怕在办公桌前能小坐一会儿都成了一种奢望……终于熬到发行完毕，清闲下来的韩钦宇迫不及待地坐下来想看看书、写点东西。"小韩，挺用功嘛！编辑老师杯里的水都喝得快见底了，也不知道倒一下！"

"我这儿在叫你呢！一点反应都没有……"这颐指气使的吼叫声，一下子震醒了正蒙着头写东西的韩钦宇。他这才发现吼叫者不是别人，正是没有过多交际，有着大画家之称的美术编辑顾小刚。这位肩扛大校的矮个子军官，据说平素里慈眉善目，逢人就点头赔笑脸，而此时，他的五官却恶狠狠地快挤成了一堆，见惊愕中的韩钦宇半天没有反应过来，他的嗓门又立刻提高了八度："眼里面能不能有些活！我们可是给你劳务费的，不要一天到晚光闷着头写写写！"

"这是刚发的150元劳务费，你拿走吧，我不稀罕！"满怀激情到军区来学习的韩钦宇，这些天啥也没学成，眼下倒成了别人眼里没有眼色的劳务工，他差点没被大画家刻薄的吼叫给呛死！他现在心里除了学到东西，对得起自己和部队，再就是出于本能，拼了命也要维护的自尊！他说着话，就大踏步来到了画家桌前，随手就将这辱没尊严的劳务费摔到了桌上，三两下就收拾好了自己的东西，头也不回地离开了杂志社。画家愣在那里，张大的嘴半天都没能合上！

"薛记者……"韩钦宇虽然知道自己没有做错什么，但这件事毕竟会给薛记者带来影响，他刚一张口，不争气的眼泪早已在眼眶里打转转。"啥也别说了，我都知道了……"午饭时分，韩钦宇早早就等在了饭堂门口，薛记者慈爱地看了看韩钦宇，心疼地拉着他来到了餐桌前，这个角落里的位置，很方便他们说话聊天。他一边安慰着韩钦宇，一边为他接下来的学习犯愁：自己所在的单位能接纳韩钦宇那再好不过了，可这新华分社的门自己也才刚刚踏进不久，眼下提议让人过来学习，究竟能有多大把握？可就这样让钦宇回单位吧，这么好个小伙出来一趟多不容易，啥也学不到，部队领导会咋看？再就是这人不就让顾小刚白欺负了！

"薛老师，事是我惹下的，前程也是我自己弄坏的，实在对不起！"韩钦宇看着眼前的饭菜，半点食欲都没有，他眼瞅着同样没动几下筷子、沉吟不语的薛记者，强忍着翻江倒海般的心绪，给自己的恩人找台阶下，"您能给我创造这个机会就已经很不容易了，您不要再为我而犯难，下午我就买票回去，等以后有合适的机会，您来个电话，我立马过来……"薛记者眼神似乎亮了一下，他成竹在胸地说："这一两天，你先到我们社里司机宿舍加个床挤一挤，剩下的事你别管了，我来处理！"这一夜，韩钦宇百感交集，彻夜不眠。

"钦宇，你运气真好！周一你就可以到我们分社来学习了，到时就坐在我对面的那张空桌上！"这天一大早，薛记者就带车来找韩钦宇，"把东西收拾一下搬到车上，以后你就住到我家的那间空房子里吧，我们互相也好有个照应！"薛记者虽已晋升为正营职，但还住在军区老旧的筒子楼里，他们家说起来是类似于两室一厅的房子，其实也就是将楼道打了隔断，进门左手是一间房子，楼道尽头是厨房，楼道右手是客厅，客厅里套着一间卧室。薛记者一家三口，爱人是一名护士，女儿还不满两周岁，两边的老人身体不好照看不了，家里雇的保姆吃不了苦刚走，新找的保姆听说周一就来上班。

薛记者时常出差在外，爱人工作三班倒，只能将不满两岁的孩子送进幼儿园，这些天为接送孩子没少犯愁。韩钦宇眼瞅着薛记者家一件件烦心事，他心里别提有多别扭、多自责。他心说："薛记者对自己这么好，说啥都不能再给他添乱了，再就是接送个孩子有啥难的，自己除了学习写稿，再有啥事，这点小事捎带着不就做了！"韩钦宇转念一想，这事想着是这么个理，但要说服自己的恩人，顺顺当当争到这点小小的报恩机会，那也是件不容易的事！

这个双休日，韩钦宇买菜做饭、洗衣拖地、照看孩子……就像铆足了劲的陀螺，使出浑身解数，争着抢着干家务，和孩子套近乎，培养感情，这个曾因顾不上仔细收拾的家，眨眼间换了天地，两个曾忙得焦头烂额的主人，一下子轻松了许多。直到憋到星期日晚饭时分，韩钦宇亮明了自己的心意和想法，这让两位主人着实为之感动，就连小朋友也似懂非懂地拍着小巴掌高兴地欢呼起来："噢！阳阳不要小保姆！阳阳要和小韩叔叔一起玩！"

"钦宇，这段时间可苦了你了，说是让你来学习，办公室的门都没进过几次，更多的像是个不花钱的保姆，心里真有点过意不去！"薛记者说这话时，格外动情、格外内疚。的确，韩钦宇自打住进了这个家，每天天不亮就忙着打饭、送孩子、洗衣拖地、买菜做饭，忙得脚不沾地。

接送孩子如果需要的仅仅是细心和耐心，那么看孩子则纯粹是一门技术活，尤其是对什么都充满了童稚、好奇又非常黏人的幼儿。每天晚饭后，都是韩钦宇"小喇叭"直播时间，忠实的小听众会早早端上小凳子，缠着他赶快开讲。

"阳阳小朋友，小韩叔叔今晚要讲的是《大灰狼与小白兔》的故事……"《农夫和蛇》的故事他已经讲过好多遍了，虽然是变着花样讲的，但如果再讲就会穿帮。今晚这个故事，虽然也是讲过好几遍，但他在剧情上下了些功夫，应该可以蒙混过关。

"不要！不要！我不要听！"阳阳一听又要给她讲大灰狼的故事，红嘟嘟的嘴一下子噘得老高，眉头紧皱着，头摇得像拨浪鼓，"小韩叔叔，今天晚上能不能不讲大灰狼的故事？"

家境贫寒的韩钦宇几乎一直与儿童文学处于绝缘状态，尽管他搜肠刮肚，但还是脱不开那些老掉牙的故事，实在编不出什么新花样。蒙混过关的故事讲多了，凶残的大灰狼成了孩子模仿的对象，见人就龇牙咧嘴。一天晚上，阳阳突然抱住正在蹩脚地讲故事的韩钦宇，一口咬住他的耳朵，半天不松口，痛得韩钦宇差点没叫出声……

"阳阳！快松口，把小韩叔叔咬坏了！""小韩，快挠痒痒，好让阳阳松开口！"阳阳反常的举动，让一家人惊吓得不轻。韩钦宇痛定思痛，一头埋进了书海，他如饥似渴地啃起了儿童文学、古典文学、中外历史、新闻传媒等书籍。新华分社资料库成了他那段人生之旅的百乐园。经典短篇小说《巴比家的老门铃》、美国著名社论名篇《究竟有没有圣诞老人》等不仅成为他"小喇叭"直播的鲜活内容，而且厚实了他的文字功底，更如灿烂的星斗为他走好记者生涯指明了方向。

"钦宇，战士要有一双锐利的眼——那就是充满敌情的眼，记者则要有一双敏锐的眼——那就是永远都不关闭的'新闻眼'……""一滴水可以折射出太阳的光辉，好的新闻作品何尝不是如此？"……韩钦宇静静地聆听着，不时插话谈着自己的感悟。每个周末傍晚，林荫小道、家中客厅或是办公室里，随处都是薛记者为韩钦宇开设的新闻小课堂，他恨不得将自己这些年来在新闻战线上摸爬滚打的经验，一股脑儿都传授给自己的这个关门弟子，新闻的"散文化"几乎成了他们每次必谈的话题。

一天之中，唯有的空闲就是子夜过后孩子入睡后，才能看书写新闻。这段日子，韩钦宇的清晨是从子夜开始的。其实苦和累算不得什么，最难的是他在千里之外要采写到非常有新意的深度报道。他时常要利用仅有的点滴时间去寻找新闻线索，挖掘新闻素材，选择新闻角度，寻找文章的最佳切入点。

　　话易说，事难做。韩钦宇并非新闻科班出身，基层新闻工作者时常遇到的困惑也常常困扰着他，每每铺开稿纸便觉得可写的东西很多，但下笔之际却又捕捉不到有分量的问题。有"新闻铁脚板"美誉的韩钦宇利用新华分社新闻业务书籍多的优势，找来《范长江新闻作品集》《邹韬奋新闻奖作品集》等新闻著作，如饥似渴地学习钻研，从新闻前辈的新闻观里摸索门道，总结出了抓问题的三条基本途径：研究与官兵息息相关的问题，研究部队工作中迫切需要解决的对实际工作能起推动作用的问题，研究一定时期内官兵议论的焦点问题。

　　"每当夜幕降临，武警驻陕北某团党委常委门前的灯就会齐刷刷地亮起来。官兵们说，从这一盏盏灯，可以看出团领导廉洁从政的决心，我们心里踏实了……""叔叔我谢谢您了……当这位年仅12岁，白血病就判了她死刑，而且被告知她的生命最多只能维持两个月的'幸子'，流着感激的泪水站在病床前给他鞠躬时，这位在多次悲喜面前都不曾掉泪的著名相声艺术家和在场的医护人员，一起流泪了。"……这些摘自韩钦宇和他的老师薛剑熙的获奖作品《常委门前有盏灯》《叔叔，我给您鞠个躬》《谁是共产党员》等获奖作品的新闻导语，毫无争议地被摘录下来，贴到了报社评报栏最显眼的位置。

　　"瞧瞧，这一个战士报道员，就能把新闻作品写成这样，多了不起啊！""谁说不是呢！钦宇可是咱报社的名人啊！"这半年多来，军区报社接连收到韩钦宇写来的新闻作品，几乎每篇都是精品力作，编辑们都忍不住赞叹，"啧！这小兵可小瞧不得，照这样干下去，年底军区新闻十佳人物可少不了他！"

　　"欢迎欢迎！你就是韩钦宇啊！你虽是一名新闻战线的新兵，但也是这条战线不可多得的一匹'黑马'啊！"就在两天前，军区报社副社长黄勤信听说韩钦宇来军区学习，欣然约见了他。韩钦宇采写的《典型也需要理解尊重和爱护——"笔杆子"：手下留情》（以下简称《留情》）一稿，从选稿到编辑一直到终审，这位老新闻人倾注了太多的心血。稿件内容他耳熟能详，说的是一位标兵连长，家遭火灾，父亲被烧身亡，妻子被烧成重伤，小孩患病夭折，心急如焚的连长准备请假，机关两名"笔杆子"却捷足先登，将他的事迹整理成材料予以上报，结果王连长的嘴被"堵"住了。痛心不已的王连长只好含泪请求部队党委为他摘除标兵连长和"武状元"的桂冠。"基层典型难当，一个重要的原因，就是某些领导机关在典型宣传上，存在不顾典型人物思想、工作和情感的实际，人为地把典型孤立起来。《留情》一稿正是从典型人物被人为拔高这个事实入手，鞭挞了形式主义的做法。这样的稿件，舍它用谁？"他兴奋地告诉韩钦宇，"此稿编发后在部队引起了强烈反响，我和责任编辑都将力荐这篇稿件参评军区和人民军队报年度好新闻奖，并入选本报编辑"八人谈"专栏，你就静候佳音吧！"

　　熟悉韩钦宇的人都留意到，自打他来军区学习，成天都在军区大院里穿行，很多时候都从报社门口路过，可生性内敛的他从未踏进过报社的门槛。写好的新闻作品往信封里一塞，剪掉一个角，就会寄到编辑的案头。有时编辑向他约稿，顺带问他是什么级别的干部，当得知他是一名战士报道员时，不免诧异，赞他有天赋，是块记者的料！这一年，韩钦宇因颇为高产、仗义执言、接连获奖，而声名鹊起。军区评选十佳新闻工作者他位列第七，且是唯一一名"兵记者"。学习尚未结束，便传来为他召开二等功庆功大会的消息。

　　"钦宇，快过年了，你回家一趟，看看两边的老人吧！今年，我和你嫂子是回不去了……"当天下午，薛记者拿着买好的车票，拎着打包好的礼物和路上吃用的东西，将韩钦宇送上了东去的列车。临上车时，薛记者有一搭没一搭地和韩钦宇拉着家常，韩钦宇才得知薛记者有一个弟弟、两个妹妹，大妹排行老二，已嫁人。弟弟也是行伍出身，年纪最小的妹妹与自己年龄相仿，正在读高三。

"他妈，赶快做饭，剑熙部队来人了！"薛记者的父亲打开大门，见到身着军装的韩钦宇拎着大包小包，他想都不想，就招呼老伴赶快生火做饭，儿子部队有人来家里探望，这是多么让人高兴的事情，一定要给儿子长脸。喜出望外的老伴，一边忙着系上围裙准备下厨，一边急匆匆地迎出了房门，又是嘘寒问暖，又是问东问西的，没过多久就亲得像一家人一样。吃过晚饭，天色渐晚，韩钦宇赶紧道别，准备回家，两家虽然是镇挨着镇，但要上一座原，再晚就没有公共汽车了。

"钦宇，别着急，到这里也就是到自己家了！剑熙经常念叨你，说你给家里做了不少事，孩子带得特别好，这回回到家了，你就多待上几天，给你补补心！"伯母见钦宇起身收拾东西要走，慌得摁住地上的行李，说啥也不让拿，一个劲地给老伴使眼色，两个人一番苦留，盛情难却的韩钦宇恭敬不如从命，只得客随主便！这几天里，韩钦宇和两位老人感情越来越深，几乎无话不谈，此外，他还见到了薛老师的大妹妹和大妹夫，两人天不亮就离家，晚上很晚才回来。小妹妹在住校，一直没有回家。几天后，老人才恋恋不舍地将韩钦宇送出了家门。

"他爸，咱剑熙专门安顿这孩子来咱家探望，我想他肯定是有想法的，你看这孩子和咱们毓秀年龄相仿，人模样也挺周正！"这天夜里，韩钦宇刚离开家，两个老人便有一搭没一搭地闲聊起来。"这说的也是，他妈，我看咱女子以后好好考个大学，对象指定不能在农村找，咱得让孩子都能进城过上好日子！"说到这里，剑熙的爸爸不由得激动起来，前些天，他和儿子通完电话就动了心眼，早已把韩钦宇的家世记在了心里：韩钦宇祖上是大户人家，经营一家钱庄，商号"地里生"。他的祖父排行老二，兄弟五个。他家的院子当年三进三出，足足占了大半个村子，院中央的木阁楼雕梁画栋、青砖黛瓦、斗拱飞檐、彩饰金装，猛兽兽脊彰显着他家三个武举人的显赫与尊贵……

"这孩子咱老两口算是看上了，最后能不能成，还得看两个孩子有没有这缘分。"剑熙的母亲看着老伴的烟斗在黑夜里明灭，尽管呛得连声咳嗽，但还是住不了嘴，"他爸，这婚事成不成咱先撂在一边，前年我赶周公庙会，有人给我卜了一卦，卦象上说我这一辈子得操个偏心，才能对咱们家更好！"剑熙的父亲一边用手指按压着烟锅里正燃着的烟丝，一边若有所思地问道："他妈，你说的这个要操个偏心，是咱们要咋样做才行？"剑熙的母亲见老伴生性木讷，点拨不透，只得直接摊了牌："这操个偏心，就是我们把这孩子先认个干亲得了，以后如果成了，咱们多个女婿，皆大欢喜；如果不成，咱们多个儿子，也不吃亏啊！"恍然大悟的剑熙父亲直夸老伴心里亮堂。

"老师傅，请问韩钦宇家怎么走？""哦！你说的是那韩海岳家的三小子吗？我带你去！"正在十字路口谝闲传的邻居带着重孝在身的薛记者就往村东头走，还不到家门口，便扯着嗓子招呼起来："钦宇，赶快！你们部队上来人了！"韩钦宇回到家第二天，屁股还没坐热，就被薛记者用车接走了。上了车，韩钦宇才知道两天前还有说有笑的薛伯伯，突发心脏病去世了。

素日里父慈母爱、欢乐祥和的这家人，如今人人满面愁苦，悲恸欲绝。长年住校的小妹请了事假，整天哭得像个泪人，没日没夜地守在父亲身边，韩钦宇怕她一个人守灵孤单，围坐在火炉旁默默地陪着。他不知道该如何安慰她，他所能做的就是陪着她一起暗自落泪。薛记者是长子，家里的大事小情都得他张罗周旋，忙得整天脚不沾地，加之他从小跟着父亲走南闯北、吃苦受累，与父亲感情很深，突然的变故使他刹那间与父亲天人两隔，迅疾得都没能见上最后一面，悲伤与愧疚日夜纠缠着他，几天下来整个人都快瘦脱了形。安葬这天，薛记者与弟弟身披重孝，一个捧着父亲的牌位，一个头顶灰盆，韩钦宇也被安排进送葬的队伍，披麻戴孝……

"咱妈是不是糊涂了，一个不沾亲带故的外姓人，怎能担得起这么高的礼数？"一直和老人住在一起，像亲儿子一样侍奉老人的大女婿，见韩钦宇也和他们一样重孝在身，一脸的迷惑，直犯嘀咕，"可不是嘛，你看老妈快把小韩疼成啥样了！"大女儿怕隔墙有耳，立马劝丈夫道："这事我看可不简单，咱们不知内情，还是别乱说话的好！"韩钦宇哪里知道，伯伯伯母初次见面之后，就有心收他为义子，并打算将自己的女儿许配给他，只是这层窗户纸还没来得及捅破，薛伯伯就因突发心脏病而撒手尘寰了。

父亲走了，家里的顶梁柱一下子塌了！料理完后事，薛记者姊妹都各自开始奔忙，家中只剩下母亲和小妹，两亩多水田和菜地需要侍弄，家里旱厕也需要清理，半亩水地里的藕也等着人挖……农事不等人，韩钦宇一刻也不敢停歇，又忙着家里地里的活计，偌大的一个旱厕，他用了整整两天时间才清理干净，半亩旱地也深翻了一遍，好为来年备耕。半亩藕田，光用面盆淘水，就整整忙了三四天……勤劳坚韧、憨厚善良的韩钦宇给这家人留下了深刻的印象，小妹在同他一起劳作中，感情越来越亲近。

福无双至今日至，祸不单行昨夜行！这两句话用来形容韩钦宇这两年的际遇真是再妥帖不过了。初恋受挫的韩钦宇这一年迎来了他事业上的辉煌，自他调到陕北后，短短两年间，他在国内各大新闻媒体刊稿数百篇，多篇作品被解放军报内参转载，并在军内外捧回了十几项大奖。调来头一年就立了三等功，紧接着又立二等功。

"钦宇，这里有你的快件！"

"哪儿来的？"

"你老家的，要不我给你拆开念念？"

早春时节，归队不久的韩钦宇就接到了小妹寄来的挂号信，信不是很长，除了问候，就是别后家中的一些情况，但信叠得非常讲究，犹如两颗交叠在一起的心，心心相印的这颗心里写着一句话：

"I LOVE YOU!"

一股浓浓的相思之情洋溢在了心头，一个双脚刚刚迈出农门的士兵，能够得到家境优裕的姑娘的垂青，韩钦宇在惊喜之余真有一种高攀不上的感觉。尽管如此，韩钦宇考虑到毓秀比自己小整整5岁，还在读高中，不能因为早恋而影响了学业和前程。他按捺着自己激动的心情，没有给她回信。没过半个月，小妹又接连发来了两封信，情感一封比一封明晰。韩钦宇这次及时做出了回应，在信中，他除了表达自己的心意外，一再开导小妹要把主要精力放在学业上，真挚的爱情和美好的事业能给人带来无尽的动力，能将人带入天堂……

此后，他们又通了几封信，感情还在不断升温，谁知，就在韩钦宇几乎倾其所有的时候，一封信却犹如晴天霹雳，让他的情感一下子进入了严冬：

难以说我无情

难怪你伤心

难得三生有幸

难忘一往深情

轻舟流相亲

何必曾相识

你我原本是路人

茫茫天涯路

处处是浮云

只因辛劳伴我

你何苦妄自痴

不断该断须断

不尽该尽须尽

不了该了须了

信的末尾赫然写着这样一句话：情误锦绣前程！

韩钦宇看着这封信，真有种恍如隔世的感觉，他收拾着自己的心灵碎片，暗自舔舐着正在滴血的心！

唉！韩钦宇此刻的痛苦岂是一日埋就？这些天来，薛毓秀家里也为此没有消停！

"金虎，你倒是醒醒啊！"刚刚从失亲之痛中走了出来的薛毓芳，这天晚上翻来覆去睡不着，她摇醒了身边的丈夫牵心地说，"咱爸这撒手一走，母亲也老了，大哥二弟又都出门在外，毓秀眼瞅着也大了，对象的事可得多操些心，家里说啥得有个主事的！"

"不是还有咱妈吗？"刚已沉沉睡去的丈夫突然被搅了美梦，睡眼惺忪地敷衍着，"毓秀的事有咱妈做主，我这女婿是外姓之人，瞎操哪门子心啊……"话没说完，微微张开的眼又不由自主地慢慢合上了，这一天东跑西颠地贩菜，锱铢必较，费心劳神，也真够累的。

"瞧你这说的啥话！快起来，把眼睛给我睁开！"薛毓芳见自己费了半天口舌，丈夫竟压根没当回事，不由得两眼直冒火星，"俗话说一个女婿半个儿，咱现在长年累月和老人住在一起，和入赘的有啥两样，爸妈可是白疼你了！"

"行！行！行！我不睡了好不好！"经过这么一折腾，金虎尽管累得头晕眼花、腰酸背疼，但哪里还能睡得着，一想到韩钦宇就气不打一处来，他心里暗骂道，这小子不知道哪来的魔道，这才和家里人认识几天，大哥就这么器重，老人就这么疼爱，我这待在身边的女婿辛苦十年也赶不上他比画这几天，你说这以后要成了，我在这家里还有立锥之地吗？是得给他点颜色瞧瞧了！

"刚见个人就认干亲，还没问清底细就准备嫁闺女，你说咱爸妈究竟是咋想的？"想到这里，这个精于算计的小商人，算珠子在心里打得震天响，他撑起半边身子，拧亮了床头柜上的台灯，扭过头去对妻子说，"咱家也算是大户人家，日子过得这么红火，毓秀自小没吃过苦，说啥也得嫁个门当户对的。再说咱毓秀要个头有个头，要模样有模样，哥又是部队上的领导，啥样的对象不能找？"

"可不是！韩钦宇也不知道给咱爸妈灌了什么迷魂汤……"不等妻子说完，金虎眨巴着一双狡黠的小眼睛接过话茬道："咱妈被迷惑了倒也没啥，你多在妈跟前吹吹风，抖搂抖搂韩钦宇的家底，让她明白毓秀跟了韩钦宇有吃不完的苦头，到时不怕妈不转风向！退一步讲，即使妈转不过弯，只要毓秀不动心，妈那儿也只能是剃头挑子一头热。"

"这些事就交给我吧！看他韩钦宇的如意算盘还能打多久！"薛毓芳听着丈夫的话，心里不由得盘算上了：好你个韩钦宇，我们家金虎又不是没去过你家，三间土坯瓦房，后院养着猪，猪的尖嘴都快将山墙拱穿了……你说我这妹妹要是就这么给拐跑了，那不是让左邻右舍笑话吗？不行，明天一早我就得找妈好好聊聊！

"毓芳，毓芳，快醒醒，太阳都这么高了，你们咋还睡着不起床，早集都要散场啦！"这天一大早，老人见女儿女婿这么晚了还没出家门，焦急得又是叩门又是催促。薛毓芳不紧不慢地舒展着腰身，打着呵欠，随口支应着："妈！今天我们要和一些老主顾清理一下旧账，约好了下午见面，不着急出门。等会儿吃饭时，毓秀的事还得和你好好聊聊……"

"毓秀的事？"老人一听薛毓芳要和自己聊毓秀的事，心里不免犯起了嘀咕，"毓秀能有啥事！饭我都做好了，你边梳洗我们边聊呗！"薛毓芳见老妈对毓秀的事又敏感又似乎在装糊涂，便旁敲侧击地询问道："妈，韩钦宇这小伙挺精干、挺机灵的，听说妈挺喜欢他的，还认他做了干亲？"

"噢！有这么回事，人家算命的说我老了要操个偏心才好，这不钦宇这孩子不错，我和你爸就商量着认了个干儿子……"老人见敷衍不过去了，这才轻描淡写地对女儿说。薛毓芳见妈妈说了半天，还在兜圈子，她截断了母亲的话头，接着又询问道："这干亲认了，是不是才算刚敲起了开场锣鼓，接下来还有好戏紧跟在后头？"

"我和你爸是有一些想法，这不八字还没一撇，你爸不就走了吗？"老人见这件事已是纸里包火，索性摊了牌，"你爸和我见了钦宇这孩子心里都喜欢，毓秀今年也快二十了，该找人家了，可这人和人的缘分就得碰，碰对了就得抓住，错过了就再也难找了。人常说，这前悔容易后悔难啊！"

"照说是这么个理，可妈你想过没有，谈婚论嫁可不能光看这人咋样，还得看门当户对！就说这韩钦宇家吧，总共就三间土坯瓦房，一间灶房，剩下两间住着两代人，他探个家还得四处打游击……"不提这些倒罢，一说起韩钦宇家的烂包光景，薛毓芳不由得就急红了脸，变得喋喋不休，"就说这家徒四壁咱忍了，可钦宇父母年逾古稀，二哥务农，没有经济来源，赡养老人的重担无形中落在了钦宇的肩上，这不是把咱毓秀往火坑里推！"

"古人说，穷不过三代，富不出五服！韩钦宇家已有两代人受过穷，他家三个儿子听说都挺成器的，穷日子眼看就要到头了！"老人见女儿女婿嫌贫爱富、刻薄寡恩，便为韩钦宇家抱起了不平，"听人说韩家祖上有根基着呢，经营过私人银行，商号'地里生'，方圆百里内都有名声。十里八村的人，谁家有磨不开手的时候，拿只斗或升子到他家钱山去取钱无人阻拦，亏出的豁口自有人补上，仗义着呢！"

"韩家是有根基，就是当年他家败落了，村子方圆几里的地后来又让韩家全买了去，生产队的几十头牛、马、骡都是他家捐给集体的，韩家之所以没有被定为地主，一半是族人眼光长远，合作社刚兴起，便将家业捐了个精光，一半是周济过的同乡人为他家说了好话。"女婿见岳母翻上了韩家老皇历，随声附和道，说到紧要处，他却话锋一转，"隔山的金子能挡住铜花！他祖上海口夸得再大，后半生不也都在云游？他家原来烈火烹油、日进斗金，现在还不是变得家徒四壁、一贫如洗！"

"唉！我老了，你们年轻人的事自己看着办吧！"老人见毓芳两口子一副咄咄逼人的样，颓然地低下了头。韩钦宇家的境况事前她还真没在意，只要这人好，家境不也是会变的嘛！可眼下，毓芳留意到了毕竟也是件好事。有这样的姐姐罩着，毓秀吃不了亏！想到这里，老人这才若有所思地说："我这儿怎么都成，可毓秀心里咋想的我可管不了，人活一辈子，我看八成都靠命！"

"妈这一关过了，那只是扬汤止沸，要想让他俩分手，还得釜底抽薪！不过这活还得靠你来做！"初战告捷的金虎又忙着给妻子支着，"初恋是谎开的花，别看毓秀他们鸿雁传情，但那都是躲在象牙塔里的东西，经不起风吹雨打！"这番宏论没想到竟出自丈夫之口，薛毓芳不由得对朝夕相处的丈夫刮目相看，甚至萌生了几分崇拜与敬畏。她怯怯地向丈夫讨教道："那我们怎么才能做到釜底抽薪？怎样才能阻止毓秀与韩钦宇之间的来往？"

"他们之间的来往不能阻止，也阻止不了，我们要做的是引导毓秀谈好恋爱！"金虎见妻子没有领会到自己的深意，便解释道，"毓秀今年不满20岁，没有谈过恋爱，还没弄清恋爱与婚姻的关系，再者还缺乏鉴别真爱的能力和恋爱的经验与技巧。"

"这恋爱还得有技巧，看对眼了往一块凑不就得了？"薛毓芳见丈夫答非所问，越扯越远，心里越发糊涂起来，"歌里不都在唱'要想致富先探路，要想恋爱多交谈'，这两个人我看早就看对眼了，一旦谈上，怕是分都分不开！"金虎瞥了一眼妻子，续上了一支烟，两眼盯着吐出的烟圈，神情诡秘地说："恋爱中的人是最傻的，这爱的分量不好掂量，爱的前景比较迷茫，得有人帮她出出主意，这情感的走向才好把握！"

这一夜，金虎的一番宏论让妻子薛毓芳如醍醐灌顶，这爱情经说啥也得给毓秀念好！转眼间到了薛毓秀返家的日子，薛毓芳早早就收摊等在了校门口。

"姐，你今天咋有空来接我？"薛毓秀出了校门刚瞥见姐姐，便笑着迎了上去，挽住了姐姐的胳膊肘。"姐这不想你了嘛！"

姊妹俩多日不见分外亲热。"钦宇走了有段日子了，最近有联系吗？"话题很快就扯到了韩钦宇身上。那段日子里，尽管和韩钦宇一直待在一起，彼此已经熟识，但这种情愫毕竟既像亲人又非亲人，何况毓秀正值青春妙龄，不由羞得面色绯红。会意的姐姐马上解围道："哪个少女不怀春，哪个少男不钟情？你这年纪已到了该谈对象的时候，这有啥难为情的！"

"我和你姐夫谈对象那会儿还没你大呢！不过他比我要年长几岁，追得可紧了，我怎么躲他都躲不开！"见妹妹脸上的红晕渐渐散去，薛毓芳揣摩着妹妹的心思，只字不提妹妹和韩钦宇的事，话题一下子扯到了自己身上，"俗话说，这女追男，隔层纱；男追女，隔座山！咱女的如果太主动，男方多半不珍惜，婚后容易陷入被动。女的矜持点，男方一追咱就退，男的一停咱就等，多和他周旋过招，不怕他日后不服帖……"薛毓芳见妹妹并不答话若有所思的样子，便又接着传授起自己的恋爱经，"这男人的心，你最好能把它当成你的插针包，你的针插得越紧越密，他的心你就占据得越牢靠……"

"姐，我认为人与人相爱还是越简单越好，你喜欢他只要对他好就行了，他怎么对你那是他的事！"单纯的薛毓秀哪里见过这阵势，姐姐的这番宏论使她感到如坠云雾里，一时找不见北。不过眼下父亲刚走不久，高考在即，好事不在忙中取，心仪的人是不是真心，还是先出点难题考考也好！想到这里，薛毓秀话锋一转："姐，你的心思我懂，那我就照你说的办，让他好好活络活络筋骨，我好以逸待劳，看他到底动了几分真心……"

薛毓秀的态度犹如韩钦宇心头的晴雨表，难道这就是我们弟兄三个爱的宿命：脱不开老丈人做媒，脱不开世俗的羁绊，脱不开老人受苦受难？韩钦宇的心不由得像被针扎了一下，揪心的往事又浮现在心头。

韩钦宇有姊妹五个，两个哥哥，两个姐姐，韩钦宇排行老五。韩钦宇的大姐在他很小的时候就已出嫁到邻村。从韩钦宇记事起，两个哥都已上中学，后来大哥因文化程度高，被公社录用为书记员，虽然年龄差异，聚少离多，但是丝毫没有影响到弟兄间的亲密感情，韩钦宇那时还是个懵懂顽皮的孩子，哥哥一旦有快乐或忧心的事，小钦宇总是眨巴着眼睛问个不停，直到他似懂非懂地满意为止。

两个哥哥都长得很帅气，加上有才情，这不刚到弱冠之年，便成了情窦初开的姑娘们暗恋的白马王子。一时间，说媒的人纷至沓来，门槛都快被踩出了豁口。老人为两个哥哥定下的亲事都是老丈人上门保的媒。二哥的婚事倒没怎么闹腾，大哥是父母张罗的婚事，却遭到大哥韩钦周的极力反对，但大哥和大嫂的婚事两边老人还是一拍即合，甩开儿女给定下了。

开往边城的军列缓缓启动前，父母才将他们的决定告诉了儿子。闻听此事，韩钦周感到自己的头上犹如闷雷炸响，半晌缓不过神来。直到车开出了站，他才猛地回想起送站的人群中似乎多了一个女孩的身影，女孩一直低着头，磨蹭着往后缩，最后干脆转过身去，只留给他一个背影。这场婚姻的帷幕一经拉开，就给韩钦宇幼小的心灵投下了阴影。

韩钦周入伍后，大哥大嫂只礼节性地通过一封信，就再也没有交往。双方没有深交，未动真情，也无所谓牵挂，倒也落得个清静。然而，这门看着稳赚不赔的婚事却让父母伤透了脑筋。老人一年到头没黑没白地辛苦劳作，挣的公分远不够一家人吃用，二姐、二哥相继辍学务农，可就是这样，日子依旧过得捉襟见肘。为给两门亲事筹钱，一家人每晚偷偷编竹篮，指头都快磨秃了，扎满竹篾的手时常化脓溃烂，疼得连筷子都拿不住……

上门结亲时，老丈人满口答应一切从简，随缘就好，但韩钦周前脚刚走，媒人后脚就跟着来了。好在诚信厚道的两位老人，每到难处总有人出手相助，他们再怎么艰难，也从不给孩子透露一星半点。

韩钦周走后，几乎每年都有人敲锣打鼓地往家里送喜报。按理说，孩子越出息，父母越有面子，亲家也该更省事，但老人很快发现自己错了，喜报送得越勤，锣鼓敲得越响，亲家彩礼要得越勤，要得越多！原因是孩子有出息了，部队里传来的风言风语也就多了，单位的女干部如何给韩钦周暗送秋波、领导如何暗示要把韩钦周收为自己的乘龙快婿等传言总会不断传来，使韩钦周的老丈人神经越绷越紧，套牢韩钦周的尺码也在不断加大……

他怎能忘记那年冬天，纷纷扬扬的大雪下了整整一夜，地处周原的这座小村庄银装素裹，炊烟袅袅，纷飞的大雪中，一个身姿挺拔、英气勃发的年轻军官，踩着厚厚的积雪，大步朝自己日思夜想的农家小院走来。

"爹！娘！我回来啦！"未到门口，韩钦周就迫不及待地呼唤着父母亲。"哎哟我的儿啊！娘可把你给盼回来啦！"母亲一听到儿子的喊声，顾不得放下手里的活计，踮着个小脚就往门外跑，雪地里打了好几个趔趄。正在磕烟灰的父亲，也忙得连鞋子都给穿反了，顾不得披衣就迎出了门，接上儿子才发现衣服口袋让烟灰给烧了个洞。

"钦周，你这回能回来一阵吧？明天赶快去看看云霞，你俩这亲都定下好几年了，让人家孩子苦熬苦等可不成，咱可别冷了人家的心！"母亲一边和面，一边心疼地说。父亲拉着风箱，随口附和道："你娘说的是，你这下干成了，也算是给咱们祖上增了光，但事干得再大，也不能忘了本，今天如果不累，你就该到老丈人家里走一走……"见老头这么着急，她笑着嗔怪道："你这死老头，是不是喜疯了，孩子回到家屁股都还没坐热，你就不能让孩子吃了饭顺口气再走！"

……

母亲麻利地系上了围裙，宰了一只还在下蛋的老母鸡，父亲搜遍全身的衣袋，悄悄去村口买回了二两豆腐、半斤韭菜，不大一会儿，香喷喷的臊子面就出了锅。没等他们下筷子，家里就来了不速之客。

"妗子啊，表弟回来啦，有好吃的，可别落下我呀！"两位老人听声便知是谁来了，身子不由得打了个激灵，刚盛好的面碗也差点给打了。"钦周啊，可把你给盼回来啦，咱们一家人不说两家话，我也就不兜圈子了，你这门亲事，这几年可把舅舅妗子给作难坏了，人家女方虽然通情达理，不跟咱要啥，但这礼数还是要讲的。你这下提了干，咱得好好给云霞置办点东西，顺便择个日子，把你们的事给办了，也算是了了父母的一桩心事。"

刚回家头顿饭就像吃了芥末油，韩钦周真是气得喉结都在抖动，差点当场就下逐客令，让媒人下不了台，想想父母这些年实在不容易，这口气他硬生生地忍下了。媒人走后，早就对这门亲事不感冒的韩钦周心彻底凉了。他从背包里翻出一张女孩照片和一摞情书，给父母摊牌道："我和云霞虽说订了婚，可没啥感情基础，退婚吧！"

那天晚上，大哥和父亲彻底闹翻了脸。唉！大哥中意的那女军官眉清目秀，身材又好，与大哥可般配了！大哥那年在战场上受了伤，眼睛被炸得差点保不住，当时都要挺不过来，是人家姑娘一整夜一整夜陪护着开导着硬从死神手里拽回来的，你说父母咋就不念点恩，动点恻隐之心。

　　那天晚上，韩钦周背转身和衣躺在后炕上，手里攥着信封，痛苦地抽搐着，泪水像断了线的珠子，眼睛肿得像樱桃。韩钦宇知道哥哥心里苦，但他只有叹气的份。这段情成了大哥一辈子不敢触碰的痛……唉！现在这些烦心事又落在了自己头上，爱一个人咋就这么难，人要是一直不长大该有多好！

第四章

起航，爱路艰辛亦精彩

　　这年夏天，韩家可谓喜讯频传，自韩钦宇调到陕北后，连年立功受奖，直接提干的呼声越来越高，看着儿子捧回的金灿灿的立功奖章、红彤彤的获奖证书，年过花甲的父母乐得合不拢嘴！他们欣喜地预感到，韩钦宇的人生航船即将驶向新的起点，军旅生涯也将随之翻开新的一页！

　　"老哥哥，老嫂子，孩子给咱们在部队立了功，挣了脸，他这离'跳农门'只有一步之遥啦！"村里几个出过远门，见过世面的乡亲扯着韩钦宇父母的衣袖，意味深长地说，"在这节骨眼上，咱可得给孩子把劲凑上，把路铺平喽！""娃他爷，你们都见过世面，你们说这孩子的事咱可咋帮啊？咱得咋样才能给他使上劲，你给指点指点。"乡亲见韩钦宇的父亲满脸堆笑，压低嗓子给他支起了着："现在时代不同啦，办事得走门路，咱没钱，过去给人家送点好烟好酒，孩子这么大的事，人家还不研究研究（烟酒烟酒）吗？"

　　话虽好说，理也没偏，可看望人家领导，礼轻了人家瞧不上，礼重了钱从哪里来？这天晚上，韩钦宇的父母又受起了熬煎：这孩子算是他老两口的老生儿，自打来到这个家里，饥一顿饱一顿，没穿过一身新衣服，考北大清华的料，没钱供给愣是当了兵，说来也够委屈的，考个军校，文化课全师第一，跑个步竟能把人给跑休克。这回好不容易有了提干的希望，咱就是砸锅卖铁，也得给孩子搭把手！

　　这天一大早，合计了半晚上的韩海岳，牵出了和他相依为命的老黄牛，这头没剩两颗牙的老黄牛是他们家唯一值钱的家当。等赶到集市已是午饭时分，好不容易找个买家，人家只给80元钱，多一分都不行。他和钦宇好说歹说，约定两天后出发到韩钦宇部队去看看，眼下天色已过午，牛还没卖出去，已是高龄的黄牛腿脚颤颤巍巍，嘴里不住地吐着白沫，泄了气的老人木然地蹲在地上，不知如何是好！

"大伯，我这出不上价钱，有个地方你这牛能多卖些钱，只是……"刚刚准备买牛的小伙见韩海岳急得不轻，他动了恻隐之心。韩海岳听到有地方牛能卖高价，茫然的眼里突然闪出了一道光亮，他噌地站了起来，人似乎一下子变得精神了，他凑上前去，迫不及待地讨教道："小伙子，你说，我上哪儿去能卖好价钱？"小伙瞅了瞅老黄牛头上手编的牛拢头，心里犯起了嘀咕：单从这个精美的牛拢头不难看出这个老爷子有多么疼爱他的老伙伴。他犹豫了半天，支吾道："我说的那地儿，虽能卖上钱，只怕你不忍心，到时我说出来，你可别骂我。"

韩海岳病急乱投医，此时哪能顾得了这么多，他随口道："小伙子就快说吧，我该往哪儿去，我这不实在没办法，等钱花。"小伙见状这才压低嗓门说："大伯，这牛我看大限也差不多快到了，要想多卖几个钱，干脆把它送到屠宰场，让它走得痛快点。"韩海岳闻言心如刀割，这头老黄牛是他三年前花了180元钱从屠宰场门口高价买来的，当时牛瘦得皮包骨头，这几年他成筐成筐地给牛割青草，冬天还要省下口粮给牛拌饲料，牛现在虽然年岁更大了，但身子骨却壮实了不少，唉，眼下为了孩子的前程，牛从哪里赎出来，又得昧着良心送到哪里去。想到这里，韩海岳悄悄抹了把眼泪，将牛送进了屠宰场。进门的一刹那，牛凄然地回眼望了望韩海岳，眼里吧嗒掉出一颗硕大的泪珠。

父子俩如期动身，出门前那天晚上，韩海岳把钱用纸里三层外三层地包了个严严实实，又用红布捆扎了，缝进了棉衣前襟里，这才放心。已是初夏时节，关中腹地早晚温差依旧较大，从未出过远门的韩海岳，早上出门时穿着一身棉衣裤，到了中午，车里热得像火炉，他几乎快被热晕过去，韩钦宇吓得不轻，他找出随身携带的报纸充当蒲扇，给父亲扇了一路。

好不容易挨到终点，为了卡上点，早已打算停当的韩海岳，连饭都顾不上吃，就催着儿子和他一起来到了部队大院外的烟酒店，买了两瓶郎酒，付款时，都快把整个衣襟给拆了，才从棉衣后背处找出了钻来钻去的卖牛钱。韩钦宇见一向节俭的父亲今天出手这么阔绰，顿时慌了神，拉着父亲就要退款，父亲世故地冲他笑了笑，说："三儿，你在部队能有今天，离不开领导的培养提携，眼下提干这么大的事，咱没钱送礼，我跟着你一道去把领导看望看望，那也是人之常情，要不就是提了干，领导不说啥，咱是不是心里也过不去。"

韩钦宇出了校门进营门，对关心培养过自己的人心里哪儿能没有一本账，又何尝不打心眼里感激，可眼下父亲这哪里是看望领导，分明是要去送礼嘛！想到这里，韩钦宇的拗劲一下子就上来了："你想到部队转转，我没意见，你想看望一下我们领导，我也不反对，可拿这么贵重的酒，那不就是去送礼吗？这样的事我不干！""来，拿着！现在都啥时候了，你还在翻老皇历，我看你是读书读傻了！人活着不容易，该有的人情门户必须得有，咱可不能假清高！"

韩钦宇好说歹说，没能拗过父亲，他无奈地从父亲手中接过酒，提溜着就往家属院赶。从未走过后门送过礼的韩钦宇，一会儿把酒拎在右手边，一会儿又倒在左手边，他感到身边走过的每一个人似乎都在像盯着怪物一样盯着他看，他们似乎都在唾弃他这个正在搞不正之风的人。像是横穿了大半个地球，他终于和父亲来到了师政治部主任的家门前。他抬起右手，轻轻敲了敲门，师政治部主任闻声拉开门，微笑着将他们让进了家。

韩钦宇刚一站定，便自报家门道："主任您好，我是咱们师二团新闻报道员韩钦宇，这是我父亲。"主任闻言欣喜地说："噢，你就是咱们的二等功臣韩钦宇啊！久闻大名，欢迎欢迎！"说罢，他又转过头来，高兴地对韩海岳说："大叔，钦宇是个人才啊，感谢您老为部队送来了这么好的孩子！"不等韩海岳说话，他便招呼两人坐下，韩钦宇进门时拎酒的手一直藏在身后，这会儿要落座，他不得不将手从身后移了出来，主任一见韩钦宇手里拎的两瓶酒，脸一下子黑了下来，他一边给韩海岳解释部队的规章制度，一边耐心地给韩钦宇讲起了"拉一把与推一把"的道理，直讲到口干舌燥，月上梢头，才将两人送出屋外，刚进屋又折身出来，陪他俩到门口的烟酒店去退礼品。

已经打烊的烟酒店老板见来人是师政治部的主任，他苦笑着对韩海岳说："大叔，您下午要是说买酒是为了看这位主任，你就是倒贴钱我也不会卖给你啊！"临分手，师政治部主任一再叮咛韩钦宇："笔杆子枪杆子，革命靠的二杆子。像你这样能文能武的好战士，不提你那就是部队的损失，回去后好好干，打消这门心思，如果让我听到你给谁送了礼，那干就别提了！"第二天天刚亮，韩海岳便放心地踏上了归途，上车前，他叮嘱儿子说："三儿，部队有这样的好领导，我这下放心了，你就听领导的话好好干，给咱们家里争口气！"

眨眼间，韩钦宇的军官梦梦想成真！那天晚上，他翻来覆去地睡不着，盯着椅子靠背上的崭新的少尉夏常服，思潮翻滚，感慨万端：这不会是一场黄粱美梦吧？昨天，自己还是一名肩扛四道杠的士兵，今天一纸命令就摇身一变成了干部！世事啊，真是让人难以捉摸！刚刚提拔为少尉军官的韩钦宇被留在团里任宣传干事。政委陈宁点名让他陪同下基层蹲点帮扶。

"韩干事这周末没啥安排吧？"从韩钦宇调到团里任报道员那

时起，就与他结下深厚友谊的指导员陆建飞，一早就敲开了他的门，"政委这两天有事，听说到下周一才能过来！"陆指导员补充道，一副迫不及待的样子。陆指导员面庞窄小、细皮嫩肉，五官看着比常人都要小一号，这就使他鼻梁上的那副再普通不过的近视眼镜，显得格外突兀。

"陆指导员您有事吗？"韩钦宇其实也没啥安排，本打算难得有个周末，看看书，充充电。但见陆指导员一副盛情邀请的样子，他马上话锋一转，俏皮地说："我没啥事！一切听从陆指导员调遣。"

"那好吧，咱俩逛街轧马路去吧！"陆指导员一边舒展着筋骨，一边若有所思地说，"眼下可是陕北最好季节，那山山峁峁、沟沟壑壑藏着玄机，藏着故事，藏着传说，美着呢！动人着呢！说不定还有一段佳话等着我们呢！"

……

远山含黛，碧空如洗，天下名州——黄原县城秋高气爽，云淡风轻，真是一个难得的好天气！远远近近的山峦，纵横交错的川道里，玉米、高粱、谷子、向日葵褪去了夏日的盛装，山坡上成片的枣树林，红得像一团团火烧云。小商小贩拉着架子车，走街串巷，叫卖时令水果，铁匠铺里炉火正旺，锤镰打刀之声不绝于耳。刚刚忙完秋收的乡下人，步履匆匆，忙着赶集筹办过冬的物品。

陆建飞和韩钦宇此时放下了手头的工作，忙里偷闲，欣赏着这迷人的秋景，抄小道来到县城里游玩。他们穿过大理河上的一座主桥，转瞬间来到了服装一条街。

"咦！快过冬了，我们去买套冬装吧！"陆建飞个头不高，看似形销骨立，但走起路来脚下生风，两条短腿频率很高，稍不留神，就有被甩的可能。这不，未等韩钦宇答话，陆建飞就已转身闪进了街头一家服装店，一位明眸皓齿的妙龄女子微笑着迎了上来。

寒暄中，韩钦宇得知这位姑娘是师范学院在校学生，假日里帮三姐看看店。

"筱潇，这是我们团宣传股韩干事，给你们康老师说一下，给他介绍个对象啊！"陆建飞并不忙着看衣服，而是郑重其事地对那个女孩说。女孩转过脸微笑着看了看韩钦宇，脸上泛起一丝羞涩。未等她开口，陆建飞又将韩钦宇大肆恭维了一番："我们这个韩干事，你别看他年轻，他可是我们部队的大才子，二等功臣，获奖证书那是一摞一摞的……"

韩钦宇哪见过这阵势，羞得恨不得找个地缝钻进去，可陆建飞似乎早有预谋，直到筱潇明确表态愿意帮忙，才拉着他放心地出了门。

"筱潇这女孩，咱可别小瞧喽！"回来的路上，陆建飞有一搭没一搭地对韩钦宇介绍说，"这女孩是黄原师范三年级的学生，那可是学校有名的校花，她不仅能歌善舞，而且拉得一手好提琴，曾代表学校参加过地区业余提琴大赛，还获过银奖呢！"

"嘿！我说你可别误会，我可不是花心大萝卜，更不是什么情种！"他见韩钦宇默不作声，无心听他掰扯，马上为自己辩护洗白，"筱潇她们学校去年到咱们部队搞过联欢活动，两家在一起又是扭秧歌，又是跳交谊舞，那场面可壮观、可精彩啦！筱潇在那次活动中让许多人倾慕不已，我们团没有结婚的年轻干部，还有离了婚的中层领导，许多向她射过爱的箭镞，但没有一个人入了她的法眼，动了她的芳心。"

转眼又到了双休日，韩钦宇早已把这件事抛在脑后，陆建飞又撺掇着韩钦宇和他一块去逛街。这次陆指导员拉着韩钦宇几乎是直奔主题。

"筱潇啊，我跟你交代的任务完成了吗？"一进店门，他便迫不及待地问道，"你们康老师可给我许过诺，要为我们团里的单身干部搭好鹊桥，多牵几根红线！"

"呀！陆指导员，实在不好意思，我……我给忙忘了。"说这话时，筱潇神情显得极不自然，脸上泛起了一抹红晕，两手不自觉地捻着自己的衣角。谙熟世故的陆建飞瞥了一眼，就洞穿了筱潇的心思，他会心一笑道："这可不行啊！这么大的事，你都给整忘了，那看来只有让你来跟韩干事谈对象啦！"

"行！那我就试试看吧！"筱潇见自己冷不丁被将了一军，逼到了墙角，情急之下，她捋了一下刘海，柳眉一扬，杏眼斜瞄，俏皮地反守为攻，豁了出去，把球一下踢给了有点幸灾乐祸的陆建飞，"谈对象是两个人的事，由不得你我，那也得看人家韩干事咋样想，咱也不能上赶子逼人家啊！"陆建飞见大功告成，他知趣地寒暄了几句，便抽身离去。

慵懒的夕阳像耗尽了力气的垂暮老人，刚才还在半山腰，眨眼间就已跌入山谷，暮色犹如黑色帐幔，铺天盖地地笼罩了下来。筱潇手脚麻利地收拾好店面，哐啷一声将她和韩钦宇反锁在了服装店里。

"请进，还愣在那儿干啥呢……"不等诧异的韩钦宇回过神来，筱潇调皮地撩开挂衣服的铁网，转身示意韩钦宇往里走。这时，韩钦宇才发现，服装店后边并不是一堵墙，而是一个能住人的石洞。平素里，韩钦宇只留意到服装一条街依山而建，门前街道下边就是长流不息的无定河，今天他才发现这座七层高、绵延近一里地的楼房，应该是依着楼后的绝壁修葺而成的。善于开挖窑洞的当地人，充分利用了上天赐给他们的这一便利。

典雅宽大的双人床，新颖别致的衣帽架，古典考究的化妆台……香气馥郁的石洞里，精美的陈设、温馨的气息本该令人心醉神迷，然而韩钦宇却紧张得手心直冒汗，在这之前，他别说和一个漂亮女孩独处一室，就是单独说句话都不一定有勇气。筱潇大方地招呼着韩钦宇坐下，为他沏茶。尽管一再让他放松，可韩钦宇还是坐也不是，站也不是，紧张得都能听到自己的心跳声。尴尬的场面令人窒息，时间仿佛快要凝固了。

"筱潇啊，你在里边吗？快给我开下门！"就在此时，外边传来了轻轻的敲门声。筱潇一边招呼还在发愣的韩钦宇，一边忙着给三姐打开了栅栏门。见三姐左拥右抱，气喘吁吁，她急忙上前搭手，麻利地将三姐搬来的东西归置到位。

"三姐，我给您介绍一下，这是韩钦宇干事！陆指导员的好朋友！"三姐一进门就觉得韩钦宇面生，不由得老盯着看，筱潇心想，毕竟自己和韩钦宇刚见过两回面，孤男寡女、瓜田李下，难免会让三姐多想，她灵机一动，马上为自己和韩钦宇打圆场道："三姐，韩干事文采飞扬，是部队的大记者，我现在担任了校报的编辑助理，今天他刚好没事，我向他讨教讨教。"

"那好，既然我回来了，店里也没啥事，韩干事难得来一趟，你们出去转转吧！"三姐毕竟是过来人，这点风情还是懂的，筱潇会意地向三姐莞尔一笑，拽上还呆若木鸡的韩钦宇，走出了店门。

凉爽的晚风吹散了夏日的燥热，昏黄的路灯给温顺的河流涂抹上了道道金光，纳凉的人们三三两两地走出了家门，年轻的情侣十指相扣醉心在这山城的美景……啊！这真是一个令人心动的夜晚！筱潇和韩钦宇此时正漫步在这多情的河边！

"钦宇，听说你酷爱文学，在诗词方面还颇有造诣，能否即兴为我朗诵一首？"筱潇出身书香门第，父亲是一个军旅作家，母亲是一所中学的老师，从小耳濡目染，读诗学赋，有着很好的国学素养，尤其是她天资聪颖、蕙质兰心，在艺术的国度里，浸润已久，深得其趣，一曲小提琴独奏《梁祝》，曾摘得地区大赛银奖桂冠。

"筱潇，您谬赞了，在这方面，我只是一个不起眼的追逐者、采撷者，实在不值一提……"近几天早已对筱潇家世及个人情况有所耳闻的韩钦宇哪敢造次，他谦逊地应答道，"不过承蒙你的错爱，恭敬不如从命，今后但有拙作，一定奉上，还望不吝赐教！"

"好吧，我的大记者，您既然这样谦让，我今天就暂且放你一马吧！不过，今后可得加倍偿还！"善解人意的筱潇见韩钦宇面露窘色，立马转了话头，给他搭好台阶，扶他下来，"这么清凉迷人的夜晚，我们可不能辜负，该做些什么才好！"

"我们去看电影吧，听说今晚的电影不错！"韩钦宇见三拐两拐转到了电影院旁，马上顺水推舟提议道，却并未得到筱潇的响应。这个粗心的人儿，他哪里会留意到女孩今晚的装扮：这个秀气的女孩，一身运动装使她显得既秀外慧中又充满活力，尤其是脚上的那双藏红色的运动鞋，走起路来仿佛两团燃烧的火焰。此刻，她低着头只管朝前走去，心领神会的韩钦宇，现在什么也不需要想，只管跟着她就好！

沿着条石铺就的山路，循着一路的月光，不大一会儿，就到了路的尽头，眼前突兀而出的黄原师范挡住了去路。两人漫无目地闲聊着，稍一转角，韩钦宇发现他们已来到了师范学院左侧的一条小径。凿石而成的小径蜿蜒崎岖，不知通向何处，小径两旁的山花星星点点，散发着清幽的香气，野枣树、灌木丛将山路装点得幽深而又神秘。两人拾级而上，很快就漫步到了半山腰，昏黄的路灯暗示着韩钦宇这是通往县城另一侧的公路。他下意识地提醒筱潇是否走大道。

筱潇径直穿过马路，头也不回地继续向山顶走去。韩钦宇只得疾步跟了上去。没过多久，他们来到了山顶处的一个碥畔上。站在这里，极目四望，黄原县城尽收眼底。县城虽说不上是一个端庄典雅的大家闺秀，却也是光彩照人的小家碧玉；县城里虽不是霓虹闪烁，却也是繁星点点。无定河和大理河宛如两条银白色的飘带，从黑色的天幕飘然而下。

晚风轻拂，美景如画，此刻，两人已然登峰极顶，筱潇被这眼前的夜景触动了，她心旌摇荡，情思萌动。在这样秋月如水、丹桂飘香的夜晚，还有什么才能配得上这良宵美景！她静静地望着远方，任思绪在天宇里翱翔，她忍不住发问道："钦宇，听说记者就是杂家，外国诗人的作品你喜欢吗？"

如水般的月色洒满大地，也给身边的人儿镀上了淡淡的清辉：微微仰起的脸庞写满了虔诚，秋水般的目光里情思闪动。沉浸在夜色中的韩钦宇半天才回过神来，谦逊地答道："那要看谁的，涉猎过一些。"

"依你的性格，是不是更喜欢婉约一些的？"见韩钦宇有些拘谨，她微笑着侧过脸来，双眉微蹙，俏皮地调侃道，"依你的身形和相貌，可一点也没有北方人的味道，倒是不乏江南才子的风骨。"筱潇的溢美之词，使韩钦宇变得越发拘谨起来，他审慎地对答道："亲情和爱情是文学永恒的主题，叶芝、普希金的作品无疑都是爱的律动，就像夜空中璀璨的繁星，那么动人！"……

共同的话题让一路沉默的韩钦宇打开了话匣子，心扉也不自觉地敞开了。

你的美貌对于我，

　　就像古老的尼色安帆船，

它载着风尘仆仆的流浪汉，

　　悠悠荡漾在芳馨的海上，

驶向故乡的海岸。
你那紫蓝色的头发，古典的脸，
　　久久浮现在汹涌的海面，
你仙女般的风姿，
　　把我引入昨日希腊的荣耀，
和昔日罗马的庄严。

嘿！我瞧你伫立在壁龛里，
　　英姿焕发，亭亭玉立，
手握一盏玛瑙灯。
啊，普赛克，
你从天国来。

　　美国文学奠基人爱伦·坡的作品充满了浪漫主义的色彩，有着摄人心魄的魅力，韩钦宇情不自禁地朗诵出声。令他沉醉的岂止是这令人心醉的夜色和动人的诗歌，身边人儿冰清玉洁的倩影，晚风中呵气如兰的气息，暗影里清丽可人的脸庞，强烈地感染着他，深深地打动着他的心。此刻，她像一只可爱的小羊羔依恋在他身旁。他从心底里感到，这首美妙的诗歌似乎就是为这眼前的人儿所写的。

　　转轴拨弦三两声，未成曲调先有情。与其说是朗诵，倒更像是娓娓倾诉，筱潇静静地聆听着，忘情地注视着韩钦宇满含深情的双眼，羞涩地垂下了眼帘。

　　秋水般的明月也害羞似的躲进了云彩。尴尬使两人一下子陷入了沉寂。夜静得出奇，耳畔似乎只剩下了他们彼此激动的心跳声。

　　"狄金森的《灵魂选择了伴侣》你读过吗？"脸上红晕渐渐散

去的筱潇抢先打破了令人难耐的沉默。夜莺般清脆婉转的嗓音将诗
人对爱的执念渲染得淋漓尽致、刻骨铭心。

灵魂选择了自己的伴侣
然后，把心门紧闭，
她神圣的决定，
再不容干预。

发现车辇停在她低矮的门前，
不为所动，
一位皇帝跪在她的席垫，
不为所动。
我知道她从一个民族众多的人口
选中了一个，从此封闭关心的阀门，
像一块石头。
……

　　韩钦宇含蓄地向筱潇倾吐着自己的心声，筱潇也诚挚地表白
着自己的心意，两个人甚至都将以后的日子勾勒得那样具体明了，
而又异彩纷呈。不知什么时候，筱潇已经依偎在了韩钦宇的身旁，
娇羞的眼里燃烧着火一般的热情，脸上静静地挂着两串泪珠。韩钦
宇也不知什么时候，紧紧地搂住了筱潇的肩头，深情的眼凝望着心
仪的人儿！时间在悄然飞逝，筱潇暗示韩钦宇自己有些冷，生性耿
直而又单纯的韩钦宇马上脱下自己的外套，披在了筱潇身上。
　　"钦宇多君子之风，却这般不解风情！"下山的时候，筱潇打
趣说，"我很敬慕你的人品，可是你就像一块木头……"

　　一连几个周末，筱潇都和韩钦宇悄悄地约会着，这天她将韩钦宇约到了自己家中，拿出自己的相册，兑现着她对韩钦宇的承诺。韩钦宇从中选了三张照片：有两张照片是夏天拍摄的，一袭束腰的连衣裙将筱潇曼妙的身材尽显无遗，如花的笑靥，清新可人；一张是冬天的，身着天蓝色牛仔服的筱潇坐在冰封雪锁的大理河中，清纯得犹如冰山上的雪莲……

　　韩钦宇默默端详着手中的照片，思绪像浮云一样飘得好远好远。他的心此刻犹如海潮般汹涌，一个不可抗拒的声音在告诉他自己：邂逅她，走近她，是一生的宿命，无关激情与冲动，而是源于一段爱情，一段在心中沉淀了许久的往事。她的一颦一笑、一举一动，是那么的亲切和熟悉，像极了那个曾经让他神魂颠倒，到现在仍久久不能忘怀的女孩，让人一下子找到了初恋的感觉。

　　是啊！这种令人艳羡的幸福来得实在有些突然，以至于都没敢正眼看看这个芳心暗许的纯情少女。"耕者忘其犁，锄者忘其锄。来归相怨怒，但坐观罗敷"如果用在眼前这个女孩身上，的确一点也不夸张。单就这一双清泉般水汪、深邃的眼睛，让人瞄上一眼就足以深陷其中，难以自拔。难怪有人曾调侃道："这可爱的人儿，眨巴一下眼睛你就活了，眨巴一下眼睛你就死了，再眨巴一下，你就会想活活不了，想死死不了！"

　　"照片选好了我就帮你封装起来吧！喏，看看这个你喜欢吗？"循着银铃般欢快的声音，韩钦宇这才发现刚才还在身边陪着自己出神的女孩，手里正拿着一个五彩斑斓的斗笠。斗笠上，五彩的小星星是那样的精美绝伦，闪烁的光芒好像夜空中颗颗繁星，调皮地眨巴着眼睛，那样的明艳动人、令人着迷……

　　"好看吗？送给你的！雨帽上的小星星刚好365颗，希望它们都能够成为你的幸运之星，每天带给你好心情……"韩钦宇默默地享受着令他心醉的快乐时光。就在这时，女孩出神地望着窗外即将坠落的夕阳，眼神一下暗淡下来，她像是被什么东西蜇了一下，脱口道："你赶快走吧，我妈快回来了！"

"我的心思你知道，可我妈这道关不好过，你可得有心理准备。"看着韩钦宇疑惑的眼神，筱潇解释道。可韩钦宇心里的谜团还是越聚越大，他下意识地连珠炮般地追问道："她对每个人都是这样吗？是不是因为你年龄太小，怕被人骗……"不等问完，他立马觉得自己的问话有些唐突，便紧接着又补上一句，"如果是这样，我愿意等。""倒不是年龄的问题，我妈对穿军装的'过敏'……"话刚脱口而出，筱潇意识到自己有些失言，她故作轻松地说，"这件事我会处理好的。"

"快走！你听！要不来不及了！"筱潇紧张地催促着，脸涨得通红，鼻尖上冒出了细密的汗珠。高跟鞋的噔噔声越来越近，锁孔里传来了钥匙的转动声，韩钦宇见状一下子变得慌不择路起来，他不想给这个可爱的女孩惹麻烦！不料，还未出门，就与筱潇的妈妈撞了个正着。

屋里冷不丁多出个穿着军装的生面孔，筱潇的妈妈禁不住打了个激灵，韩钦宇也着实吓了一跳。好在她很快就恢复了平静，面无表情地朝里屋走去。大气都不敢喘一声的筱潇，轻声催促韩钦宇赶快出门。下楼时，筱潇惊魂未定地告诉韩钦宇，妈妈是个老师，什么都好，就是见不了穿军装的，今天要换了别人，她那河东狮子吼一发作，整栋楼都得颤抖！

"阿姨为啥会这样？"韩钦宇惊魂未定地追问道。心绪稍微平复一些的筱潇实在回答不了这个问题："这个我也不清楚。以前我们家只要来了穿军装的，我妈都会发脾气。"

"那看来今天我是运气不错啊！"韩钦宇自嘲道。

"可不是，今天你的确应该算是受到礼遇了。"

"好了，我不跟你聊了，我妈在家，我得赶快回去！"不等韩钦宇回过神来，筱潇又急切地说，"不管我妈怎么对你，你和我都得有信心去承受和面对！"

回到部队宿舍，韩钦宇陷入了深深的迷茫与痛苦之中。他此时担心的不仅仅是与筱潇会不会有结果，更多的是她有着一个怎样的家庭，会不会快乐和幸福？唉，粗心的人啊，与人家都约会了好几次，到现在还对她的身世知之甚少！

皎洁的月光勾勒出群山川道黑黝黝的轮廓，喧闹了一天的县城也沉静了下来，河畔的路灯犹如归人眨巴着昏黄的困眼。夜深了，服装一条街上的这户人家的灯还没有熄。

"筱潇，最近你在和谁来往？今天来咱家的那个年轻军官是谁啊？你们认识多久了？"韩钦宇刚刚仓皇离开不久，筱潇的妈妈就来到女儿的房间，同她展开了讯问般的谈话，"你们俩看着挺亲密的，好像认识不是一天两天了，现在进展到什么程度了？"

"妈，我们才刚认识，啥事也没有，你想多了吧！"筱潇见妈妈追问得这么紧，疑虑这么深，不由得心里一惊一惊的，她静了静心神，耐心给妈妈解释道，"韩钦宇是咱们县城旁边那个部队的新闻干事，上进心强，文笔好，聪慧有担当，发表过数百篇新闻作品，获过十几项大奖，还是二等功臣呢！"

"路遥知马力，日久见人心。人没走近，哪个人看着都像圣人！"筱潇的妈妈见女儿没和人交往多久，就快把一颗心都要全掏给人家了，脸立马黑了下来，"你现在年龄还太小，搞好学习是正事，感情上的事等你长大些再说！这样的交往，你以后全都给我断了！"

转瞬间，韩钦宇和筱潇的恋情进入了萧瑟无望的冬季……

盛夏的西周发祥地，到处绿树成荫，姹紫嫣红。渭河北岸的水寨五组，一座座农家小院也掩映在国槐、梧桐的绿荫之中。薛毓秀此刻正坐在院子里的国槐树下，准备起笔给韩钦宇写信，这些天来，她的心一直被这懵懂的情愫包裹着、感染着、纠结着！英国伟大的浪漫主义诗人拜伦的名作《海黛没有忧虑》，一次又一次地激荡着她的心扉，让她情不自已——

海黛没有忧虑，

也不要对天盟誓，

因为她从未听过，

谁会欺骗一个纯情少女，

或者

结合还需要诺言的仪式；

她像一只小鸟真诚而无知，

快乐地飞向自己的伴侣。

……

是啊！爱神是盲目的，恋爱中的女人是最傻的，更何况她这个情窦初开的少女！她为自己几个月前的冲动与决绝而后悔！可她实在太难为情了！这让人心动而又心痛的初恋！

怎样才能冰释前嫌，怎样才能重归于好，这让她煞费苦心！也难怪，自她的绝交信发出后，短短三个月里，韩钦宇像疯了一样，一封接一封给她写信，用情至深，令人动容。然而自己却……唉！太难弥补了！她决定用一首外国名诗来传递自己的心意，替自己打个圆场——

披着深色的纱笼我紧叉双臂……
"为什么你今天脸色泛灰？"
——因为我用酸涩的忧伤
把他灌得酩酊大醉

我怎能忘记？他跟趵走了出去——
扭曲了的嘴角，挂着痛苦……
我急忙下楼，栏杆也顾不上扶，
追呀追，想在大门口把他拦住。

我屏住呼吸喊道："那都是开玩笑。
要是你走了，我只有死路一条。"
"别站在这风头上，"——
他面带一丝苦笑平静地对我说。

"爱情啊！你这个时刻挂在人们嘴边的话题，最珍贵的消费品，你是人的第一疯狂，人性的最后一道防线！"信如期送到了韩钦宇的手里，刚从云端坠落，又从人间升腾，韩钦宇被这若即若离、抛上抛下的爱恋煎熬着。这天晚上，韩钦宇手捧着薛毓秀寄来的信笺，默诵着这首用来传情达意的世界名诗，禁不住思潮翻滚。"爱情这个昂贵的奢侈品，谁想拥有她，都得付出高昂的成本，这成本有相思，有惦念，还有考验，而唯一能够考验爱情的，从古至今，都不是金钱，而是时间！"

就在几天前，他的心在经受着另一个炼狱般的折磨。"你给我三天时间，成与不成，我都会给你一个准信。"自那次和筱潇匆匆分手，他终于等来了筱潇的回应。那三天，韩钦宇坐卧不宁、茶饭不香，他像是马上要被时间长河吞没了的一叶孤舟，无望地被抛上峰头浪底，那三天，犹如三十年乃至一生那么漫长，他好想立马去见筱潇，哪怕是被她的妈妈数落得啥也不是。然而，转念一想，他不能这么做，说好的时间，再难煎熬，也得忍着。韩钦宇此刻真不知道，接下来的戏该如何去唱，接下来的路该如何去走？究竟谁是真心，谁又是假意？谁将是知心爱侣，谁又是匆匆过客？

爱情给自己出了道选择题，爱的天平，究竟该倾向哪边？这天晚上，韩钦宇彻底做了回俗人，他依据自己的家庭、身世、前程，一遍遍地拷问自己，如果筱潇的妈妈接纳了自己，自己究竟能给这个女孩什么样的生活？这些年生活在童话般世界里的小公主，到了谈婚论嫁的地步，又能否舍下自己优裕的生活？显然，这一切都是个未知数，太难了！他决定给毓秀一个台阶，也给自己一次机会，他披衣下床，饱蘸浓情，放飞了鸿雁……

"筱潇，我知道，这些天，你在妈妈和我的情感夹缝里过得有多么的艰难！现在我不再和阿姨争夺你了，我决定让你重新回到妈妈的身边……"第三天一大早，从情感纠葛中解脱出来的韩钦宇，未等筱潇给他回话，便选择了逃离。在三姐的服装店里，他如约见到了激动得快要喜极而泣的姑娘。他寻找着冠冕堂皇的理由，违心地和筱潇做着最后的道别，筱潇闻言脸色立刻变得惨白，酸楚的泪水在眼眶里直打转：钦宇啊！你这负心的人哪！为了能和你在一起，我就差没给妈跪下，我两岁时，爸爸辜负了妈妈，不辞而别，如今妈妈终于松口了，而你却这样不明不白地抽身要走！

"钦宇，今天你也许是太累了，我们改天再约……"临出门时，善良的姑娘顾不得舔舐自己的伤痛，一再提醒韩钦宇冷静地想想，好给彼此留点回旋的余地，"如果我们现在还不能成为恋人，那就先做个朋友。"筱潇见韩钦宇这么决绝，便悄声道，"如果做不成朋友，那你就先认我做个妹妹。"聪慧的姑娘没有从钦宇眼里找到一丝光亮，她心头燃起的那一点火星瞬间又熄灭了，她痛苦地咬着自己的嘴唇，强忍着酸楚的泪水，"做不成你的妹妹，那我们做一个见了面能打声招呼的路人，总行吧？"这声音似乎是从地狱里传出来的，让韩钦宇禁不住打了个冷战！痛楚的泪啊，几乎是夺眶而出！为爱而谦卑的姑娘此时再也难忍心头的滔天巨浪，她几乎是血泪声讨般地说："钦宇！你话说得绝，事做得绝，路走得绝，你会后悔的！"这句句剜心的话，让韩钦宇几乎肝肠寸断，不等他回过神来，曾一见倾心的姑娘，此刻只剩下了一个再难挽回的背影……"我心爱的姑娘啊，原谅我吧！你哪里知道，这人的一生，到处都面临着取舍，到处都要做出抉择，我们哪一个人能够做到凡事都循着自己的心音，我们哪一个人不是戴着面具在生活，我们哪一个人又不是戴着镣铐在跳舞！别了，我心爱的姑娘！别了，我们此生不再说再见！"

鸿雁一只只在放飞，时间在一天天地流逝，转眼间，天下名州黄原县的山山峁峁褪去了华彩，成片的谷子翻着金浪，火红的枣林红透了天际，在这个令人心醉的收获的季节里，韩钦宇爱的行囊却空空如也！毓秀啊！这难道就是人所说的因果报应吗？我狠心地扼杀了一个纯情少女的爱恋，辜负了一个纯情少女的情感，背负上了一生都难以偿还的情债。而你这般对我，你可曾想过，一个人选择爱和不爱，选择放手还是牵手，这是一个多么痛苦的抉择。爱的路，真的是一头连着天堂，一头接着地狱吗？爱的门环，真的是要用碎了的心才能叩响吗？

"张队长，赶快给我们韩干事看一看啊！他已经三天都没有怎么吃东西了，现在整个人都快虚脱了！"熄灯时分，刚刚学习回来的报道员和几名战友背着韩钦宇一路小跑，气喘吁吁地来到了团卫生队，急诊室里此刻乱成一团，卫生队长张洪金一边给韩钦宇听诊把脉，数落着病人送来得太晚，一边吩咐医护人员赶快用救护车将韩钦宇往地区医院送……

"苏雅！快，我们这儿有个急诊，你赶快给关照一下，安排个好床位！"正在整理填写病案的夜班护士苏雅，见来人是团里卫生队的张队长，立刻放下手头的事情，一边找人会诊，一边安顿好住院事宜。忙完这一切，已是凌晨时分，苏雅见张队长累得面色发黑，便催促他赶快回去休息："咱们都是共建单位，拥军优属的事，我们一定会做好的，您就放心吧。"

夜静悄悄的，走廊里不时传来护士巡房换药的脚步声，此刻，药力渐渐见效的韩钦宇开始恢复了知觉，他像从一个长长的梦里走了出来。他微微睁开了虚弱的双眼，他感到自己的身边不时传来轻柔的气息声。他慢慢地侧过脸，这才发现，一个年轻的护士一直守护在自己的病床前，看来她这一夜累得不轻。他想动动身子叫醒她，可是身体就像灌了铅一样沉重，胳膊腿都不听他的使唤，他试着张了张口，可是喉咙里却没有发出一点声响，恐惧一下子笼罩了他的身心！

"韩干事，你醒啦，感觉好些了吗？"正当韩钦宇病魂离索的时候，苏雅竟心有灵犀般地醒了，关切地看着他，问询着。见韩钦宇虚弱得连说话的力气都没有，她马上找来对班，帮忙守护韩钦宇，不大一会儿，她就从宿舍里端来了为韩钦宇熬好的红枣莲子羹。唉，摊上这样年纪轻轻的病人，人是从死神手里拽回来了，但整个人虚弱得就像一棵枯草，现在这样子，一时半会儿坐不起来，下不了床，吃饭也得有人来喂才行。这么年富力强的人，怎么说倒下就倒下了，究竟是什么一下子将他击垮成这样？苏雅内心默默地慨叹着，一丝丝怜悯之情不由得涌上心头。这会儿，她已经又坐回了韩钦宇的病床前，拿起汤匙，细心地给韩钦宇喂起了流食。一勺莲子羹喂到嘴里，多半又顺着嘴角流了出来，苏雅一边擦拭，一边接着喂，忙碌了大半个早上，邻床的叔叔阿姨羡慕地直盯着他们看，还以为他们是一对正在热恋的情侣呢！

"苏护士，这可使不得！你还是叫个男医生来帮我擦洗吧！"几天过去了，韩钦宇的肠胃功能已经渐渐有些好转，但心肌依旧有些缺血，心率偶尔失常，体虚乏力。这可怎么行啊，别说是病人，就算是个好人，连着躺上几天不动，那也会压坏身子。苏雅思忖着，手脚麻利的她哪管得了那么多，医护人员照顾病人是天经地义的事，哪有那么多的规矩和讲究！她打来温水俯下身来，从头到脚慢慢地为他擦洗着，那动作轻柔得像母亲温柔的抚慰，那神情活像圣母玛利亚一般，此刻韩钦宇脸涨得通红，惭愧得无地自容，这圣洁的举动仿佛一面镜子，一下子使自己卑微的心理显现无遗……

"韩干事，你现在恢复得不错，再有几天你就能出院啦！"这天早晨，苏雅又和往日一样，陪着已经能下地行走的韩钦宇到花园里散步。眼前这个已恢复了活力的年轻军官，真可谓是腹有诗书气自华，话匣子一打开，幽默风趣的谈吐便引来大家关注的目光。只是每当夕阳西下的时候，他总会出神地望着天边的落日，变得怅然若失起来。没有人知道，明天升起的朝阳里也许就藏着他期盼已久的惊喜。当然，这也难免成了苏雅心头的一个谜。年轻的人啊，你的心里究竟埋藏着怎样的忧伤，你的心里究竟有什么样割舍不下的牵挂？她鼓起勇气，准备叫醒这个沉浸在梦里的人："韩干事，恕我冒昧，心病还得心药医啊，究竟是什么让你受了这么大的打击，生了这么重的病？"

"苏护士，树怕伤根，人怕伤心，我这次生病，说来话长。"韩钦宇见苏雅默立在自己身边，关切的目光里写满了真诚与期盼，他不想让有恩于自己的人失望，内心坚实的壁垒一下子便土崩瓦解，他愿意为她敞开心扉，他愿意将她请进自己心灵的城堡。他顿了顿，一股脑儿地将自己的心事和盘托出……苏雅静静地聆听着，默默地望着已经双目含泪，忏悔不已的韩钦宇，爱怜之情不由得又多了几分。她为他感到憋屈，她为深爱他的和他深爱的那个人感到惋惜！

"爱情是神圣的，不能有任何附加条件，情感的天平要想称出爱恋的分量，那么内心就不能有丝毫的杂质，哪怕是看不见的一缕风，或是轻柔的一丝雨！"她扭过头来，执拗地看着韩钦宇说，"对一个人是否要付出真心，我认为那要看这个人值不值得，我要是你，绝不会这么快这么轻率地就做出抉择，时间虽然不能证明一切，但它一定会让你看清人心，懂得该如何去做！"

"是啊，我现在终究明白了，爱情就好比宗教，好比信仰，在它面前，绝不能掺任何私心，有半点算计，否则，你将要时时忏悔，抱憾终生！"韩钦宇说着话，一脸的虔诚，说到动情处，眼圈不由得红了。苏雅见韩钦宇身体尚未完全恢复，就又启了忧思，忙开解道："有时我们的选择，只有等待，没有结果，只能黯然离开；有时我们的放弃，迫于无奈，含泪转身，却心有不甘。所以，有些曾经，关于幸福或苦痛，只能深埋心底有所希冀；有些希冀，关于现在或是将来，只能逐步遗忘。爱情里，分手和牵手随时都在变换着主角，来来往往，零零散散，这就是爱情的法则和常态，我们唯有顺应才好！"

……

时间像是上足了发条的闹钟，日影被指针这把剪刀越剪越短，又到了午饭时分，韩钦宇和苏雅又来到了宿舍楼里，这间狭小的房间里，靠墙摆放着两张单人床，床上铺着同样花色碎花床单，中间夹着一张书桌，书桌上盛开的金桂暗香扑鼻，靠门首这边，整齐地摆放着一些锅碗瓢盆。这些天身体日渐康复的韩钦宇几乎快成了这栋宿舍楼的常客，不过这也没有什么值得大惊小怪的，这家地处山城的大医院，医护人员都来自附近的山山峁峁，他们虽然都穿着令人艳羡的白大褂，可内心却朴实得像这黄土地一般，哪个医护人员没有为自己身边的病人送过饭，做过好吃的！此刻，苏雅已脱去了白大褂，系上了围裙，操起了刀铲，那回眸的一瞬，韩钦宇猛地发现，这人怎么这么熟悉，像极了年轻时的大姐：苗条而又不失丰满的身材，淡雅而又清新的面庞，他忽然间想起了夏日荷塘里含珠带露的荷花……

"爱情是真挚的，是浓烈的，是不顾一切、不顾死活的，是可以让人耳朵变聋、眼睛变瞎的。"初尝了爱情苦涩的韩钦宇此刻异常地清醒，他的内心中有一个人在向他絮叨，"可惜爱情通常都是短暂的。但是这并不可悲。因为爱情到了'情到浓时情转薄'的时候，会变成无情，到了'此情可待成追忆'的时候，会变成忘情！而友情却不同，它是人类最纯真、最原始，也是最现代的情感，就因为人类有这种情感，所以人类永存！"

"爱情的成本，有相思，有惦念，还有考验。而唯一能够考验爱情的，从古至今都不是物质的东西，而是时间！"转眼到了出院的日子，韩钦宇就要离开苏雅了，一种淡淡的离愁禁不住涌上心头，车子驶出医院大门的那一刻，他的心里一下子空落落的，眼前的景物变得一片迷蒙……此刻，他手里捧着苏雅给他买来的中成药和营养品，耳畔又回响起她的叮咛与祝愿："拿出足够的时间和耐性，相信你一定会守得云开见月明……"

对啊！爱情是需要成本的！这天晚上，韩钦宇失眠了。他随手翻到了一篇留存了多年的文章《爱情的成本》。文章的大意是，几年前，有人途经阿拉善，在不大的额济纳旗文博馆内，看到了一张翻拍的汉简照片。这是一封出土于居延海附近距今2000多年的情书。情书写道："谨奉以琅玕一，致问春君，幸毋相忘。"只有14个字，"春君"系一女性名字，而琅玕指美玉。简上只有称呼，没有落款，系知名不具，男人在送给妻子或恋人礼物的同时，还叮嘱她不要忘了在大漠戍边的自己。

这封没有寄出的情书，不知何故在戈壁下沉睡了2000多年。我想，如果它被寄出了呢？他心爱的女人又在哪里？也许在小桥流水的江南，也许在沃野千里的中原，也许在燕赵齐鲁的海边……这封情书，顺利的话，要在路上颠簸一年甚至两年，这迢迢的邮路就是成本。14个字牵着的是两颗心：女人倚门望穿天边，男人塞上孤枕难眠……读到这里，韩钦宇的倦眼模糊了，耳畔仿佛传来了深情的朗诵声——

我越是逃离
却越是靠近你
我越是背过脸
却越是看见你

我是一座孤岛
处在相思之水里
四面八方
隔绝我通向你

一千零一面镜子
转映着你的容颜

我从你开始
我在你结束

心爱的人啊，你可知我相思情？心爱的人啊，我心可否你心知！不知什么时候，韩钦宇沉沉地睡了过去！但愿这可怜的人儿，清梦无扰，但愿这可怜的人啊，美梦成真……

灰暗的天空刚有了点放晴的意思，零星的雨丝夹杂着雪花却还在有一搭没一搭地飘落着。阳历已到了2月底，秦岭脚下的周公故里依旧像没有着色的水墨画，看不到一点春的影子。但这毫不影响年轻人迎春的热情，爱俏的姑娘们悄悄换上了春衫，扛冻的小伙子们卸下冬季厚重的行头。

春去春又回，雁归还复来！这半年多的时间里，薛毓秀学业日益精进，传情的鸿雁总是不期而至，她沉浸在这浓浓的柔情蜜意里，一张又一张地翻阅撕扯着日历。不过，她每送走一天，不是算计着她与钟情的人儿何时再相聚，而是自己又潜水了多少日，真情被烈火锻造了多少天！姐姐、姐夫的话就像避不开的魔咒，指使着她，左右着她，不允许她动半点恻隐之心："唉！等等，再等等……"就这样，她手中的笔放下又拿起，拿起又放下……

这天傍晚，夕阳晚照，落霞似锦。早早复习完功课的薛毓秀出神地望着天边的彩霞，思绪禁不住飘向了遥远的边塞军营，她又默默翻看起了韩钦宇写给她的一摞书信，这些天来，翻看这些书信几乎成了她的习惯！今天，她的心似乎已不能再载荷起这些令人心动的深情，她的眼里燃烧着火一样的激情，她下意识地铺开信笺，准备放飞自己埋藏了太久太久的情愫……

薛毓秀情感的闸门一经打开，心中的牵挂、幽怨、思念之情像决堤的大海倾泻而出！信未写下几行，思念的泪水早已沾湿了信笺……"瞧！咱们毓秀长大了！"痴情的姑娘哪里留意到此刻身后多了一个人，姐夫见小姨子一下子窘得满脸通红，他打趣道，"疾风知劲草，烈火见真金！咱才多少天没跟钦宇联系，就这么放过他，是不是太便宜他了！"见薛毓秀没有吱声，姐夫又拿腔作势地卖弄道："试玉要烧三日满，辨才须待七年期！接下来该咋样做，我想你心里要比我更有谱！"鸿雁就这样被惊飞了，错过时间久了，往往也就酿成了过错。接下来的日子，高考压得薛毓秀几乎快喘不过气来，哪里还能腾出心思考虑这儿女情长的事情……

去年的稻谷已然变成了人们餐桌上的食物，今年的高粱又红遍了山野，可韩钦宇望眼欲穿的鸿雁依旧没有飞到自己的身边！日益繁重的工作像麻醉剂一样，日复一日地消解着韩钦宇的身心剧痛，也在日益麻醉着他的神经和思想。这段日子，让他唯一欣慰的是俄国伟大的诗人普希金走进了他孤寂落寞的心灵，他的诗歌《假如生活欺骗了你》给了他莫大的精神慰藉。是啊！假如生活欺骗了你，不要忧郁，也不要愤慨！不顺心时暂且克制自己，快乐之日就会到来！

心总在最痛时复苏，爱总在最深时落幕！韩钦宇岂能不知，思念是一种甜蜜的痛苦，被人思念则是一种痛苦的甜蜜。但这无疑要有一个前提，那就是爱不需要诺言，但爱一定要有回应！否则，思念就会变得度日如年，即使是爱如常春藤也会日渐枯萎！此刻，一直未能得到爱的回应的韩钦宇已经油尽灯枯、心如止水！他唯一能做的是没日没夜地泡在办公室里堆码文字打发时光，直到他醒来时又一次躺在了熟悉的病房里……

"咱们不是有盟约在先，不管怎样都要照顾好身体，这出院才多长时间，你的身体竟又出了状况！"一番手忙脚乱之后，韩钦宇睁开了暗淡的双眼，值班护士苏雅看来又是一夜没有合眼。未等苏雅嗔怪完毕，深深的歉疚之情早已袭上心头，他禁不住鼻头一酸，酸涩的泪水顺着脸颊簌簌而下！唉！爱情啊！你如果是一棵树那该多好，如果你是一棵树，我好想将你砍倒；如果你是一棵树，我好想抱住你大哭一场！苏雅本有着一肚子的埋怨，却哪经得住韩钦宇情感上的巨涛骇浪，她一边为他擦拭着腮边的泪珠，一边赶忙好言相慰："每个人的恋爱都不可能一帆风顺，也不可能一下就会找到陪伴自己终身的人。有的人，是拿来成长的；有的人，是拿来生活的；有的人，是拿来一辈子怀念的……"

"是啊！有一种默契叫作心有灵犀，有一种感觉叫作妙不可言，有一种幸福叫作有你相伴……"苏雅的一番宽慰，使韩钦宇的心结似乎一下子就打开了，他感到整个人都一下子好了起来，他感到浑身上下有了气力，他的手头还有那么多的事情等着他去做，他努了一把力，噌地一下就坐了起来，惊得苏雅赶紧一把扶住了他："你身体都成了这样，快静下心来好好养一养，别再逞强斗胜了，病养好了，以后有的是时间去做你喜欢的事！"此后的日子，医院的宿舍楼花园里又多了他们这一对心有灵犀的年轻身影。他们渐渐地从相识相知、相扶相携的朋友变成了相依相偎、相恋相爱的情侣！是啊！这就是仁慈的生活，这异国的伟大诗篇仿佛就是为当下的自己而写就的——

> 我记得那美妙的一瞬，
> 在我的面前出现了你，
> 有如昙花一现的幻影，
> 有如纯洁至美的精灵。
> 在无望的忧愁的折磨中，
> 在喧闹的虚幻的困扰中，

我的耳边长久地响着你温柔的声音，

我还在睡梦中见到你可爱的面容。

许多年过去了，

暴风骤雨般的激变，

驱散了往日的梦想，

于是我忘记了你温柔的声音，

还有你那精灵似的倩影。

在穷乡僻壤，在囚禁的阴暗生活中，

我的岁月就在那样静静地消逝，

没有倾心的人，没有诗的灵魂，

没有眼泪，没有生命，也没有爱情。

如今心灵已开始苏醒，

这时在我的面前又出现了你，

有如昙花一现的幻影，

有如纯洁至美的精灵。

我的心在狂喜中跳跃，

为了它，一切又重新苏醒，

有了倾心的人，有了诗的灵感，

有了生命，有了眼泪，也有了爱情。

　　"我曾经沉默地、毫无希望地爱过你，我既忍受着羞怯，又忍受着嫉妒的折磨，可生活又岂能没有了希望！毓秀，愿上苍保佑你，另一个人也能像我一样地爱你！"无望的爱情煎熬和折磨使韩钦宇身心俱疲，他的内心告诉自己，忘了她吧！眼泪只会沾湿翅膀，只要心灵足够宽广，随时都可以飞翔，即使这颗心早已坠落深伤。是的，陪伴才是最长情的告白！这难道不就是爱的宿命："于千万人之中遇见你所要遇见的人，于千万年之中，时间的无涯的荒野里，没有早一步，也没有晚一步，刚巧赶上了，那也没有别的话可说，唯有轻轻地问一声：'噢，你也在这里吗？'"

"姐，你的调动手续办好了！这下你就可以到铁路分局医院上班当医生了！"天刚蒙蒙亮，弟弟苏欣便兴奋地敲开了姐姐的门，风尘仆仆的他顾不得进屋，便迫不及待地给姐姐报告着好消息。姐姐苏雅学习一直拔尖，为了早点工作，15岁就考入了地区护理学校，工作后，为圆自己的中医梦，她发奋自学又考上了省中医学院，父母、弟弟远在邻省铁路系统上班，不待苏雅学成归来，家里便张罗着为她办调动。这些天，沉浸在幸福里的苏雅早已把这件大事抛在了脑后。看着一脸平静的姐姐，弟弟开心的笑脸上马上腾起了迷雾："姐，家里费了这么大的劲，你该不会又不想走了吧？"

苏雅何尝不想调回家门口，一家人团团圆圆的日子她已盼了好多年，小时候，爸爸在铁路上工作，全国各地跑，忙着修路，母亲在家里种地供养她和弟妹上学，现在爸爸终于固定下来，妈妈和弟妹也都到了爸爸身边，可现在……看着弟弟期待的眼神，苏雅真不知该如何应答。"姐！你是不是谈对象拖上油瓶啦？"苏欣心想姐姐一定有事瞒着他，他诡秘地笑了笑说，"不管你走不走，爸妈那儿有我呢，不过你的人生大事也得给我透点风，我好给你参谋参谋！"苏雅会心地笑了笑，打趣道："人家认识才没几天，还不到时候呢！""姐，恋爱中的女人是最傻的，这事说啥我也得给你把把关，别让人家把你给骗了！"苏雅见弟弟追得紧，妥协道："这倒不会，只是恋爱的事我不想拖泥带水，遇上一个对的人，你帮我看看也好，如果能过了你这道关，我们干脆一块回家去见见爸妈吧。"

"你们人回来就行啦，咋还带这么多东西！"两天后，姐弟俩便带着韩钦宇往家赶，早早就在火车站候着的两位老人，一见到女儿和儿子，高兴得合不拢嘴，一边从站台上帮孩子搬东西，一边嗔怪孩子路远带这么多东西太辛苦。苏雅见父母只忙着招呼她们姐弟俩，怕冷落了韩钦宇，便一边悄悄地将韩钦宇往父母面前推，一边郑重其事地给父母做了介绍。一点心理准备都没有的父母，顿时心里就咯噔一下，唉，看来这几个月跑调动是白忙活了。要说还是母亲反应快，她瞅了一眼身着军装，颇有气质的韩钦宇，一下子就心生欢喜，她拽了拽老伴的衣襟，热情地问长问短，和韩钦宇拉起了家常。

　　苏雅比韩钦宇年长一岁，像她这个年龄，在城里人眼中，并不算大，但苏雅的父母祖辈都是地地道道的村里人，思想观念比较守旧，认为女儿年龄上没有优势，虽对婚事没有意见，但希望两人在家里小住后，到男方家里再去一趟，好把婚期定下。

　　"老婶子！你家钦宇太有本事了，当了兵就提干，一提干就能相上这么好个对象，模样俊，能吃苦，以后你可有福享喽！"韩钦宇把苏雅带回家没两天，便在村里赢得了满堂彩，韩钦宇的父母乐得合不拢嘴。韩钦宇心头却笼罩着一丝的惆怅，他与苏雅确定了恋爱关系，不管毓秀心里是咋想的，但这门干亲是早就结定的，说啥也得带着苏雅到干妈家里去看望一下。

　　"干妈！您在家吗？我回来看您来啦！"韩钦宇带着苏雅一边敲敲门环，推开了虚掩的大门，一边拎着大包小包的东西就往院子里赶。干妈隐约听着好像是韩钦宇的声音，激动地撩开门帘便迎了出来，一边热情地把韩钦宇和苏雅往客厅里让，一边拿着杯子便给韩钦宇泡糖茶。金虎和薛毓芳这时也已来到了客厅里，看着干妈一家这样热情地招待自己，韩钦宇心里暖暖的。等大家都落了座，干妈这才发现韩钦宇身边多了一个漂亮姑娘，她一边搅着手里的糖茶，一边警觉地询问道："钦宇，这一起来的女孩子是谁，也不给干妈介绍一下。"韩钦宇这才发现自己一高兴失了礼,他赶忙给干妈说:"我今天带来的苏雅,她是医院的护士,我们俩刚刚订了婚,这次回来就是和家里人商量一下今年结婚的事。"

干妈不等听完韩钦宇的介绍,心里不由得一惊,手里的茶杯啪的一声掉在了地上。薛毓芳见母亲打了杯子,赶忙去找扫把和拖把收拾客厅,韩钦宇窘得满脸通红,他过去扶住干妈,不知如何是好。老人半天才反应了过来,通晓世故的她,脸上闪过一丝苦笑,立马换了口吻道:"钦宇现在干成了事业,也该成个家了,你看你父母都那么大年龄了,还等着抱孙子呢,这事你可得放在心上,拖不得。"

"这小子运气真好,提干没费周折,谈个对象,我们想给他设点障碍让他跃一跃,谁料他竟拐上了岔路口!"金虎见自己的干预起了效,原本心里出了一口气,但眼下这小子不按套路出牌,小姨子这下彻底是给整没戏了,到时候可咋交代?金虎心里犯着嘀咕,不由得恨由心生,"你看看他这家徒四壁,竟就有人也不打问一下,抬起腿就往这穷窝里钻。你让我失了张良计,我就撤了你的过墙梯!咱们走着瞧!"想到这里,金虎眉头一皱,计上心来。

"妈,你看咱们钦宇带回的这个对象,人长得标致,工作又好,和咱农村的女孩真是不一样。"金虎一边得体地赞美着苏雅,一边瞅着岳母的脸色,见岳母脸色变化不是很大,便又烧了一把火,"等钦宇结了婚,您又多了一双儿女,您就等着享福吧!"事发突然,老人本来心里就难受,这门婚事本来就应该是韩钦宇和薛毓秀两个的,可眼下这煮熟的鸭子给飞了,金虎的话粗听没啥,但句句戳心,她现在连下厨做饭的力气都没有了。这么大的事,等钦宇走了,得赶快给剑熙挂个电话。

"妈,您别着急,钦宇的事,我看看还有没有回旋的余地!"

电话里，孝顺的薛剑熙很快明白了事情原委，他没想到这么顺理成章的事会成这样，心里直埋怨自己太忙，把妹妹的事给耽搁了。不过话又说回来，谈对象的事，别人穿个针引个线还行，至于成不成，那还得看两人的缘分。说啥也不能把母亲给急坏了，便安慰道："毓秀刚20岁，自身条件这么好，对象的事不着急！"听话音这事咋办，儿子也没明确答复，但老人还是得到了些许宽慰。

"韩钦宇对象比他年龄大，家里催得紧，咱毓秀不着急，等他回部队了，你让我哥找他们领导安排他脱产学习，拖也把他们给拖黄了！"晚饭后，金虎支棱着耳朵察言观色，不等岳母张口，便眨巴着一双半闭不合的算珠眼，凑上来为老人支着。这也不失为一个办法，老人皱着的眉头略一舒展又凝了起来："老话说，宁拆十座庙，不毁一桩婚，人家都订婚了，咱可不能干这拆坟掘墓的事。趁早打消这念头，可不能给你出个馊主意！"金虎见拍马屁拍到了马蹄子上，心里直埋怨老人思想守旧。不过这件事他转念一想，嘴角又浮出了一丝笑意：军官谈恋爱可是大事，但凡有点影子领导都会知道，接下来可有好戏看！

"哟！钦宇回家把婚订完啦！我们啥时喝你们喜酒啊？"韩钦宇归队当晚便领着苏雅到干部股长家看望，顺带汇报一下想法。股长两口子一见他们便热情地往家里让。干部股长人长得比较精瘦，脸部狭长，高颧阔目，1.85米的个头，体重最多超不过65公斤，站在房间里总爱低着头，仿佛一仰头就会把天花板戳个窟窿。爱人恰好相反，个头不及其肩，娇小玲珑，只是皮肤黑糙了些。这一对充满了喜剧色彩的夫妻，往那里一站，许多人脑子里都会盘旋着一个奇怪的问题，他们平时想亲个嘴，是不是得先找个梯子才行？股长爱人是个没啥城府的热心肠，大家一落座，她便打趣道："哟！大才子还不到晚婚年龄就要领证结婚了？"股长是个严谨人，见妻子玩笑开得过于敏感，毕竟与苏雅还没熟到这个份儿上，马上打圆场道："钦宇虽说不满25岁，但人家两人年龄相加已过了50岁，符合批准结婚的条件！"

"钦宇啊！晚饭后到我办公室来一趟！有个领导讲话稿要得急，晚上辛苦一下加个班！""钦宇啊！昨晚的领导讲话稿写得不错，最近股里都在忙试点准备，试点方案和领导动员讲话稿还得你来分担一下！"……短短几天时间，结婚手续已从双方单位全部开好，可单位的工作越来越忙，宣传股长苟成刚从早到晚都在给韩钦宇布置工作。以前，苟成刚没事也爱往韩钦宇的办公室跑，不过很少是来安排工作的，大多是拿着干事写好的材料来请他帮忙改写新闻稿件的，要不就是看能否在韩钦宇采写的新闻作品上署个名。

苟成刚在团里算是个人物，领导走到哪儿，那个提溜着文件袋，端着水杯紧跟在身后的，八成是他！他长着一头粗壮的头发，像是受到了惊吓似的根根直立，若是晚上个几天没有理，那头发会像吹不倒的荒草滩恣意疯长，以至将原本就不太宽阔的前额挤压得只剩下三指宽。两道长得不考究的浓眉，给上眼皮形成了重压，让人担心眼皮是不是有些超负荷。两只金鱼般鼓突的眼睛，时不时会瞪得溜圆，露出瘆人的眼白，让人不由得就会想起给鸡拜年的黄鼠狼。整个面部最为抢眼的是，圈脸胡烘托出的喇叭状的大鼻子和额头上褶皱山系般的抬头纹，有时猛一仰头皱眉，又会让人想到处乱拱的八眉猪。他肥厚的嘴唇始终是那么敬业，东家长李家短，不整出点矛盾他就感到对不起人。

团里是基层的机关，机关的基层，机关人员一个萝卜一个坑，有的还身兼数职，偶尔忙不过来也很正常，可眼下婚期已定，开好的结婚证明材料也都有时效性，再就是他和苏雅结婚这事，好像碍着了谁似的，有人在私底下嚼舌根，据说苟股长也有议论，甚至还找苏雅说过好几次坏话……唉！这叫人怎不焦心！韩钦宇想到这里，他准备下班前找股长聊聊。

"苟股长，这几天我加班加点把手头工作都干完了，明天我想请个假去一趟民政局……"不等韩钦宇把话说完，苟成刚一边取下眼镜撩起衣襟哈气擦拭镜片，一边瞪大鼓突眼，颇显为难地说："按说这结婚领证是人生大事，手头工作再忙也得让道。可咱们股里就这么几个人，我看你的事可能真得向后推推！再说，眼下你这事我看还有些不太顺畅，可得想清楚喽，这可是一念天上，一念地下啊！"

团里的试点在紧锣密鼓地推进，一些经验做法引起了师政治部的关注，本就打算到团里蹲点帮扶的师政治部主任带人提前进驻到了团里。没日没夜梳理经验、撰写材料、打印桌签会标、布置会场的韩钦宇，受到了师政治部主任的接见。主任寒暄了几句，便对他说："我这次找你来，一则是因为你在现场会筹备工作中挑了大梁，再则是你为师里新闻工作付出了艰辛努力，大家都有目共睹。以前只听其声，未见其人，这次正好见上一面。另外，新华分社马上要举办新闻干部培训班，师里决定推荐你去，明天就得动身，在走之前手头可不能有遗留的事情。"师政治部主任的知遇之恩使韩钦宇备受感动，他激动地起身立正，给主任敬礼并表了态，主任欣喜地看着他，沉了沉，又关切地问道："听说，你最近在谈恋爱，组织知道情况不？""谈恋爱多大点事，咋还能惊动师政治部主任？"韩钦宇心里犯着嘀咕。主任见他半天没有反应，便语重心长地说："谈对象那可是大事，要讲政治，谈好了，前程一片光明；谈不好，直接会影响到个人进步。提一个干部很难，但撤一个干部，也就一张纸！"主任的话，让韩钦宇有如打翻了五味瓶，想到他这些天经受的情感折磨，走过的心路历程，他真不知道自己究竟错在了哪里，骨子里那股倔强劲一下子就上来了，他噌地一下站了起来："如果干部这么难当，干脆就不当了，仰人鼻息的事，我做不来！"

谈话没能继续下去，得罪了师里领导，还能有啥好果子吃，这天晚上，韩钦宇心情糟透了，他翻箱倒柜地整理自己的物品，做着最坏的打算，甚至连铺盖都捆扎好了。他想不通，为什么中国式的婚姻就得像运载火箭，有那么多的附加条件？为什么中国式的婚姻会有那么多的算计，而观照自己的内心却那样难？他想想将要降临到自己身上的厄运，想想贫寒的家境和年逾古稀体弱多病的父母，他的心都在滴血……

"钦宇，看来你的命真好，跟师里领导都敢叫板，竟然毫发未损，这也真是奇事一桩！"苟成刚扒拉着自己一头的荒草滩，眼珠子瞪得溜圆，见韩钦宇默不作声，他又吧唧着嘴说："出去学习是好事，不过有个讲话稿，今晚你还得赶一赶，明早出操前，放到我办公桌上，免得我到时候再去找你，耽误了你的行程。你出去学习也不是一次两次了，临走前的讲话稿质量一定要高一些，免得到时候你回来了咱俩不好见面。弄得不好，我还担心领导中途把你给招回来！"

一连这么多天连轴转，休息不好，身体被严重透支，加之心情很糟，韩钦宇忙到凌晨时分，只觉得头重脚轻，浑身乏力，他起身来到楼下转悠透气，准备待身体好些再上楼接着干，刚转过院子里的花坛，只见一个人影从大门里闪进来，一晃便消失在了路旁的树丛里，从身形和走姿看，好像是苟成刚。韩钦宇下意识地看了看腕上的手表，时针已指向了凌晨2点钟，韩钦宇心里直纳闷：他怎么又是这么晚才从外边回来？我们整天累成了这样，他成天究竟在忙些什么……一个个疑问在脑海里一闪而过，他拖着病痛的躯体反身回到了办公室，安慰自己道："唉！人家是领导，咱又管不了，还是抓紧时间忙自己的事吧！"

好不容易挨到天蒙蒙亮，他把誊抄好的材料放到股长的案头，便打的到医院普外科找苏雅道别。苏雅闻言先是一惊，但见他脸色灰暗，眼圈发黑，眼睛红得像两个血罐，慌忙上前摸了摸他的额头："呀，怎么会这么烫手！高烧不退，你咋敢上路？"韩钦宇想到师政治部主任来团里时路上就耽搁了时间，现在离报到时间满打满算还剩下一天半，自己最晚也只能耽搁到午饭前就得出发。"这次学习全师只有一个名额，领导很重视，说啥也不能迟到了。"苏雅见拗不过韩钦宇，她只好找来退烧药和消炎药，去医院给他打点滴，好让他好得快点，要不他这一走，自己的心都得跟着去。

消炎药和退烧药一点一滴地流进了韩钦宇的血管，疲累交加的他此刻静静地躺在床上，沉沉地睡了过去。苏雅默默地守在床边，边照看着输液瓶，边细心地为毛衣收口。这些天，她一直都在忙着织毛衣毛裤，她本想赶在这周末两人见面时将厚薄两身毛衣毛裤和毛手套连同毛围脖一起送给韩钦宇作为见面礼，可眼下再有一两个小时他就得出发了，她得和时间赛跑。原本这周五他俩约好要到民政局去领证，两个心仪的人儿，经过一段并不算漫长的跋涉，就要迈进神圣的婚礼殿堂，她想想心里就感到幸福。然而，他们的好梦只做到了一半，就被魇住了。唉！这可怜的人儿，为爱在经受着怎样的折磨，你看这才几天没见，人就整个瘦了一圈，多么活泼可爱的一张娃娃脸，如今变得竟这般的阴沉灰暗！此刻，这个秀外慧中的姑娘心里跟明镜似的：你选择了什么样的婚姻，你便选择了什么样的人生道路！你的人生能否顺当快意，不仅要看两个人是否真心相爱，关键还得看你爱上了什么人和被什么人爱着！

日影悄悄地挪走了人们的时间，诱人的饭菜香味弥漫了整个房间，韩钦宇不知不觉地从沉睡中醒来，他看了看桌上的表，三口两口扒拉完了碗里的饭菜，这顿美味他丝毫没能尝到往日的味道，基本上是和着心中的苦泪一起下咽的。这一走，他两人的婚事不知会拖到啥时候！苏雅家发出的请帖不知又该如何撤回，此刻他的心都在滴血……眼下饭已吃过，东西已经收拾停当，再拖就赶不上正点的长途车了，韩钦宇这才在苏雅的再三催促下拎起东西下了楼……

　　心有千千结，不忍吐别离。是啊，生离死别，人间至苦！长途汽车的引擎犹如催征的号角，离别已在读分读秒，韩钦宇与苏雅四目相对、泪眼婆娑，千言万语、欲语还休，嘱咐叮咛已是苍白！此时此刻，苏雅的心中翻江倒海，这些天，韩钦宇在为爱而受难，痛在他身，疼在她心！哲人的指引犹如暗夜的星斗："爱是给予，爱是无私的付出，爱一个人就要给他以幸福、给他以自由！"苏雅极力平复着心绪，咽泪装欢，轻声对钦宇说："爱情是建立在物质基础上的崇高的精神享受，而当爱成为所爱的人前行的障碍和人生的负累，我甘愿选择退出……"韩钦宇怔怔地望着苏雅，他何尝又不明白苏雅的心思，这爱的路这样迷茫，布满了荆棘和险滩，心不由得阵阵发疼，但他毫不退缩，仰起泪痕斑驳的脸执拗地说："在充满遗憾的国度里，只有爱不需要身份证！爱情是一朵生长在悬崖峭壁边缘上的花，想摘取就得有勇气；爱情如果以权力去威胁别人，就丧失了她的魅力。真正的爱凌驾于权力之上，那才是济世你我的力量！"

　　……

　　"钦宇，真爱一得永得，别再执拗纠结，那边我看也是真心，为爱我愿选择放手……"车缓缓启动了，苏雅在车窗旁挥手追逐着倾诉着、叮咛着嘱咐着，任泪水恣意横流！直到车越驶越快、渐行渐远，她才停止了徒劳的追逐，背过身去，肩膀剧烈地抖动着、抽搐着，整个人就像风中摧之欲折的小草……韩钦宇顾不了许多，他竭力将头伸出窗外挥手致意，劝慰着牵心的人儿，尽管他知道这言语此刻显得多么的苍白与多余！

"等着我啊苏雅！等着我！我很快就会回来……"车已驶出了县城，苏雅的身影早已不见，韩钦宇依旧僵在车窗旁。现在他的面前到处都是苏雅忧伤的泪眼，此刻他怀抱着的就是苏雅给他赶织出来的毛衣和围脖，那细密的针脚似在默默地询问，钦宇啊！我们何日才能有缘再相见？对啊！真爱岂能轻言放手！等着我吧苏雅！等着我！我定会很快回来，不管前面是天堂还是炼狱！

韩钦宇报到的当晚，他便请假到薛记者家去看望。听到敲门声和熟悉的脚步声，阳阳拽着妈妈的手最先迎了出来，到了客厅，韩钦宇才发现屋子里坐满了人，闹嚷嚷的。薛记者的爱人介绍道："毓秀刚放假，她和你力力哥陪着我婆婆来家里小住一段时间……"力力是薛毓秀舅舅家的儿子，身形瘦弱、面色白皙、发柔少髯，他们不太熟识，干妈和薛毓秀倒不是外人，但毕竟有了一些让人难堪的过往，韩钦宇感到来得有点不是时候，大家也都感到有些不自在。寒暄过后，当他听到薛记者去北京值班了，到培训班结束都未必回得来时，便托词晚上还要开会，准备离开。

"钦宇，你稍等一下，把你的手臂伸给我！"韩钦宇正准备起身，力力突然叫住了他，他端详着韩钦宇的胳膊，倒吸了一口冷气问道："你的手上、胳膊上怎么到处都是小红疹，身上其他地方还有吗？"韩钦宇是带着心思出门的，一路上长途颠簸，旅途劳累，他哪里留意到自己身上竟会出这么多的小疹子。虽有些难受，他还是没有放在心上。但见力力镜片后的眼睛越睁越大，心里不由得有些发怵。

"你身上这些疹子出来几天了，可别轻视了！"力力工作前，学过几年医，粗通医术，这么明显的病征，他应该不会诊错。力力大惊失色的神情引得满屋子人一下子围了过来，大家关切地询问着，出着主意。力力见状，宽慰了几句便送走了韩钦宇，下楼时一再叮嘱他沉住气，不要声张。

　　回到培训楼，韩钦宇发现红疹子在不断地增多变大，一片一片的，开始越来越疼痒，体温也在升高。他本想到门诊部去看医生，但一想到力力惊恐的神情和他再三的叮咛，他不知道自己究竟生了什么病，会不会传染给大家，甚至引起恐慌！这一夜他辗转难眠，直到凌晨他才睡了过去……

　　送走了韩钦宇，薛记者家开始忙了起来。力力一边指导大家对房间进行彻底消杀，一边神情诡秘地说："韩钦宇身上的红疹，不排除患上了猩红热的可能！"在医院工作的嫂子没有见过此类病人，但对猩红热的厉害早有耳闻。其他人可谓无知者无畏，姑姑还笑话力力是不是小题大做。力力见状，他为姑姑做起了科普："猩红热中医称为'烂喉痧'，患者可通过飞沫直接传染给他人，且传染性很强，少数患者在病后可出现变态反应性心、肾并发症……"

　　"力力，你就别制造人为紧张了，哪有你说得这么玄乎！要都像你这样，整天待在医院还怎么给病人治病，吓都得给吓死！"见表弟讲得神乎其神，薛记者的爱人忍不住打断他的话，"不是说猩红热主要发病人群是2~8岁的幼儿，怎么大人也会传染？"滔滔不绝的表弟一下子蔫了下去，变得语塞起来。老人在一边打圆场道："不管钦宇得的是不是传染病，小心不会出大错。明天得想办法让他赶快治，这么年轻落下病根总不好！"力力其实也知道自己是个半吊子，刚才光顾卖弄了，韩钦宇究竟患的是不是猩红热，自己也没有十足的把握，好在有姑姑搭梯子，他也便知趣地顺坡下驴："治病总归要紧，钦宇的病情未弄清之前，还是谨慎为好，我这也不是为钦宇的前程担忧！"

　　一切都那么顺当，一切都那么悄无声息。一走两便，谁也不想惹麻烦。此刻，韩钦宇已乘火车倒汽车快到了陕北地界，整个身上出了厚厚一层皮疹，又痒又疼，他喘气都已有些困难，胸口像压着一块青石板。他双眼冒火，昏昏欲睡，但他强忍着轮番袭来的睡意，他怕一觉睡去再也见不到牵心他等着他的苏雅。一想到苏雅，韩钦宇被病痛折磨得土灰色的脸仿佛又有了光彩，嘴角也似乎有了笑意。苏雅现在在上班？在听音乐？还是在想自己？一个个奇怪的问题在他的脑海里盘旋。唉！自己现在都病成了这样，还不知道能不能熬到天黑，鼻子不由得阵阵发酸……

"笃笃笃……"苏雅耳中传来一阵有气无力的敲门声，刚刚洗漱完毕的苏雅心里在纳闷，这么晚了谁会来找她！她麻利地穿好外套拉开了房门，一个又红又肿的"血人"正站在她的面前，她没有顾上应答，不由得打了个激灵，本能地就往房间里退。不对，钦宇在外培训怎么会……直到循着熟悉的声音和气息，确认来人就是韩钦宇，苏雅这才反应过来，她心疼地拉着韩钦宇："你怎么会……快！快去急诊室！"该用的药已经用上，苏雅静静地守候在病床边，韩钦宇一挨上床板便沉沉地睡了过去，他实在太累太苦太焦心了，回到了苏雅身边，他再不用顾忌、担心或是算计什么。他的脸此时浮现出婴儿般的童真与安详……

第五章

序幕，人生大剧始开演

　　荷尽已无擎雨盖，菊残犹有傲霜枝。刚过立冬，凛冽的西北风夹杂着零星的雪花，扑打着苍凉的莽原，几近断流的大理河失去了往日的雄风，河岸上一盏盏枯黄的路灯，犹如旅人劳累的双眼。路灯下，一群孩子手捧着书本，借着微弱的灯光，艰难地辨认着书上的内容。几个年龄较小的女孩，小脸被冻得通红，冷得直跺脚……从衣着打扮来看，他们都不像是穷人家的孩子。

　　韩钦宇动了恻隐之心，走上前去想弄清原委。他留意到，大点的孩子八九岁，小点的也就五六岁的模样。孩子们捧着翻阅得已经有些卷边的课本，丝毫没有意识到有人走近他们。此时，雪越下越大，粗盐般的雪粒打在书本上，发出簌簌的响声，孩子们的小手冻得通红。有个小女孩的手上还生了冻疮，韩钦宇心疼地打量着她，圆圆的小脸蛋红扑扑的像抹了淡淡的胭脂，水灵灵的大眼睛充满了稚气与童真，身上碎花的小布袄丝毫不显得土气，脚上绣花的小棉鞋与做工精美的衣饰相得益彰，让人不由得羡慕她有个多么心灵手巧的妈妈。然而，再稍微留心一些，你很快就会改变自己的想法，小女孩尽管在专心致志地看书学习，但她脸上的表情一点也不舒张，好像刚刚受过委屈，长长的睫毛上还挂着泪珠。

　　韩钦宇顾不了多想，急切地上前询问，想要一探究竟，看看能不能帮到孩子们。刚开始，他们怯生生地直往后躲，后来见武警叔叔诚心想帮他们，话匣子一下就打开了，你一言我一语地哭诉着自己的遭遇。韩钦宇很快就弄明白了，村子里麻将成风，这些孩子的父母都已上瘾，家里搞得乌烟瘴气，根本没有学习的地儿。大家七嘴八舌地说："爸爸妈妈打麻将赢了还好，如果输了，我们就成了出气筒，你看，我们身上都带着伤呢。叔叔，你就帮我们劝劝爸爸妈妈吧！"……

　　回到宿舍，韩钦宇心绪难宁，气愤不已，他决心用手中的笔为孩子们讨回一个公道。很快，一篇题为《麻将声声搅得四邻难安，童声切切泪告巡逻官兵——叔叔救救我们吧！》的稿子便脱手而出。第二天一早，韩钦宇就把稿件发向了当地报刊。一星期后，不足600字的稿件见诸报端，在军营内外引起了强烈反响，许多人为此打来道贺电话，夸他干了件好事，也有人劝韩钦宇别乱捅娄子，给自己惹麻烦。韩钦宇认为自己是记者，尽到本分就好，该忙啥忙啥。

谁知，韩钦宇还没见到报纸，兴师问罪的人却已经找上了门。那天天阴沉得像快要黑了似的，刺骨的白毛风呼啸着，卷起的沙粒打在脸上像刀割一样。这样阴冷的日子，大家没事会猫在家里。可支队门口，一大早就聚满了人，一伙手持棍棒、锄头，头缠白羊肚手巾的人将营门堵了个水泄不通，领头的手里挥舞着一份报纸，愤愤不平，骂骂咧咧，口口声声要找韩钦宇算账。身后的一帮人围困哨兵，冲击营门，一个个横眉竖目，面露凶相……

两名年轻的哨兵哪见过这阵势，一边坚守哨位，一边安抚闹事人群："大家冷静！有啥诉求，我们反映，但绝不能妨碍执勤！"见哨兵振振有词，头缠白羊肚手巾的领头者顿时青筋暴露，厉声质问："我们村里人没文化，打个麻将犯啥王法？"话刚脱口，马上有人应声："今天不给答复，绝不走人！"

……

"消消气儿，让我看看是篇啥文章，咋就惹你们发这么大的火。"不大一会儿，保卫股长带着两名干事火急火燎地出来协调处理。见团里有人出面，闹事者的气焰一下子更加嚣张，刚刚接连发难的领头者，山核桃般的面庞激愤得皮肉直颤，两道浓眉都快拧成一团了，深陷的眼窝都在往外冒火："你们看看，这韩钦宇是不是你们的人！我们书记、村主任当得好好的，碍着你啥啦，犯得着这样背后捅刀子！"他说着话，唾沫星子都能喷到两米开外，嘴角不知啥时起了一堆白沫。

"可不是吗？"保卫股长拿过报纸打眼一看，不由得倒吸了一口凉气，心里暗自吃惊，"韩钦宇这回可真是摊上事了。老区人硬气着呢，这样尖锐的报道你也敢整！"不过处事老练的他，立马恢复了表情，他心里盘算着，面对这些激愤的群众，绝不能硬碰硬，事缓则圆，得先顺着他们来。想到这里，他心里有了谱，此刻他又是散烟，又是说好话，与挑头的大叔套起了近乎："大叔，您老大人不记小人过，消消气儿，让大伙先回吧，我领你到我们领导那儿讨说法去。"

"首长，我又给团里惹祸了，真对不起！"营门口事态刚起，韩钦宇就被团领导"请"到了办公室。在去团部的路上，消息灵通的战友就已经将事态的严重性悄悄告知了他。他惹事已经不止一次两次了，但之前的娄子捅得还真没这么大。据说，因为这篇义章，卧龙湾的支书和村主任现在丢了乌纱帽。

"卧龙湾搓麻将成风，大家都知道，迟早要出事……"团长话音未落，政委接茬道："脓包鼓起来，就得有人挤。记者是社会的啄木鸟，树里生了虫，就得啄一啄！不过，这件事前段时间不是已经处理好，怎么又会旧事重提？得责成相关部门予以彻查！"见韩钦宇心事重重、沉默不语，政委和蔼地说："钦宇，你就此事给上个报告，我们好来应对，这件事你没做错。你先去吧，我看保卫股长带人过来了……"

"老人家，消消气，你们对这件事有什么看法，咱们坐下来好好谈谈。"政委见来人余怒未消，边为他泡茶递烟，边和他攀谈起来。谁知对方压根不领情，提出的条件是，团里公开道歉消除影响，处理完韩钦宇之后，再谈其余的事情，否则，没有商量的余地！团长政委费尽口舌，搭进许多时间，事情仍没进展，结果不欢而散。

刚刚出院不久的宣传股长苟成刚，这段时间一有空就找韩钦宇聊天，关心着事态进展，询问组织上的应对之策，眼睛总在刚好的瘸腿上游移，心里恨得咬牙切齿："你小子真是吃了熊心豹子胆，敢让人在舞厅抓我现行，对我下狠手！现在，你娄子可是捅大了，曝光了赌博事小，现在，村里的'生意'也被公安给盯上了……"

苟成刚原是一营二连的指导员，粗通文笔、素质平平，所在的连队就像和尚的帽子——平不塌，但喜好吹吹拍拍的他总认为自己是个人才，部队不用他真就亏了，几次三番削尖了脑袋想到机关去，瞅准的位子是马上就要空缺出的宣传股长。为了提高成功的概率，苟成刚多次暗示韩钦宇在领导面前替他美言几句。苟成刚的为人做派，韩钦宇早有耳闻，没搭理他，有次干脆一口回绝，让他下不了台。

苟成刚最终还是得了手，他上任干的第一件事，就是千方百计打压韩钦宇。每天晚上熄灯号吹响时，他都要给韩钦宇安排一大堆工作任务，要么是5000字的汇报材料，要么是6000字的领导讲话，话倒说得非常客气，末了总会缀上自己的口头禅："不着急，抓紧干。"韩钦宇默默地咬牙承受着这一切，尽量不去激化矛盾，但苟成刚的折磨和挑衅却不断地升级，韩钦宇加班的时间越来越长，有时甚至通宵达旦。

没日没夜地连轴转，加之饮食不规律，使韩钦宇患上了胃病。那天，苏雅来送药，在饭堂门口正巧遇到了苟成刚和几个人在散步，他腆着大肚皮，一边剔牙一边冷嘲热讽地说："韩钦宇这样老实的人，丈母娘都不待见，怎么就有人看上他，简直是眼睛……"一起散步的人瞅着苏雅暗示他少说两句，但他却直接拦住了苏雅，撩起袖口，摆弄着手腕上的劳力士手表，话锋一转道："瞧韩钦宇那软绵绵的样！顶多就是个刀笔小吏，以后能有啥出息！像你这样的姑娘找到他，亏大喽！"

"钦宇，苟成刚也太飞扬跋扈了，仗着有几个来路不明的臭钱，自己成天泡舞厅，啥也不干，好意思把事都往你身上推！""苟成刚蛮横且好色，到时在舞厅里抓他个现行，揍他一顿，让他打掉牙和着血水往肚里咽！"与韩钦宇要好的战友看不过眼了，有人站出来为韩钦宇抱不平，有人准备替韩钦宇出头，气急败坏的苟成刚不仅不收手，反而变本加厉。"别人不仁，咱可不能不义，有错不对，以错制错更不对。"自幼生长在周公故里的韩钦宇丝毫不敢逾矩。好在没过多久，军区报社点名道姓要他去学习。走后，他隐约听到苟成刚被人给打了！这一走就是一年，归队时，韩钦宇早就忘了这档事。

这年冬天，韩钦宇刚归队上班，苟成刚暴跳如雷地冲到楼道里，一把就抓掉了他的领花，上衣领口也在拉扯中被撕烂了。"快松手！我要被勒死了！"韩钦宇被打了个措手不及，越收越紧的领带，差点让他背过气。见自己占了上风，苟成刚像牙齿上沾上了血的饿狼，禁不住邪从心头起，恶由胆边生，他疯狂地叫嚣着："勒死才好呢，看你还敢不敢再黑我！"快被勒断气的韩钦宇一头雾水，嗓子里本能地挤出了一句话："我啥时黑你了……"见韩钦宇背着牛头不认赃，心里越发来气："跟你废啥话，看我今天不整死你！"

领带越勒越紧，忍无可忍的韩钦宇使尽浑身力气，弓腰弯背，猛地一发力，反手揪住苟成刚刺猬般的长头发，一个肩扛背摔就将他摔翻在地。狗急跳墙的苟成刚一骨碌爬了起来，夺门冲进办公室，抄起一张凳子，就朝着韩钦宇劈头盖脸地砸了过来，逼红了眼的韩钦宇三下两下就摔烂了凳子，顺手抄起一根凳子腿，朝着苟成刚的右腿抡去，只听得哎哟一声惨叫，苟成刚脸上痛苦地抽搐着，豆大的汗水从荒草滩里簌簌地滚落下来。

……

"这顿打可真是白挨了！眼下这可是整倒韩钦宇的好机会，揪住这小辫子，不光他作难，我看支队领导也不会好受到哪儿去！"苟成刚处心积虑地谋划着。前几天，有人看见他偷偷往卧龙湾跑过好几趟，煽风点火、添油加醋自不待说，据说连支队应对之策也透露给了闹事者。

"钦宇啊，咱俩虽说有些小误会，我的腿也受了伤，但打断骨头连着筋，最近你摊上的这事，听说支队都快压不住啦！咱可得想想办法，别到头来年底让你脱军装走人，连我也得跟着受牵连。"苟成刚觍着面盆般大小的阴阳脸，肉乎乎的脑袋上一对狡黠的小眼珠滴溜乱转着，急不可待地等着韩钦宇搭茬。韩钦宇瞅着这副嘴脸，不由得怒火中烧，那股拗劲噌地一下就上来了："怕事不惹事，惹事不怕事！我做得没错，有人要胡来，尽管放马过来，我就不信没天理了！"

苟成刚见自己发的力全都给硬生生地顶了回来，他瞪大了一对鼓突眼，哈着气，边擦眼镜片，边阴损地笑了笑说："咱们营门一封，地方的人拿咱没办法，你家属上班，卧龙湾可是必经之地，人家使点阴招，看你咋办。"说着话，他见韩钦宇面色依旧，一脸正气，面部一下挤成了八眉猪状，假惺惺地套近乎道："让你家属这段时间在医院宿舍里躲一躲，过了这个风口再说。要不还得找人每天接送，多麻烦，再说也不保险！"

自古邪不压正，沐浴着家风成长起来的韩钦宇，从来都是不撞南墙不回头，只要自己做得对，他还没有想过要给谁来低这个头，他义正词严地说："吃喝嫖赌抽是人间五毒，卧龙湾赌博成风，邪气盛行，毁掉的不仅仅是一个村庄，还有好多孩子的未来，我们大家都睁一只眼闭一只眼，这些恶行难道就不存在了吗？"苟成刚见韩钦宇一根筋和自己对着干，气急败坏地说："咱别讲大道理，眼下你惹的事，屁股得有人擦！我好言相劝你不听，剩下的事看你怎么收场！"说罢，拍了拍刚好的瘸腿走了，不时还扭头愤愤然瞅上两眼，好像受了多大屈似的。

　　韩钦宇义正词严、唇枪舌剑，苟成刚没占到半点便宜，回到办公室，他气得肚子鼓鼓的，心里不由得盘算起来：你小子不识好歹，我把卧龙湾人下一步可能要有的动作都给你透露得底朝天，本想吓唬吓唬你，让你低头认个错就得了，这下好，你小子逞能，我这就去再烧一把火，看不把你烧个底朝天才怪呢！吃过午饭，他打了个幌子，便又像地下党一样找人接头去了。苟成刚尽管换了便装，但他一出营门，几乎是三步一回首，生怕被人瞧见了，只见他左闪右拐，不大一会儿就来到了县城边上的卧龙湾。

　　那天挑事者老远就瞅见了贼头贼脑的苟成刚，他热情地迎了上来，拉着苟成刚就往家里让："哎呀苟股长，村里的事你可得多费心啊！韩钦宇可给咱惹下大麻烦了，我们担心这个导火索掐不灭，会把咱都送上天的！"见接头者这么大声张扬，做贼心虚的苟成刚心里一惊一惊的，他压低声音，对接头者说："老党小点声！隔墙有耳！你们借着劲往大里闹，好让那小子早点滚蛋，要不他那鼻子灵着呢，别到时坏了咱们大事！"说着话，他俩三步并作两步，闪身进了院子，不大一会儿，小院又闪进了几个人，门哐啷一声就关了，窗帘也拉得紧紧的……

　　送走了瘟神，韩钦宇心绪逐渐平复下来，他开始担心起来，闹事者在暗处，做事没有底线，接下来将会发生什么事，心里一点底儿都没有：自己身处军营，日夜有人守卫，但妻子每天上下班都要路过卧龙湾，这段路还有些偏僻……他真有些不敢往下想。这天晚上，他思前想后，找来了自己最要好的几个战友商量对策，大家认为韩钦宇做得对，这件事再不能给组织添麻烦了，苏雅上班时大家轮流护送，以防发生不测。

一个礼拜后，正赶上护士节，医院里组织联欢会，活动结束时天色已经大晚。他们三人行至一个路口转角处，只见几个黑影闪过，两块板砖夹带着风声飞了过来，身手矫捷的两位战友飞身挡上前去，苏雅躲过一劫，两位战友的胳膊和后背被砸中，痛得额头直冒汗。正当他们惊魂未定之时，几个黑影又突然从路边的柴草垛后冒了出来，手持棍棒，抡起就打，两位战友赤手空拳，左遮右挡，眼看就要招架不住了，苏雅情急之中，大声呵斥，高声呼救，几名歹徒见韩钦宇爱人是本地口音，又声称见过他们，便仓皇逃去。

苏雅三人半夜才回到了家，惊魂未定的她哭诉着自己的遭遇，两位战友身上青一块紫一块，韩钦宇气得七窍生烟，他心里跟明镜似的，要不是那个没有人性的东西，妻子的行踪怎么会有人掌握得这么清楚！他顺手抄起门后的一根大头棒，准备去找苟成刚算账，打折他的另一条狗腿。苏雅和战友见状又拉又拽、苦苦相劝，才使他恢复了理智。这一夜，韩钦宇愤恨得彻夜未眠……

"钦宇啊，听说你夫人昨晚受惊啦，没啥大碍吧？要不要组织出面，咱可不能吃哑巴亏啊！"见韩钦宇气得咬牙切齿，没有答话，一丝邪恶的快意在苟成刚肉乎乎的大脸盘上一闪而过，他马上又装出一副焦急而又同情的模样，说，"听说有人还充当了护花使者，不是挺能打嘛，不知战绩如何？"这天早晨，没等韩钦宇去理论，苟成刚倒来了个恶人先登场。韩钦宇气得心里暗骂道："我们国家的事都坏在了这些狗汉奸身上！"见韩钦宇仍不搭茬，苟成刚轻蔑地笑了笑，又开始大放厥词，卖弄上他的歪理："人在江湖漂，哪有不挨刀。你没看舞厅门上，不都贴着一张美女脸吗？这美女那不都一只眼睁着，一只眼闭着，若非要让两只眼都睁大，有人会让你成为独眼龙的。"

"苟股长，看来你的这个学问都是跳舞跳出来的，听说当初在舞厅里不光有段艳遇，还让人在包厢里堵住过，不知这个窝心拳好消受不？据说您还挺有表演天赋的，不当演员真是亏了！"见苟成刚一副寡廉鲜耻的嘴脸，韩钦宇忍无可忍，从不刻薄的他也揭起了别人老底。苟成刚犹如被人当众扇了一记耳光，他正想发作，又怕吃亏，两条腿都得打拐杖，没皮没脸地笑了笑说："男人自古都是三妻四妾，现在虽说不行了，但哪有不偷腥的猫，人老了是靠回忆活着的，像你这样到老了连个念想都没有，不感到憋屈吗？"他见这样打嘴仗，自己占不了便宜，便恨恨地撂下一句话："话又说回来，你小子和我拧着干还嫩着点！咱们骑驴看唱本——走着瞧！"说完，摔门而去。

打完口水仗，韩钦宇心里明白：明枪易躲，暗箭难防，现在就是知道苟成刚坏事做尽，却没有丝毫把柄落在自己手上，跟他纠缠实在是浪费时间，只有想办法将闹事的人揪出来，让他们认清自己的所作所为是违法的，才能从根本上平息事态。韩钦宇决定下午就请假，去一趟当地的报社，寻求媒体帮助。

塞上名城，虽距韩钦宇所在的团只有两小时的车程，但找到报社，还真有些不容易。下午快要下班时，韩钦宇见到了报社的副总编，弄清原委后，副总编拿出一份内参晃了晃，意味深长地说："卧龙湾可不就这点事，水深着呢！"他责成报社连夜给地委上了专题报告，地委书记次日就做出批示：要彻查此事，并派精干警力，确保驻军记者及其家人人身安全！一连半个月，苏雅每天上下班都有便衣警察相随，倒也相安无事。卧龙湾闹事分子气焰依旧嚣张，他们平时聚会的地方，每隔三五天，还是有陌生人神秘地闪进闪出。

　　苟成刚那天被韩钦宇骂得恼羞成怒，下班后去找卧龙湾的闹事头子，想再教训教训韩钦宇，到了卧龙湾见了闹事头子，刚说完这事，闹事头子拍拍苟成刚的肩膀，神秘地笑了笑，说："苟股长，别和他计较，坏了心情，今晚龙哥在夜总会做东，一会儿咱们去乐一乐！"

　　"好！好！龙哥做东，哪儿能不去？咱们现在就走！"苟成刚一听能去跳舞，教训韩钦宇的事立马抛到了脑后，心想：韩钦宇，算你走运，等我找完乐子，再和你算账！

　　帝豪夜总会里，苟成刚在服务生的引导下来到薛龙的台子，薛龙此时正和杜刚等几个弟兄玩骰子，见苟成刚来了，连忙起身迎接，说道："苟兄来啦，有失远迎，快请坐！"他一边说着，一边示意手下给苟成刚让座。苟成刚也不客气，抬脚在薛龙身边坐下，端起一杯酒一饮而尽。"好酒量！"薛龙给苟成刚又满上一杯，转头对着旁边的小姐们说，"来，你们今晚可要把苟股长陪好喽。"

　　两个小姐一左一右端着酒杯，斜靠在苟成刚身上，挑逗着给他灌酒，神魂颠倒的苟成刚来者不拒，几杯马尿下肚，便已是脸红脖子粗，薛龙这时示意一个小姐下去，自己坐到苟成刚旁边，压低嗓音说："苟兄，兄弟我有点事还想请你帮个忙。"苟成刚只顾着和小姐打情骂俏，并不多想，随口说道："龙哥有事尽管吩咐。""苟兄真是个爽快人！"薛龙见状暗喜，接着说："最近外面风声紧查得严，货出不去，兄弟的生意不太好做啊。"苟成刚一听说"生意"不好做，赶紧问："怎么了龙哥？以前跑货不都挺顺畅的吗？"薛龙见苟成刚入了套，故意叹了口气，说："现在到处设卡，见车就查，咱们的普通牌照混不过去啦。苟兄在部队供职，人脉广，要是能给兄弟搞个军牌，跑起货来可就好办多了。"

这件事对苟成刚来说，虽然也能办到，但也要费一番功夫，他放下手里的酒杯，转过头来，面露难色，道："龙哥，你要让我给你搞套军装那绝对没问题，但这军牌嘛，牵扯到很多关系，恐怕……"薛龙见苟成刚说到很多关系便吞吞吐吐，故意作难，心里暗想：你什么人我还不清楚？跟我装，不就是要钱吗？想到这里，他满脸堆笑，示意手下拿来一个鼓鼓的大号牛皮纸袋，道："苟兄，这点小心意，你就拿去。另外，这笔生意做成了，咱们赚的还不止这些，够花上几辈子的了，到时候咱们就洗手不干，从此逍遥快活去……""好，好！"苟成刚掂了掂纸袋，心想数目不小，又听得薛龙的话，早已忘乎所以，拍了拍胸脯道："龙哥，咱俩还谈这些吗？你的事就是我的事，包在我身上了！"薛龙大喜，拿起酒杯就去敬苟成刚，两人聊得更热乎起来，舞池里的男女伴着节奏，疯狂地扭动着、叫喊着，五颜六色的灯光在酒精的作用下变得迷离起来……

"据地区公安分局通报，卧龙湾发现重大贩毒团伙，上级命令我部抽出精干人员打入团伙内部，实施先期侦察……"支队作战会议室里，一场紧急作战会议正在召开，韩钦宇破例列席会议。支队长宋建兴简要传达了地区公安局通报后指出："今天我们同公安局交换了意见，这是一个隐藏在城乡接合部的贩毒团伙，组织严密，机构庞大，为首的头目叫薛龙，外号枭龙！我们单位也有人参与其中，不过在收网之前，大家一定要注意保密，绝不能打草惊蛇，下面由参谋长陈阔宣读作战方案……"

会议室里气氛非常地紧张，侦查任务说白了就是乔装打扮去卧底，危险程度不言而喻。究竟派谁去合适，支队长扫视着与会人员，面色异常地凝重，但他的心里已有了人选。散会后，韩钦宇悄悄地拽住了特勤中队副中队长贾铠的衣袖，神秘地说："你小子这下有好事啦，悠着点，我们等着你的好消息！"贾铠会意地笑了笑："我没啥，这事也落不下你，这回看来我们俩又得联袂出演了！"见韩钦宇一脸茫然，他又压低嗓门、一脸坏笑道："我这武戏大不了上房，你这文戏可不好说喽！听说这出戏还牵扯到了你的老相好，到时可别旧情复燃，你现在这恋情就已经够复杂的了，到时怕你收不了场！"

两人正在窃窃私语，韩钦宇被支队长叫到了办公室。刚落座，支队长便开门见山询问道："有个叫筱潇的女孩你认识吗？"韩钦宇被这突然的发问弄蒙了：我和筱潇的事不是都了了吗，支队长怎么会突然提到她？莫非……见韩钦宇默不作声，支队长焦虑地告诉他："贩毒团伙就是这个女孩举报的，她现在处境很危险！"不等支队长说完，韩钦宇的心一下子就揪了起来："支队长！任务要紧，我能做什么，您就下命令吧！"支队长见韩钦宇领受任务这么坚决，便单刀直入地说："你和筱潇过去有过来往，现在你的任务是，随时和筱潇保持联系，密切关注薛龙的动向，为公安机关破获此案提供重要线索！"

"筱潇，我们这一别就是一年多，你还好吗？卧龙湾贩毒的事怎么能跟你扯上关系？别后你都在做些什么……"这天傍晚，韩钦宇便迫不及待地约见了筱潇，他早早便来到师范学院后山上等她。不大一会儿，一个熟悉的身影便映入了韩钦宇的眼帘，筱潇一袭淡紫色的连衣裙，脚穿月白色的高跟鞋，淡蓝色的遮阳伞下，长发如瀑，明净的双眸褪去了童真，平添了几分妩媚与幽怨……刚瞥见韩钦宇，筱潇眼里闪现出的一丝惊喜，很快被忧伤与愁绪淹没了。未及身前，豆大的泪珠早已滑落到腮边。

往事不堪回首。那次分手不久，筱潇的妈妈就出了车祸，等她赶到医院时，妈妈已进入了重症监护室，命是保住了，但妈妈从此再也醒不来了，她成了植物人！爸爸很早就离开了家，妈妈又成了这样，筱潇感到家里的天一下子都塌了，一直躲在妈妈翅膀下的这只小凤凰，顿时成了没人管、没人问的离群孤雁！好在有三姐帮她，家里的存款用完了，房子变卖了，能借钱的地方都借遍了，就连三姐的服装店也转给了别人，但都难以维系妈妈高昂的重症监护费用！

"我已没有了爸爸，我不能再没有妈妈，她是我唯一的亲人！"筱潇哀伤地诉说着，泪水像断了线的珠子，"我把能想的办法都想了，没有了钱，医院就会停了妈妈的重症监护，我只得辍学到舞厅乐队里拉小提琴，可这微薄的收入怎么够我妈妈的治病费用？后来，有人告诉我，唱歌来钱快一些，可没过多久，贩毒团伙头目薛龙就盯上了我……"说到这里，筱潇早已泣不成声。韩钦宇默默地陪着她，眼里早已蓄满了泪水，他禁不住眼眶发热，鼻头发酸，忍不住抱怨道："家里出了这么大的事，好歹我们相识一场，你怎么连吭都不吭一声！"

生活有时就是这样残酷无情！韩钦宇怎能知道，那段日子，筱潇跌入了怎样的人间地狱！妈妈出事后，她何尝没有想到韩钦宇，可他这样一个谦谦君子岂能多金！再说，他们分手是那样的决绝！她除了没日没夜地赶场卖唱，还能有什么办法？她每天都累得筋疲力尽，但出手阔绰的捧场费她分文不要。家里虽已是债台高筑，她是那样的缺钱，但她高贵的灵魂一点也没有折损。可如今！一想起那个噩梦般的夜晚，她就浑身打战、痛不欲生！她每天都要洗十几遍澡，皮肤都快搓掉了，可她总感到身上脏，心里恶心！

那天晚上，她刚忙完夜场，出了舞厅大门，一辆保时捷卡宴突然停到了她身边，车上蹿下了两个壮汉，用黑布袋蒙了她的头，塞进车内，便疾驰而去。车辆左拐右拐，驶到了一家宾馆门前停了下来，两个人不顾她奋力反抗，连扛带抱就闪进了事先开好的房间。

"快把头套给我摘了，不是让你们去请吗？怎么能这样对待我心中的女神？"这人瓮声瓮气地说着话，踱步来到了筱潇面前，刚刚恢复了视力的筱潇这才发现，挟持她的人，就是每天都争着抢着为她捧场的薛龙，此刻他似乎刚刚洗完澡，穿着睡衣，挺着大肚皮，衣领处露出了扎眼的胸毛。两个马仔刚一转身出门，他便一脸淫笑将筱潇扑倒在了宽大的席梦思上，粗暴地撕扯着筱潇的衣裳，野猪般的长嘴在她身上拱上拱下，刺猬般的胡须像毛刷一样在筱潇凝脂般的肌肤上纵横蹂躏。筱潇顿时花容失色，噩梦初醒般地惊醒过来，她本能地又踢又抓，薛龙身上脑门上立刻多出了一道道深深的血痕。

"宝贝，有个性，我就喜欢这样的冷美人！"但薛龙毫不在乎，他像饿狼受到了刺激一般号叫着，"你最好给我老实点，别假清高，能到舞厅去的能有啥好货色，顺着爷，爷加倍给你钱！"筱潇早已累得气喘吁吁、香汗淋漓，身上的衣服越来越少，瞬间，潮红的面庞、娇美的胴体、诱人的喘息，以及那对完美无瑕、高高隆起，有着孩子般的稚嫩乳头、泛着淡粉色红晕的乳房，在昏暗的房间发出耀眼的光芒。这一切都在刺激着薛龙的兽欲，他的攻势越来越猛，随着一阵撕裂般的疼痛，一切都结束了！然而，噩梦远没有结束，那天晚上，就在她快疼晕之时，隐约感到又有人来到了房间，不顾她的苦苦哀求，一阵皮带钢环撞击之声后，又摧花折柳般地将她蹂躏，不知什么时候，她又一次晕死了过去……

等她沉沉地苏醒过来，已日色过午，她一丝不挂地躺在满是落红、污迹斑斑的床上，浑身痛得像是刚被抽去了筋，枕边散落着那些畜生刚刚冲洗出的裸照，电视里正播放着昨晚录下的不堪入目的恶行……她想到了死，可妈妈还没有醒过来，坏人没有绳之以法，她怎敢死去！

"天哪！不是这样的！不是这样的！我要宰了这些没人性的畜生！"筱潇的遭遇使韩钦宇犹如五雷轰顶，他愤恨得钢牙咬碎，面部扭曲。他痛苦地撕扯着自己的头发，像发怒的狮子一样咆哮着，低吼着："薛龙、苟成刚，你们这些狗杂碎、害人精，不把你们打入地狱，我誓不为人！"可眼下，筱潇肩负的使命，让她还不能就此离开这个可怕的旋涡。想到这里，他的心都在滴血。不过，放心吧，筱潇！从现在起，我就是粉身碎骨，也不会让你再受半点委屈和伤害！

……

时针已指向了凌晨1点，整个山城进入了沉睡状态。只有几家最大的迪厅、歌舞厅内依旧人头攒动，金牛迪厅是这座山城最大的歌舞厅，每晚人流量能达到上千人。疯狂的男女在震耳欲聋的音乐声中忘情地蹦着迪斯科，披着长发的迪姐拼命地调节着现场的气氛。

来啊，来啊，来啊，来……

摇啊，摇啊，摇啊，摇……

几个留着鸡冠头的痞子，此刻正若无其事地坐在休息厅的沙发上，眼睛却早已锁定了舞池内要找的人。那人此时正搂着一个打扮得花枝招展的女人在忘情地跳着迪斯科，一张凸起的长嘴不时伸向女人的脖颈，嘴里像是在絮叨着什么，又像是在说着情话。粗壮的身材扭动起来像是蠢笨的北极熊。迪厅里的气氛越来越活跃，口哨声、号叫声、调情声、音乐声混成了一片。原来，在人们的眼里，有时癫狂也是一种快乐！

突然，几个鸡冠头趁乱闪身来到了薛龙身边，没跳几下就把他和舞伴给挤开了，薛龙刚开始没有留意，直到半天挤不到舞伴身边，这才怒目圆睁吼了起来："你想干吗？不长眼啊？"只见对方不紧不慢地挑衅道："拐了我姐，你也不多给些小费、打声招呼！这会儿我们就带她走，家里人还等着呢！"薛龙怒气冲冲地蹿到女人前面，大声呵斥道："你们是哪条道上的！你们老大是谁！"那女人一见这阵势，瞅了个空一低头就溜了。一个高个子鸡冠头依旧慢条斯理地说："我们是哪条道上的你管得着？今天看我们咋收拾你！"薛龙见来人不知深浅，压低了嗓门道："大风地说话，也不怕闪了舌头！在我改变主意之前，快给我滚！"

薛龙说着话，脸上已挨了重重两耳光。只见他大喝一声，几个跟班便从舞池里围过来救驾，但没三两下便被打得人仰马翻。此刻，几个腾出手来的鸡冠头狞笑着将薛龙围在中间，戏弄着将他推倒在地，有人拽着他的领带让他学狗叫，有人开始乱翻打落在地的手包，有人踹着他的屁股，往他身上吐口水："你不是问我们老大是谁吗？现在这就告诉你，我们几个都是老大！"话音未落，又是一阵讥笑和嘲弄。正在这时，一个身手敏捷的高个子突然护住了他，惊魂未定的薛龙只见高个子不慌不忙，直拳，侧踹，肘击……没有几个回合，几个鸡冠头纷纷应声倒地，剩下的两个见势不妙落荒而逃。

"兄弟，等等！"贾铠拍了拍手准备离开。薛龙从地上一骨碌爬了起来，觍着脸说："我还没有感谢你呢，你怎么就走了？"舞厅里声音太吵，贾铠似乎没有听清，他继续朝门外走去。薛龙顾不上擦去脸上的灰土，紧跟了出来。

外面一片寂静，简直就是两重天。薛龙跟在贾铠屁股后面，心里盘算着，身边虽不缺马仔，但有这样身手的还扒拉不出一个，遇到了说啥也得套牢！他心有不甘地巴结道："兄弟，感谢你今天出手帮我，交个朋友吧？"贾铠随口回应道："大家都是道上混的，举手之劳不足挂齿，以后有缘再聚，我散漫惯了，走到哪儿混到哪儿，还是独来独往的好！"

"你家在哪儿？回头我好去找你。"薛龙仍不死心。贾铠扭过头来，苦笑了一下："家？我从小四处流浪，漂泊不定，哪有家这概念，小时候被人收留，练过几天武，后来师父去世了，我又没了家，这不听人说老区人厚道，吃用花费小就流浪到了这里，眼下还没找到可做的事，以后慢慢找机会吧！"薛龙听了这话，眼里立马燃起希望，他一脸期待地望着贾铠："要不你来我这里吧，待遇好说！"贾铠却似乎并未为之感动："算了，初次相见，彼此都不了解，以后再说吧！"说完扭头扬长而去。

刚躲走的女人不知啥时候又折回来了，她挽着薛龙的胳膊，扭过脸甜甜地说："薛哥，我们进去接着跳舞吧！"薛龙一脸的沮丧，扯过胳膊，恨恨地说："还跳个屁！"随手掏出一沓钱塞到女人的手里，钻进保时捷一溜烟消失在夜色里。女人看到车子扬长而去，啐了一口道："谁稀罕和你跳舞，要不是看在钱的分上，谁搭理你！"她掂了掂手里的钱，得意地笑了。一路上，薛龙脑子里一直在盘算：是谁吃了豹子胆，敢在我头上动土？回头问问黑帮老大，让他们看看我的厉害！

ICU重症监护室，筱潇的妈妈安详地躺在病床上，双目微闭，脸色红润，如果不是脸上戴着氧气面罩，身上插着好几根管子，没有人能将她跟病人联系在一起。此刻筱潇静静地坐在妈妈身边，将妈妈的手轻轻地贴在自己的脸上，嘴里喃喃地呼唤着妈妈，盼望着奇迹的出现……

"筱潇，有客人来了，快出来接一下！"值班护士轻轻推开门，见筱潇半天没有动静，探着头说，"你们家亲戚还有武警吗？

他们来了好几个人呢，带着一大堆东西，连欠下的住院费都交清了！"筱潇轻轻地擦拭着眼角的泪花，满心疑惑地迎出了门。

"钦宇，你来了……"筱潇远远地瞧见一个熟悉的身影，便情难自已地叫出了声，三步两步便追了过去，"我想应该是你来了，可你哪有那么多的钱！"钦宇心疼地望着筱潇焦虑的眼睛，从衣袋里拿出一个厚厚的信封，塞到了筱潇的手里："阿姨前边的费用全部交清了，这些钱够用半年，剩下的我们有的是办法，你就放心吧！"见筱潇疑虑未消，钦宇解释说："阿姨的病情不仅牵动着我们部队官兵的心，现在通过新闻媒体，社会上好多人也争着给阿姨奉献爱心呢！这仅是官兵的首批捐款，你就拿着吧，阿姨的病情耽搁不了！"

"亲人啊！你们才是我至亲至爱的人！"筱潇流着泪默默地感受着这一切，她的心一阵一阵地疼，"亲人啊！如果当初妈妈刚一病倒就找到你们，我能成现在这个样子吗？如今我的一切都毁了，今后的路我该怎样才能走下去？"筱潇的心都在滴血。正在这时，筱潇的BP机响了，她瞅了一眼，满脸惊恐地说："你们快走吧，薛龙要来了！"韩钦宇听到薛龙两个字，可谓仇人相见分外眼红，他的手越攥越紧，骨节都啪啪作响，可当他想到自己肩负的重任，这口恶气只能硬生生地吞下去："你大胆和他周旋吧，我们就在暗处盯着，不会有事的！"

华灯初上，帝豪夜总会地下赌场，贾铠顶着一头乱蓬蓬的长发，络腮胡倔强地向前龇着，两条裤腿一长一短，双臂紧抱在赤裸的胸前，血红的双眼死死盯着骰子和庄家，一副赌红了眼的样子："我押大！我押大！快开牌……"骰子疯狂地旋转着，慢慢停了下来，"又是小！押小的赢啦！"贾铠沮丧地摸着早已干瘪的口袋准备抽身离去，桌上的人哪肯轻易放过这两天刚钻进来的有钱的主，"来来来，兄弟我这儿给你赊一些，再玩会儿！""不玩了，今天带的钱不多，等明儿再玩吧！"贾铠说着话，抽身出了牌桌。

突然，他的肩膀被人轻轻拍了一下，贾铠回头一看，是薛龙。他装作不认识，大步往门外走去。薛龙赶上前去，一把拽住贾铠说："兄弟，你可是我的大恩人啊，看来咱哥俩真的有缘，这不又见面了！"贾铠面无表情地说："我怎么和你犯克，上次遇到你是和人干仗，今天又只输不赢！"薛龙赔着笑脸说："输赢那都是小事，重要的是你我有共同的爱好，咱哥俩看来都好这口，今天输多少都算我的，赢了归你，咱们坐下来接着玩。"贾铠眼瞪得溜圆："兄弟，这可是你说的，真够义气！等我把本拾回来了，连本带利一并还你！"

贾铠拿上薛龙的钱就凑到了赌桌前，几把下来就又输得血本无归。薛龙怕窟窿越捅越大，找了个借口拉上他就出了赌场。出了门，贾铠正色道："兄弟，你看我能帮你干点什么？你就吩咐吧！我现在可是不名一文了，就只剩下这百十来斤！"薛龙见状，拍着他的肩膀，脸都乐成了一朵花："果然爽快，是条汉子！今后你就跟着我吧，保管你吃香的，喝辣的！噢，对了！高兴了大半天，还不知道你尊姓大名呢！"

"尊姓大名不敢当，我叫金粤。"贾铠报上家门，"那我该怎样称呼你？"薛龙略加思索道："我的弟兄都叫我老大，你以后就叫我龙哥吧，叫其他的太生分，我可是真心把你当兄弟看，你可别让我失望才好！"贾铠高兴地说："那好吧，我以后就跟着龙哥混了，别的不求，有口吃的就行！"薛龙故作嗔怪道："我们可是好兄弟，大哥吃肉，绝对不会让兄弟喝汤！"他说着话，顺手摸出一沓钱塞到贾铠手里说："拿着，明天好好置办一些行头，说啥也得给哥把这脸长上！"贾铠拿着钱满脸堆着笑，心里却暗骂道："好你个王八羔子，这一出手就是我们好人半年的工资，也不想想这些被糟践的钱都是咋样来的！"

"走，兄弟跟我走一趟！"不等贾铠回过神，薛龙就将他拽上了车，车子刚一启动，薛龙诡秘地说："今天输了钱，估计你心里不痛快，我带你去放松放松。"贾铠疑惑地问道："我们去哪儿？"薛龙一脸坏笑地说："现在保密，到了你就知道了。"

"薛总，是您啊，快里面请。"车行至天外天夜总会门口停了下来，远远看到车灯，早有人迎了过来。贾铠跟在后面走了进去。看得出薛龙同这里的人很熟。走进包厢，薛龙对跟进来的人递了个眼神。过了不久，一大群秀色可餐的女孩如潮水般涌了进来，年龄都在20岁左右。贾铠心里暗暗叫苦，他想起了钦宇说过的话，谁知竟一语成谶。薛龙见贾铠一脸茫然，便笑了笑说："兄弟好好挑一个，嫩着呢，善解人意着呢！"贾铠窘得一下子脸都快红到了脖根，连忙摆手说："龙哥，我今天不在状态，要不改天吧！"薛龙坏笑着说："正因为你不在状态才让你放松，是不是都不合你意？不行再让他们换一拨！"

贾铠担心再拒绝下去会让人起疑心，只得硬着头皮往下走。他定睛看了看，用手指了指中间一个看似老实点的女孩说："那就她吧。"被点的女孩低着头走了过来，靠贾铠身边坐了下来。薛龙朝她大声点拨道："他可是我的好兄弟，伺候好了，小费我翻番！"女孩诚恳地点点头，起身将贾铠拉到了隔壁的包间。包间里亮着暧昧的红灯，一进门，女孩就往贾铠怀里钻，嘴里喃喃地咕哝着。贾铠定住心神左闪右躲，应对着女孩缠绵的纠缠。女孩子哀怨地说："大哥，你是不是看不上我，不喜欢我？"见贾铠直摇头，她像是受到了鼓动，麻利地开始脱衣服，三下两下就露出了诱人的酥胸。

贾铠怕自己抵挡不住，连忙制止道："停，快别脱了，以后你就是我的亲妹妹，这人伦道德咱可得讲！"女孩见贾铠童真的像个处子，禁不住乐了，像这样不贪嘴的人她还是第一次遇到！贾铠见自己的努力有成效，接着说："我家里有老婆孩子，我很爱她们，今天只是逢场作戏，待会儿钱分文不少你的，老鸨问起，你帮我打好圆场就行，剩下的时间你就陪我聊聊天吧！"贾铠见女孩还有些犹疑，接着解释道："这么跟你说吧，人生如戏，各有各的难处，有些事不能做，又不能不做，只好蒙混过关。这戏会不会穿帮，还得靠你！"女孩似懂非懂地点了点头，脱衣服的手也停了，话匣子也打开了。

闲聊中，贾铠得知女孩名叫小翠，18岁！他的心像被人用榔头在敲打着：多么阳光的青春，却在这阴暗的包间里度过。贾铠心痛地问道："小小年纪为啥不读书，非要干这行？"女孩子的头低了下去，黯然地说："母亲病了，弟弟还在上学，需要钱……"

贾铠痛心地追问道："你就不能干点别的？想没想过将来？"女孩茫然地说："我什么也不会，哪里还有将来，走一步算一步吧！"贾铠见女孩这么小就已死了心，他一脸激愤地对女孩说："你母亲如果知道你这样，就是死也不会要你的钱看病！"谈话没能再继续下去，女孩双手蒙着脸，痛苦地哭了。

贾铠看了看时间，心想差不多该走了。于是站起身，从口袋里掏出几张钱塞到女孩子手里说："不要和任何人说起我们刚才发生的事，这是我给你的钱，你到外面还可以再要一份。"女孩子将钱塞回贾铠手里说："你是个好人，我不要你的钱，该怎么说我知道。"贾铠的心里一热，女孩还有救，又将钱塞回去说："就当是我的一点心意，给你母亲看病抓药吧，以后有难处我会帮你的！"

走出包间，贾铠看到薛龙还赤身在包间里坐着，身边花团锦簇。一见贾铠出来，薛龙调侃道："战绩如何？"贾铠意味深长地说："好！好！可得好好奖赏她们一下。"薛龙笑着说："兄弟舒心了就好，其他都是小事。"他从口袋里掏出一沓钞票塞到了小翠手里，小翠感激地看了看贾铠，贾铠也回看了她一眼，心里默默为她祝福：勇敢点小姑娘！早日走出这生活的泥沼！

这天清晨，参谋长陈阔案头的电话响起，来电显示是一个陌生的号码。电话里传来贾铠低沉的声音："报告参谋长，我已打入团伙内部！现已取得信任，下步行动请指示……"

参谋长陈阔没有立即答复，他放下电话，在办公室踱步沉思，眉头紧锁。他当过特勤中队长、作训股长、大队长，有着丰富的作战经验。贾铠是他一手培养起来的特战队员，神勇果敢、机智过人。贾铠有能力完成好此次任务，他只是担心这次任务与往常不同，对手是狡猾的贩毒团伙，心狠手辣，社会关系复杂，难以排除部队内部都有他们的内线，一旦失手后果不堪设想。

想到这里，陈阔拿起电话："帮我接通公安分局局长刘昌寿电话。"电话里很快传来刘局长的声音。他顾不上寒暄，直奔主题："是不是此次缉毒行动的事？"陈阔连声说："是的是的，我们的侦察员已成功安插进去，等待下步命令。""搜集证据，查清底细，挖掘犯罪线索，掌握犯罪证据！"刘局长当即下达了命令。挂了电话，陈阔让人火速联系贾铠，传达支队指示命令，提醒他保重自身安全。

晚饭时分，韩钦宇遵照参谋长的指示，早早就等候在了支队门口。见参谋长面色凝重、行色匆匆，钦宇忍不住问道："参谋长，是不是事态有变化、行动受阻？"陈阔摇摇头说："行动进展顺利，贾铠父母病了，媳妇刚随军，他又在执行任务，我们得赶快去他家一趟，以免他家里人起疑担心！"韩钦宇拎着参谋长买好的营养品，快步向贾铠家里赶去。贾铠住的是朱燕单位分的房子，两室一厅，两个人住倒还挺宽敞，现在老人生病没人照管也住了进来，房子一下子显得逼仄起来。

朱燕正在给老人熬药，看到参谋长和韩钦宇来了，马上放下药罐，笑着连忙迎了出来："首长，您工作那么忙，今天咋有空光临寒舍？是不是我家贾铠在部队惹事了！"陈阔笑了笑，和颜悦色地说："你家贾铠没惹事，倒是组织给你们添麻烦喽！"朱燕这才想到贾铠有好长一段日子没有回家了，不过丈夫在基层，半个月二十天回不了家那很正常。想到这里，她觉得参谋长的话有些费心思，愣愣地说："首长，组织对我们家挺照顾的，咋就给我们添麻烦了？首长是不是把话说反了，但我好像也没犯啥错误！"

"这不贾铠最近被推荐出去参加集训比武去了，老人病着怕你一个人照顾不过来，才来家里看望的吗？这能说不是组织给你们添麻烦了！"听完陈阔的话，朱燕叹了一口气："我就说嘛，我还以为是贾铠在部队告我的状，让领导找上门来呢！贾铠啥时候回来，参加集训怎么连个电话也没有，传呼机也给关上了！"韩钦宇忙打圆场道："贾铠最近集训比武忙不过来，过段时间才能抽开身，他还特意嘱咐我问家里好！"

"你别蒙我，贾铠是啥人我还不知道，一天到晚没心没肺的。就是一年不见，他也不会捎句问候话！"朱燕笑着说，"组织让他干啥我也不想多问，问了也没人告诉我真话，部队的纪律我知道，只盼着领导多迁就着点，贾铠是个直肠子，性子硬，有啥不对的地方请多担待。"

"听说贾铠一直在资助两名失学儿童，他的私房钱据说都捐了出去，你没责怪他吧？"陈阔见气氛有些严肃，开玩笑道。朱燕一下子就急眼了："首长，你看我像那个胡搅蛮缠没有爱心的人吗？

别忘了我可是个医生，医生那可是悬壶济世之人，医者须有父母心，我们的思想境界不一定比军人的低呢！我还认了两个孤寡老人做父母呢……"

话没说完，她觉得自己有些失态，不好意思地低下了头。陈阔禁不住心头一热，关心道："你现在又要上班又要照顾老人，忙得过来吗？实在不行可别硬撑着，请假的事我们来出面！"朱燕感动得直摆手，临别时，朱燕拉住韩钦宇悄声道："钦宇，如果联系到贾铠，让他安心工作，家里的事有我呢！"

出了贾铠家，已是华灯初上时分，陈阔心里暖暖的，朱燕的那番话，使他由衷地感到做军人不易，做军嫂更难！看着街上川流不息的车辆和行人，陈阔若有所思地问道："钦宇，你是我们部队的大记者，有理想，有抱负，有才情，你说说看，人为何活着？"韩钦宇见首长对自己青眼有加，便谦逊地答道："首长言重了，大记者可不敢当！您思考的这个问题太深了，见仁见智，如果非要回答，我也只能谈点自己的拙见。就我而言，人活着尽管所为者众多，但情字最重！"

"军人肩负千钧重担，岂能一个情字了得？你倒说说看，支撑军人舍生忘死、报效国家的究竟是什么？"陈阔心有不甘地追问道。参谋长这股较真劲，使韩钦宇更加坚定了自己的观点，他动情地说："千山万水脚下过，一缕情丝挣不脱！对！归根结底就是这个情字！您看军人是特殊职业，如果没有对党、国家和人民的赤子之情，家国情怀怎会深沉，理想抱负怎会远大，意志信念怎会坚定，责任担当怎会自觉！"

陈阔心中暗喜，目光如炬，他停下脚步对韩钦宇说："说得好！人生在世，让人能够为之生为之死的，无非情义二字而已，若非要分出伯仲，无有出'情'之右者！我从军20余载，从青丝如膏到两鬓霜染，从战火硝烟到和平岁月，从都市霓虹到边关冷月，百折不回，安危不顾，初心不改，割舍不下的无非家国情怀、战友情深！可时下世风变幻，人心变幻，在利益面前，有人丑态百出，有人沦为守财奴。作为时代的急先锋，匡正风气，引领风尚，我们责无旁贷！"

"失之东隅，收之桑榆。首长说的是，正所谓机遇与挑战并存，困难与希望同在！一个国家要发展进步，社会形态会变得更加多样，人的思想会变得更加复杂，一些腐朽的东西会随之产生，甚至会出现这样或那样的问题，这是社会在前进过程中的必然现象，但矛盾是推动事物发展的根本动力，有了这些矛盾正意味着我们的国家和社会正在慢慢成熟。作为我们军人不仅要明辨善恶，激浊扬清，还要提高警惕，守卫安宁！"

"是啊！我们得时刻擦亮眼睛！社会看似风平浪静，实则暗潮汹涌！"陈阔望着眼前的繁华景象，感慨道，"你看，这座山城此刻多么安宁，但安宁里又有多少暗流涌动，又有多少邪恶势力在为非作歹？我真想再年轻一回，为这来之不易的幸福生活多尽一分力！但岁月不饶人，重任马上就落到你们肩上了。真羡慕你们赶上了好时候！"韩钦宇没有说话，他心里明白，要想社会真正地平静与安宁，那将要经历怎样漫长而艰难的岁月。作为一名新时期的军人，任重而道远！

第六章

跋涉，爱的路通向天堂

迎宾大酒店是山城档次最高的酒店，坐落在市中心最繁华的地段。薛龙带着贾铠在这里聚会。坐在楼顶的旋转大厅中，整座山城几乎一览无余。贾铠的目光不时扫向窗外，他在搜寻着家的位置，到现在已有月余没回家了，家对于他近在咫尺，却遥不可及！妻子刚随军且有孕在身，父母都在病中，他却不能侍奉身旁，连说句话都成了一种奢望！

不远处就是城里最大的公园，他却没有时间陪家人进去逛。他心里在不断默念着：朱燕，家里好吗？你可别怪我，在这打击罪犯的风口浪尖，我只能舍家为国，谁让我是一名军人呢？照顾好自己照顾好家，等完成任务我一定加倍补偿……看到他心神不定的样子，薛龙问道："兄弟怎么了？有心事了？"贾铠连忙掩饰道："龙哥，没啥心事，我散漫惯了，没见过世面，头一回到这么大的餐厅吃饭，有些不自在，这一顿饭得吃掉多少钱啊！"

听这么一说，薛龙忍不住笑出了声："原来就为了这，你没见识过的多了去了，还什么钱不钱的，到这里只当是回家了！"贾铠笑着连声道谢："龙哥对我这么好，我这百八十斤就交给龙哥了！"薛龙揽过贾铠的肩膀，得意地说："好好干！以后咱哥俩一家人不说两家话！"

来人到齐，酒席开始，薛龙逐一介绍。他指着贾铠对大家说："这是我刚结交的兄弟，叫金粤，以后就是你们的金哥啦！"大家纷纷起身道贺，薛龙一一为金粤介绍着。贾铠默默记下了他们的名字和特征，好为以后的行动提供方便。坐在薛龙下手，唤作杜刚的小伙，引起了贾铠的注意，此人20多岁，寸头长脸，精瘦干练，不苟言笑，一双芝麻眼透出一股瘆人而又锥心的光……从一开席，此人的眼光就像追光灯一样追着贾铠跑，一刻也没有挪开过！贾铠装作若无其事和大家应酬着，心里却在反复问自己：这人是谁？盯着自己看意欲何为？

"你好杜哥，初来乍到，请多关照！"和大家一一打过招呼，贾铠端着酒杯来会杜刚。贾铠弯着腰一脸谦卑。杜刚屁股微微一抬，点了点头，算是尽了礼节。脸一仰，冷冷一笑说："好说，好说！"贾铠怕冷了场，满脸堆笑地接过话茬："以后有事，杜哥尽管吩咐！"说完一仰头干了杯子里的酒，仰头的瞬间他用余光瞟了瞟杜刚，发现他依旧不露声色，贾铠心里顿时咯噔一下，没想到薛龙身边还有城府这么深的人！

宴席上，还有一个人让贾铠感到头痛，她坐在薛龙的右侧，一袭长裙，黑发如瀑，身材高挑，气质不俗，薛龙没介绍她，但敬酒时都笑称她筱嫂。贾铠刚一见她，就有一种似曾相识的感觉，神经一下都绷紧了，好在她对自己没有什么反应！晚上躺在床上，他冥想苦思，脑子里就像放电影一样，突然，两张面孔重叠交错在了一起，莫非是她？他猛的一下坐了起来，一拍大腿，对！就是她，那年联欢会上，她占尽了风光，支队许多人都为她倾倒！可她现在怎么跟这些人混到了一起，这让他百思不得其解。

筱潇虽明面上没成为薛龙的人，但薛龙走到哪里都要带上她。这天一大早，筱潇就开着薛龙买给她的法拉利跑车，火急火燎地赶往蓝调咖啡屋。出门前，她浓妆依旧：粉面妖娆，朱唇如血，秀发如云，姣美的鼻梁上还架着一副金丝墨镜……她到时，韩钦宇已在等她。待到筱潇落座，韩钦宇愣是没有认出来。直到筱潇开口说话，韩钦宇才猛然惊醒："你变了，变得我都不认识了！"

"变不变自有心知，与狼共舞还不得先披张狼皮！"筱潇瞅着韩钦宇的眼神，痛心地说，"我心应有你心知，没想到你也不懂我！"见韩钦宇一脸无辜，她转过话头说，"闲话不说，这么急着约你来，是要告诉你薛龙马上要让贾铠开始接货，但此次接货是在试探贾铠，一定不能露出破绽，否则会落入圈套！贩毒团伙组织严密，关系网盘根错节且诡计多端，告诉贾铠我的真实身份，遇到麻烦我能帮到他！"

贾铠通过内线收到了情报，不由得倒吸了一口冷气，好在有筱潇帮他，否则后果不堪设想。这天，他淡定地上了门口一辆蓝色的别克商务车，午饭时分赶到了城郊一个废弃的砖瓦场。刚打开车窗，就有人用草帽半遮着脸问道："有大闸蟹卖吗？"陪同贾铠一起前往的同伙马上接茬道："要鄱阳湖的还是要阳澄湖的？"对方马上回应道："微山湖的有吗？"对上了暗号，两辆车相跟着向榆林方向开去。

刚出了高速路口，就遇上了稽查人员，贾铠想到车上有货，一旦查着，难免打草惊蛇。他镇定地下了车，将一名领导模样的稽查员悄悄扯到一边，偷偷塞给了一沓钱，准备蒙混过关，谁想人家不仅不买账，而且厉声斥责他公然行贿公职人员，情急之下，贾铠左右开弓，三两下就将两名稽查员打晕在地，招呼大家驾车一路狂奔。谁知没有开出多远，便传来了急促的警笛声，贾铠见司机有些慌了手脚，他立马与司机调换了位置，与警车一路狂飙，玩命地甩掉了尾巴……

半小时后，他与薛龙在指定地点会合。薛龙简单听取了贾铠他们的汇报，笑了笑说："这次只是让你熟悉一下路线，车里装的是几筐水果，没必要这么大动干戈。"贾铠心里暗骂这伙坏蛋贼精贼精，脸上却不露声色地说："吃这碗饭就是在刀尖上舔血，每走一步都得小心谨慎，一旦失手，自己搭上性命事小，还得连累兄弟一起遭殃。"

薛龙家的客厅里，杜刚一个人坐在沙发上抽着闷烟，沉思着，穿着睡衣的薛龙从卧室里走了过来，拿起茶几上的红酒，倒上一杯，说："怎么了？看你的样子，好像有心事。"杜刚弹了弹烟灰，有些担心地对薛龙说："龙哥，我总觉得金粤这个人不太可靠。"薛龙抿了口酒，晃了晃酒杯，说："金粤这小子，我和他怎么认识的你也知道，他在迪厅里帮我打跑那几个瘾三，我有心留他，他连理都不理，后来在赌场输得精光，走投无路，正巧让我碰上，给他解了围，他才投靠了我，这类人眼里只有钱，别把他想复杂了！"

听了薛龙的话，杜刚若有所思地说："就是这里可疑，他一个无主的打手突然出现在迪厅里，又这么巧接近我们，不得不防啊！"薛龙坐了下来，两手摊开在沙发背上，笑着说："好了好了，小杜，我知道在我身边，你是最细心、最忠心的，所以我一直把你当兄弟看。但是金粤今天的表现我们都看在眼里，的确难得。以后我们还要共事，别疑神疑鬼的，坏了我们的大事。"杜刚还想再说，薛龙摆摆手，闭上眼向后仰靠着，有些不耐烦地说："行了，我会留意的，你要是还不放心，就是怀疑我的眼光了。"

"谁敢怀疑你的眼光啊？"筱潇笑吟吟地从卧室走了出来。薛龙听见筱潇银铃般的嗓音，立马睁开眼，直勾勾地盯着筱潇，她刚又换了一身衣服，正妩媚地站在他的眼前。他咽了一口口水，以为自己在做梦，愣怔得说不出话来：筱潇是他关在笼子里的金丝雀，往常怎么献殷勤也难见金雀开心。不过，看来美女还是架不住痴汉缠啊！筱潇打心底厌恶薛龙的眼神，莞尔一笑说："别这么偷腥猫似的老盯着人家看好不好？"杜刚知道这种情况下再说金粤就是自讨没趣，赶忙摁灭烟头，起身告辞。

杜刚走后，筱潇慢步来到薛龙的身边，转了个圈然后问道："你看我今天漂不漂亮？"她今天穿着一套红色的连衣裙，妆化得不淡不浓，显得妖冶而美丽。薛龙被美人香气撩拨得心痒痒，他贪婪地看着筱潇，拽住她的手往怀里拉，说道："漂亮，不，美，美极了，在我的心里你永远都是最美的！"筱潇看着薛龙的厚嘴唇，心里说不出的恶心，但她一想到要为贾铠他们搜集罪犯的证据，便定了定神，嗔道："既然我这么美，怎么你的手下一见我就走了？"薛龙被逗得哈哈大笑，他抚摸着筱潇白璧般的双手，说："你这样的美貌，还不晃了他们的眼睛？"

筱潇抽出手，站起身，给自己倒上一杯红酒，又将薛龙的杯子倒满递给他，说道："我一个人待在家里都快闷死了，以后你出去时带上我好不好？""好，好，太好了！"薛龙没想到筱潇会主动提出这样的要求，他心里一阵狂喜，哪还顾得上想别的，看着筱潇娇媚可人的样，薛龙的心里燥得慌，他一口喝光了杯里的酒，舔了舔肥厚的嘴唇，猛地抱起筱潇，筱潇一颤，手里的酒洒了出来，她半推半就地说："干吗呀你？酒都洒了！"薛龙从筱潇手里取下酒杯放在一边，说："你说我想干吗？"说着，将筱潇抱进卧室，扔在床上，像饿狼一样扑了上去。

杜刚回到家里，点了根烟，又开始思索：自己对薛龙的确是忠心耿耿的，但薛龙今天的态度却让人不踏实。自己一则怕金粤真的有问题，那薛龙无疑已将一颗定时炸弹安在了身边。再则退一万步讲，金粤是清白的，那薛龙今天袒护金粤的态度，又将自己置于何地！这时，一个手下敲门进来，和杜刚说了点什么，听着手下的话，杜刚的眼神立马变得有些狐疑，甚至有些惊诧起来。手下转身出了门，他却迟迟没有动静，连烟快烧到了手指都没有顾上。良久，杜刚狠狠撚灭烟蒂，眼里闪过一丝凶光，暗骂道："好你个金粤，不管你是哪路神仙，我都要给你挖出来！"

"参谋长，那边已经好几天没有消息了，你看我们要不要……"在参谋长陈阔的办公室里，韩钦宇正做着报告。陈阔来回踱着步子，刚想说什么，又摇了摇头，韩钦宇知道参谋长也在犯难，便没有接着说，而是安静地等在一旁。过了一会儿，陈阔停了下来，说道："钦宇，苟成刚这个人，你了解多少？"韩钦宇一时没反应过来，满脸疑惑地说："苟成刚除了爱贪点小便宜，喜好唱歌跳舞，别的我倒还不知道。""贪小便宜？好，我知道了。"陈阔说完这话，便转而开始和韩钦宇聊起了人生理想、军人情怀。韩钦宇虽然不知道参谋长葫芦里卖的什么药，但既然参谋长现在不明说，自然有他的理由，若要多问，也不合适。他仔细想了想，苟成刚那天找自己麻烦被骂走后，再没怎么出现过，不过听说他最近整天神神秘秘的，买了副羽毛球拍，但也没见他用，好在苏雅最近也没遭过为难，自己也就懒得理他。

这天一下班，苟成刚换上运动服，戴了个棒球帽，腋下夹着个羽毛球拍袋子，同事见了他，打招呼道："哟，苟股长有新爱好了啊？"苟成刚笑着说："对，对，新爱好。"说罢，快步向大门走去。待出了支队大门，他又向前走了200米，来到一辆银色卡宴的旁边，左顾右盼地看了看，便打开前门，躬身缩头蹭了上去。苟成刚一坐下，就听得后面的人粗声笑着说："怎么苟兄，跟做贼似的？"说话的正是薛龙，苟成刚没好气地说："你是坐在车里轻松，却不知道我可替你担了怎样的风险。"他摘下帽子，抬眼看到了后视镜里的女人，心里一惊，手上的帽子也差点掉下去。

坐在薛龙旁边的女人正是筱潇，她一头黑发如瀑，上面还戴着两个精致的蝴蝶状配饰，身着浅蓝色雪纺连衣裙，裙摆及膝，露出两截光滑紧致的小腿，脚上一双墨绿色的尖头高跟鞋更显得几分妖娆。筱潇正挽着薛龙的手臂，和他亲昵地开着玩笑，苟成刚看得两眼发直，心里直打鼓：这不是韩钦宇以前的女朋友吗？怎么和薛龙在一起，韩钦宇啊韩钦宇，这回你可是落到我手上了！想到这里，苟成刚脸上浮现了一丝不易察觉的笑容。薛龙看着苟成刚的神态心里不悦，咳了一声，说道："苟兄，看样子事已经办成了？"

苟成刚知道自己失态，连忙把球拍袋子递给薛龙，说："办好了，东西就在这儿。"说着，两眼依旧不老实地打量着筱潇，在他的印象里，筱潇以前漂亮，现在更多了几分妩媚，他不知道薛龙用了什么手段才博得这个美人心。他心里既嫉妒又不平衡，开始打起了小算盘。筱潇也认出了苟成刚，心想：这人不是钦宇的同事吗？怎么会和薛龙一伙人混在一起，袋里装的东西看样子也不简单。筱潇一边想着，一边对着苟成刚微微一笑，便将视线移开，继续和薛龙说起悄悄话来。

办公室里，杜刚和几个手下正交代着什么。贾铠叼着烟，在外面四处晃荡，他打量着这个活动板房改造出来的窝点，心里暗骂：这帮畜生真狡猾，光是窝点都换了四次。他一边骂着，一边心里犯急，他跟着薛龙已经不少日子，自从那次考验之后，贾铠以为已取得了信任，但之后薛龙除了去寻欢作乐、打架斗殴的时候带着他，其余时候也就让他跟着杜刚打打下手，至于这个杜刚，是个城府极深的人，看得出来对自己疑心很重、难以靠近，连找马仔说事都支开自己。要这么拖下去，不是个办法。贾铠一边想着事，一边绕到了板房的后侧，找了个已经生了锈的架子坐上去，抽起烟来。板房前，一辆卡宴开了过来，慢慢停下，薛龙下了车，把袋子递给司机，就带着苟成刚和筱潇朝杜刚的办公室走去。

"金粤那小子去哪儿了，他最近怎么样？"薛龙翻着手上的货单，漫不经心地问道。杜刚见薛龙问起金粤，便说："我还在观察他，他倒没什么动静。"薛龙停下手，说："那应该就没什么问题。现在苟兄已经帮我们把东西搞来，那边也通知走货，到时候带上金粤。"杜刚面无表情地说："龙哥，我还是觉得他和我们不是一路的，直觉告诉我，他也在观察我们。"薛龙沉思了一会儿，没有说话。筱潇心想：原来是他在阻挠贾铠，看来要想想办法除掉才行。苟成刚坐在一旁，听着他们口中的"金粤"，不知道是谁，看样子应该是个新马仔，他两只眼睛不时瞟着筱潇，心里细细盘算着：什么金粤银粤，我得好好想想怎么能把她搞到手。

贾铠抽完烟，伸了伸懒腰，准备回屋里去待会儿，他刚走到货车边上，就看到几个马仔在车头车尾一顿忙乎，贾铠掏出烟盒走到一个马仔身边，给他散了支烟道："兄弟，这是什么东西？"马仔接过烟叼上，掏出火机低头点着，含糊不清地道："粤哥，听说这是咱们龙哥搞来的军……""什么听说！忙你的去！"薛龙的司机这时候突然走过来，打断了马仔的话，马仔咕哝了一声，走远了，司机转过来对金粤笑了笑，道："粤哥，给我也来支，不介意吧？"贾铠晃了晃烟盒，抽出一支烟递了过去，司机拿了烟便回到了车上，贾铠趁机揭开套布一看，差点没叫出声来："军牌？这些人的神通可真不小！"

"小杜，眼下的事情你就好好看着点。"薛龙这时走了出来。贾铠听见声音，本能地向车后一隐，贴在车边，他见是薛龙和筱潇，心里松了一口气，但薛龙的旁边似乎还另有一人，只是那人背对自己，又戴着棒球帽，看得很不真切。贾铠心里不由得咯噔一下：此地不宜久留，既然薛龙能搞到军牌，那就说明部队里有人，如果此人突然现身，自己处境堪忧啊……他迅即转到板房另一侧，眯着眼跷起二郎腿装睡起来。薛龙的车子还没开出很远，杜刚便叫着金粤，贾铠一听立马闪身出来，听得杜刚询问，贾铠打了个哈欠，伸伸懒腰道："犯困，睡了会儿，杜哥有什么事吗？"杜刚见他睡眼惺忪，看了看货车车牌上的布套，道："你去准备准备，今晚跟我到红山村走一趟。"

静谧的夜晚，三辆车牌罩着布套的货车在城郊的土路上风驰电掣般驶过，清凉的晚风让人感到一丝丝难得的惬意。贾铠和薛龙坐在第一辆车上，他心里忐忑不安地思索着：下午把薛龙走货的消息传递给了参谋长陈阔，不知道今晚能不能把他们一网打尽。车一路狂飙，很快来到了红山村，村口有几个人已在等着，杜刚下车来到薛龙身边耳语了几句，薛龙点点头道："好，你去办。"杜刚带着几个村民打扮的人走到后面，招呼马仔打开车厢一个个往下搬箱子。贾铠此时的心里非常紧张，他依旧没有看见公安干警和支队官兵。就在此时，远处响起了警报声，薛龙见势不妙，立马拽上杜刚和金粤向村里跑去，跑到一处民房前，贾铠见薛龙的卡宴停在这儿，心想：还想跑？正要动手制住薛龙，突然脑海里闪过一个念头，他克制住自己，跟着薛龙和杜刚上了车，关上车门，不等薛龙发话，车子便蹿了出去。

　　贾铠看着窗外的夜色，心想：难道是出了差错？那两辆警车大老远就响起警报，分明是要故意放走他们。他百思不得其解，但眼下联系不上参谋长，也只能走一步算一步，随机应变。杜刚看着金粤的背影，细细回想刚才那一幕：金粤上车前为什么要停顿？难道说他不打算逃跑？金粤啊金粤，你的马脚就快露出来了。

　　参谋长陈阔的办公室里，韩钦宇正焦急地看着陈阔，陈阔此时拿着话筒，眉头紧锁，最后说了句："好的，我知道了。"然后放下了听筒，舒展了眉头，像是对韩钦宇又像是对自己说："接下来就看贾铠的造化了。"韩钦宇不解，急忙问："参谋长，贾铠怎么样？"陈阔摇了摇头道："还不清楚，我想，贾铠应该还在薛龙身边。"

　　昨天下午，参谋长陈阔接到了贾铠传递回来的情报，得知薛龙一伙要在红山村交货，立刻通知了公安准备晚上行动、人赃并获，但晚饭刚过，陈阔又接到一个电话，里面只说了一句"红山村是陷阱"就挂断了，陈阔意识到贾铠有危险，立刻通知公安行动取消，只是没想到，薛龙的车队怎么被交警给盯上了。现在根据交警队的描述，查问的人都只是些货车司机和当地村民，没有贾铠，那么贾铠现在若在薛龙身边，肯定已被怀疑，凶多吉少，再坏点的结果，恐怕已经……韩钦宇想了想事情的来龙去脉，感觉昨晚打来电话的人应该是筱潇，又想到贾铠生死未卜，只觉得背脊发凉，他在心里默念："贾铠、筱潇，你们可一定要渡过难关。"

"我一枪崩了你！"清晨，在薛龙的家里，杜刚用枪死死顶住贾铠的额头，凶神恶煞地吼道，"我就知道你接近龙哥有目的，你小子那么能打，肯定是个警察！"贾铠被抵在墙角，他看着薛龙，薛龙却不看他，而是两手合握，用指尖顶住鼻梁，紧闭双眼，似乎在思考。筱潇坐在薛龙旁边，一脸紧张地看着贾铠，两手紧握，不知道的人一定以为她害怕这种场面。贾铠争辩道："什么目的？什么警察？杜哥，你说的话我怎么听不懂啊！"杜刚食指向扳机摸去，恶狠狠地号叫道："你小子别装傻，今天的事只有我们几个知道，没想到你这么沉不住气，好啊，我这就要替龙哥除掉你！"

一直不发话的薛龙站起身，走到贾铠身边，按住杜刚的枪，忍不住问道："金粤，你到底是谁？"贾铠一脸无辜地答道："龙哥，怎么你说的话我也听不懂了？"薛龙步步进逼道："金粤，我一直都很信任你，但昨晚的事，杜刚说得一点也没错。"杜刚见状立马火上浇油："是啊龙哥，昨晚带着这小子逃跑的时候，他还迟疑了一会儿，分明是不想走！"贾铠沉下脸回应道："龙哥，我明白了，你们怀疑我出卖了你们，嗬，龙哥，是我金粤瞎了眼跟错了人！别人怎么对我我不生气，但你怎么也能跟着落井下石。你也不想想，我要是带着警察抓你们，警车会大老远就响警报吗？再说了，我要是警察，凭我的身手，你们现在还能待在这里吗？"

"龙哥，别听这小子花言巧语，一枪崩了他算了！"杜刚见贾铠这么巧言令色，杀心愈烈。贾铠心中一惊，立马反守为攻："龙哥，自我跟了你，就感觉有人总想害我，昨晚的事，你就不怕是有人故意为之吗？""金粤你别狗急跳墙乱咬人！我现在就——"杜刚眼看就要扣动扳机，薛龙突然把枪按了下去，说："把枪收起来！"然后转过身来，盯着金粤说："金粤，你当真不说？"贾铠见有转机，义正词严道："龙哥，要杀要剐随你，但我金粤顶天立地，绝不做吃里爬外的事！"

紧接着，是一段很长的沉默，沉默得让人胆战心惊。筱潇的心几乎要跳出胸腔：难道昨天参谋长接到电话以后还是行动了吗？难道出了什么差错……她想不明白，她只觉得自己几乎要窒息了。"好了小杜，放下枪，昨晚的事，和金粤无关。"薛龙突然笑出了声，拍了拍杜刚的肩膀，接着说，"昨晚可真够背的，让交警队盯上了。"杜刚这才慢慢放下枪，坐了下来，虽然昨晚来的确实是交警，但金粤那个停顿的表情却依旧无法解释，只是薛龙并不在意，认为是他太敏感了。

贾铠见杜刚坐下来，突然冲到杜刚面前给了他一脚，嘴里骂道："你什么玩意儿，还敢拿枪顶老子，你是不是活得不耐烦了！"贾铠这一脚力及千钧，更何况刚从鬼门关走了一遭，心里的怒气几乎要把血管憋爆，杜刚没有受住，从沙发上滚了下去，他忍痛爬了起来，去地上摸他的枪，贾铠一脚踩住，骂道："还玩？看我不剁死你！"说着照着杜刚的侧脸就是一个低鞭腿，杜刚闷哼一声，只觉像被铅锤砸中，眼冒金星，耳里嗡嗡作响，几乎晕死过去。贾铠捡起枪顶上杜刚的脑袋，薛龙眼看要出人命，赶忙拽住贾铠喝道："金粤，够了！回去休息吧！"

"小杜，小杜，你没事吧？"贾铠收起枪转身出去，薛龙把杜刚扶上沙发，关切地问。杜刚用手擦了擦鼻血，凶狠地说："这小子下手可真够狠啊！龙哥，这人绝对有问题！"薛龙拍了拍他的肩膀安慰道："小杜！咱们就别再疑神疑鬼了，我们干的这桩买卖本身就见不得天日，连自家兄弟都处处设防，那还有什么日子过！"杜刚见薛龙被猪油蒙了心，眉头一皱又生一计，悄声对薛龙说："龙哥，我认识个女人，咱们把她抓来，当着金粤的面……哼哼，到时不怕他金粤不现出原形！"

　　朱燕这天下了班，买了点菜便准备回家，她一个人又要上班，又要伺候卧病在床的公婆，还得照顾肚里的孩子，一天到晚累得身子骨都快散架了。作为军嫂，她理解自己的丈夫，他忙得连家都顾不上，自有他忙的道理。可作为女人，她还是感到憋屈：我怀着你的骨肉，自己的老婆不心疼倒也罢了，可孩子还未出世，多么需要你啊，现在你这么亏欠我们娘俩，等孩子出了世，可别怪他不认你！每每想到这里，委屈的眼泪便在眼眶里直打转。她只顾想着心事，不觉已走到一个拐角处，突然，朱燕眼前一黑，被一个头套罩了个严严实实，不等她反应过来，已被拦腰抱起，塞进车中……

　　"金粤，今天小杜抓了个女人，听说是特警队队长的老婆，特警队这几年没少找我们麻烦，这女人你见过没？"贾铠刚吃完晚饭，就被薛龙叫住，一进地下室，尽管朱燕被蒙着眼，绑在椅子上，可贾铠凭着熟悉的气息，立马断定自己的爱人被绑架了。多年的卧底经验使他很快镇定了下来，他不露声色地站在杜刚旁，他心里明白，只有演好这场苦肉计，才能使自己的妻子躲过这一劫。

　　想到这里，他噌地冲上前去，一把揪住妻子的头发，一声不吭，顺手就是两个耳光，直打得妻子嘴角鲜血直流，昏死过去。贾铠似乎还不解恨，嘴里骂骂咧咧，一副要将此人生吞活剥的架势，薛龙连忙制止道："行了，这女人好像还怀了孕，再打就出人命了！"杜刚看在眼里，气在心头，他本想利用这个女人将金粤打回原形，不料金粤竟这般铁石心肠，做事滴水不漏，害得自己打碎了牙只能和着血水往肚里吞。薛龙见这个女人已无多大用处，立马吩咐人架走，杜刚一听就急了眼，示意薛龙不要立马放人，薛龙心里只想谋财，不想害命，他懒得费这番功夫去折磨一个女人，更何况这个女人还是特警队队长的老婆，想到这儿，他武断地挥了挥手，催着马仔将人放了。

"钦宇，贾铠现在遇到点麻烦，但还好没事。"咖啡厅的角落里，筱潇看着韩钦宇，说，"只是薛龙身边有个人，叫杜刚，他从一开始就怀疑贾铠，前几天还绑架了朱燕，若是不除掉，迟早有一天会害死贾铠。""筱潇，我们会想办法的，你最近怎么样，他们有没有为难你？"筱潇看着钦宇关切的眼神，心里阵阵发痛，她淡然笑道："没什么，你就放心吧，我一定会把证据搜集来的。""不，筱潇，我只希望你能保全自己，冒险的事不要去做。"听着韩钦宇的叮咛，筱潇的心都在流血：钦宇，你真傻啊！筱潇早已死了！现在苟活着的是筱潇的影子，她已心如死灰，她唯一的使命，就是要送这帮恶魔下地狱！她向前探了探身子，含泪看了看钦宇，忍痛道："时间不早了，我该走了。"钦宇怅然若失地看着筱潇的身影消失在夜色里，心仿佛在滴血。

五彩斑斓的霓虹灯为暧昧的夜空增添了几许迷幻，在夜色KTV最大的包间里，薛龙两瓣肥厚的嘴唇一张一合，鬼哭狼嚎般吼着《想你想到梦里头》，这时外面突然闹了起来，一个马仔慌里慌张地跑了进来对薛龙说了几句话，薛龙把话筒往桌上一拍，说："什么，快带我去看看！"他又转身对筱潇说："亲爱的，金粤这小子又闹事了，我去看看。"

筱潇抓住薛龙的手，露出不舍的神情，小鸟依人地说："龙哥，那你快点回来啊！""好的，我很快就回来。"看着最近越来越顺从妩媚的筱潇，薛龙真恨不得与她片刻不离地腻在一起，但这回是金粤和别人打起来了，他怕带着筱潇去有啥闪失。杜刚站了起来，正要跟着薛龙走，薛龙摆摆手说："小杜，金粤的事，你就不用跟过来了。"杜刚一时语塞，自从上次拿枪顶过金粤，金粤见了他就冷嘲热讽，有时还会暴躁得要打起来。但自己确实理亏，奈何不了他，薛龙又默许他俩不要在一块共事，想到这里，杜刚坐下，默默开了酒一瓶接一瓶地灌着自己。

筱潇送走了薛龙，回到包间里时，杜刚已经有些醉意，她拿了杯酒，轻盈地走到杜刚身旁，紧靠着他坐了下来。今晚，筱潇穿了一件黑色半透明薄纱上衣，暗红色百褶短裙下光洁修长的双腿性感地交叠在一起，在变幻莫测的灯光下显得格外妖艳动人。她轻拈着酒杯抿了口酒，酥胸微露地挑逗道："杜哥，这包厢里怎么这么热啊！"见筱潇轻解罗衫，杜刚心头微动，却依然左躲右闪："嫂子，你这是干啥？"筱潇单手绕到背后，解着文胸，另一只手扶上杜刚的肩膀，慢慢向下滑去，待滑到杜刚的腰间，手指轻轻挑开了他的腰带，媚眼如丝地看着杜刚，朱唇微启道："嫂子？难道在你眼里我很老吗？"杜刚赶忙别过脸去，怯怯地说："嫂子你喝醉了，我去给你取瓶矿泉水。"说着就站了起来。

见杜刚要走，筱潇顺势拽住了他的手臂，杜刚没能站稳，便一下倒压在筱潇身上，筱潇趁势箍住了杜刚的腰，如水蛇般狂放地扭动起来，以火热的唇、狐媚的脸，向杜刚发起了猛烈的攻势，杜刚哪里经受得住，两只手犹如色鬼般贪婪，在筱潇凝脂般的玉体上游走，筱潇曲意地迎合着，杏眼微饧，娇喘吁吁，含住杜刚的耳垂呢喃着："杜哥，现在我就是你的女人……"杜刚的理智瞬间被摧垮，他喘着粗气，像发情的公猪，将头埋进筱潇的酥胸一顿乱拱，右手邪恶地向神秘的三角洲伸去……

　　正在这时，嘭的一声巨响，将欲火焚身的杜刚吓了一跳，杜刚忙不迭地看向门口，只见薛龙手握锋利如刀的碎酒瓶，正怒不可遏地向他逼来。情急之中，杜刚本能地向金粤大喊"救命"。金粤上前拦住了薛龙，筱潇此时却双腿乱蹬，两手又抓又打，抽泣着尖叫着："不要啊！不要！你这个臭流氓！龙哥快救我！"杜刚立马明白了自己的处境，他连忙抽身站起，连刚刚褪下的裤子都顾不上提，嘴里喃喃道："龙哥，不是这样的，不是你想的那样……"

　　薛龙一脚踹开金粤，一个箭步蹿上前来，看着杜刚猥琐的样子，望着缩在角落里轻轻抽泣的筱潇，薛龙不觉血往上涌，他愤恨地抡起酒瓶，照着杜刚的头猛地劈了下去。杜刚眼前一黑，瘫在了桌下，鲜血顺着脑门直往下流，他气若游丝地辩白道："龙哥，我，我……不是你想的那样……"薛龙此时正在气头上，哪里还能听得进去，他怒吼道："你给我说，我该咋想！你以前干过的事，我念兄弟之情，已放了你一马，今天倒好，你喝点猫尿，又色胆包天，为所欲为，我看你是活腻了！"说着，又拿起一个酒瓶，狠狠向下劈去……

　　"钦宇，贾铠已经完全取得了薛龙的信任，我看我们的行动，很快就可以展开了！"参谋长陈阔来回踱着步子，双手兴奋地握在一起，他抬头看看韩钦宇，笑笑说，"筱潇功不可没啊，看不出来，她可是巾帼不让须眉啊！"韩钦宇心里一紧，他担心筱潇真的去冒险，便赶紧问："参谋长，筱潇她……"陈阔顿了顿，说："具体的我也不太清楚，贾铠只说筱潇已经帮我们把杜刚除掉了，现在薛龙身边能信任的就只有他了。"见韩钦宇眉头紧锁，陈阔笑了笑打趣道："怎么，舍不得？放心，贾铠说她现在安全着呢。"韩钦宇听说筱潇没有危险，虽然松了一口气，却不知为何，心里总是紧得慌，他暗自安慰自己可能是多虑了。他接过话茬说："参谋长，那我们什么时候能把罪犯绳之以法？"陈阔背过手，望向远处的山城，道："快了，山雨欲来风满楼啊！"韩钦宇一想到马上就能让筱潇脱离苦海，不由得喜从心起，暗自道："筱潇，坚持住，我很快就来救你。"

　　薛龙自从亲手杀了杜刚，便整日把自己关在家里，待在筱潇身边哪儿也不去，生意上的事全让贾铠打理。薛龙不在，自然无法人赃并获，抓他现行，但贾铠也因此能很快熟悉薛龙的生意和人脉，一个卧龙湾贩毒网络在他眼前渐渐清晰起来，他隐约感觉到，在这个网络里，还有部队的人掺和了进来。这天晚上，薛龙应邀去吃饭，但自己的车坏了，一两天修不好，便让贾铠开车接送他。到了颐和山庄，贾铠推说加油，没和薛龙一起进去，薛龙知道他行事一向独来独往，今晚又都不是自家兄弟，便也没有强求。贾铠得了空子，开到很远的地方，找了个电话亭，向参谋长陈阔报告了情况，陈阔要求他步步小心，确保安全，既然牵扯到部队上的人，更要多加注意。放下电话，贾铠又欲拿起，此时，他多么想听听朱燕的唠叨，又是多么想念家人的欢声笑语，还有他牵挂的老母亲。可他知道自己现在的处境，若是稍有情绪不对，就会被家人察觉，他不想让家人为自己担心，更不想因为一时的想念而坏了大局。他定了定神，重重扣下听筒，隐没在了夜色之中。

　　"龙哥，听说你最近很消沉，我特意在这儿订了桌酒席，请了些兄弟给你提提神。"苟成刚腆着个大肚子，端着酒杯，唾沫横飞地说着。颐和山庄最大最豪华的包间里，一群穿金戴银的人正在互相敬酒，这正是苟成刚张罗的饭局，他时时惦念着那笔够花好几辈子的钱，听说薛龙消沉了难免犯急，于是邀上狐朋狗友，下血本订了这桌酒席。薛龙隐匿了许久，这段时间里，他见金粤已经上手，感觉撒网捞大鱼的时机已然成熟，于是借着苟成刚的张罗，准备重出江湖。

贾铠开着薛龙送的保时捷卡宴，来到了颐和山庄门前，将车停妥后，一位身材高挑，身着红色旗袍的迎宾小姐便迎了上来，他摆摆手道："我等人。"说罢，靠进座椅，小憩起来。

"好说好说，兄弟，今晚真是尽兴！"

"龙哥，只要你满意，我们做兄弟的那就高兴！"

"哈哈！苟兄真够意思！"

"那好，龙哥慢走！"

"好，好，慢走。"

……

一阵嘈杂声将贾铠惊醒，他见薛龙出来，便开车过去，接上了一身酒气的薛龙。结完账的苟成刚调笑着迎宾小姐走了出来，他看着刚刚离去的车，双眼迷离，自言自语道："贾铠？他什么时候给薛龙当上司机了？"突然，他推开迎宾小姐，不由得打了个激灵，酒意顿消。

支队长宋建兴的办公室里，运输股长邢跃低着头站在一旁，一声不吭，此时他心里可谓是翻江倒海：难道是给苟成刚车牌的事露馅了？宋建兴端坐在椅子上，一份接着一份地看着文件，时间一分一秒地流过，指针的嘀嗒声不断地敲击着邢跃的心，他紧张地吞咽着口水，不时偷瞄着头也不抬的支队长。正在这时，宋建兴突然闷声道："小邢，作训股提高用油量的报告你看了吗？"邢跃闻言顿时松了口气，僵直的身子差点没瘫倒在地，他来不及多想，便回应道："看了，我们正在核实。""到底需提高多少，一定要核实清楚。好了，你去吧。""是，支队长放心。"他敬了个礼，连声答是，正转身要走，宋建兴突然放下文件，抬起头道："小邢，支队车辆的管理你可要心里有数啊。"邢跃闻言，心不由得又提起来，他几乎是倒退着出了支队长办公室的门。看着犹如惊弓之鸟的邢跃，宋建兴摇摇头，拿起了电话。参谋长陈阔一手拿着听筒，另一只手飞快地在本子上写画着，听了一会儿，他笑着说："老宋，你这招打草惊蛇可真够高明的，好，我会让人看着。"

"急什么！不是说好用完就还你吗？"办公室里，苟成刚跷着二郎腿，一脸不耐烦地敷衍道。出了支队长办公室，邢跃心里直打鼓，他转身找到苟成刚："哎哟苟股长啊，我可是冒了风险的，你知道今天支队长和我说了什么？他让我心里有数！什么有数，那不就是说的这事吗？"苟成刚早已是王八吃秤砣铁了心，这会儿眼里只有钱，他随口敷衍道："支队长那是在诈你呢，他一天不干别的，蹲车库数车牌啊？你倒好，搞得风声鹤唳、草木皆兵的！我现在还有事，回头再说吧！"邢跃闻言，一下急了眼："这钱你拿走，要真出了岔子，我可啥也不知道！"苟成刚搂着纸袋，看着摔门而去的邢跃，啐了一口，便夹包出门，开车走了。

"哟！苟兄！啥事让你这么火急火燎的？""龙哥，我有急事找你。"苟成刚顾不上和薛龙客套，在沙发上坐定，环视四周后，询问道："没别人吧？"薛龙见苟成刚这般神神秘秘，回应道："说吧，这儿没外人。"苟成刚仍不放心，本能地探头朝里望了望，薛龙面有愠色，道："你倒是说啊，别疑神疑鬼的！"

"不是，不是，龙哥别多心，这事关咱们身家性命，还是小心为妙啊！"苟成刚讪笑着为自己遮掩着，凑近薛龙，悄声耳语了一番。"什么！苟兄，此话当真？"薛龙惊道。苟成刚双手合十道："千真万确啊！""我知道了，管他特战队长还是什么队长，我让他小命不长！"薛龙说罢，浑身不由得一颤，摁灭了手里的烟头，眼里凶光毕露，恶狠狠道："贾铠？金粤！看我不把你碎尸万段！"

"钦宇，苟成刚和薛龙那伙人勾结在一起，生意上的事他好像也知道不少。"筱潇紧急约见了韩钦宇。韩钦宇闻言不由得一惊："那这事你告诉贾铠了吗？苟成刚万一认出他来，可就危险了！"

"已经告诉他了，你放心吧，我一定会帮助贾铠的。""筱潇，我……"韩钦宇望着眼前这个柔情似水，但却又不得不与群魔共舞的人儿，他担心的何止是贾铠的安危，还有眼前这个可怜人儿的安危！想到这儿，他胸口一阵发紧，半天说不出话来。女人的直觉总是准得可怕。筱潇见韩钦宇眼里闪烁着柔情与怜惜，她的心瞬间就被暖化了，她恨不得立马卸去所有的伪装，扑倒在他的怀里痛哭一场……

"咚咚咚！""粤哥，龙哥召你去家里商量事。"粗暴的敲门声和叫喊声惊醒了刚刚入睡的贾铠。他猛地坐起身来，应声道："好，我马上去。"说着便翻身下床，披上外套，提溜着车钥匙就往外走。贾铠刚关上车门，眼皮突然跳了一下，一种不祥之感顿时涌上了心头，他马上下意识地安慰自己：也许是这段时间卧底太累太紧张了。他沉着地起动车子，驶出了小区。一路上，来往的车灯晃得他心烦意乱，眼前不由自主地浮现出朱燕的身影，他苦笑着摇了摇头，暗自思忖道：从古至今，选择了军人这份职业，就意味着要身许家国，驰骋疆场，为了家国安宁，就得无私无畏，放下儿女情长。想到这儿，他顿时觉得坦然了许多，脚下的油门不由得踩到了底。

"龙哥，你找我。"贾铠一推开门就感受到了气氛不对劲，今天薛龙的家里站着或坐着不少人，个个面无表情，冷冷地盯着自己，但既然已经进来了，只能硬着头皮向前走，没想到刚迈出几步，身后传来了关门声，贾铠心说不好，突然一个硬物抵在腰间，紧接着，一个黑洞洞的枪口顶上了额头。

贾铠迅速调整了心态，毕竟不久前受过同样的待遇。但这次不同，本能告诉他，周围空气里弥漫的不是怀疑和试探，而是杀意。他手心向前举起，抬头低眼地斜视着薛龙，薛龙此时正坐在沙发上，一只手举杯红酒转着圈摇晃着，一只手钩着把手枪，眼神里充满了失望和凶狠。贾铠苦笑了一下，说："龙哥，这是什么意思？"

"金粤，噢不，贾铠，贾队长，在我这儿过得还不错吧？"薛龙抿口酒，勾起嘴角，森然道。

贾铠知道自己彻底暴露了，但想不明白是哪里出了问题，时间也不允许他再想。只见他猛地抬头后仰，腰用力一扭，双手从背后抽出两把手枪，一手朝后，一手朝前，举枪就射，他的动作太突然，几个马仔还没反应过来就被击伤，贾铠不想恋战，快速向后退去，正要靠近门边，左腿膝盖处钻心的痛感传来，贾铠闷哼一声，右腿支撑着继续向后艰难地挪去。几声混乱的枪响之后，只见贾铠倚着门瘫坐下去，双手耷拉了下来，两条腿无力地向前伸着，他瞪大双眼，紧咬牙关，额头上冷汗直冒，青筋突突地跳着，鲜血从双腿、肩头汩汩地流出，片刻间浸透了淡灰色的运动装，在地上绽开了一片殷红。

"把他的枪给我收了！"薛龙大吼一声，几个马仔不知道贾铠的枪里还有没有子弹，畏畏缩缩不敢上前，薛龙抬手一枪，又厉声吼道："没听见吗？"一个胆大的马仔颤颤巍巍地拿枪指着靠上去，正要用脚踢开贾铠手里的枪，贾铠本能地一抬手，马仔就应声向后倒去。贾铠喘着粗气，脸色煞白，眼里布满血丝，一个枪口还冒着烟，握枪的手在不住地颤抖。在近距离被击伤的情况下，肌肉痉挛和神经传来的痛感让他有些力不从心，这时候即便是一次抬枪瞄准都会消耗他更多的体力。

　　他舔舔嘴角溢出的血，虚弱地说："来呀，过来呀！"几个马仔不知虚实，又被贾铠凶狠的眼神和凌厉的枪法吓怕了，纷纷不敢上前。正当他们犹豫时，薛龙走了过来，边走边用枪朝着贾铠射击，一枪、两枪、三枪……贾铠双手、双臂接二连三地被击中，已毫无还手之力，身体随着枪响颤抖着、抽搐着，他嘴角的鲜血越溢越多，身上也被完全染红，他咧开嘴，抬眼盯着薛龙，狠狠地笑着，混着鲜血的白牙在灯光下显得阴森恐怖。薛龙见状，不由得发虚，心想：这分明是魔鬼的眼神和笑声。薛龙再也不想看见这样的眼神，他微微调整了角度，将枪指向了贾铠的胸口。

　　"贾队长，上次杜刚要一枪崩了你，我就不该拦着他。"薛龙冷冷地说，"要不是他盯上我的女人被我杀了，他应该也快把你挖出来了吧，在你的身后还有个叫韩钦宇的，放心，我会让他很快来找你的，你去黄泉的路上也好有个伴。""薛龙，我既不知道杜刚是怎么怀疑上我的，也不知道谁出卖了我，但你听着，只要你不伏法，就会有更多的贾铠来找你！""法？你别给我谈什么法！老子就是法，尽管来，我统统会把他们干掉！"薛龙狂妄而歇斯底里地喊叫着，扣下了扳机。

　　在宋建兴的办公室里，陈阔神情凝重地看着他，道："老宋，我看，还是让贾铠撤回来吧。"宋建兴背对着陈阔，望着窗外灯光渐次熄灭，复归宁静的城区，不由得感叹道："这安宁静谧的清晨，有多少人在为之费心劳神啊……"他转过身来，斩钉截铁道："命令贾铠撤回！"

　　"丁零零——"一阵急促的电话铃声打断了两人的谈话，宋建兴拿起听筒，没说几句眉头都快拧到了一起，他二话没说，撂下电话就冲了出去。支队门前，一个硕大的黑塑料袋被赫然丢弃在警戒线外，宋建兴大步跑来，陈阔在后面追着，未到营门，宋建兴就喃喃自语道："不会的！不会的！一定是搞错了！"他跑到门前，颤抖着抱起塑料袋，费力地撕扯着袋口，口袋里流出的血迹使他一阵眩晕，肝肠寸断。参谋长陈阔此时也赶到了，他望着眼前的惨景，不由得怒火中烧，钢牙咬断，握紧的双拳骨节啪啪作响……此刻，他们的心里只有一个念头：贾铠，你放心，我们一定会让杀害你的人，血债血偿！

"龙哥，人杀了也就杀了，怎么还，还把头割了？"苟成刚这时候已经吓得屁滚尿流，他慌不择路地找到一家电话亭，紧紧捂着听筒，用发颤的声音质问薛龙，"这周边荒山野岭，哪儿不能埋啊，哎哟我的龙哥，这回你可把娄子捅大了！"薛龙见苟成刚就这点尿性，安慰道："放松点苟兄，人是我们杀的，头是我们割的，就算要抓，也抓不到你头上。""那好，龙哥，这可是你说的，到时候有什么岔子，你可别把我供出来，还有，生意完了我要四成！"苟成刚支应着，心里一直惦记着钱。薛龙心想还不到过河拆桥的时候，便安抚道："放心，兄弟功不可没，到时候别说四成，五成都行，只管做好内应！"

"好，好，龙哥，那我就放心了。"苟成刚一听薛龙还要给他提到五成，心里乐开了花，什么危险都立马抛到脑后，他放下听筒，美滋滋地掰着指头算着，自言自语道："四成，五成，嘿嘿，嘿嘿！"苟成刚沉浸在喜悦之中，仿佛大把大把的钞票已经触手可及，他转身打开电话亭，腆着肚子，迈着方步向外走去，他看着在阳光下越发美丽的城市，高兴地哼起了小曲儿，他仿佛看见了别墅、豪车、泳池，还有穿着比基尼的美女，他恨不得马上扑上去……突然，苟成刚感到手腕生疼，待他回过神来，两名特战队员已反剪了他的双手，支队长宋建兴怒不可遏地看着他，吼道："带回去！"

"支队长，我怎么了啊，支队长！"

"怎么了？苟成刚，你不光把我们军人的脸都丢尽了，你还害死了我们的战友！苟成刚，你等着上军事法庭吧！"

"支队长，你听我解释，啊——"苟成刚还要辩解，他的手腕更加痛了，肥大的肚子上也不知被谁顶了一下，疼得他冷汗直冒，弯下了腰，正当他弯腰时，便感到自己被腾空拎起，紧接着，重重地摔在了猎豹越野车的后车厢板上。

薛龙的家里，刚沐浴完的筱潇坐在沙发上，歪着头梳理着垂下的一头秀发，她穿着一身丝绸质地的淡粉色浴袍，巨大的落地窗明亮通透，树影阳光筛进了房间。薛龙放下电话，啐了一口："苟成刚，我看是狗成刚，以为自己是个什么东西，还得寸进尺了，想要四成，我偏偏让你两成都得不到！"筱潇放下梳子，依在薛龙一侧，柔中带媚地说："龙哥，这些人啊，眼里都只盯着你的钱呢！"薛龙一把将这温香软玉搂入怀中，直勾勾地盯着前襟里的迷人景色，一只肥手不老实地探了进去，说："那你呢，是不是也盯着我的钱？"

筱潇故作生气，摆出挣脱的架势，嗔怪道："龙哥，人家把心都交给你了，你还拿话羞辱人家，不理你了！""别呀小美人，我错了，该打，该打。"薛龙腾出手，轻轻地扇着自己的耳光。"龙哥，别打了，怪疼的。"薛龙抱住筱潇倒在沙发上，将她浴袍的丝带解开，浴袍失去了丝带的束缚，向两边敞开，顺着沙发滑落下去，筱潇发出一声惊呼，脸上泛起了酡红，眼神中春光微漾，双手作势掩在胸前，但两只玲珑小手怎能遮挡丰满的傲人春光，薛龙看着眼前白花花的一片，喉头上下咕咚了一声，便整个人压了上去……

"丁零零——"电话突然响了起来，薛龙抬起头看着电话骂了句："晦气，真不会挑时候！"起身去接。"噢！是老板啊！是，是，今晚是吗？好的，好的，沁珑湖！好的，老板放心！"薛龙放下电话，看着已半坐起来，身上泛着潮红，一脸笑意的筱潇，想想刚才自己在接电话时态度的一百八十度大转弯，又恨恨地骂起来："也真不会找时候！"筱潇隐约听到了沁珑湖，她知道这是一个郊外比较偏远的小湖，以前有个工厂在那儿，但后来因为交通不便搬走了，除了湖水就是齐腰深的荒草滩，去这么偏远的地方肯定是见大买主。果然，薛龙说："筱潇，今晚咱们干完这一单，就金盆洗手，过逍遥快活日子去。"

"好啊，龙哥！"筱潇露出了甜美的笑容，薛龙看着眼前的可心人儿，禁不住欲望冲上头顶，但他一想时间紧迫，便匆匆穿上衣服，温存了几句，开车走了。筱潇听着远去的发动机轰鸣声，眼里甜美可爱的神情瞬息退去，复仇的烈焰悄然在眼底燃起……

"钦宇，我，我对不起你，对不起贾铠，我没想到……"筱潇用手掩着嘴，哽咽着说，她不敢抬眼去看韩钦宇。"别说了，筱潇，这不是你的错，是罪犯太残忍、太狡猾。"韩钦宇痛苦地弯下身子，抱着自己的头，肩膀剧烈地起伏着。片刻，他抬起头，眼神坚定而决绝，道："薛龙，我就是粉身碎骨，也要把你绳之以法！"筱潇此时擦了擦眼角的泪水，她见韩钦宇已经稍微平静下来，便说："钦宇，薛龙今晚要去沁珑湖，这次的买主应该还是个不小的人物。"

"消息可靠吗，筱潇？"韩钦宇听了这个重要的情报，立马站起来，但马上意识到这是在公共场合，随即又坐了下去。"嗯，我亲耳听到薛龙在电话里提到了沁珑湖，而且他告诉我这是最后一单，钦宇，时间紧迫，今晚如果放过他，以后就再也没有机会了，你快把消息告诉参谋长吧。""好，筱潇，你千万要小心！"韩钦宇望向渐渐西沉的落日，心中无限感慨，他捏紧拳头，道："沁珑湖，薛龙，今晚就在这湖边擒了你！"

东方晨曦微露，支队特战队员就已荷枪实弹，火速开进。两个小时后，特战队员隐蔽接近目标，形成合围包抄之势，狙击手占据制高点，切断犯罪分子后路。不大一会儿，仓库大门打开，一辆厢式货车和别克商务车相继驶入库门，两方人员摇下车窗，探头探脑，四下张望，确定没有异常，才下车开始交易。躲在暗处的参谋长陈阔见时机已到，果断命令："出击！"只见特战队员如下山猛虎，向仓库包抄了过去，一名负责望风的犯罪分子失声大喊："快跑！有警察！"

四散而逃慌不择路的犯罪分子还没跑出几步就被特战队员逼了回去。支队官兵立马展开了政治攻势："你们被包围了，放下武器，争取宽大处理！武力对抗，只有死路一条！"几个贩毒团伙的头目明知自己罪孽深重，横竖都难活命，一边垂死挣扎，一边开枪负隅顽抗，特战队员果断出手，将他们击毙。剩下的喽啰纷纷举起双手，缴械投降。打扫战场时，官兵们发现，薛龙不见了踪影。

正在大家四处搜寻之际，走投无路的薛龙挟持着筱潇从仓库最阴暗的角落里走了出来，胳膊勒着筱潇的脖颈，手枪抵着筱潇的太阳穴，疯狂地叫嚣着："快给我弄辆车，准备200万元，送我去飞机场，否则，我就打死她！"官兵们见状，一下蒙了，陈阔冷静地观察着事态的进展，机智地与他周旋道："车和钱马上给你，只要确保人质安全，这些条件我们都可以答应！"见陈阔答应了自己的要求，已经疯狂的薛龙又叫嚣道："我是逃不掉啦！你们得让韩钦宇来见我，我要杀了他！是他把我们打入了地狱！"

韩钦宇闻声赶了过来，见筱潇落到了薛龙手里，韩钦宇一下急红了眼，他高声对薛龙说："我们都是男子汉，有事你冲我来，别拿女人撒气！"薛龙一见韩钦宇，狞笑着对他说："心疼了吧，你过来，我就放她走！"筱潇见韩钦宇放下了手中的武器，举着双手走了过来，她一边挣扎，一边急切地说："钦宇别过来，他们这些人没有人性，什么事都干得出来！"薛龙见状，将枪管都快戳进了筱潇的太阳穴，一脸淫邪地说："这可是你的心尖尖啊，曲线玲珑，娇喘吁吁，不过爷整天拿她当褥子铺，现在我只能拿她当擦脚布！"说完，又是一阵淫邪的狂笑……

韩钦宇气得浑身发抖，不顾战友的劝告提醒，闷着头就冲了上去。薛龙一看机会来了，抬手就准备给钦宇一枪，筱潇眼瞅着钦宇就要吃亏，狠命地跺了薛龙一脚，锥子般的高跟鞋刺穿了薛龙的足弓……"小心！钦宇！"筱潇使尽浑身气力，挣脱恶魔的控制，扑向了枪口。嘭！罪恶的枪声响了，筱潇倒在了血泊之中……狙击手射出的子弹，也结束了薛龙罪恶的生命！

"不！筱潇！不要！筱潇……你妈妈还等着你回家呢！"钦宇发了疯似的扑向筱潇，可为时已晚，她已如落花般飘零，嘴角挂着淡淡的微笑，手里攥着一封信，圣洁得宛如天使……

钦宇：

当你看到这封信的时候，我已经走了，我这一走，你我阴阳两隔，永难再见！

原谅我的自私，原谅我的脆弱，我没能用我的爱将妈妈唤醒，在这个世上，妈妈是我唯一的亲人，而我却狠心地走了，不能一直陪在她身边，呼唤她醒来！你也是我至亲至爱的人，我曾经那样热切地爱过你，虽然没得到你最终的回应！但我的心告诉我，你是爱我的，爱一个人其实很简单，只要一个会心的眼神和两颗息息相通的心，就已足够！爱的别名就叫付出，只要真心地爱过，便会一得永得！在我的心里，爱就是太阳，爱就是月亮，爱就是宗教，爱就是信仰，爱不需要承诺，因为承诺是苍白的；爱不需要坚守，需要坚守的不能算作真爱！

我爱你，不是因为你是什么人，而是因为在你的面前，我会成为什么人！是你用爱让我看到了人活着不能看到的天堂，感受到了爱给予我的力量，带给我的憧憬与希望！只可惜，欲洁何曾洁，终陷淖泥中！那天恶魔把我从天堂拖入了炼狱，我想到了死，可妈妈没有醒来，罪犯没有伏法，我怎敢死去！我何尝又不想活着，活着真好！活着就能看到妈妈，活着就能感受到你的气息！其实你什么都不用为我做，只要这个世上有你，我就不会孤单！可我现在再也找不到活着的证据，来到这里，我就没有想过活着回去，活着已成为我不能承受的重负！我身虽污，心却圣洁；俗世苦逼，可天堂犹近。原谅我选择了逃避，选择了决绝，选择了放手！你的诗歌《冰火之恋》我含泪读过千百遍，清新圣洁，涤魂荡魄，现在把它改成歌，谱了曲，一并奉上，原谅我不能亲口唱给你听！

感谢你，钦宇，感谢你走进我心里，再不走开；感谢你，钦宇，感谢你住进我心里，成为永恒！爱如彼岸花，深情苦相追，年年复岁岁，花叶两不见！时间的断崖啊！一瞬，即是永恒！错过，再会无期……钦宇，忘了我吧，这也许就是爱的宿命！钦宇，忘了我吧，爱的路上鲜花盛开，爱的路上荆棘遍地！钦宇，忘了我吧，爱的路通往天堂，我在天堂里等你！

韩钦宇不觉喉头一热，眼前一黑，扑通一声栽倒在地，此时，他的耳畔隐约传来了筱潇夜莺般凄美的歌唱——

你拥有雪莲般素净容颜，

和冰山般古典神韵；

我拥有火山般炽热的心，

和融化一切爱的灵魂，

我们走过山走过水走过时间，

只为那片刻温存，

我是你挽不住的柔情，

你是我明眸中闪动的幻影，

一切终将归于无形……

不管灵魂飞升或是化为灰烬，

水一样灵动，

雪一样聪明，

让我欲罢不能，

不管暮鼓晨钟或是日月凌空，

海一样汹涌，

血一样沸腾，

只为追寻你芬芳的气息，

守护你朝圣般的灵魂……

　　韩钦宇苏醒过来，已是傍晚。他头痛难忍、眼眶欲裂，他的双眼已如枯井，再也流不出一滴眼泪！他痛苦地撕扯着自己的头发，心里不断地追问自己：假如当初自己没有私心，没有算计，筱潇的路也许就不会走得这么艰难；假如筱潇的母亲生病时自己很早就能知道，筱潇怎能为钱铤而走险；假如自己将犯罪团伙想得更凶残一些，又怎会让筱潇充当内线……

　　假如！假如！生活没有彩排，人生又岂容假如！日历在翻过，时间在推移，该收押的已经收押，该表彰的已经表彰，该掩埋的已经掩埋，但该忘却的却清晰如昨。韩钦宇这只啄木鸟仍在舔舐着自己的伤痕，暗自疗伤。他眼下能做的就是每天都抽出时间去照顾依然未能苏醒的伯母！不，筱潇已走了，他也就成了这位孤独的妈妈世上唯一的亲人！唯一让他释怀的是，社会各界捐款足以支付她的医药费，奇迹也许就会在明天诞生，到时这位可怜的妈妈形影相吊又该何去何从？他真的不敢往下想……

第七章
向西，一路向西

　　"朝来庭树有鸣禽，红绿扶春上远林。"清明这天，黄风停了。如丝如雾、如烟如潮的春雨和着春雷，随着春风淅淅沥沥飘来，透着这缕缕游丝，山城的万物如同淡淡的朦胧的写意画若隐若现。你若再细心些，街头和河岸边的柳树不知不觉地抽出了绿丝；桃杏树的枝头也已经缀满了粉红的花蕾。向阳坡的枯草间，已经冒出一些青草的嫩芽。一些树木的枝条也开始泛出新鲜的活色，鼓起了青春的苞蕾，像刚开始发育的姑娘一样令人悦目。

　　一年之计在于春，这个往年忙碌到脚打后屁股的季节，今年却有些懈怠与不同。韩钦宇所在的支队许多人在等待在观望，据说边疆相继爆发了多起暴力犯罪事件，国家专门召开了防暴工作会议，从多支部队抽出精干力量组建几支机动部队。韩钦宇所在支队将有一个营的兵力要开赴边疆。这天早晨，政委吴剑便找到了他，说："钦宇，我马上就要到新单位赴任了，正好军区那边有些事需要你跑一趟，你顺道去看看你的老师，如果咱们单位有什么大的变数，你干脆就留在外边不要回来了。"

　　出了政委办公室，韩钦宇仔细琢磨着政委的话，自己现在已成家立室，小孩还不满一岁，妻子每天上班三班倒，家里两边的老人都年事已高，帮不上忙，有自己在妻子身边搭把手，整天还忙得晃里晃荡，真要是有天进了疆，妻子的日子该咋过！可他转念一想，家家都有本难念的经，要是每个人都这样盘算着自己的小日子，部队的工作还怎么推进？但不管咋样想，韩钦宇的心里还是暖暖的。

　　政委交办的事非常简单，两份文件递交出去，便已了事，这样的差事政委派谁都没有问题，他越发体味到政委让他出来的深意。可首长越是对自己偏爱，韩钦宇越是觉得要以部队大局为重，不能给组织添麻烦。当晚，他就决定到老师家走一趟，做个最后的道别。

"笃笃笃……"敲门声响起，屋里便传出了脚步声，门刚一打开，一个熟悉的身影便让韩钦宇一下子愣在了那里，两人四目相对，尴尬地对望着，一时不知所措。还是薛毓秀反应稍快一些，闪身赶忙往里让，尽着地主之谊，待韩钦宇落座后，她打开电视，往碟机里放了张CD，然后拎上水壶，出门去打开水。她前脚出门，电视里便传来动听的歌声，歌名是《负心的人》，缠绵悱恻的歌声让韩钦宇像打翻了五味瓶，坐立难安。

薛毓秀像是躲在了门口，一曲刚了，她卡着点就进了门。当她得知韩钦宇的来意后，笑了笑说："我就说嘛，你这么个大忙人，肯定是无事不登三宝殿！"面对不解和挖苦，韩钦宇真想起身拂袖而去，可他转念一想，老师一家人有恩于自己，这一进疆，以后远隔千山万水，见一面该有多难，自己与毓秀阴错阳差，其实谁也没有过错，她能这么恨自己，说明她曾经动了心，这心的裂痕有时穷尽一生也难以弥合！

好在不大会儿，薛记者就推门回了家，他一见自己的爱徒，便伸出了宽大温热的右手，一把将韩钦宇揽了过去，一股暖流便传遍了韩钦宇的全身。未等他开口说话，薛记者便疼爱地征询他的去留问题，韩钦宇明确表态道："识古须向书中鉴，男儿当为天下奇。老师您一直都在教导我，苦地方、远地方、建功立业的好地方，作为军事记者要以'千家说尽何须我，别有胆识向洪荒'作为座右铭，这次进疆对我来说也许是一个千载难逢的好机会！"

薛记者见韩钦宇一腔热血、踌躇满志，赞许地看着他，但心里仍是放心不下，怕他是一时心血来潮，后有悔日，便语重心长地说："前悔容易后悔难，你如今已是拖家带口，自己选的路自己得把它走完，到时鞋大鞋小可只有脚知道！"韩钦宇见老师在考验自己，坚定地说："自古雄才多磨难，从来纨绔少伟男！我去意已定，自己选的路跪着走也得把它走完！"坐在一旁的薛毓秀见韩钦宇像是中了魔障，前年他蒙着头改了武警，现在蒙着头又往边关冷月里扎，气恨不过，忍不住插嘴道："就是！武警好！武警比解放军好！边疆好！边疆比内地好！走得越远越好！"说完便进了房间，再也没有露面……

列车在疾驰，再有一会儿就要路过自己的家乡，韩钦宇静静地坐在车窗前，望着久违的山山水水，他的眼睛没有眨巴一下，这里是自己魂牵梦萦的故乡，有风烛年迈的父母，还有难忘的童年岁月。这一走，身许边疆冷月，辜负故乡情浓，思儿心切的父母又将倚门苦待，望穿秋水！这一别，心系家国安危，难顾儿女情长，情深意浓的妻女又将难舍难离，苦思苦盼！唉！父母亲人倒还好说，无非是思儿平添白发，最苦的莫过于自己的妻女，苏雅与自己结婚不到两年，结婚时连婚礼都没举行，婚纱都没穿成，眼下孩子还不满一岁，正是离不开人的时候，自己却要远赴边关，这该怎么和她去说！

心怀愧疚的韩钦宇一下车便给妻女买了一大堆礼物，回到家里，他不顾舟车劳顿，又是做饭洗衣，又是收拾卫生，脏活累活抢着干。苏雅见韩钦宇还没缓过劲来，心疼地劝道："回家了，就先歇一歇，别累坏了身子。"韩钦宇应声道："不累不累，回来了就得赶快给你搭把手，看把你最近都累成啥了。"他说着话又转身去水房给孩子洗尿片，苏雅隐约感觉到钦宇有事瞒着她，便拦住了他，笑了笑说："手里的活先放一放，你这无事献殷勤，我心里有点不踏实，你指定有什么事瞒着我。"

韩钦宇见妻子起了疑，暗自思忖道：眼下进疆人员名单已经初步确定下来，自己也切断了后路，这事迟早得让妻子知道。今天先给她打个预防针，好让她心里有点准备，想到这里，他心一横，对苏雅说："进疆人员名单里有我，5月初就得进疆，我翻看了一下日历，正好是咱们孩子生日前一天。看来孩子生日我也只能在列车上为她祝福了……""你说啥？你人不是在机关吗，要进疆的不是一营吗？"苏雅焦急地打断了钦宇的话头，连珠炮般地发问道，"是不是你自己脑子发了热报的名？你这一走，我们娘俩无依无靠的，你就能忍得下心……"妻子的追问句句在理，韩钦宇自知理亏，脑子里乱成了一团麻，后面的话他一句也没有听清。望着泪如雨下的妻子，他一下变得束手无策。

一连几天，苏雅和韩钦宇打起了冷战，不管韩钦宇怎样卖力献殷勤，她都视而不见，毫不妥协，她心里憋屈，不管你韩钦宇心里咋想的，可这么大的事你连声都不吭一下，就自己决定了！可军嫂毕竟是军嫂，韩钦宇离家的日子屈指可数，出门要带的东西，她没日没夜地都在默默地为他准备着：尽管前两年她给韩钦宇织了厚薄两身毛衣毛裤，听说要去的地方冷，她现在又加班加点地赶织了一身加厚的，围脖也得更宽一些、更厚一些，毛线也都换成了特级纯羊毛。韩钦宇看在眼里，暖在心头。一连几天，他忙得都不着家，四处打听寻找着合适的保姆，佣金不是问题，人一定要厚道老实吃苦能干，找到合适的人选时，韩钦宇已着急得满嘴都起了溃疡。唉！这一走，妻女可全仗着保姆帮衬，你说他能不心焦吗？

清晨，山城边的警营成了泪的海洋。进疆戍边的官兵披红戴花，登上了引擎轰鸣的运兵车，母送子，妻送夫，子送父，柔肠百结，难舍难离！苏雅此刻也怀抱着马上就满周岁的女儿，泪眼婆娑地躲在角落里，这运兵车似乎有一条无形的绳索系在她的心上，车轮一转，她的心也会随之被拽走！

苏雅心里苦啊！她刚出生那年，自己的父亲就离家进了铁路系统，在她的心里，父亲就是一张永远对着她微笑的照片。从她记事起，她就一直被绑在母亲的脊背上，母亲出山干活，背上背着她，手里锄着地，回来的时候，怀里抱着柴，再后来，父亲给家里买了头小毛驴，驴的后屁股又总是驮着她，驴背上驮着柴草，就这样，一晃她们都大了，结了婚，父母才过上团圆日子。后来，她参加了工作，那么多的人都在追她，可她偏偏就爱上了眼前这个人，她爱他，啥也不图，就图他人好，指望以后能天天待在一起，可眼下这一切……想到这里，她的心都碎了！

　　车队绝尘而去，苏雅没有追，她的双腿像灌满了铅，重得连步子都挪不动！她背转过身，把涕泪横流的脸紧紧地贴在女儿的襁褓上，她怕自己忍不住哭出声来吓着孩子。一直没有哭闹的孩子，此时似乎也有感应，哇的一声哭出声来，谁看了都心疼，谁看了都忍不住会落泪！

　　五月天山雪，无花只有寒！经过几天几夜的长途跋涉，韩钦宇此时已坐上了军列，列车驶出嘉峪关，一路向西，很快就进入了边疆的地界，巍峨的天山映入了大家的眼帘。就在前两天，列车一直穿行在狭长的河西走廊，尽管两边高山耸峙，格外苍凉，但韩钦宇的心还不太过落寞，这里好歹还是关内。然而，刚出关口，地形地貌似乎一下都变了样，天一下子变得辽阔起来，地也显得那么的苍茫，难怪古人慨叹，"劝君更尽一杯酒，西出阳关无故人"！

　　当天傍晚，车行至白城，停了下来。人员、装备、行李又被转运到了运兵车上，车队连夜进发，一路向南，这时大家才知道，他们将要到达的目的地，是提瑟大沙漠南缘的军事重镇——宇垄。这天一大早，车队驶入了浩瀚无垠的大漠，在沙海里延绵起伏的沙漠公路犹如一条黑色飘带，飘向遥远的天际。起初，大家都醉心于眼前这雄浑的美景，暗叹沙漠是凝固了的海，沙漠是大海的雕塑！可延绵数百公里的沙海，很快将大家拖入了寂寥的王国，神秘、孤独、恐惧将大家的心包裹、淹没。他们日思夜想的家此时已变得遥不可及，似乎已成了另外一个世界……

一觉醒来，大家发现沙漠公路的尽头，满眼的异域风情正在等待着他们，他们惊讶地看到，自己正置身于五彩斑斓的民族服饰的海洋里，他们此刻才是真正的"少数民族"。到了目的地，支队党委常委带着官兵，夹道欢迎，为他们接风洗尘，韩钦宇所在的营，被编为一大队，因路途遥远，到得最晚。欢迎仪式刚一结束，支队政委李发平便急切地来到队列前询问："哪位是韩钦宇？"见有人应答，他和蔼地说："安顿好了请来大队部里找我一下。"

"报告！我是韩钦宇，首长您找我？"韩钦宇迈步走进办公室，便自报家门道。李政委一边让座一边仔细地打量着眼前这位年轻人，询问道："最近报纸你看了吗？报上的韩钦宇和你是不是一个人？"韩钦宇见首长问话，本能地点了点头，李政委扭过头去对身边的政治处主任边保国说："咱们支队刚组建，百废待兴，一大队是你带进来的，也需要人才，但这个人支队要用，你可别舍不得啊！"

"韩钦宇在我们老部队时就已是大记者了，有担当、有才情、有能力，用好了对部队建设有好处！"主任见政委对自己的手下青眼有加，马上对钦宇的才干做了渲染并当即表态："首长任人唯贤，感激还来不及呢，这里我先替韩钦宇向首长道声谢，也表个态，坚决服从组织安排！"政委见主任有点顺杆子爬推销部属的嫌疑，诙谐地打趣道："这人用好了，也是你的左膀右臂，我这是在为你着想，帮你打工呢！你觉得好那才是真的好！"随着一阵爽朗的笑声，大家的感情立马融到了一起，屋子里的气氛顿时活跃了起来……

部队已经组建起来，各项工作也正在迈入正轨，可在这样一个落后的边陲重镇突然多出了一支部队，哪里有现成的营房，支队机关和二大队借住着空军场站的库房，这些低矮的干打垒式的库房，像四合院一样圈出了一个营区，大门朝东开着，支队机关设立在坐北朝南的那排库房里，七名常委分散在两个办公室里办公，桌子对着桌子，椅子挤着椅子，逼仄得快没有落脚的地儿。机关各股室依次排开，也是三四个人共用一间办公室，挤是挤了些，但也便于简化办事程序，提高办事效率。有时，一有大事，大家干脆集体办公，文件夹在屋子里转上一圈，事情就已经定了下来……

这天早晨，出罢早操，支队值班员整理完队伍，请示是否洗漱开饭。不料，支队长也不搭话，黑着脸就来到了队列前，怒斥道："今天我们支队已齐装满员，但早操少了两名同志，现在就去给我'请'过来，说说看究竟是什么情况！"值班员见支队长动了真格，头皮嗡的一下就紧绷起来，他心里暗暗叫苦，这两个人一个是大队长，一个是支队的常委，支队长好歹也得给留点面子吧。

被点到的两个人像电打了一样跑了过来，支队长不由分说，当众就把他们撸了一顿。上午全支队召开作风纪律整顿，两人又被"请"上主席台，做了深刻检讨。支队长邸铭指出他们的问题后，语重心长地说："宇垄的确苦，有谚语为证，'宇垄人民苦，一天半斤土，白天吃不够，晚上还要补'。但生命有禁区，工作无特区，组织把我们放到这里，就是对我们最大的信任，艰苦绝不能成为我们降低工作标准的借口，越是艰苦，我们越要建设一流部队，打造尖刀利剑！"

支队长敢唱黑脸，一下子在支队出了名，许多人见了他，两腿都打哆嗦，面情很薄的韩钦宇更是绕着他走，尽量不去和他打照面，生怕哪一天事情没做对，被他抓住小辫子，白挨一顿撸！这时他5.3的视力就派上了用场，远远看到支队长身影，他就顺着墙根溜了，谁料想支队长的视力一点也不比他差，他见韩钦宇老是跟他玩躲猫猫，心里不免犯起了嘀咕：你个小兔崽子，跟我玩花样儿，我还准备要用你呢，你倒好，成天神龙见首不见尾，连个照面都打不上，看我不收拾你！

这天清晨，韩钦宇内急，他撒腿就来到了支队营区边上的早厕，说是早厕，其实就是对排挖了两道深沟，深沟上铺设着一道道木板，中间连个隔断都没有。他刚选准坑位蹲了下去，就见旁边人影一闪，身边立马多出了一个人来，他扭头一看，脸唰地就白了，心里暗叫道：我的天，支队长啥时候尾随了进来！支队领导的作息规律自己本来掌握得一清二楚，今天这是啥情况？他正面色凝重地思索着，但闻支队长已然开了腔："钦宇啊，你这只大漠雪狐，今天是逃不了了，那咱俩就臭到一块吧。"说罢，爽朗地笑了起来，钦宇忽然发现支队长原来也会笑，他心里顿时暖暖的，戒心消除了！

韩钦宇很快就成了支队长的座上宾。支队的作战情报会议都要请韩钦宇列席，但凡有侦察情报工作，支队长都要让人带上韩钦宇一块去摸情况、搜情报，他很快就把宇垄地区城镇乡村敌社情摸了个遍，一些犯罪团伙藏身的窝点，也基本上做到了心中有数。很多时候，支队领导都让他发挥优势，与参谋人员一起研究撰写敌情简报，为支队和上级提供处置依据。每当韩钦宇工作忙，有所懈怠时，支队长总是忙里偷闲敲打他："一个好的军事记者，首先应该是战地记者，一个不知敌情，不懂兵法，不能预判斗争态势和战争走向、给领导乃至领帅机关撰写内参的军事记者，那是不合格的。"

在支队领导的精心打造下，这支新建的部队，很快便被锤炼成威震敌胆的边疆利剑，但凡有点风吹草动，这支利剑立马出鞘，追着打，压着打，露头就打，被打得节节败退的犯罪团伙如丧家之犬，四散而逃，有的则蛰伏了起来。犯罪团伙暂时偃旗息鼓，给支队建设创造了机遇期。邸支队长、李政委一有时间就出现在营区建设现场，晴天一身土，雨天一身泥，李政委还比较注意自己的形象，修一修边幅，邸支队长除过一身洗得发白的军装还比较干净，脚上那双皮鞋早被泥水冲刷得不见了鞋面。支队常委劝他打点鞋油，他总是推说忙，最后干脆亮明了态度："支队官兵现在连个遮风挡雨的窝都没有，我修的哪门子边幅，营房一天不建好，我的这双鞋子就一天不擦！"

这股拗劲也给他带来一些麻烦和笑话。那天上午，他坐车到地委去开会，没出营门，发现有人背着个病号在狂奔，他停车问道："哦！是马凯涛啊！这是谁病了……"不等小马反应过来，伸手摸了摸病号额头，不容分说就把人往车里塞。关上车门，命令司机立马开车，自己骑上自行车就往地委赶。紧赶慢赶，门卫大爷说啥都不放行，他掏出证件，老大爷不看，嘴里只是咕哝着："你说你是支队长，我看哪儿都不像。"好在地委书记赶来帮他解了围。

支队领导的作风，感染着韩钦宇，不到半年，他撰写的内参频频刊发，引起了上级的关注。但超负荷运转使他身体出了状况，每天下午，他的胃里翻江倒海，又酸又疼，他怕妻子牵心，一直瞒着。韩钦宇此时最牵心的就是妻女，他每天之所以拼命地工作，一半是为了部队建设，一半为了对抗寂寞。双休日是他最难挨的时光，一下子放松下来，精神支柱似乎突然像被人给抽走了，干啥都没劲，每到此时，大家会相约去附近的大漠里聊天，看落日，数星星，讲笑话，讲着讲着，眼里会不由得蓄满泪水……

黄叶无风自落，大漠微云无风。转眼间，又是一年补兵退伍季。来自南方富裕地区的干部纷纷递交了转业申请，准备留队的干部则收到了妻子的最后通牒或离婚协议书。这一反常现象引起了支队的反思：这些移栽过来的"花木"还在佯活，还没扎下根。

　　这天清晨，韩钦宇随同十几名官兵代表登上了运兵车向大漠腹地进发，他们的目的地是地区支队于田劳改农场，直属大队官兵就常年驻守在这里。虽已是秋季，但大漠里仍骄阳似火，烤得皮肉生疼，运兵车犹如火蒸火燎的桑拿房，热得人透不过气来。担负向导的地区支队一位参谋介绍说："这里年降雨量只有37毫米，而蒸发量却达到了3700毫米。在无垠的大漠中，你会觉得除了你本人之外，几乎没有什么可供蒸发的了！"见大家听得入神，他顿了顿说："这里每年沙暴和浮尘天气多达140多天，刮得天昏地暗，随时都得迎接风暴的洗礼，上哨时一不小心就会被沙漠风暴卷走……"

　　等来到驻地，大家发现，大队官兵的苦还不只是高温酷暑、沙暴沙尘的肆虐，真正让官兵苦不堪言的是水的奇缺。一位来大队参加座谈的维吾尔族老干警指着冒着臭味的涝坝说："涝坝水是我们饮用的唯一水源。这里常年干旱无雨，水源奇缺，涝坝水是昆仑山上的融雪水，要流经数百公里的沙漠、戈壁、碱滩，才能进入营区的蓄水坑——涝坝。沿途风干的牛粪、羊粪，夹杂着枯枝败叶随风而入，污染严重，这样的水连牲口都不愿意喝！"

　　每年4月，涝坝水几近干涸，绿而发黑，红线虫、绿线虫在里边肆意繁殖，水中有10多种矿物质和细菌严重超标。每年入伍到大漠里的新兵，都要经历半年左右的腹泻期。这天中午，大队领导搬出了官兵探家时带回的矿泉水，兴奋地说："我们难得聚一回，今天我们就用这些好水开回洋荤，炒几个可口的小菜，蒸些馒头吃！"带队的支队参谋长心里明白这些水都是大家从数百公里外扛回来的，谁没个头疼脑热，这水是绝对不能碰的，大队官兵长年累月在这里吃涝坝水，支队官兵参观见学，偶尔忆苦思甜一下，这样的机会可不能错过。想到这里，他斩钉截铁地说："小菜炒好一点，馒头说啥也得用涝坝水来蒸，这样我们心里才能好受些！"大队领导见拗不过参谋长只得吩咐炊事班照办。

　　午饭时分，菜很快上齐，香味扑鼻而来，只是馒头刚出锅，还未端上餐桌，一股怪味便已顺门缝飘了进来。大家留意到，涝坝水蒸出的馒头，顶部虽有斑点，但还看得过去，待捏在手中，这才发现，馒头黏黏糊糊的底部犹如糊满了鼻涕一般。一路颠簸劳累，早已饥肠辘辘的官兵，这时哪里顾得了那么多，不大一会儿，餐盘就已见底。韩钦宇饭量不算太大，勉强吃了一个馒头，充了充饥。韩钦宇本来就有洁癖，馒头刚一入口，便恶心得难以下咽，这顿饭使他们对涝坝水有了刻骨铭心的认识，此后近两个月的时间里，他们一天能刷好几回牙，漱几十遍口，但嘴里的氨水味始终挥之不去……

　　饭后，韩钦宇见到了有"大漠胡杨"之称的教导员雷福泰，大队长见韩钦宇对教导员的美称不太理解，笑了笑说道："胡杨树堪称大漠神树，活着一千年不死，死了一千年不倒，倒了一千年不朽。我们雷教导员虽然待的时间还没有老点的士官久，但他把整个身心都奉献给了大漠，孤独在他的身上留下了不可磨灭的印记。"说到这里，韩钦宇这才想起了有人给他讲过的有关雷福泰的掌故，他悄悄地打量着雷福泰的面庞，惊奇地发现，大家的调侃一点不假：雷教导员的脸从左边看总是在微笑着，从右边看总是那么落寞，又像是在沉思，恰似一棵老胡杨长着杨树和柳树两种叶子一样，鼻子是面部的分界线，嘴巴由于承受不起两边脸部的拉扯，一边总是兴高采烈地上扬着，一边总是落寞地向下微微撇去，好在两只眼睛始终坚持中立，但这无疑又给他这不和谐、不协调的面部增添了几分耐人寻味的乐趣……

　　在攀谈中，雷教导员告诉他，如同干涸的大漠一样，穿越大漠官兵的"爱河"，也是干涸的。大漠军营成为典型的"雄性部落""独身世界"。

五中队班长高俊伟与未婚妻青梅竹马，同窗九载，感情甚笃。他是带着未婚妻含情脉脉的目光走向这边疆大漠的，干什么都有使不完的劲，军事比武多次夺魁，连续两次荣立三等功，可当他信心百倍地向新的目标冲刺时，未婚妻的来信却从"周报"变成了"月报"，从"月报"变成了"季刊"。去年一月，未婚妻来信只写了"爱、恨、愁"三个字。两个月后，应高俊伟的要求，未婚妻复信解释三个字含义："爱"——永远珍藏着对他的感情；"恨"——恨他到这万里之遥的大漠当兵；"愁"——为他今后个人问题的着落犯愁。4月底，高俊伟风尘仆仆地赶回河南老家准备向未婚妻倾诉衷肠，可摆在他面前的却是一份未婚妻同别人结婚的请柬。

驻足遥远的大漠边关，投身与世隔绝的军营，这里的官兵给人留下了"可敬不可爱"的印象，由此演绎出太多悲伤酸楚的恋歌。四中队排长崔建军一表人才，父母都在航天部某科研单位工作，典型的小康家庭。崔建军回家探亲三次，父母托人给他物色了十几个对象。听说崔建军在提瑟大沙漠当兵，没有一个愿意嫁给他。

住破破烂烂的房，喝浑浑浊浊的水，睡摇摇晃晃的床，曾经是一茬又一茬大漠官兵生活的真实写照，然而，没有人因此而掉泪，更没有人退却。许多在大漠里干了20多年的官兵，他们和妻子生活在一起的时间大多累计不到五年。面对干涸的"爱河"，有人劝他们赶快离开大漠，可他们却说："苦从笑中去，乐从大漠生。谁待在这里还不是一样，大家都要调走，我们的边疆谁来守卫！"正在这时，传来了小提琴声，拉的是《边关军魂》这首歌："人海茫茫，你不会认识我，我在遥远的路上风雨兼程；霓虹闪烁，你不会发现我，我在高高的山上披星戴月。我情牵着你，我梦绕着你，情牵梦绕，是那军人的魂！……"

　　"这是谁的琴声，这么专业，这么动听？"悠扬的琴声扣动着大家的心弦，人群中有人忍不住暗叹道，"中央音乐学院的专业人才估计也就这个水准。"雷教导员朝陪在身边的二排长边鸿禧努了努嘴，说："这个问题，你们还得问他。"快人快语的大队长见教导员给大家卖起了关子，他瞅了瞅红了脸的边鸿禧，说："他可是我们这个雄性部落里出了名的情圣，他来这里之前，老单位是地处冰山之父——慕士塔格峰峰下的塔什库尔干县中队，他待的地方高，他对爱情理解的程度也自然比别人深，只那编号书信这一招，就够好多人琢磨一辈子也学不来。"说完，眨巴着一双诡秘的眼，一脸的坏笑。

　　"边排长的妻子那可是北京音乐学院的高才生！她随军后，营区不仅有了音乐气息，在她精心的照料下，有数十只小动物还在大漠安家。今天边排长带不带你去看这些动物，那得看昨晚他和妻子关系咋样，他的屁股好几回快被妻子养的鹅拧出了洞！据说螃蟹也不怎么听他的招呼，钳过他好几回！"雷教导员见自己藏的谜已被别人点破，他笑了笑说，"边鸿禧调到这个支队之前，在塔什库尔干县中队，那时他俩正在热恋之中，为了让女友在封山期间能够如期收到他的来信，他事先写好了12封饱含深情的情书，编好号，请支队的战友依次按月寄出，此事操作得竟天衣无缝，直到去年夏天女友来队完婚才真相大白，直到现在，妻子还直怨边排长鬼点子多。"韩钦宇留意到，雷教导员的面庞这回两边终于达到了步调一致，笑得是那样的和谐。

　　"我那点小把戏，哪能瞒天过海，别看我爱人大大咧咧的，其实可精着呢！"见大队领导都在抬举他，边鸿禧搔了搔头，不好意思地说，"自我入伍后，她偷偷探过好几回营，事先连招呼都不打，乘汽车，倒火车，就像有穷游瘾的驴友一样。那年编号书信发出去第三封，她就摸了过来，直摸到山脚下，大雪封山上不去，才折回了哈什市。"

边鸿禧讲到这儿，顿了顿，说："她不远万里来帕米尔高原找我，为的就是能看上我一眼，可就这点小小的心愿，也因冰雪阻隔成了一种奢望，她在市里找了一家饭店好好犒劳了一下自己，平心静气地和我通了个电话：'塔什库尔干苦吗？帕米尔高原封山了吗？'当时，我想都没想，便一顿海吹神侃。

"'你读过韩湘子的传说吗？'临挂电话时她问了句题外话。我想了想，以为她在考我文史知识，顺口答道：'当然读过，他还有句名诗呢，"云横秦岭家何在，雪拥蓝关马不前"。'她沉默了一阵，便挂了电话，弄得我丈二和尚——摸不着头脑。"说到动情处，边鸿禧静静地望着远处的大漠沙丘，眼里噙满了泪水……

边鸿禧和妻子是高中同学。高考那年，他们相约报考北京音乐学院。报志愿时，边鸿禧却经不住金戈铁马的诱惑，报考了军校。毕业分配时，他被分配到了宇垄地区支队布雅山中队。这里距支队机关好几百公里，山虽不是很高，但山路崎岖，沿途都是悬崖峭壁，且都是单行线，山上种啥啥不活，好不容易栽活的几棵树，20年过去了还是那么高、那么细。那年，热恋中的妻子问他们中队驻地咋样？他复信说："我们中队位于宇垄重镇林荫大道289号，鸟语花香，四季如春……"妻子在地图上愣是没有找到他说的地儿，嗔怪他："还林荫大道289号，我怎么在地图上查不到，你就吹牛吧！"他怕妻子担心，想到这么大老远，妻子也不会真过来看他，便信誓旦旦地说："我对天起誓，没有骗你，我们中队待的地方，属于祖国西南边疆，通往营区的小道绿树成荫，周边环境美不胜收。"

妻子是个认真的人，好几次吵着要来看他，他要么推说工作忙，要么推说还不是最好的季节，没能让她成行。这年春天，她连声招呼都没打，带了些换洗衣服就来边疆寻他。她乘火车，倒汽车，折腾了好几天才来到了布雅山脚下。下车时已是傍晚时分，只等到第二天，她才坐上了开往山上的长途车，蜿蜒崎岖的山路年久失修，坑洼不平，越往上走越是荒凉，别说树木，山上连棵草都不长，一路颠簸使她晕得胆汁都快吐尽了！好不容易到了山上，司机告诉她："下了车，还得再走10多公里山路才能到中队驻地，如果找不到你还原路返回，下午5点，我们准时发车返回宇垄市。"她想着来都来了，说啥也得上山去。

她拿出随身携带的镜子，想找个地儿洗把脸，打扮打扮，这才发现镜子里的她面容憔悴、灰头土脸，犹如刚出土的兵马俑，头上裹着的粉色的丝巾都成了土灰色，她花了整整两小时才爬到了通向中队营区的那段小山坡。那天中午，她冒着漫天的风沙，在小山坡上徘徊了半个多小时，她眼泪汪汪地望着心上人的背影，纠结着，她多想马上就上山去，给他一个惊喜。这一路她因临时动议，仓促成行，坐的是慢车，连卧铺票都没买上，车厢里人山人海，上个厕所都挤不过去，为了减少麻烦，她不敢吃饭，不敢喝水，上山时她又站了一路，现在她累饿交加，几乎连步子都迈不动；可她又不敢也不愿上去，边鸿禧为自己描绘了那么美的边疆风景，这个善意的谎言，她怎忍心去戳破……最后，她含泪选择了折身下山，悄然离去。

回家的路上，她没有生边鸿禧的气，她觉得这善意的谎言里饱含着边鸿禧深沉的家国情怀，饱含着边鸿禧对自己深深的爱恋，但这善意的谎言也折射出边鸿禧不够自信，缺乏对所爱的人的信赖。回家的当晚，她如期收到了第四封编了号的信，信未读完，她便拨通了边鸿禧的电话，边鸿禧有问必答，又准备海吹神侃，她打断边鸿禧的话头，耐着性子问道："你的戏演完了吗？爱是需要以真诚作为底色的，能不能说句真话？"突如其来的发问让边鸿禧不知所措，他觉得自己和战友演的双簧穿帮了。

这天晚上，她和边鸿禧煲了一晚上的电话粥。边鸿禧说啥也没想到，"电话里的夫妻会""雪山上飘舞的红丝巾"等官兵耳熟能详的爱情故事，都已成为她万里寻夫的亲身经历，讲到动情处，边鸿禧唏嘘不已。这年秋季，妻子刚一毕业，便放弃了留校任教的机会，背着一把吉他，带着一身婚纱，便上山与边鸿禧完婚。新婚之夜，边鸿禧深情地问她："你这朵秀外慧中的白玫瑰，有那么多人艳羡你、追求你，你为啥不为所动，偏偏要嫁给我这个傻大兵？"妻子眨巴着漂亮的眼睛，羞涩地说："你以身许国，矢志不渝；我以身相许，无怨无悔。"

后来，边鸿禧调到了沙漠腹地，妻子又跟了过来，她看到一些干部子女"军龄"比一级士官还长。孩子的父母常年驻守在号称"死亡之海"的提瑟大沙漠腹地，一年四季，孩子们满眼看到的尽是黄沙，上百公里内没有一户人家，别说是上学，就连春天是什么样子，也只能从父母买来的儿童画册里去寻找。"忽略啥也不能忽略孩子的教育，耽搁啥也不能耽搁孩子的学习！"她又是找支队长，又是找政委，反映情况，终于使学生公寓落户戈壁大漠，帮助几十个基层干部解决了后顾之忧，圆了几十个孩子的上学梦，她每周都义务给孩子们上三堂声乐课……

回来的路上，谁也没有说话，没过几天，有人主动申请登台谈体会、话感受，许多南方籍年轻干部悄悄地收回了转业申请。这件事对韩钦宇的触动非常深，他以一名记者的眼光和职业敏感，从驻大漠官兵的奉献与坚守、使命与忠诚、煎熬与彷徨、组织的关怀与鞭策、责任与义务、作为与担当几方面入手，进行了深入的思考与研究，结合自己所采访挖掘到的第一手资料，撰写了反映大漠官兵困难和问题的调研报告，并提出了合理化建议。

当他郑重其事地将调研报告摆上支队领导的案头，政委李发平拍了拍他的肩膀，感慨地说："支队此行的目的已经初步达到，吃苦奉献从来都是我军的优良传统和本色，在这点上，大家都交出了合格的答卷，钦宇也不例外，在进步，在成长。当然，作为军事记者要求自然要更高一些，坚持下去，只有时刻睁大自己的新闻眼，才能做到见别人所未见，言别人所不能言！"支队长邸铭见韩钦宇不好意思地低下了头，他笑了笑，接过话茬说："钦宇文笔好，人正气，看得深，想得远，是块记者的料，不过这高音喇叭迟早得架到更高的地方去，这样才能居高声自远！"

那天，运兵车队绝尘而去，泪眼婆娑的苏雅感到天一下子塌了，送别的人们都走光了，可她依然僵在角落里，默默地张望着。

不知过了多久，她才抱着嗷嗷待哺的孩子，回到了空落落的宿舍，这个狭小的房间里，就在几天前还洋溢着令人羡慕的欢声笑语！现在，保姆还在路上，孩子得喂奶，尿湿的被褥要晾晒，天色早已过午，午饭还没有吃，尽管一点胃口都没有，可不吃饭奶水就会退回去，这可咋行！苏雅抹了把泪水，撸起袖子直忙到天黑，累得连腰都快直不起来，这才又忙着张罗晚饭，晚饭要丰盛些，得为保姆接风洗尘，忙完这一切，大夜班还在等着她呢！

这一夜，苏雅拖着疲累的身子彻夜未眠！"苏护士，刚下班？"循声望去，苏雅这才发现同事马玉梅正笑吟吟地看着她。一脸疲惫的苏雅将了将被微风吹乱的刘海，浅浅地笑了笑。见苏雅默不作声，她感慨道："当初追你的人那么多，可你就是……唉！现在他倒好，抬腿就走这么远，这往后的日子你娘俩可咋过？"话虽尖刻，但确在理，苏雅无心回应，韩钦宇还没走，不早就有人为她鸣不平。她心里明白，军人自有军人的可贵，军人自有军人的难处，军嫂也自有军嫂的荣光，不是每个人都能担得起军嫂这个称谓！

日子每天都在忙碌中度过，除了上班，照看小孩，还得采买日常家用，别说想想自己的心事，就是连化妆打扮的时间都得省去，正是爱美的年纪，同事们却发现她每天总是素面朝天！韩钦宇走的那天晚上保姆就进了家，佣金快比别家高出了一半，为了让保姆更死心塌地，尽心尽力地照看孩子，每隔十天半月，苏雅都要省吃俭用给保姆买衣服送礼品，但保姆却认为苏雅上班三班倒，帮她看孩子比奶妈还要累几分。起初，苏雅只认为保姆年轻不懂事，发发牢骚而已，这天早夜班后，当她拖着疲惫的身子刚踏进宿舍楼，便听到了孩子的哭闹声。

推门进屋，只见保姆一只胳膊反身夹着孩子的脖颈，一只手粗暴地拍打着孩子撅起的小屁股，嘴里还骂骂咧咧道："叫你不消停，叫你不消停……"苏雅忍无可忍，一个箭步冲了上去，一把推开保姆，搂过了孩子，她的心都在滴血，这天孩子一直在发着高烧，她走时刚给孩子打了退烧针，孩子病着，保姆怎能下得去这个狠手？保姆见自己的恶行败露，狡辩道："这小孩也太磨人了，早了不睡，又哭又闹，又拉又尿，你看这么多的尿片全都湿了，照这样下去，还不把人给熬煎死！"苏雅本想争论几句，但想到自己上班走后，孩子还是得由人家来照看，得罪了她，孩子能有好果子吃？想到这里，这口恶气只能咽下！

窗外月影西移，窗内花影扶疏。保姆早已沉沉睡去，扯起了微鼾，忙累了一天的苏雅眼皮重得直打架，但迟迟不敢睡去，孩子的额头烫得吓人，她借着月光披衣下床，找来冰袋和酒精棉球，为孩子擦拭腋下和后背。她多想有人能帮她一把，可保姆自打进家，就心生抱怨，总说亏欠，不搅扰人家，人家还闹着要走，搅扰了人家的清梦，只怕人家当时就会翻脸。好不容易熬到天亮时分，孩子的高烧得到了控制，为了保险起见，她想为孩子再补打一针，想到这里，她伸手就去掰退烧针的安瓿，谁知右手当时就被捏碎的安瓿划破。望着鲜血直流的右手，她的心不由得咯噔一下，一种不祥的预感顿时笼罩在她的心头。

去上班的路上，苏雅总感到心里不踏实，她左思右想，这才忽然发现，这些天孩子病着，她光忙着顾孩子，竟有好些天没和韩钦宇通电话了。这在以前，可是没有过的事，不管自己每天多忙，韩钦宇都能让她煲上电话粥。韩钦宇这么黏人的人，突然让她断了顿，苏雅的心一下子悬了起来：钦宇他们进疆后，边疆的确是太平了不少，可狡猾凶残的犯罪团伙，绝不会因为他们进了疆而偃旗息鼓，断根绝种。俗话说"平流之下暗潮涌"，钦宇这段时间没有打回电话，是不是有紧要任务？苏雅的心顷刻间飞向了遥远的边陲！

苏雅的担心并非空穴来风，那年刚立秋，穷凶极恶、一度蛰伏的犯罪团伙卷土重来。据侦察情报显示，一伙经境外暴力犯罪组织培训的犯罪团伙自制武器及爆炸装置，密谋策划暴力犯罪事件。凌晨3点，月朗星稀，凝露莹澈，高树之上，惊鸟时飞，乱草丛中，毒蝎出没……宇垄地区公安处防暴队和于田县公安局将盘踞在这个偏僻乡村的犯罪团伙窝点包围，随后赶到的机动支队官兵负责外围警戒，切断犯罪团伙逃窜的后路。

韩钦宇背着相机和85大狙，悄悄摸上了窝点对面的房顶。这座房前有一排粗壮的白杨树掩映，是狙击犯罪分子、拍摄实战场景的绝佳位置。出发前，参谋长海内跃特意将这把85式狙击步枪配发给他，笑着对他说："钦宇啊，听说你枪法不错，这把枪你带着，关键时候别忘了露一手！"韩钦宇不知道谁给参谋长抖搂了自己的老底，他感到既兴奋，又紧张。此时，他小心翼翼地趴在屋顶，支好狙击步枪脚架，调整好高度，照相机也已打开，右手已按在快门上，鹰隼般的眼睛死死盯着对面院内的门窗……

"里边的人听着，你们已被包围，放下武器赶快投降，否则只有死路一条！"公安干警边政治攻心，边俯身向暴徒藏匿的房屋靠近，"啪啪啪！"随着几声罪恶的枪响，两名公安干警闷哼着一头栽倒在地。现场指挥员果断下达捕歼命令，顿时枪声大作，几名公安干警在火力掩护下迅速前出，准备将中弹的队友救回，又有三人被丧心病狂的犯罪分子打伤！情急之中，支队官兵奉命前出增援。"尖刀班！上！"参谋长海内跃一声令下，只见几个黑影一闪，迅速占领有利地形，准备发起强攻。

滚身跃进到院墙下的尖刀班班长任林科，霎时闻到了刺鼻的火药味，倒在血泊中的公安干警近在眼前，他的神经一下子紧绷了起来，心跳得都似乎要从嗓子眼里蹦出来。他眼下任务是，带领尖刀班迅速抵近犯罪分子藏身的院门。只见他瞅准空当，闪身摸到了大门左侧，随手将子弹上膛，打着手语示意，步步逼近目标。每进一步，他的心跳就会加快，手心和额头开始冒汗，衣服很快湿透。他全然不顾，透过门缝死死盯着房屋里的动静，准备随时破门而入。火力攻击组配合尖刀班行动，向院内投掷了手榴弹和催泪弹。

强行突击瞬间展开，突击人员刚跨进门槛，一梭子子弹就打了过来，突击队员赫兹木勒头部受伤，攻击受挫，只得暂停。公安干警艾斯卡尔趁乱摸了上来，低声对任林科说："这些犯罪分子曾受过专门训练，枪法很准，心狠手辣，在几次围捕中都侥幸逃脱，每次围捕我方人员都有伤亡，今天这伙恶魔仅开了八枪，就使我们六名同志伤亡，千万小心！"任林科镇定了一下情绪，瞅准机会，再次发起强攻，又有一人中弹受伤，强攻再次被迫中断！

　　两次强攻接连受挫，有人开始有些沉不住气，望着地上的鲜血和受伤的战友，任林科心急如焚，再次带领尖刀班开始突击。他顺着门缝仔细向院内观察，规划攻击路线。在火力的掩护下，他端起自动步枪，一脚踹开大门，对着屋内一顿猛射，不待犯罪分子喘过气来，在离房屋三米远的台阶下一跃而上，侧身蹲靠在窗前，交替掩护战友进入院内，随时准备发起猛攻。犯罪分子见瞭望点被占，顿时龟缩起来。院内猛地静了下来，只有杂草在风中沙沙作响。扼住了暴徒的咽喉，他用眼神和对面制高点上的战友照面，狙击手点头示意，竖起了拇指。

　　火力组再次向屋内连投数十枚手榴弹、催泪弹，逼迫暴徒离开房屋，屋内冒出的烟气呛得突击人员一阵猛咳、涕泪直流，但大家圆睁双眼，毫不懈怠。在沉沉的夜幕下，韩钦宇一刻也没消停，又是找寻最佳角度，又是忙着按动快门，心里暗暗盘算着：这场战斗这么激烈，拍好了，没准还能获普利策新闻奖呢！想到这里，心里不由得一阵狂喜。照相机上的闪光灯如同枪口的火舌一般耀眼，伴随着咔嚓咔嚓的响声，一个个惊险的战斗场面被定格了下来。"叮叮叮……"犯罪分子发现对面屋顶上有人，一顿乱枪将韩钦宇的掩体——屋脊前的瓦片敲得粉碎，扬起缕缕轻烟，他立刻俯下身子，掂上狙击步枪摸到了犯罪分子攻击不到的死角，心里暗骂道："你们这伙害人精，看我怎么收拾你！动态画面拍不了，咱就等打完仗多拍些静态的！"

　　正当大家喘息之际，伴着几声枪响，两名犯罪分子如丧家之犬，从窗口跳了出来，边射击边逃窜，欲做垂死挣扎。任林科临危不乱，当即举枪射击，"嗒嗒嗒……"一阵急促的点射之后，一名犯罪分子应声倒地，正待他出枪击毙另一名暴徒时，突然发现，枪机已卡在了弹匣上，他心里一惊：没子弹了！不好！任班长有危险！就在犯罪分子举枪向任林科射击之际，韩钦宇屏住呼吸，果断扣动了扳机。看着瞄准镜里抽搐着倒下去的犯罪分子，韩钦宇一下子瘫坐在房顶上……

新月如钩，夜静如水。喧闹了一天的于田县城此刻也进入了梦乡。"一个持有枪支和爆炸装置的犯罪团伙，正向大漠腹地逃窜，命令你部火速捕歼！"凌晨4时许，随着上级一声令下，支队参谋长袁成友带领30名官兵立即出动，执行捕歼任务，代号"猎狐行动"。韩钦宇自那次一战成名后，此次任务，他也随队出征。

据地区公安局通报，该团伙是正在被通缉的暴力犯罪团伙。他们制造爆炸案件，杀害无辜群众，给边疆的稳定和安宁带来了严重威胁。半月前，公安机关在宇垄市击毙了暴力团伙头目，余孽扬言炸掉公安局为头目报仇的图谋被挫败后，挟持三名人质逃向大漠腹地。

"报告！前方两公里处发现犯罪分子踪迹！"经过三小时的全速追击，机动开进的官兵在大漠边缘死死咬住了仓皇逃窜的犯罪团伙。道路在沙棘、红柳结成的屏障前到了尽头，运兵车未开出几米，便陷进了松软的黄沙里，追捕人员只得弃车徒步追踪。闪过沙丘，一个放牧点映入大家的眼帘，犯罪分子突然间消失得无影无踪。

"嗒嗒嗒……"一阵刺耳的枪声响起，追捕官兵本能地就地卧倒，"不好！中埋伏了！"指挥员袁成友一个前滚翻，迅速占领有利位置，利用手语和暗语实施指挥，"一组、三组实施警戒、火力压制，二组跟我来，端掉犯罪团伙据点！"说时迟，那时快，随着两声巨响，犯罪分子窝点的两处隧道口被炸塌封死。

"犯罪分子在我正前方，追！"狡兔三窟的犯罪分子刚在前方不远处一露头，袁定友便带领官兵火速追击。犯罪分子凭借熟悉沙漠地形，左藏右躲，几次差点把捕歼人员甩掉。敌我双方斗智斗勇、边打边走，忘记了时日。

白天，盛夏光秃秃的大漠犹如烧红了的砖窑，滚烫的沙子将陆战靴烫得直冒烟，找不到水源的官兵嘴唇干裂得犹如烤焦了一样，嗓子嘶哑得讲不出话来，饥渴难耐的捕歼队员扒开背阴的沙丘，靠大漠仅有的一点潮气解渴、恢复体力。晚上，凄厉的漠风鬼哭狼嚎，黑黢黢的大漠危机四伏，冻累交加的官兵挤靠在一起，互相提醒着，大家心里明白：这沉沉的眼皮一闭将再也不会睁开！

日出月落，月落日出，又是一个不眠之夜。一场突如其来的沙尘暴刮得天昏地暗，官兵们背过身去，用衣服掩住口鼻，艰难地呼吸。大家惊恐地发现，身边的沙丘有的在陡然增高，有的在疾速变矮搬离，大家的心都悬在了嗓子眼：饥饿、寒冷、疲惫、迷失方向，这些都意味着什么！"我们已快粮尽力竭，死亡随时威胁着我们，得赶紧求援！"有人提议说，"今晚一过，我们已在大漠里追捕了快三天三夜！"……

"注意隐蔽！准备战斗！"沙暴里鬼火般的亮光明灭着，饿狼般凶残的犯罪分子借着遮天蔽日的沙暴，摸索着向惊魂未定的追捕官兵聚拢过来，"嗒嗒嗒！"一阵阵刺耳的枪声夹带着凄厉的风暴声，不断向官兵袭来，未等大家反应过来，震耳欲聋的爆炸声又从离官兵不远处传来，大家屏住呼吸，仔细循声搜寻着犯罪分子的踪迹，暗黑的大漠里，一条条魅影在晃动在靠近，顿时枪声大作，一阵激烈的交火过后，犯罪分子丢下了五具尸体，再次销声匿迹……

开设在大漠入口的前进指挥所，不间断地与猎狐突击队人员联系着："01！01！我是总队前指，'猎狐行动'是否顺利，收到请回答！"自从猎狐突击队员当日报告已锁定犯罪团伙不久，便像从大漠里蒸发了一样，没了半点讯息。总队前指、支队基指心里都捏着一把汗：突击队没有装备海事卫星电话，通信联络仅靠一台背负式电台，陷入茫茫大漠犹如断了线的风筝！这样的冒险举动大家都后悔不已，但事发突然，容不得半点迟缓！

翌日凌晨，喷薄而出的朝阳将大漠染成了金黄色，当猎狐突击队员带着满身硝烟，拖着冻饿交加的身躯，押解着三名暴徒，护送着解救出的三名人质，奇迹般走出大漠，出现在久久守候的地委领导和各族群众面前时，顿时被如潮般的鲜花、掌声和欢呼声包裹、淹没……

喜报如乘奔御风飞越千山万水。这迟来的立功消息没给苏雅带来丝毫快意。早在韩钦宇大漠追踪的第二天，早已有人向她透露了韩钦宇大漠遇险的消息。起初，每隔几小时就会有人向她传递最新消息，两天后，希望渐渐被焦虑取代，随后，绝望如幽灵般笼罩了大家的心。音讯杳渺的苏雅这天没能等来半点消息，她发了疯似的给韩钦宇要好的战友拨去了电话，要不是忙音，要不就是支支吾吾、莫衷一是，一种不祥的预感让她心急如焚、坐卧不宁！

韩钦宇失联的日子里，她恨不得插上翅膀飞到他的身边去，哪怕是荆棘遍地、炼狱般的痛苦折磨，哪怕是天涯海角、冰川绝壁，她都要去把自己的爱人从绝境里找回来！可她现在只能眼睁睁地看着他身陷绝境，虔诚地祈望他化险为夷、一切安好！那天夜里，她怀抱着还在牙牙学语的孩子，盯着天花板，苦熬苦等了一夜，生怕一觉睡去，就再也找不到自己的爱人。两天后，韩钦宇大漠脱险的消息刚一传来，她禁不住喜极而泣，眼前一黑，栽倒在床……

苏雅苏醒过来已是次日黄昏时分！这昏睡的一天好像过了一个世纪。这天晚上，她想通了，孩子刚刚入睡，她便忙着去写辞职报告，收拾随身要带的东西，只待见完领导立马起身。东方刚露鱼肚白，她已将结清佣金的保姆送上了医院门口的招手停。宿舍的火炉上，孩子的蛋羹已蒸好。忙完这些，她把孩子托付给要好的同事照看，拿着辞职报告，便去找院领导。院领导问清原委后，顿了顿，关切地说："夫妻两地分居的确不易，孩子这么小没人帮你照看，真是难为你了！可孩子的爸爸进疆戍边这么危险，你又辞职跟了过去，这个家以后但有风吹草动可咋办？"

见领导这么设身处地地为自己着想，苏雅心里暖暖的，这些现实问题和风险，她何尝没有想过，丈夫从事的职业和他个人要强的秉性注定了他不惧艰险、不甘平庸，与其这样心挂两头、担惊受怕，倒不如放弃前程，形影相随。想到这里，她释然地笑了笑说："家是人生的避风港，对每个人来说都很重要，但家要靠付出和奉献才能成全，要成全就得有人要牺牲，丈夫心系着国家，我就得为这个小家多付出一点。"苏雅的举动使医院领导为之感动，他实在不忍心看着这么年轻上进的好医生，就此放弃了历尽千辛万苦才拥有的这份事业。但当他看到苏雅决绝的眼神，他没有再去挽留，而是送上了衷心的祝福。

苏雅从小没有怎么出过远门，现在还带着刚满一岁的孩子，不远万里的长途跋涉，其艰难可想而知！当晚，当她怀抱女儿，挎着大包小包的行李，登上开往省城的长途夜班车时，她的心里空落落的，好在懂事的女儿似乎也有感应，静静地躺在她的怀里，侧过脸来笑眯眯地看着苏雅，好像在默默地对她说："妈妈，你是不是现在带我去看爸爸？你想他，我也想他，放心吧，路上有我陪着你，不哭也不闹。"望着女儿甜甜的小酒窝、可爱的笑脸，苏雅紧紧地将她搂在了胸前，眼里噙满了泪水……

车到西安，置身于车水马龙的古都，苏雅茫然不知所措，此时别说找到火车站，就是哪边是南，哪边是北，她都辨不清。尽管她还没有买到车票，也不着急着紧赶慢赶，眼下她急需要做的事就是找到一家廉价的招待所，好让孩子吃些东西，睡会儿再动身。一个好心的出租车司机帮了她们娘俩的忙。在交谈中，她了解到这位司机师傅就是从大漠里复员的退伍军人，他憨厚地笑了笑，说："好多人都说我的眼睛毒，一眼就能认出军嫂来，其实之所以会是这样，源于我总感到当军嫂不容易。我妻子自打跟了我，就没少受罪，我不想轻易放弃能帮到她们的机会，见了拎东西，抱小孩的，尤其是上边疆的，我总忍不住要问一问。"

这天晚上，这个好心的出租车司机，像送亲人那样将她们娘俩送上了西去的火车。那天，出租车司机搭上了一下午的时间，替她们排队买票，好话说尽，才买到了一张硬座票。一路上，硬座车厢里人山人海，挤得水泄不通，孩子解个手都要挤上大半天，简直比出趟国还难，一连几天的旅途颠簸，她和孩子都病了。孩子上吐下泻，高烧不退，她自己也被病痛折磨得恍恍惚惚。好心的乘务员，为她们找来了医生，列车长得知她是军嫂，要到遥远的边疆去看孩子爸爸，安排她在宿营车上休息，直到终点站——边城白城。

苏雅和孩子在这座边陲石油城里逗留了一天，身体刚刚恢复便又踏上了征程。长途车现已穿行在连绵起伏的沙漠公路上，左右摇晃的客车就像喝了酒的醉汉，车里好几个人已经晕车，苏雅此刻已吐得昏天黑地，哪里还顾得上照料孩子，多亏邻座的大妈出手相帮，她才熬到了支队营区。

"这不是苏雅吗？她不是在陕北工作吗？怎么会抱着孩子……"营区值班室里，有人认出了风尘仆仆、面色苍白的苏雅，便打电话给韩钦宇道："钦宇，你爱人带着孩子来啦！"正忙着写材料的韩钦宇以为战友在逗他，随口支应道："蒙谁呢！看花眼了吧！你媳妇没事才大老远跑这儿来呢！"见韩钦宇愣是不相信，他只得把电话递给了苏雅，谁知刚听到钦宇的声音，苏雅竟哽咽得说不出话来，听到妻子的啜泣声，韩钦宇这才电打了一样奔了过来。见妻子形容憔悴、疲累不堪，韩钦宇抢步上前，轻轻抱过正在酣睡的女儿，当他看到一路颠簸的女儿都快瘦脱了形，心里不由得阵阵发酸，忍不住在小脸蛋上亲了又亲。

苏雅的到来，在支队本算不上稀奇事，在此之前，已有好多军嫂来过支队，有的甚至是丈夫前脚进疆，后脚就追了过来。这些军嫂以南方人居多，她们万里寻夫，啥也不带，顶多挎个坤包，连换洗的衣服都省了，目的惊人的相同，要么是缠着丈夫年底走人，要么在离婚协议上签字。一旦谈崩，顶多当晚陪丈夫吃顿散伙饭，不待天亮就打道回府，再就是有的家属请到了年假，带着孩子临时来队，与丈夫团圆一阵子。像苏雅这样辞了工作，抱着小孩，拎着包裹，来了就不走的，还真没有。

苏雅来队的事，支队领导很重视，他们做出指示，拿出最好的房间给他们安家。支队借住的是空置的营房，由于建房年代久远，兄弟单位搬走后，这些房子便成了堆放杂物的库房，有时还在里面养家禽和兔子。分给韩钦宇的房子，要说好，只是怪味小些。这间房的地砖支队派人刷洗过，还粉刷了墙壁，擦拭了门窗，天花板上现在还绷起了彩带和拉花，甚至连燃气和锅碗瓢盆都给预备好了，可房子里毕竟养过兔子，生性爱干净的苏雅，还是能闻到隐隐的怪味，浑身不舒服。韩钦宇一家当天就在战友们的帮助下住进了新家。晚上，有人送来了米面食材，趁着乔迁之喜，大家支起了锅灶，涮起了火锅，尽管热得汗流浃背，但丝毫不影响这欢聚的心情，直闹腾到熄灯方罢。

如冰似玉的明月高悬天宇，高远澄澈的穹庐繁星似锦。送走为他们暖房的客人，韩钦宇心疼地招呼一直在忙乎的妻子赶快上床歇息，可女儿正玩在兴头上，听说要让她上床睡觉，小脑袋摇得像拨浪鼓，缠着爸爸妈妈到院子里陪她数星星。这天晚上，他们一家人睡得很晚，后来，孩子睡着了，钦宇扯起了微鼾，苏雅环顾着低矮破旧、陌生空落的家，禁不住思潮翻滚，睡意全无。她甚至有些后悔，后悔一时兴起，抛却一切，飞蛾扑火般地来到了天边边。她是家里的长女，小时候，父亲常年漂泊在外，母亲含辛茹苦，供他们姊妹三个上学，她是姊妹中最争气、学习最好的一个，看着过度劳累的母亲病痛缠身、两鬓如霜，为了能早日工作，给母亲搭把手，她忍痛放弃了五彩斑斓的大学梦，挤上了护理学校这座独木桥，并以绝对优势被榆林地区最好的医院录用。后来，不甘平庸的她又开始了艰辛的自学之路，并以高分考取了省里有名的中医大学。她如果没有冲动，她的人生之路将是平坦而又辉煌的——她入院工作不到三年，便被列入了医院后备人才库，用不了十年八年，科室主任、副主任的担子就会落在她的肩头。可如今，一纸辞职报告，像割断婴儿的脐带一样切断了她和单位的关系。从明天开始，她将不再是一个有工作单位的知性女人，转身一变，成了相夫教子寂寥落寞的家庭主妇，每天除了带带孩子，一日三餐锅碗瓢盆，再无牵挂与追求。这些倒还好说，丈夫待在这么偏远的地方，整天出生入死，担惊受怕倒也罢了，只是驻地连所像样的汉族学校都没有，女儿再有两三年就得上幼儿园了，眨眼间又要上学，丈夫也许会把整个青春年华都奉献到这里，可到时孩子又该怎么办……她真的不敢再往下去想，直到凌晨时分，她才浑身昏脑涨地睡了过去。

"砰砰砰！"苏雅隐约听到一阵急促的敲门声，她睁眼看了看曙光微露的窗外，以为自己在做梦，侧过身去又闭上惺忪的睡眼。谁知她刚转过身，急促的敲门声再次响起，有人在焦急地呼喊着："苏大夫！苏大夫！我是隔壁嫂子，快开门！"苏雅手忙脚乱地披衣下床，门刚一打开，只见邻居顾大嫂怀里抱着不满四岁的儿子，揪心地说："弟妹，孩子从半夜开始肚疼，我不忍打搅，这会儿痛得直打滚，你赶快给看看吧！"苏雅见孩子痛得牙关紧咬，直冒冷汗，蜷成了一团，她赶紧一边给孩子号脉，一边取出了自己随身带来的针灸盒，依据自己的诊断，给孩子做起了针灸，几针下去，孩子的面容渐渐地舒展了，面色也开始红润了起来。不出一炷香的工夫，孩子的肠痉挛就得到了缓解，她又翻出了解痉挛的药给孩子服用，天亮时孩子就已能下地活动了。

苏雅几乎一医成名，她的医术被传得神乎其神，家属院里谁有个头疼脑热，都会来找她，这不仅使苏雅有了打发时光的渠道，也使她找到了自己的人生价值。苏雅待人亲和，品德高，涵养好，院子里的姐妹们都把她当自家人看，凡事只要她吭一声，大家都愿意鼎力配合。家属院与少数民族村庄仅一墙之隔，每隔三五天，她都要约上几个姐妹到村子里去巡诊，帮孤寡老人收拾卫生、缝缝补补。语言不通，每次爱民活动，支队的维吾尔族官兵都抢着陪她一起去，给她当翻译。后来，她发现，民族兄弟只吃肉不吃菜，膳食不够合理，许多病都是地方病，都是吃出来的。她又和支队的卫生队官兵为少数民族开设了健康知识小讲堂，帮助他们合理搭配膳食，普及养生知识，摸索养生之道。在苏雅和其他军嫂的启发与倡导下，支队办起了农业知识夜校，组建了便民服务队，为附近的村庄建起了化粪池，家家户户用上了不花钱的沼气炉，支队官兵很快与驻地群众结下了鱼水深情。建军节、中秋节、元旦、春节等重大节日，附近村庄的少数民族群众都要宰鸡宰羊，拎上干果水果到警营里慰问亲人子弟兵。

女儿韩颖转眼间快一岁半了，圆圆的小脸蛋上长着两个深浅不一的小酒窝，清秀的睫毛下一双水汪汪的大眼睛，扑闪扑闪的，像是在说话。小嘴可甜可会说了，两条小腿可勤快了，苏雅稍不留神，她就东家进，西家出，找人玩去了，谁见了都说招人疼！唯有到了每天三顿饭饭点，谁找她她都不去，谁叫她她都不理。稍微留点心，你就会发现，这段时间是她等爸爸或者和爸爸道别的时间，每到午饭或晚饭当口，韩颖会像哨兵一样准时地守候在屋前那条幽深的林荫小道上，忠实得就像一个卫兵，直等到爸爸下班路过时将她抱回家。大部分时间里，她总是穿着由苏雅手工缝制的枣红色条绒上衣，黑褐色条绒裤子，这身农村孩子才有的装扮，既朴素大方，还省去了苏雅因频繁换洗带来的劳累。家的温暖使韩钦宇像上足了发条的陀螺，任何艰难险阻都难不倒他！

支队接连打了几场漂亮仗，引来了总队关注的目光。这天晚饭后，忙累了一天的韩钦宇回到家里，刚准备端起饭碗，屋外便传来了支队领导爽朗的笑声。韩钦宇放下饭碗，正准备出门迎接，却见支队长政委陪同着一位陌生的大校警官走进了他们的房间。韩钦宇啪的一个立正，给走在前边的大校敬了个礼。见韩钦宇因事发突然，有些发愣，政委李发平向韩钦宇介绍了总队政治部副主任石建新后，拽过韩钦宇，给石副主任介绍道："主任，这就是我们支队的新闻干事韩钦宇！"石副主任分管组织和宣传，通过报纸，他早早就留意到了韩钦宇，不过，韩钦宇这么年轻，却是他没有想到的。他察看了韩钦宇简陋的家居陈设，老旧的房子伸手就能摸到房檐，门窗虽说不缺玻璃，但缝隙大得能伸进去指头。一家三口睡的床是两张行军床拼凑而成的，连个像样的饭桌椅子都没有，饭菜也是这么简单，他心里真有些不落忍。可眼下支队没有营房，来队的家属家家都是这样，唉，真是难为他们了。石副主任的眼睛不由得湿润了，但他马上意识到自己是领导，是官兵的主心骨，心里再难受，也得挺住，做自己情绪的主人。想到这里，他的眼神一下子就亮了起来，他激动地拍了拍韩钦宇的肩头，笑呵呵地对他说："钦宇可是个难得的人才啊！你这人还在火车上晃荡着，名字却早随着报纸刻进了总队和支队领导的脑海里了！好好干，下一步总队有重担等着你挑呢！"

总队工作组很快就撤走了，韩钦宇早就忘了这档事。这天下午刚一上班，他就被政委叫到了办公室，政委不着边际地和他寒暄了几句，突然话锋一转，说："钦宇，你感到在咱们支队这些天锻炼得咋样？"钦宇一下子被政委问得蒙了头，他呆呆地站在那里看着政委，不知该如何作答。政委见状，点拨道："石副主任是咱们总队分管宣传的副主任，他看上了你，要用你，谁也拦不住。而且他是个急性子，我们可得早做准备，等会儿回去你就把手头的工作捋一捋，该交接的赶快交接，省得石副主任一个电话过来，搞得我们措手不及！"政委说着话，眼皮一直低垂着，眼里满是忧心与不舍。韩钦宇这下算是弄清了原委，他倔强地给政委表态说："我是写了血书才进疆的，进疆也不是为了能调到大机关大城市图安逸求升迁的，咱们支队是远了些、偏了些，但在这样的远地方、苦地方，有我想做的事，能实现我的理想抱负。他们调我，我不去，我舍不下单位的领导和战友！""你个小家伙，性子还挺拗的，你以为上级机关的调令那是儿戏？可以谈条件讲价钱？电话一来，你立马走人！"不待韩钦宇张口，他便示意韩钦宇赶快忙去吧。

借调命令不期而至，韩钦宇动身的前一天晚上，支队领导为他饯行。聚餐时，支队长慷慨激昂的祝酒词刚了，政委和几名常委便举杯为韩钦宇祝贺壮行。酒过一巡，韩钦宇心里难受，也不回敬领导，只顾闷头吃菜。政委扭身和他碰了一杯酒，悄声安慰道："你可是咱们总队不可多得的高音喇叭，把你强留在支队机关，那不等于把高音喇叭放在了地下室吗？"韩钦宇听了政委的话，心里觉得政委看问题站得高有水平，话也说得中肯，可他心里死活就绕不过这个弯，他进疆后刚找到了事业腾飞的起点，翅膀还没扇两下，就有人让他换地另起炉灶，这不明摆着从头再来吗？想到这里，韩钦宇一下子急出了眼泪，他借着酒劲，壮了壮胆子，与政委讨价还价道："我现在副连职刚满一年，总队那么大的机关，哪是我待的地方，去不了两天，就得掉头回来，那不是给咱们支队脸上抹黑吗？"政委一下子噎住了，怔怔地望着韩钦宇，一直支棱着耳朵的支队长，一下子就黑下了脸，兜头就是一顿撸："革命不是请客吃饭，总队调你那是因为你有这个能耐，在这个事上，你只有服从，没有二话可讲！你上去干好了，回来时我们夹道欢迎；干不好，哪儿好你就到哪儿待着去！"韩钦宇见支队长动了肝火，他一下子就耷拉下了脑袋，怯生生地坐在那里，就像做错了事的孩子，没敢再吭一声。聚会结束时，支队长给了他一个台阶，韩钦宇发言表态让他又变得喜笑颜开，他疼爱地看着韩钦宇，郑重地对政治处主任交代道："钦宇明天就动身去总队报到，档案先不忙着过去，他不在家的日子，我们要派专人照顾好苏雅娘俩的生活。"主任边保国当即就表了态："首长请放心，你们的指示我们坚决照办！自钦宇调到支队机关，政治处就听取他的建议成立了报道组，家里的日常小事有两个报道员操心，但凡有点大事，我立马安排人去办理！"

第八章

波折，百折不回见初心

　　宇垄地处南疆，尽管已过冬至，但沿街的树木叶子还没有落光，一些不知名的花花草草，依旧生机盎然。短短几小时的空中之旅，不到午饭时分，韩钦宇已来到了首府的国际机场。一出候机大厅，尽管总队接站的车辆已停靠在他身边，没走两步，衣着单薄的他依旧禁不住打了几个冷战。他利用午休时间简单地将住处收拾停当，下午一上班，便到总队机关报到。记者站站长带着他见过了政治部领导，又到政治部各处室去认了门，然后才把他带到了记者站，与站里的同事见面。

　　记者站除了站长，还有三名记者，负责文字工作的是一位三十岁出头，个头中等，面部棱角分明，喜爱谈论女人，好讲灰色段子的南方籍干部。负责摄影的是一位体形偏胖，长得圆头圆脑，脑门一直秃到后脑勺，身材颇像橄榄球的西北籍干部，他肩上总是挎着一部价格不菲的照相机，数码相机刚一面世，尽管像素只有200万，但他依旧说服了领导，为自己装备了一部。据说这架相机，耗资达十几万元，即使正课时间，他也不怎么着军装，运动型的便装上衣上，总是套着一件布满了口袋的摄影师才穿的马甲。负责摄像的，个头很高，身材魁梧，打眼一看，就是典型的山东大汉，据说他是总队有名的拼命三郎，为了拍摄一部片子，他冰山敢上，大漠敢闯，一年累计起来有六七个月在外边漂着，用过的录像带垒起来能有几层楼高。

　　当晚，站长带着站里全体人员在月明楼给韩钦宇他们接风，站长还邀请了宣传处长。记者站毕竟是宣传处的下属单位，站里添了新人，大家一块聚聚、乐呵乐呵，有利于新人尽快融入集体，进入角色，不失为增强集体凝聚力、向心力的好方法。月明楼就在总队机关边上，总队机关地处边城最核心、最繁华的地段，张罗个小饭局十分便利。这家饭店包间都以地名命名，韩钦宇步入包间前一眼就瞥见了"华山厅"三个字，心中立马升腾起一股暖意，毕竟月是故乡明嘛！站里的人员陆续到来，除了两名司机，其余人都见过了面，只有对面一位刚落座的少校面生。大家象征性地微笑着点点头算是打过招呼。那位少校看似和站里人都很熟，相互间开着玩笑，没人理会韩钦宇。韩钦宇倒也落得个清静，突然间就到了一个陌生地儿，终究有些不踏实，像是在做梦！

处长卡着点赶了过来，他刚一进来，包间的气氛马上热烈了起来。处长是一个身材魁梧、体形偏胖的半大老头，大脸盘、厚嘴唇，腋下夹着一个小手包，走路时头总是向前勾着，两只眼睛总是笑眯眯的，还没张嘴就能把人逗乐。此刻他一身便服，不用化装，活脱脱一个喜剧演员的模样。他刚一落座，就示意服务员给大家先满上酒，稍做停顿就端起杯子道："我们处里一下子就添了两个新人，这在我们宣传处历史上是前所未有的，刘亦龙当过宣传股长、教导员，机关基层经验都很丰富，大家都很熟悉，我就不多介绍了。韩钦宇是从进疆部队里发现的人才，年轻有为、前程远大，不过以后大家还要多提携帮带！"

尽管酒桌上大都说的是客套话，但韩钦宇还是感觉到了大机关给自己带来的挤压。处长刚才礼节性的介绍和抬举，依旧在众人的心里掀起了不小的波澜，有人私下告诉他，宣传处人多摊子大是非多，政治部里有名的"哼哈二将""四大金刚"，又全都在小小的记者站里。韩钦宇正在开小差想心思，却听得处长颇有深意地说："你们在座的可都是文化人，文人都有自己喜爱的名言警句或是座右铭什么的，比如像咱们的摄影大师鲁一江，常挂在嘴边的一句名言是'没有永远的朋友，只有永恒的利益'，我觉得颇有深意，也挺符合个人特点。下面从我右手边开始，大家都说说看，说不出来的罚酒一杯！"几杯酒下肚，大家都很亢奋，游戏很快进入了高潮，轮到最喜欢舞文弄墨的胡少卿，他却卖起了关子，左推右让，敬谢不敏，直急得鲁一江鼻尖冒汗的老毛病都犯了，他掂了一瓶酒，就要和胡少卿斗狠，多亏站长露出谜面解了围——穿别人的鞋，让别人瞎找去吧；走别人的路，让别人无路可走！话音刚落，满桌唏嘘不已，游戏仍在继续，可韩钦宇的心早已不在饭桌上。这顿饭使韩钦宇嗅出了浓浓的火药味，他暗自提醒自己，每走一步，都得小心谨慎！饭局快结束时，有人侧面给他透风：和你一起借调来的两个人，最终只能留下一个，那名正营职干部据说有些背景，让你一起过来帮助工作，可能也就是个陪衬吧！临了，那个人没有忘了提醒他，你还年轻，总队机关大，水深着呢，干什么事悠着点，可别愣头愣脑地只顾干工作不会看风向，到时候自个儿还没走，就惹了一堆人！

总队住房紧张，韩钦宇的宿舍在总队机关楼上，说是宿舍，其实也就是楼道的尽头打了个隔断，里边摆放着一张单人床，床的一侧勉强能容得下一个人下脚。不过这也没什么，韩钦宇白天基本都待在办公室，半夜回来才上床睡一会儿，一张床足矣。总队的新闻报道工作基本处在停滞状态，几万人的大总队，全总队一年中央级和武警报的刊稿数量只有两位数，领导虽然很重视，但站里没人把太多的心思放在爬格子上。上班时间，他们更愿意偷着去逛商场、炸金花、打麻将，总队的新闻重担毫无争议地就落到了韩钦宇身上，每天他有约不完的稿子，挖不完的素材，写不完的作品，他感到浑身有使不完的劲，时间总也不够用。短短一个月时间里，接连发表了十几篇新闻作品的韩钦宇，急切地想要一个帮手，让他兴奋的是，领导立马批准了他的请求，帮手就是他老支队的一位名叫包嵘的报道员，一级士官，此刻人已在路上。

这天天没亮，韩钦宇就已洗漱完毕，风风火火往长途客运站赶，他要接的人，除了过来学习的包嵘，还有他想念的妻子和女儿。韩钦宇调到了总队机关，很快就脱颖而出，短短一个月，就受到了总队领导的青睐，采写的稿件有许多都是反映老支队建设情况的，支队领导嘴上不说，心里着实高兴，韩钦宇是一个知恩图报的君子，他们没有看错。眼下，自己刚站住脚，就又想着为老支队培养人才，支队领导在满足他心愿的同时，专门派人将他的爱人和女儿送上了开往首府的长途客车，他们要给韩钦宇一个惊喜。韩钦宇得知消息的当天，他便请假到城边上租了一间半地下的房子，为妻子女儿安了家。这间房子说是半地下，其实房子是盖在半山坡的，要进房间，得下到地下去，但进了房间，整个窗户却都露在外面，这样的房子租金便宜，采光很好，且冬暖夏凉，唯一不好的是房子不够通透，房门前的地下走廊总是漆黑一片。

苏雅随军到边城首府后，韩钦宇整天忙得不着家，女儿韩颖不满三岁，照看孩子成了她唯一的职事，快成了家庭主妇。起初苏雅整天忙碌，倒也没啥，后来孩子一天天长大，家里的开销用度眼看着越来越多，仅靠韩钦宇一个人的工资养活一大家，日子过得捉襟见肘。苏雅几次和韩钦宇聊起了这个话题，韩钦宇只说工作忙，不置可否。这晚又是周末，苏雅哄睡了孩子，没事可干，又给韩钦宇算计起一天的吃穿用度。

苏雅摊开她算好的一张纸，一项项指给韩钦宇看："瞧，咱家每月除去生活费、通信费、交通费、赡养老人的钱，基本成了月光族。眼瞅着小颖要上幼儿园，家里连点积蓄都没有，以后这日子可咋过？"韩钦宇自入伍后四处奔波，工作上的事已经让他疲于奔命，家里柴米油盐的事有苏雅打理，每月只管把工资悉数上交，其余的事情他从不过问。前些天，苏雅总在他耳边唠叨，他工作忙，没放在心上，今天妻子这笔账摆在他眼前，不由得心里一惊：看来这不起眼的小日子，要过好还真不容易。韩钦宇拿过纸来，端详着问道："我每月就这点死工资，家里的开支越来越多，咱又没有其他的生财之道，你说咋办？"

苏雅见韩钦宇上了套，说："首府生活消费高，要想把日子过开，我们两个都不能闲着。"韩钦宇惊得瞪大眼睛，问道："小颖这么小，你该不会撵下她去上班吧？"苏雅回应道："小颖快三岁了，我刚和白鸽幼儿园联系了一下，像这么大的孩子，幼儿园同意接收。"韩钦宇不由得心里闪过一丝不快：小颖这才多大点儿，正是需要父母疼爱的年纪，为了生活，连亲子之情和童年的快乐马上都要失去。可这就是生活，他知道苏雅何尝又想如此！苏雅见韩钦宇闷不作声，拿出一张报纸，指着中缝里画线的一则招聘信息说："这有家卖医疗用品的门店，一天只上八小时的班，每周还有一天休息，工资虽然不高，多少挣点也好补贴家用。"韩钦宇见苏雅早已打算停当，也不好说啥，只待明天抽点时间陪苏雅去面试看看。

这家门店租用的是边城第四医院门诊部的两间房子，每间房子摆着四张病床。他们赶到时，每张病床上都躺着或坐着病人，几位头发花白、身穿白大褂的医生正拿着一个手掌型的医疗器械为病人进行理疗，随着医生的掌起掌落，用力拍打，患者的背部肩部或是腿部一会儿就变得通红，有人笑着和医生进行着交流，有人夸赞医生医术高，拍打的手法好。韩钦宇和苏雅不明就里地看着，感到颇像那么回事。这时一个老板模样的青年人迎了过来，他见韩钦宇和苏雅衣着得体、气质不俗，料到定是昨天打电话求职的人，便笑着问道："你们是来应聘的吗？"苏雅笑了笑说："是的，我是来求职的，昨天下午我给您来过电话。"那人打量着韩钦宇和苏雅，接过话茬道："你的简历我看过了，你过去在大医院工作过，又是中医科的大夫，我们这里就需要像你这样的医生，虽说我们这儿主要在做医疗器械的推广工作，但这个医疗器械是个新生事物，要得到大家的普遍认可，打开销售渠道，还得有很好的医术做基础。"韩钦宇和苏雅见这家门店的老板说得头头是道，不像是江湖游医的做派，当下便签订了合同，约定第二天便入职上班。当天下午，韩钦宇和苏雅便来到白鸽幼儿园，找园长谈妥了小颖入托的事。次日一早，韩钦宇吃罢早饭，就忙着将小颖送走，随后又陪苏雅来到了上班的地方，安顿妥当才放心地离去。

韩钦宇从总队走廊里搬出后，包嵘便住了进去。韩钦宇有了帮手，可谓如虎添翼，总队的大项活动，实兵演习、捐资助学、处突维稳、风灾火灾等重大临时任务，他都是作为一线记者随队采访。一时间，总队的新闻工作受到了刺激，可谓百舸争流、千舟竞发，不到两个月，就打了翻身仗。总队领导多次在不同场合对韩钦宇和记者站提出了表扬，站长整天乐得眉开眼笑，处里许多人也纷纷为韩钦宇道贺。当然，也有人认为他初来乍到抢了风头，简直不知天高地厚，记者站最爱扎金花的胡少卿和一起调来的刘亦龙，反应最大。

见胡少卿一脸不悦，刘亦龙心想："这才调来多长时间，韩钦宇就靠工作得到了总队领导的认可，现在若不联手遏制住他的势头，要不了多长时间，自个儿就得出局了。"想到这儿，他立马煽风点火道："少卿，景荣当站长两年多了，马上你就会接他的班，记者站看着分了三摊，可你真正能管到的也就文字组，说白了也就是一个站长带着一个兵，这个人选好了，你就轻松，他如果不听你的话，你就是孤家寡人一个。"胡少卿听得出来刘亦龙在给韩钦宇垫话，也在试探自己，便意味深长地回应道："韩钦宇胆子是大了些，但是是锥子，早晚是要露头的。"刘亦龙见胡少卿不费吹灰之力就将球踢了回来，心里暗骂了句老狐狸，接过话茬道："韩钦宇自调过来后，虽说没和我们拧着干过，但也不得不防，你看他人还没调过来呢，徒弟倒已经带上了！"胡少卿见刘亦龙已失去了忍耐力，他转念一想：何不借力使力，除掉心头之患。他淡然一笑道："这韩钦宇可是凭本事被领导相中了才过来的，请神容易送神难哪。不过，像韩钦宇这么张狂，我也不会看着不管，有了机会刘兄也得同仇敌忾啊！"

送走刘亦龙，胡少卿鄙夷地啐了一口，冷笑道："好你个刘亦龙，拿我当枪使呢？你若不说韩钦宇的是非，我倒还把你当好人给忽略了，这下倒好，你这司马昭之心可是路人皆知，你们两个当中若是留了韩钦宇，就已让人头疼；若是留了你，没准你是站长我是兵呢！"正琢磨着，韩钦宇领着包嵘打他门口路过，胡少卿叫住韩钦宇，阴阳怪气地说："韩大记者，你带的徒弟来总队时间不短了吧，啥时候出师啊？"见韩钦宇半天没有反应，他又郑重其事地说："你现在还没有正式调到总队机关，倒先带起了徒弟，这在总队没有先例，眼下，这件事已被总队领导盯上啦，石主任都已没法替你兜啦！包嵘好来好走，谁也不为难，如果再拖下去，领导较起真来，问题可就大了！"

韩钦宇早就知道，这个胡少卿最爱干损人不利己的事，但他依旧认为一个副营职干部心胸就是再狭隘，也没有必要和一个战士去计较。但他很快发现，自己太天真了。两天后，他在走廊里遇到了石副主任，石副主任拦住他没好气地劈头就问："你那小包要学到什么时候？难道非要通知支队来总队领人吗？"韩钦宇这才意识到问题的严重性，但他不忍心就这么让小包中止了学习，耽搁了前程，他大张旗鼓地帮助包嵘收拾好行李，带着他到石副主任处道了别，请完假便和包嵘一起出了总队机关大门。坐上出租车，包嵘发现，出租车行驶的方向并不是长途客运站，而是韩钦宇租房的地方。到家后，韩钦宇征得房东的同意，包嵘就住在韩钦宇房间门前的过道里，韩钦宇买来的沙发床，晚上摊开就是包嵘的卧榻，白天收起来，就是沙发。后来，天气转冷，好心的房东怕冻坏了包嵘，把包嵘挪进了自己儿子的房间，分文不收。自此后，晚上他指导包嵘采写稿件，白天包嵘穿梭在首府各报社间，新闻工作干得风生水起。次年6月，包嵘因新闻工作成绩突出，被破格提干，临走时，他动情地对韩钦宇说："这张沙发床给我留着，以后我把事情做大了，一定把它送到博物馆去。"

韩钦宇出色的表现，为他赢来了事业上的辉煌，也给他个人成长进步带来了惊喜。这年春天，总队正式给韩钦宇所在支队发去了调令，支队专门召开了党委会，就韩钦宇晋职的事展开了激烈的讨论。有人提议道："韩钦宇是支队第一个调到上级机关去工作的，为支队争了光，他虽然任现职时间较短，调走前，适当地予以照顾，也在情理之中嘛。"这一提议得到了大多数人的肯定和赞成，支队两名主官意见也出奇地一致，支队长说："职务晋升是非常严肃的事情，事关部队长远发展和个人的成长进步，在这件事上绝对不能搞照顾！"支队政委接过话茬说："干部晋升职务，绝不能简单地看资历、卡年头，而要着重看干部的德才表现，看他工作的劲头和业绩。只有真正地让有为者有位，才能更好地激励和鞭策有位者去有为！韩钦宇的职务，我们不光要给他晋升，还要大张旗鼓地去宣扬，好让一门心思扑在工作上的人有学头、有奔头、有榜样！"

新闻工作提高了总队的知名度，也增加了总队在地方的分量，解困工程、家属的就业、子女入学入托等难题得到了地方党委政府的关心与支持，一旦有重大任务，总队领导都要让记者站派人随队采访。隆冬时节，总队首期新闻报道培训班在常古州支队举办，韩钦宇和刘亦龙提前进驻，展开前期工作。

曙光微露，晨星未落。凌晨5时许，总队王参谋带车火急火燎地赶到了培训班。站长考虑到每次重大任务都是韩钦宇一马当先，这次再派他去有些不近情理，当即召集大家商议，谁料几名老同志面面相觑，都推说自己家中有事。情急之下，王参谋一把扯过韩钦宇，掉转车头直奔机场。路上，王参谋告诉他："巴邑县发生6.8级地震，数万间房屋倒塌，伤亡人数不详，官兵正在火速开进，总队领导命令我们立即赶赴灾区一线！"

韩钦宇刚下火场，又去震区，有人为自己躲过一劫暗自庆幸，有人却认为，韩钦宇虽出生入死、劳心费力，但总是有惊无险、占尽风光，年纪轻轻、毫发未损就颇受总队领导赏识，真不怕功高盖主。想到这里，他决定找人点拨点拨他，好让他放慢点脚步！

这天晚上，他拨通了支队政委的电话："喂，是甄政委吗？我是记者站胡记者啊！"甄政委和胡少卿私交不错，他一下就听出了胡少卿的声音，马上热情地接过话茬："噢！胡记者啊，有何指示！""指示谈不上，站里今天有人过去采访，到时你费心好好接待一下啊！"胡少卿担心甄政委不能坚定地站在他这条线上，挑唆道："韩钦宇现在可是领导身边的红人，他的笔头子向着谁，谁就沾光，你老兄眼下可是后备啊，他成天愣着头写别人，那不是给咱添堵吗？"甄政委马上心领神会道："这人看来不是咱们一条道上的，要我怎么办，你尽管指示好了！"胡少卿闻言心里马上托了底，但还是不敢过分张狂，又特意强调了酒的事。支队甄政委本就和他一样贼精贼精的，马上会意道："那是自然，咱们边疆人本身就好客豪爽，不就是让他犯点戒嘛！放心吧！李白斗酒诗百篇，这个我懂！”

　　苏雅上班已半月，她从事的工作，单从医疗角度来讲，一点也不复杂。店里主要经营的医疗器械学名叫"气功掌"，由一个铜柄和手掌形状的硬质塑料构成。铜手柄既可用于手握拍打，又可以用于刮痧理疗，塑料手掌上印着经络图，里边隐约可见炉丝状的东西，据说拍打前用手掌进行正向或反向摩擦，可以使"气功掌"发热并可产生一种不可见的光波，用以拍打患者的痛点，可以达到神奇的治疗效果。苏雅上班后，店里一直都在组织她们培训，和她一起培训的还有两个刚刚入职的年轻人。

　　负责培训的是一位外请的老中医，这位老者看样子虽已是耄耋之年，但鹤发童颜，面色红润，耳聪目明，他每隔三五天都要来店里进行讲座，几次讲座下来，苏雅就有了上当受骗的感觉。老者自称出身中医世家，得过扁鹊秘术、华佗真传，但每次开讲，他总是拿"气功掌"说事，吹嘘"气功掌"能疏通全身所有脉络，产生的光波可直抵患者的病灶，将病菌乃至癌细胞全部杀死清除，有人但有疑虑或不同见解，他便拿自己的高寿或是仙风道骨现身说法，对大家医术方面的问题避而不谈，对医理病理则是含糊其词，罔顾左右而言他。

　　每天来这里看病的人都有很多，有时还要排队，这些病人中，有的患有心脏病、高血压，有的患有肾盂肾炎，甚至尿毒症。苏雅留意到，他们有的是看了报纸上的广告慕名而来的，有的是家里穷，病急乱投医误打误撞进来的。一个小小的"气功掌"，果真能有这么神奇？这些天，这个问号一直在她的心里盘桓着，她很想在治疗中同患者交流一下心得，可她刚一张口，问话就会被同事打断，一下子岔开了话题。后来有人嫌她话多，给她安排的接诊对象越来越多，搞得她应接不暇，别说说话，就连喝口水的工夫都没有了。

这天间休时，苏雅听到有人喊她："苏大夫，有人求医，快去接诊一下。"苏雅应声来到了病房，一位老人靠在病床上，喘着气说："大夫，我这儿疼得不行了，赶快救救我吧！"苏雅依着老人揾着的方位，初步判断是急性胆囊炎，这么严重的病，别说是靠拍打，就是大医院治疗起来也要费些功夫，她提醒老人道："大妈，您得的病我们这里治不了，你赶快去大医院吧！"老人见苏雅不愿意给她看病，以为是担心她没有钱，便从衣兜里扯出来一个布包，颤颤巍巍地一层一层揭开，露出了两沓百元钞票，说："我是从吉木乃慕名而来的，报纸上说你们这里有神医活菩萨，不用开刀吃药就能治好病，闺女你就行行好收下我吧。"苏雅还想说什么，间休时间到了，门店负责人见她这么久还接诊不了一个病人，没好气地说："这人交给我吧，你快忙你的去！"

老人见有人愿意给自己看病，就像溺水者抓住了一根救命稻草一样，握住那名负责人的手哭诉道："活菩萨，遇到你们我就有救了，你看我这儿疼，碰都不敢碰，吸口气都疼，赶快帮我治一治吧！"见负责人一脸怜悯状，老人摊开了手里攥着的布包，"这是我刚卖了20只羊的钱，你们先拿着，不够了我再让家里卖掉剩下的10只羊……"负责人见钓到了一条大鱼，心里一阵暗喜，她压制着内心的喜意，不露声色地说："大妈，这钱我们先替你保管着，你的病我们会给你好好治，到时候花多少算多少。"苏雅看负责人这么草率地接下病人，心里焦急不已，好不容易等到间休，她悄悄把负责人拉到一边，低声说："那个大妈的病得赶快让她到大医院去治，拖得久了要出人命的！"这样的昧心钱这里赚多了，负责人鄙夷地瞅了一眼苏雅，对她说："我们雇你是来帮我们卖产品的，你只管好好干活，到时少不了你的底薪和提成，其他的事你就别操心了。"

苏雅见同事钻进了钱眼儿里，拽也拽不出来，知道与她多说无益，眼下自己只有去劝这位老人。待老人治疗完毕，苏雅谎称家里有事，请了假在公交站追上了老人，焦急地问道："大妈，您的病在大医院看过吗？"老人扭过脸一看，就是白天拒收她的那个大夫，她心想这人肯定是大医院的托，自己可不能上了她的当。想到这儿，她没好气地说："我的病你们那儿的大夫看过了，他们说比我严重的病他们都能治得了，他们帮我治病，我花钱，你就别操心了！"苏雅被呛得差点没背过气，她愣怔了半天，还想劝阻，老人见公交车进了站，不耐烦地说："你这闺女怎么这样，非要拦着我这个老太婆治病！"说着一把推开苏雅，跟着人群挤了上去。苏雅看着渐渐开走的公交车，委屈的眼泪唰地就掉了下来。

这些天，老人都要过来，起初是她自己走来的，没过几天，老人坐上了轮椅，被人推着，再后来，不见老人再来了，倒是来了几个年轻人，进了病房便凶神恶煞地问道："你们谁是这里的头儿？让他给我滚出来！"苏雅和几个新来的同事被唬得不轻，老板却没事似的微笑着迎了出来，他安抚了几句闹事者，便领着他们进了自己的办公室，不出一炷香的工夫，他便将来人笑呵呵地送出了门，亲得像一家人一样。几个老一点的同事见来人已走远，便立马簇拥了过去，老板笑呵呵地说："没事啦，用钱能摆平的事那都不叫事，好好干，工资照发，提成照有，亏不了你们！"见大家吃了定心丸，转身要去各忙各的，他又补充道："以后收病人注意点，像这样的棺材瓢子最好躲远点，别砸了咱们的招牌。"

日历在一天天翻过，新的病人依然陆续来求诊，老的病人有的被拖疲了，有的被拖跑了，有精力和胆识来闹事的毕竟是少数，老板只需费些口舌，花些钱财，便可消灾。日子久了，与苏雅一起应聘的几个同事，基本上都已被同化，可苏雅心里却越来越堵，她看不惯这样坑蒙拐骗的勾当，也不忍心赚这样的昧心钱，这天晚上，她把压抑在心中的闷气一股脑儿地吐给了韩钦宇。韩钦宇同意苏雅的看法，他支着道："这样的昧心钱咱不赚，这家坑人的黑店我们得打举报电话想办法给端了。"苏雅将信将疑，问："这样能行吗？又没有证据说这家店坑人，打了电话人家能信吗？"韩钦宇笑了笑说："你给工商和卫生部门打电话，就说这家店没有营业执照和行医卫生许可证，偷着给人看病卖假药，人家自然就去查了，到时候查出点什么也说不准。"苏雅想了想，觉得有理，第二天她照韩钦宇说的打了匿名举报电话，之后才定了定神像往常一样去上班。

　　临近中午，苏雅依然没见到执法的人来，心想可能是自己举报的信息不够翔实，心里涌起了一股失望，便打算先去吃午饭，正在这时，她见有人匆匆忙忙地向老板的办公室奔了去。不大一会儿，老板便带着那人惊慌失措地走了出来向门口张望，一边张望一边嘴里念念有词："这下坏了这下坏了，咱们在医院里借的房子怎么能被人知道呢？"苏雅看老板的样子心里猜到了几分，果不其然，门外几个穿深色制服的人在门卫的引导下走了过来，老板强作镇定，抹出一副笑脸迎了出去。工商和卫生部门盘查后，发现这家门店没有行医资质、误人病情的事，因没有患者或家属出面指证，相关责任人没有得到追究和惩处，只是没收了违规器械和违法收入，勒令关门停业。苏雅的义举端掉了黑门店，也砸掉了自己的饭碗，她只得又多方努力，寻找适合自己的工作。

　　地震当晚，韩钦宇连夜乘飞机赶到了救灾一线。此时已是隆冬时节，凛冽的寒风鬼哭狼嚎一般，囊饼般巨大的雪片在夜空中乱舞，使人们悸动的心又平添了莫名的恐惧。处在震中地带的巴邑县琼库尔恰克乡格什勒克村房舍几乎被夷为平地，他随同救援官兵，一直奋战在第一线，搜寻抢救受灾人员，搬运救援物资，搭建救灾帐篷，挖掘整理第一手材料，直忙到东方露出鱼肚白，他又不顾疲累，搭乘运送危重病号的救护车，返回喀什市区，抢发新闻稿件。忙完手头待办事宜，已近午饭时分，饥肠辘辘的他赶到支队机关，有人已在等他。不等他洗去征尘休息片刻，便直接请进了支队招待餐厅。在家的五名常委外加机关三名干部，众星捧月般地将他围拢在主客位置。政委致辞的当口，服务员将斟满白酒的高脚杯摆在了大家面前。

"韩记者，咱们支队驻地偏僻，没有名酒佳酿接待贵客，有的只是这浊酒一杯和古道热肠！"政委甄玄予豪放地端起了高脚杯，望了一眼在座的支队干部，提议道，"为了我们天长地久的友谊，为了我们抗震救灾取得胜利，干了这一杯！"说罢，脖子一仰，三两白酒眨眼间一滴不剩。为表诚意，他将酒杯倒转过来，眼神里写满了期待。韩钦宇见大家纷纷一饮而尽，他也顾不了许多，心一横，干了此杯。接着，又是两杯大酒，甄政委这才示意大家三杯过后尽开颜，其他人马上领会了政委的意思，换上小杯轮番敬酒。

空肚喝酒本是大忌，再加上一夜未曾合眼，韩钦宇此时胃里翻江倒海，早已不胜酒力："各位领导，你们的心意我领了，酒逢知己千杯少，但今天不同往日，一则我疲累交加，不胜酒力，再则我有任务在身，不敢造次，还望大家海涵，以后有机会，一定加倍补偿，一醉方休。"谁知有甄政委暗中督阵，谁也不敢怠慢，有人干脆又是唱歌又是跳舞，非要好事成双，让韩钦宇无法驳了面子。宣传股长带上宣传干事，一顿恭维之后，连干了三杯，说："我们诚心拜师，这拜师酒您就看着喝吧！"

喝到这个份儿上，韩钦宇只觉脑袋发晕，两腿发软，再后来，他的脑子出现了断片，怎么离开的酒桌，怎么到了支队招待所全然不知，等他苏醒过来已是次日中午时分，他头疼欲裂，呕吐不止，全身发软，左手上还在打着点滴。守了他一夜的同乡战友埋怨道："你不是从来都滴酒不沾吗？昨晚怎么能喝成这样——血压低压只剩下了20，脉搏都快摸不到了，医生整整抢救了你半晚上！"他这才想起了昨天晚上喝酒的情景，他隐隐觉得自己被人算计了，这场鸿门宴他是躲也躲不开的，想到这里，到了嘴边的话只能咽下……

韩钦宇遭人暗算，几度休克，当晚就有人为他抱不平，这个人就是支队的政治处主任黄天杰，他是子夜时分才从救灾一线赶回来的，他一大早就听说好友韩钦宇来救灾一线采访，可他忙着指挥救灾，抽不开身，这不刚一忙完，就火急火燎地追了过来。看着躺在卧榻之上，命悬一线的好友，他气得咬牙切齿，暗骂道："这帮杂碎，人家为了宣传支队官兵，不惧苦累，舍生忘死，他们倒好，乘人之危，埋设陷阱，真是蛇蝎心肠！"他连夜拨通了总队政治部分管领导的电话，汇报了实情，以防恶人先告状。第二天一大早，他又给总队政治部主任汇报了详情，直到政治部领导愤恨不过，答应彻查，他才作罢。此后几天，他怕又有人节外生枝，干脆让出了自己的办公室，让韩钦宇从招待所搬了过去。但凡有人请客吃饭，他都出面挡驾……

一连几天，韩钦宇受到了黄天杰的特别关照，身体在逐渐恢复，为了康复得更快一些，支队卫生队每天都要给他挂吊瓶，为了不耽误工作，他偷偷拔掉针头，加班加点梳理新闻素材，撰写新闻稿，身体稍好一些，便重返灾区一线深入采访，新华社、《人民日报》等中央新闻媒体，相继刊发了他撰写的《当人民召唤时》《帐篷学校书声朗》等数十篇稿件，使边疆的地震灾情引起了全国各族群众的广泛关注，急需的各类救灾物资源源不断地运送到了灾区。未等韩钦宇返回总队，总队党委授予他三等功，号召全体新闻骨干向他学习。甄玄予因违反总队禁酒令，受到了纪委约谈，取消了后备干部资格。因受编制所限，刘亦龙借调期满，仍回原支队任职。

偷鸡不成蚀把米，胡少卿的死党甄玄予摔了个嘴啃泥，落得个哑巴吃黄连——有苦说不出，可他们哪是善罢甘休的主，胡少卿一想到甄玄予电话里如丧考妣般的窘迫样，便恨得咬牙切齿："你小子才来总队几天，就张狂成这样，别不知天高地厚，高兴得太早，有你哭的时候！"

苏雅自打端了黑门店，便又开始待业在家，整天接孩子做饭，洗洗涮涮、缝缝补补，日子过得寡淡无味，不免总会想起在老单位风风火火的日子。这天，她忙完家务，又坐在院子里发愣：自从自己抛下了工作，飞蛾扑火般地一头扎进了边疆，就没有过一天安然舒心的日子，好不容易找份工作吧，还是份坑蒙拐骗的勾当，钱没挣着，人还要受委屈，累个贼死！正在这时，韩钦宇哼着小曲回到了家，拽起苏雅就往屋里走，苏雅还没回过神，他便高兴地嚷嚷了起来："老婆大人，有个好消息要告诉你，你猜猜是啥？"苏雅此刻还沉浸在自怨自艾的悲情色彩里，她实在想不出有啥好事会摊在自己身上，便一把抽过手，没好气地说："能有什么好消息，要有也是你的好消息，我只有分享的份儿！"

韩钦宇见苏雅钻了牛角尖，打趣道："瞧你这点雅量，这个好消息还真是给你的，我才只有分享的份儿。"见苏雅板着脸不作声，韩钦宇晃了晃手里的聘用合同，说："总队医院要聘用一批医护人员，你也赫然在列！"苏雅侧着脸，瞅了半天，没瞅见自己的名字，生气地说："这样的好事还能摊在我身上？你就拿我开涮吧！"韩钦宇挪开自己的手指，笑了笑说："有没有你，全靠我这个大拇哥儿罩着！"苏雅见韩钦宇一肚子歪歪肠，啐了一口道："你要不进疆，我有得是好工作，犯得着你这么数落我？"韩钦宇见苏雅翻起了旧账，自觉理亏，觍着笑脸讨好道："这份工作当然不能跟你的正式工作比，但也来之不易，你工作的事总队领导都说话了，他们都表扬你有正义感，有牺牲精神，是个好军嫂！"苏雅见韩钦宇借领导的口夸自己，给自己戴高帽子，也不去辨真假，心里怨气马上消了大半，她不好意思地问道："我工作的事，怎么连总队领导都惊动了？"韩钦宇说："欸，这说来说去，还得归功于你自己。"见苏雅一脸迷惑，他接着道："自打端掉了黑门店，你就成了总队的名人。这不前几天工商局和卫生局两家联名给咱们总队写来了感谢信，还通报了你与江湖游医做斗争的事。你丢了工作的事，总队领导很重视，这不一有机会马上就优先考虑你。"这让苏雅很感动，也很意外，尽管试用期工资只有280元钱，但她很看重这份工作，也很感激领导。

苏雅进了总队医院肝胆科，干的还是自己的老本行护理工作，每天工作三班倒，大夜班小夜班，周而复始，回家后还要做饭照看小孩，累得筋疲力尽。医院领导见她租住的房子太偏太远，每天早出晚归，大部分时间都奔波在了路上，便将刚腾出的一间房子给他们住。这间窑洞式的房子，位于寡妇楼一楼，说起这个寡妇楼还真有些来历，这座寡妇楼是仿苏式的建筑，楼上楼下共两层，青砖筑成，每间房子都是圆拱形，总队医院的前身是解放军某师的医院，房子刚建成时，住的都是一些年轻军官的家属，她们的爱人都在守雪山哨卡，这些随军的军嫂与丈夫过着两地分居的日子，跟守寡无异，有人便为此楼起了这样一个调侃性的绰号。

韩钦宇一家搬进了寡妇楼，小颖也在领导关照下进了总队医院的幼儿园，租房的日子也随之结束。苏雅不用再早出晚归，总算是稍微松了口气。周四正逢苏雅夜班，韩钦宇手里有些工作因为领导催得急暂时也回不了家，下午，苏雅给孩子提前喂好了晚饭，哄上床睡了，便将门锁上去上小夜班。快到子夜时分，苏雅突然听到有人在喊："苏雅！苏雅！不好啦，你家孩子在房子里哭叫呢，还有砸东西的声音，你快回去看看吧！"苏雅给对班托付了一声，火急火燎地就往家赶，门刚一打开，眼前的一幕让她顿时傻了眼。玻璃瓶打碎了一地，番茄酱糊得遍地都是，小颖光着两只小脚丫，在玻璃碴遍地的房间里打着转哭闹着，苏雅本能地冲上前去，一把将孩子搂进了怀里，急切地看了一眼孩子受伤的脚丫，便一路小跑赶往急诊室。

小颖的两只脚丫被碎玻璃割得到处都是血口，有好几处还扎进了玻璃碴，医生心疼地给小颖清理着创面和碎碴，不住地责怪苏雅和韩钦宇粗心大意："你俩也太不负责任了，你看这孩子脚上大大小小的伤口好几十处，能数得过来吗？你看这几处，肉都翻出来了，再深点那就伤到筋骨了！"看着孩子伤痕累累的小脚丫，苏雅的心都在滴血。可她实在没有办法，以后上夜班，她仍然还得将睡着的小颖一人锁在房间，她唯一能做的是将家里的玻璃器皿陶瓷碗筷统统收起来，就连做饭的菜刀也锁进了箱子里。韩钦宇一有空就教孩子认识各种各样能伤害人的器物，苏雅打趣他："给这么小的孩子讲安全，那不是对牛弹琴吗？"韩钦宇却贫嘴道："对，牛弹琴，安全教育就得从娃娃抓起。"

小颖受伤的事很快传到了科室领导的耳朵，早上一上班，科主任就将苏雅叫到办公室说："孩子太小了，工作三班倒可不行，还是给你换个岗位吧。"苏雅考虑到工作的事领导已够关照了，谁家没点困难，咋好意思再……便笑了笑感激地说："谢谢主任的关心，科里缺护理人员，不能有点事就给组织添麻烦，家里的困难我会处理好的。"科主任见她说得在理，态度又这么诚恳，便没再说什么。苏雅还像往常一样兢兢业业地工作着，每天累得脚打后屁股，护士长看在眼里疼在心中。她找到科主任，说："苏雅是个人才，我们科里现在管总务的护士退休了，能不能考虑让苏雅接替一下？"见科主任有些犹疑，护士长反映道："主任，您看咱们的陪护床每年都添置新的，可总是不够用，苏雅来了科里，这个问题现在已经解决了。"科主任眼睛一下子就亮了，有些不大相信地询问道："你是说这些床都是苏雅修好的？"护士长望着科主任的神情，解释道："这些缺胳膊少腿的陪护床，都是苏雅从库房里请领了加班加点修好的，就连咱们每个病房过去用坏的暖瓶，都是她将好的壶胆和外壳整合后修好的。"

　　科主任本来就想帮她一把，苏雅毫无争议地成了主管总务的护士。苏雅上任后，科里的日常消耗品她逐一核对，造册登记，以往的跑冒滴漏现象全部被堵住，各项开支指数直线下降，科室领导都夸她是好管家。工作的变动使苏雅不用再上夜班，也有了双休日，有了自己能够支配的时间，她的心思又转向了小颖的学习和培养上。韩钦宇晚上回到家，苏雅和他商量道："小颖现在上小学了，得给她报一些课外班，提升一下她的综合素质。"韩钦宇想了想说："你看我干这个工作，成天到处跑不着家，小颖报了班谁来接送？"苏雅见韩钦宇没有反对，笑了笑说："我现在换岗位啦，每天都能正常上下班，还有双休日，接送小颖的事你不用操心。"韩钦宇听了妻子的话，立马高兴了起来："你不用上夜班啦，那咱给孩子报个什么班？"苏雅微笑着点了点头，说："女孩子要富养，这个富养要体现在人格和精神层面，咱就给小颖报个钢琴班吧，这样对她的气质培养有好处。"韩钦宇一听要报钢琴班，心里马上盘算了起来，这钢琴班上一节课不少钱呢，一周得上不少节。想到这儿，他面露难色道："女孩学钢琴挺好，可这得花多少钱，咱还得买架钢琴吧，我看小颖要学钢琴你得先把我卖了。"苏雅笑着说："瞧你这点出息，这笔账我早算过啦，我的工资刚涨过，给孩子报个班不会影响到我们的日常生活。"不等她说完，韩钦宇又问："那还有钢琴呢？"苏雅见韩钦宇穷怕了，笑道："我就知道你要问钢琴的事，这周末到钢琴店里去一趟，我看上了一架俄罗斯产的旧钢琴，咱俩好好去砍砍价，合适了就把它搬回来。"韩钦宇见苏雅这么胸有成竹，步步为营，有一种掉进坑里的感觉，他自嘲地笑了笑便投了赞成票。

"钦宇，明天早晨总队长要到灾区一线视察灾情，慰问官兵，现场指挥救援工作！"这天晚饭后，韩钦宇就接到了胡少卿打来的电话。电话里，胡少卿通报了总队长出发时间和行程安排并轻描淡写地提示："在家属院坐总队班车刚好能赶上，下雪天可别误事。"昨天傍晚，韩钦宇就已得知边疆6个地州、29个县市连遭暴风雪和寒流袭击，酿成50年不遇的特大雪灾，100万余各族群众、1700多万头牲畜被困雪海。韩钦宇意识到了自己马上又得随队出征，抗雪救援。胡少卿更是觉得出手的时候到了。

这天早晨，总队长一行乘坐的三辆越野车，早在开往家属院的班车发车时，就已等候在了总队机关楼前。原定的出发时间已过去了整整20分钟，却依旧没有看到韩钦宇的影子。有人开始纳闷，有人耐着性子准备看韩钦宇笑话，坐在第二辆车副驾驶位置的后勤部副部长焦急地盯着车窗外，暗骂道："好你个韩钦宇，总队长都在这儿等这么长时间了，竟然还不见你的影子，真是吃了熊心豹子胆！"

半小时后，只见韩钦宇犹如离弦之箭从总队班车上蹿了下来，钻进了最后一辆越野车。副部长扭过头去，忐忑地看着总队长，等待总队长的发作。他暗自思忖：一个小小的中尉，竟敢这么不守时，不懂规矩，接下来这戏真不知该怎么收场！不料，总队长不愠不恼地说："人都到齐了，出发吧。"一路上，韩钦宇制造的这个小插曲使大家心里都蒙上了阴影，倒是总队长跟没事似的，跟大家扯东扯西地攀谈，气氛很快就变得融洽起来。

车行至油城，驾驶员担心油料不够，停车加油，大家纷纷下车休整透气，韩钦宇快步来到总队长面前，啪地敬了一个军礼，道歉道："总队长，今天早晨我迟到了，实在对不起。"道歉时，韩钦宇没有讲任何客观条件，他忐忑不安地等候着总队长对他提出严厉的批评。谁知总队长笑了笑，对他说："钦宇来了就好，我们还有一场恶仗在等着你呢！"说完，他拍了拍韩钦宇的肩头，眼里写满了疼爱。韩钦宇见总队长不仅没有批评自己，反而对自己期望有加，他感受着肩头传来的力量，心底不禁涌起一股暖流。这时驾驶员已将油箱加满，发动机的轰鸣声响了起来，一行人便又上了车。

冰峦环峙，雪海茫茫，昔日雄奇壮丽的雪山变得令人望而生畏。车队进入凤堤地界，漫天的风雪搅得周天寒彻，暴风卷起的玉龙绵延数十里，直插苍穹，车队艰难地行进在冰雪路面上，公路此时已变得面目全非，犹如镶嵌在一米多深的雪槽里一般。车载电台里，总队前指正在通报灾情最新进展，强寒潮天气使富海地区气温降至-45℃，最大风力达10级。平原地区积雪达1米以上，山区积雪达3米……风越刮越猛，雪越下越大，车队行进慢得像蜗牛，韩钦宇和大家一样焦急万分，他透过车窗看着越来越暗的天色和呼啸凌乱的风雪，只盼着能快点到达救灾一线。

傍晚时分，车辆到达了受灾最严重的富海地区，正在指挥部队救援的富海支队支队长见总队长来了，踏着没膝的积雪跑到了总队长一行人面前，向总队长报告道："总队长同志，富海支队正在组织救援，请指示！"韩钦宇看着眼前这位脸冻得发紫、睫毛上已结上了厚厚冰碴的上校，心里不由得有些敬佩。支队长不知是因寒冷还是激动，身体不住地颤抖着，总队长梅兴润少将认真地回了军礼，说道："继续组织救援，务必尽最大能力，保证群众的生命财产安全！"支队长领命后，又迈着大步回到了他的指挥位置。总队长看着在雪地里奋战的支队官兵，转头向后勤部副部长说："官兵的保障必须要跟上。"

在指挥所里，富海地委副书记胡拜都拉·哈赛因介绍着受灾情况：全地区去年冬天至此时的降雪量突破1954年有气象记录以来的最大值。全地区1781公里的国道和省道，有1600公里被雪覆盖，1042公里发生雪阻，近万辆车、5万余名群众被困在风雪中，交通受阻给输送救援物资、展开救援行动等带来巨大困难；牧区11.7万平方公里的草场，已被厚达1米的积雪掩埋，65万头牲畜无法采食……

总队长目光严肃、眉头紧锁，他深知此次暴风雪持续时间之长、影响范围之广，确为历史之最，因此灾情不同以往，救援部署更应统领全局，发挥出最大效益，他和随同人员在地图上圈圈画画，商讨着部署方案。韩钦宇也丝毫没闲着，他仔细分析了地区领导提供的情况后，心里便开始慢慢明确了自己的采访目标与计划。他望着身先士卒的总队长，暗暗决定，一定要到这场灾难的最深处去。

天刚蒙蒙亮，韩钦宇便急急赶到了富海地区灾情最严重的青河县，经过红旗乡时，韩钦宇看到一个牧民正从羊圈里往外拖死羊，一旁绵羊的尸体堆得像座小山，其状惨不忍睹。韩钦宇一问才知，牧民叫阿尔肯，接连数月的暴风雪压塌了他家的羊圈，冻饿交加的羊群挤压在一起，踩压致死的羊不计其数。"咱们乡都断粮断草、缺烧少穿，辛辛苦苦攒的家业就这么没了，养的羊该埋的埋，该死的都死啦。我家500多只羊，这场雪一下子就损失了320只。"阿尔肯痛心地告诉韩钦宇，"入冬以来，我家损失最少也有7万元。这180只羊要是再吃不上粮草，估计也熬不过去了。你要想看看牧民啊，去萨拖尔海牧场看看吧。"

韩钦宇问明了萨拖尔海牧场的方向，又急急赶去，到那儿时，正碰上牧民们赶着自家的羊群，他上前一问才知，这里的牧民受灾极重，已经没法再放牧了，他们要向400公里外的盆地转移。"今年冬天，我家养的700多只绵羊就活了50多只，其余的多半被暴风雪卷走，有的被活活冻死饿死。半月前，为了在暴风雪中找回走失的羊群，我差点连命都搭进去了。当时，我只剩下了半袋大米、两块钱和一些烤火用的干牛粪。"牧民巴哈特语气沉重，一脸痛苦地说。

当晚，韩钦宇拿到了官方统计数据，截至昨天，雪灾已造成百万人受灾，近百人死亡和失踪，数十人已做截肢手术，传染病急剧上升，边远山区的道路仍未打通，医疗人员无法进入，药品供应已无从谈起，整个雪灾地区数百万牲畜受灾。受积雪重压和大风摧毁，将近数千间房屋损坏，数千名学生无法正常上学，部分灾区道路长时间被雪封堵……

特大暴风雪包裹大地，封锁道路，却无法阻挡子弟兵对各族人民的赤子之情。一连几天，韩钦宇一直都被驻地官兵舍生忘死抗雪救灾的豪情壮举感染着、激励着，他没日没夜地奔波在抗雪救灾第一线。富蕴县哈拉通克乡可可布拉村孤悬在金山腹地，当入冬以来的第十九次暴雪又一次横扫这个富海草原上的小村庄时，全村1000多名牧民实在支持不住了：许多人家已经断粮，成群的牛羊暴尸雪野。暴风雪卷起的积雪已快将整个村庄掩埋，人们只能从挖开的雪洞里进出房屋。冰冷的屋子里，冻饿得面如死灰的人们将家中能烧的东西都烧完了。为保住孩子和老人的命，许多家庭一家人挤在一起，用自己仅有的一点体温为老人和孩子取暖，把仅有的一点食物留给老人和孩子吃，断炊已经好几天的年轻人已有多人饿晕过去了。

韩钦宇随同救援官兵冒着-40℃的严寒前去营救。有的路段积雪太厚，官兵们就用铁锹把积雪一块块铲开。坡陡路滑，官兵们就先把货卸下，在车轮下垫上皮大衣，几十人使尽力气推车，硬是将一车车救灾物资运上了山顶。四天四夜时间，又累又饿的官兵们未合一眼，驾驶员张立功在往水箱加水时，晕倒在雪地里；汽车队队长朱永波和两名战士的鞋子冻成了冰坨，他们便脱下毛衣，将双脚伸进袖筒里御寒。哈萨克族群众得救了，他们紧握着子弟兵的手久久不愿松开……

韩钦宇抗雪救灾的日子里，妻子苏雅每天晚上都会早早地坐在电视机前，收看《新闻联播》及雪灾专题报道，了解最新灾情进展，并从蛛丝马迹里寻找有关爱人的信息。有时人累得都睡着了，电视机却还开着。这天晚上，当她得知，青河县有条大峡谷被称为"死亡之谷"，她的心一下子就揪了起来，她留意到，此地山高坡陡，地势险要，每到风雪天气，道路时常被堵，雪崩致使车毁人亡的事情屡有发生。就在前两天，她和爱人通话时，无意中听丈夫提到过这里。眼下，他们的救灾进程，好像已推进到这儿。此刻，她什么也不敢想，唯愿自己的爱人和救援官兵都平安无事。

女人的直觉有时准得可怕。两天前，官兵们接到了急救电话：青河县阿热勒拖别乡数千户牧民被风雪围困粮草不济，亟待救援。由于雪大路滑，任务艰巨，富海地委决定将此重任交给驻地武警官兵，支队立即抽调经验丰富、技术过硬的驾驶人员组成抗雪救灾敢死队，冒着雪崩的危险，向灾区进发，韩钦宇此刻就是其中一员。

运送救援物资的车队一大早便开始出发，纷纷扬扬的暴雪下个不停，傍晚时分，车队行至距风口两公里处，狂风卷起的积雪将车队团团围住，能见度极低，两公里多的峡谷里，大风雪崩不时呼啸而来，合抱粗的巨松白桦在巨响中应声而倒，令人毛骨悚然，当地人说，这样的天气没人敢开车过去。为尽快将救灾物资送到被困的牧民手中，支队后勤处副处长彭越飞决定冒险闯关："李强！陈汉冲！你们两个占据有利地形，注意警戒，防止发生雪崩！"彭副处长一边设置警戒观察哨，一边指示两名驾驶技术过硬的士官小心翼翼地启动车辆，防止因车辆引擎的轰鸣声引发雪崩。

"赶快熄火！"不等第二辆车发动起来，观察哨突然高声警告道："处长，不好了！前方100米处发生雪崩！"大家闻声抬眼望去，只见刚刚还巍峨耸立的雪山，顷刻间轰然坍塌，通向灾区的唯一通道被封得严严实实。彭副处长见状临危不乱，与前指取得联系后，立马指挥人员用随车携带的工具挖雪开道，救灾官兵见韩记者和他们一道破冰铲雪，干得那样起劲，便笑着劝道："韩记者，你跟着我们采访，已经是九死一生，别太卖力了，快待在车里休息会儿吧！"韩钦宇笑笑回应道："我这随军记者虽没有到过硝烟弥漫的战场，但这样的大灾大难我却都在现场，大家能吃的苦，我也能吃，没那么娇贵！"一连几个晚上，韩钦宇借口要赶稿子，担负起了车队的警戒任务。饥饿的狼群每晚都在车队周边的山上嗥叫，远远望去，那一双双绿莹莹的眼睛犹如一团团鬼火一般，瘆得韩钦宇头皮发麻。直到第三天凌晨，冻饿交加的官兵才将卡脖子路段清理疏通，与前来接应的官兵会合。当官兵们冒死将救援物资运送到乡救援转运站时，各族群众像迎接久别的亲人一样，将官兵迎进毡房，递上酥油奶茶，端上馓子，跳起了欢快的走马舞，歌声回荡在冰川雪域间。

　　天黑了又明，明了又黑，十几天时间里，韩钦宇白天去救援采访，晚上整理素材，挑灯夜战，撰写的20余篇反映救援官兵精神风貌的深度报道相继发往了报社。这天清晨，圆满完成救灾任务的官兵陆续撤离灾区，总队长一行也踏上了归程。车行至油城，车辆加油，人员吃饭休整。餐桌上，大家刚刚落座，梅总队长起身拿起麦克风，动情地说："这次抢险救灾任务，大家竭心尽力，任务完成得十分圆满，尤其是韩钦宇同志，日夜奋战在救灾第一线，舍生忘死、苦累不惧，撰写刊发了数十篇脍炙人口的新闻作品，有的还上了《人民日报》《解放军报》一版显要位置，他熬了三个通宵，我唱三首歌送给他！"

　　总队长话音刚落，雷鸣般的掌声顿时响起。歌曲唱罢，却没有马上开席，总队长看着呆坐在一边的韩钦宇，微笑着问道："钦宇，你有什么想法和要求没有？"见总队长突然发问，韩钦宇本能地摇了摇头说："我没有什么想法，只求自己的综合素质能够提高得更快一点，这样好跟上总队首长的意图与思路，为总队做出更多的贡献。"梅总队长满意地点了点头，道："钦宇是个好同志，我们没有看错他，他没有想法，我们做领导的对他可有想法，一则回去后安排他到中央新闻媒体去实习深造，再则回去为他记二等功一次！"总队长的临时动议，使在座的人惊诧不已，大家这才意识到，什么叫作"有位才能有为，有为才能有位"！来时有好几个处长还让韩钦宇帮他们拎包，这会儿，说啥也不肯让韩钦宇来代劳了。

　　听说梅总一行马上就要回来了，胡少卿激动得一个晚上都没睡好觉，一大早打的来到了办公室，他要在第一时间看韩钦宇的笑话：好你个韩钦宇，你简直就是笨蛋一个，临走前我就给你挖了个坑，估计现在不把你埋了十回八回，也该让人把你给打到十八层地狱了！让他丧气的是，他很快发现自己的愿望落了空，让他更生气的还在后边：这小子命真大，总队长不仅没把他咋样，据说还给他记了二等功！最可气的是，还要送他到中央媒体去学习！

胡少卿越想越气，记者站就数他韩钦宇年轻、资历浅，有个大事小情，肯定先顶着他来，这下倒好，快到了年根，他屁股一拍学习去了，抢险救灾、执勤处突、迎来送往还不都堆到了我的身上！唉，我的命咋就这么苦！想到这里，胡少卿的一对枣核眼几乎都快对在了一起。他暗自发狠道："我可不是好惹的，你让我不好过，我就让你更难受！你穿我的鞋让我无鞋可穿，我就走你的路，让你无路可走！"想到这里，胡少卿嘿嘿地冷笑了一声，"你出去得花钱吧，总队给你批多少，我都看着给你用，不卡死你才怪呢！到时我让你打碎了牙和着血往肚里吞！"

韩颖眨眼间幼儿园大班快结束了，她天资聪颖、勤奋好学，钢琴长进很大，苏雅很是欢喜。这天她接上孩子准备离去，听得有人叫她，她转身一看是小颖的班主任。她迎上前去，老师笑着对她说："我们放假前要搞一台晚会，询问孩子特长时，发现你家孩子在学钢琴，学得很好，功底不错，我们准备安排她来搞伴奏，你对孩子挺负责的，坚持下来对孩子有好处。"苏雅见老师对自己这么肯定，不好意思地说："我也就只给她报了这么一个课外班，孩子的培养上我做得还很不够，放了寒假我准备再给小颖报个英语班，好让她外语学得轻松些。"老师见学生的家长这么负责任，她接过话茬道："咱们首府有两家英语课外培训班办得不错，一家是剑桥，另一家是黄波，孩子初学英语报黄波要更好一些。"苏雅见老师这么热心，便讨教了一番，要了培训老师电话，次日就给小颖报了班。

课外班的授课老师是首府师范学院的大三学生，身材颀长、气质优雅、秀丽端庄、为人谦和，韩颖连上了几周课，便喜欢上了这个孩子气十足的英语老师。她一出教室，便搂着妈妈的脖子悄声说："妈妈，我们邹月老师可好啦，她现在都成了我的好朋友啦，她说妈妈每天上班很累，不用赶得这么紧，稍晚点接我也可以。"苏雅也知道邹老师的为人，有次科里开会误了时间，她紧赶慢赶还是晚到了近一小时，邹月老师一直陪着小颖在学习，直到苏雅赶到才放心地离去。

苏雅很想和邹月交个朋友，可她毕竟和邹月还不熟悉，两人的交往还仅限于见面打声招呼问声好，又过了些日子，苏雅感到邹月和她越走越近，开始有了说不完的话题，苏雅心里清楚，女儿小颖为她俩架起了一座心桥。苏雅几次见邹月来给孩子上课时，手里总是提溜着一个快餐饭盒，趁着还不到上课时间，找个角落草草吃上几口。苏雅心想：邹月现在上学，还在长身体，午饭这样凑合可不行。等到下次带孩子上课时，苏雅早早就做好饭菜，带去和邹月一起吃，下午下了课，邹月但凡有空，苏雅都要拉上邹月到家里去做客，做好吃的给邹月补身体。渐渐地，邹月成了苏雅的好朋友，成了她家的常客。

韩钦宇学习的事是首长钦点的，一切手续从简，胡少卿当然也不敢马虎。当天下午，他叫韩钦宇去他办公室。韩钦宇进门时，胡少卿正靠在转椅上看报纸，见韩钦宇进来，也不搭话，别过脸朝着桌上的信封努了努嘴道："这是总队批给你的8000元钱差旅费，咱们单位家大底子薄，这些钱都是单位省吃俭用抠出来的，学习的机会也很难得，首长期望值很高，钱要省着点花，别到时候钱花了不见成效，那可不好交差！"韩钦宇留意到，胡少卿给他钱时，满眼都是轻蔑。他拿上钱，一句话也没有说，他犯不着和这样的人较劲，再说手头上还有一堆事情要去处理。

韩钦宇此前没去中央新闻媒体学习过，更没有去过首都北京，8000元钱的差旅费是多是少，他一点概念也没有，现在列车已经开动，他有足够的时间算计一番。胡少卿告诉他，此次学习约六个月时间，这些差旅费平均到每天是40多元钱，这些钱不要说在大北京，就是在边城首府也不够啊，半年时间里，还有不少于100篇的刊稿任务要完成。想到这些，韩钦宇的头一下子就大了。见韩钦宇一上车就闷声不响愁眉不展，一同前去学习的包嵘凑过来关切地问道："韩记者，有啥不开心的事，你就说出来吧，别闷在心里一个人着急！"见韩钦宇默不作声，他下意识地瞅了一眼桌上写写画画过的半拉白纸，会意道："韩记者是不是在为差旅费着急？"说着，便拍了拍腰间的挎包，悄悄告诉韩钦宇："这次支队让我陪你一起出来学习，给了2万元钱的差旅费，咱俩吃住在一起，这些钱对付着过，应该没有问题！"

包嵘如果不出来搭腔，韩钦宇早忘了这档事，这下好了，有了老支队好朋友的倾力相助，韩钦宇的眉头一下子舒展了。这天，他们下车刚一报到完，便来到了法制日报社对面的棚户区，租了一间不到6平方米的房子，房子是临时用砖块搭建起来的，房檐还没有一人高，墙壁只有一砖厚，里边摆放着两张用板搭成的简易床，中间夹着一张桌子，铁条焊制的房门，下半部的铁板锈迹斑斑，上半部安着一块玻璃，这也算是整个房间唯一一块透风透光的地方。

当晚，两个人买来铺盖就住了进去，屋内没有暖气，薄如纸片的砖墙一下子就被冻透了，凛冽的西北风顺着门缝直往里灌，两个人很快就被冻得缩成了一团，当起了"团长"。后半夜，气温越来越低，韩钦宇怕两个人被冻坏，他叫醒瑟瑟发抖的包嵘，穿好衣服，将两床被子搭在一起，裹在两人身上，靠体温相互取暖，直待天明。他们的勤劳质朴，很快赢得了报社编辑们的认可，边疆武警官兵鲜为人知的动人故事，也深深地感染、打动着报社编辑记者，报社专门开通了热线电话，开设了人民武警专版和《国门与家门》等专栏，专门用以刊发反映边疆武警官兵事迹的稿件。

韩钦宇前脚刚走，胡少卿就将克扣下来的2万元钱塞进了自己的手包里。他左手抚摸着鼓鼓囊囊的包，右手拨通了鲁一江的电话。未等胡少卿说话，听筒里便传来了鲁一江低沉的声音："胡大记者，这么晚了打电话有什么指示？"胡少卿和鲁一江在众人眼里都是一位领导的红人，有名的"哼哈二将"，只是这"哼哈二将"表面上看好得都快穿进一个裤裆，私下里他们却各怀鬼胎、同床异梦，时不时背地里还互相使个绊子，但凡有了共同的利益或是面临共同的危害，他们便会立马尽弃前嫌结成统一战线。眼下，韩钦宇已成了胡少卿的眼中钉肉中刺，他急需鲁一江成为他的帮手，助他一臂之力。想到这里，他一改平日里飞扬跋扈的做派，讪笑着说："岂敢岂敢，今晚夜色不错，我们俩可否小酌一杯，而后找个好地儿再放松放松！老兄可要赏光啊！"鲁一江被胡少卿突如其来的谄媚弄得直起鸡皮疙瘩，他不知道胡少卿葫芦里究竟卖的啥药，但至少不像在给他挖坑埋陷阱，这样白吃白喝还唱卡拉OK的事，他并不反对。他脑子里稍一转念，便应了下来。

胡鲁二人很快酒足饭饱，胡少卿拉着鲁一江轻车熟路地来到了一家足疗店。这家足疗店虽门脸不大，但足疗技师的手艺不错，尤其是足疗店小店长，年龄也就二十三四岁，长得非常标致水灵，那一双小手，细皮嫩肉，可谓是十指尖尖如笋。胡少卿早就对这个女孩垂涎三尺。眼下真可谓天遂人愿，女店长顶班来为他做足疗，一双温润的小手，按摩得胡少卿浑身发酥，心旌荡漾。一股淫邪的念头难以遏制地蹿起，他两眼发光地暗示道："小妹，你长得这么漂亮，光管个小店，按个脚，不觉得亏得慌吗？"见小女孩眼帘低垂，并不搭腔，也未停手，他又觍着脸坏笑着说："小妹要想赚大钱，就得早点出道，正所谓'有花堪折直须折，莫待无花空折枝'啊！"小女孩闻言气得面色铁青，她随口叫来了一名刚腾开手的技师，撂下修脚工具就将胡少卿晾在了那里。

胡少卿哪里受过这般窝囊气，在他的眼里，这些洗脚妹、按摩女，都是靠出卖色相逗人开心赚钱的，他心里暗骂道："就你们这些货色，还在老子面前摆谱装清纯，待会儿等老子抖抖手给你亮点底儿，只怕你恨不得趴下给老子连皮鞋都给舔了。"谋定思动，他顺手从头下摸出了手包，捏出一沓钱来，数都没数，喊道："哎！老板娘，买单！"女孩回头瞅了一眼胡少卿，见他颐指气使的张狂样，没好气地回应道："别叫我老板娘，我还没找对象呢！买单请到前台去！"胡少卿又碰了一鼻子灰，拿钱的手一下子僵在了空中，他气急败坏地将钱塞进手包，三下两下穿上了鞋袜，叫上一旁还未尽兴的鲁一江，骂骂咧咧地准备付钱走人。穿过长廊时，他发现墙上有样重要的东西，见四下无人，胡少卿手脚麻利地将东西摘了下来，顺手塞进了大衣前襟，像个没事人一样，笑嘻嘻地走向前台。

付完钱，胡少卿三步并作两步，闪身来到大街上，悄悄将鲁一江拉到一边，从怀里掏出一个镜框，奸笑着用手指弹了弹，诡秘地说："她让老子不舒服，老子就砸了她吃饭的家当！"说罢，扬起右臂甩手要砸。鲁一江本来也就是一个玩家，他跟着出来无非是想放松放松，见胡少卿准备要砸的镜框里赫然盖着一方大印，唬得不轻，松弛的神经一下子紧绷了起来。"这不是人家的营业执照吗？这可是吃饭的家伙，不能乱来！"他一把夺过胡少卿要砸的东西，赶忙规劝道。胡少卿怔怔地看着鲁一江，心里暗骂道："平素里你不是牛得很吗？这会儿也就这点尿性！"

"俗话说，偷的锣敲不得！这地方我们是不该来的，出来不就是图个乐呵，你倒好，把吃饭家伙都给人整没了，人家还不找咱拼命！"冬夜的边城滴水成冰，鲁一江接连打了几个寒战，醉酒发蒙的脑袋一下就清醒了，他扯着胡少卿的胳膊，不容分说就溜进了足疗店，将玻璃镜框安放回原来的位置。回来的路上，胡少卿对此颇不以为然。鲁一江开导道："一个姑娘家开个店也不容易，咱大老爷们和人家较的哪门子劲？"胡少卿一听心里就来气，这家伙什么时候被人洗脑了，这不是胳膊肘朝外拐吗？想到这里他白眼道："我们别说找个人玩玩，就是包房二奶，那也没啥大不了的！"

鲁一江见胡少卿有点耍酒疯，话越说越离谱，随手拦了一辆的士，直奔住处。正准备道别，胡少卿仍骂骂咧咧，鲁一江怕他痴蛮劲上来，再去干一些出格的事，沉思片刻，一把揽过胡少卿的肩头说："有些话我本不想说，但现在不说不行了，你看弟妹不也在开棋牌室，你愿意看着有人在棋牌室里闹腾？"鲁一江的话一下戳到了胡少卿的痛处，但他心里还是不服，脖子一梗恨恨地说："开个棋牌室咋啦，有钱玩没钱就滚蛋！想在老子的地盘撒野，看老子不整死他！"

胡少卿越说越离谱，完全没了人样儿，鲁一江抹开面子，正色道："我说少卿你就省省吧！你开棋牌室有背景，人家开足疗店就没背景啦，别没整成人倒让人给整了！再说你家开的棋牌室，虽在弟妹名下，但作为军嫂这也是违规的，咱们单位碍于情面，睁一只眼闭一只眼，你兄弟算是烧高香啦！可眼下，你却放着安然不享，非要整点事，到时棋牌室的事一旦追究起来，只怕你偷鸡不成蚀把米，赔了夫人又折兵！"鲁一江的这番话，给胡搅蛮缠、为所欲为的胡少卿兜头一盆冷水，不免后怕起来，狂傲的头颅这才耷拉了下来……

　　转眼到了春节，报社放假，韩钦宇和包嵘相约回老家过年。包嵘家在安徽芜湖一个小乡村，村子坐落在长江南岸，背靠一座小山丘。他家在村子中心，门前一方池塘，塘边绿树掩映，塘里鸭鹅成群。放假前夕，包嵘就缠着韩钦宇随他回安徽，理由不言自明，年底他刚被列为提干对象，家里人等着沾沾喜气，再就是包嵘谈了几年的对象也回到了家，两人都盼着能见上一面。

　　韩钦宇和包嵘回到家中时已是大年三十掌灯时分，火红的对联鲜艳夺目，喜庆的鞭炮此起彼伏，灿烂的烟花照亮了夜空，喧天的锣鼓一浪盖过一浪。包嵘刚转进村角，便有人给家中通风报信。年夜饭很快就摆上了餐桌，席间，老人又是给韩钦宇夹菜，又是给他盛汤，问长问短，拉起家常，很快亲热得就像一家人一样。老人心里明白，没有韩钦宇的倾力相帮，就没有自己孩子的今天。酒酣耳热之际，包嵘的父亲动情地拉住韩钦宇的手，说："您对包嵘的好，对我们家里的好，我们都知道，包嵘打心眼里把你当亲哥哥看，你若不嫌弃，我们就结个干亲吧！"

　　老人的话一下子勾起了韩钦宇的思乡之情：他不满18岁，就离开了家乡，离开了父母，这些年，他没有一个春节是在老家同父母一起度过的，自打进疆后，起初他年纪小、资历浅，总让着身边的老同志，后来，他年长了一些，又觉得年纪小的新同志需要照顾，探亲休假的事一推再推、一让再让，有时隔个三年五载偶尔到内地出趟差，才能回家看一眼自己牵心的父母。年迈多病的父母拉着他的手，问东问西，一刻也不愿松手，生怕这一松手，再也看不到自己日思夜想的儿子……泪眼迷蒙中，韩钦宇觉得眼前这位慈爱的老人，多像自己的父母，他下意识地握紧了老人的手，使劲地点了点头，两位老人禁不住喜极而泣，包嵘的父亲随手就从衣兜里拿出了一个红包作为压岁钱和见面礼。

望着老人慈祥的面庞，看着老人递过来的红包，从来没有收过礼品的韩钦宇一下子犯了难，不接吧，这是老人一片沉甸甸的心意，他们朴实得就像黄土地一样，在他们心里，只有感恩，只有心意而没有半点歪心思。接吧，这样一个压岁包，少说也有个千儿八百，这可是老人一年辛苦才能得到的报酬！他用求助的眼光瞅了瞅坐在下手的包嵘，包嵘正咧着嘴傻傻地笑着，他巴不得韩钦宇立马收下父母的心意，好让自己感恩的心能够得到些许平衡。眼看就要冷场，韩钦宇转念一想，灵光一闪，顺手接过红包压到了枕下，转身又回到餐桌……次日凌晨，按照乡俗，他拉上包嵘去给老人磕头拜年，说完吉祥话，便将昨晚的红包连同自己新包的红包塞到了老人手里。

老人见给出的红包被还了回来，现在还又多出来一个新的红包，一下子就急红了脸，干妈说："孩子可不能这样，我们给你的压岁钱，那是对你的祝福，这钱说啥也不能还回来，再就是你对包嵘对我们家有恩，我们报恩还来不及，哪能再要你的钱？"韩钦宇见两位老人急得不轻，开导道："干爸干妈给我的压岁钱，是一份祝福和心意，这份祝福和心意我已经全都收到了，现在这个红包已完成了它的使命，孩儿还给你们的是钱，留下的是心意！"老人见韩钦宇年纪轻轻就这么通情达理，欣慰地说："钦宇，我们是一家人，咱们谁也别再客套了，这个红包我们收回，你给我们的心意，我们也心领啦，现在它也完成了它的使命，我们就把它还给你，这样我们心里才好受些。"

交财遇事谙人心，短短两天时间，韩钦宇的一言一行赢得了老人的充分认可，逢人便说自己的孩子有福气，遇上了贵人。私下里，老人对包嵘感叹道："钦宇虽然年长不了你几岁，但他做人有坚守，处事有原则，待人讲感情，遇事多向大哥请教，跟着大哥好好干，错不了。"眼下，包嵘正为自己对象的事犯愁，听父母这么一说，他心里一下子有了谱。这天晚上，他把积压在心头的知心话，给韩钦宇倒了个底朝天。韩钦宇这才知道，包嵘的对象名叫杨亚茹，家就在邻村，是她高中时的同学，高考落榜后，一直在上海打工，远隔千里，难见一面，尽管包嵘马上就要提干，但对这桩婚事依旧非常上心。韩钦宇也是性情中人，看待爱情婚姻没有门第观念，这样成人之美的事他乐得出手相帮。

天刚蒙蒙亮，两个年轻人便给老人打了个招呼，消失在了茫茫雨雾中。包嵘的对象就在不远的邻村，两人说话间便已来到了村口，不大一会儿，一个撑着小花伞的身影便出现在了他们的视野里，包嵘兴奋地指着婀娜的身姿，说："看，这就是杨亚茹，我的小对象！"韩钦宇见包嵘一脸拘谨，声音发颤，鼓励道："这女孩气质不错，不过你的条件配她，那是足够啦，好好谈，别紧张！"包嵘嘴上应允着，可心里还是发慌，女孩刚一走近，他便迎了上去，接过了伞，拎过了包，见女孩发梢上淋了些雨，疼爱地就伸手帮她去擦，女孩见有外人在，不好意思地笑了笑，就将他的手隔了开来，包嵘这才尴尬地发现，自己还没给两人做一下介绍。

漫天大雾，毛毛细雨，笼罩在神秘帐幔里的长江别有一番风味，包嵘一行三人，沿着长江的防波堤，一路向东，直奔县城方向而去，县城里唯一的一座公园，是年轻人谈情说爱的好去处。一路上帮着包嵘说尽好话的韩钦宇，知趣地找了个借口抽身离开，给两个年轻人留足了谈情说爱的空间。韩钦宇利用这点时间，去拜谒了烈士陵园里的先烈，聆听了他们的动人故事。这座依山傍水的小县城，可谓人杰地灵，别样的风土人情令他沉醉，流连忘返。直到黄昏时分，他们三人才踏上了归途，包嵘见杨亚茹两只鞋帮糊上了泥巴，他伸手掏出了自己的手帕，不容分说，蹲下身子就擦了起来。看样子，两人此次见面谈得不错，韩钦宇默默地舒了一口气，他暗自为两人的恋情送上了深深的祝福。

眨眼间，假期已满，包嵘和韩钦宇清晨便登上了返程的列车。包嵘的父亲和弟弟两个人拎着大包小包，来为他们送行，老人知道，孩子在外边学习吃不好，住不好，凡事还得求人看脸色，他恨不得把家都给孩子搬过去。行李中除了吃的，就是特产：吃的有包好的粽子、糍糕、素饼、烧鸡……包嵘自小皮实能吃苦，但是南北有差异，两人出差的差旅费紧张，包嵘总念叨家里的米好吃，在报社学习为了省钱，有的时候只能吃便宜的炒饼，老人特意买了一只多功能电饭锅，两人晚上学习回来能自己做口热饭吃；眼下正是冬季，海鲜江鱼都能放得住，他托人买了两条一米长的鳡鱼，斩杀干净封包装好，带给编辑老师，好让人家对自己的孩子更好一些。

送走了孩子，老人便开始忙乎起来，今年这个春节，家里可谓是喜气盈门，包嵘马上要提干，对象的事也有了眉目，孩子大了，订婚的事不能再拖了，家里的房子得赶在年底前好好翻修一下，盖房用的沙石砖头，打造门窗用的木料，都得提前备好，天一暖和，马上就得开工。修造用的钱款，老人早早就有了预算，家里的积蓄全部用上，还差近5000元钱。虽然老人思谋已久，也有人答应帮他们周转一下，但这些欠款足以成为一个庄户老人的心病。老人的心病很快成了孩子的心事，细心的二儿子从父母的长吁短叹声中得知了实情，他把家里的难处悄悄告诉了哥哥包嵘。临别的那天，包嵘将自己身上的5000元钱留给了弟弟，以备家里不时之需，并嘱咐弟弟，不到万不得已不要讲出实情。

　　新年收假前夕，韩钦宇和包嵘就拎着特产和鳡鱼一一看望了报社的编辑和部门领导。有人见他俩难得回趟老家，这么大老远还带特产回来，直夸他们有感恩之心，千里送鹅毛，礼轻情意重，爽快地收下了这份心意并赠了礼物。有人见他俩拎着大包小包，打眼一看，都是些不值钱的土特产，像避瘟神一样让他们赶紧走，连门都不让进，更别说喝杯茶寒暄几句。日后的学习，他俩发现，周围的人际关系发生了微妙的变化，有的人别说是他俩采写的稿子，只要是稿子沾上"边疆"两个字，一路绿灯，畅行无阻；有的稿子写得欠火候，他们又是打电话，又是下功夫去修改，反复几次改不到位的，干脆代为操刀重写；有的喜欢跟驻珠三角部队打交道的人，不能和他们谈感恩，他们只要"实惠"。

　　时光如白驹过隙，韩钦宇和包嵘经过几个月的打拼，报社的专版和专栏成了他们纵横驰骋的广阔天地，短短几个月时间，他们就已经在这家新闻媒体小有名气，一些热心的编辑老师，还将他们采写的稿件推荐给了新华社、《人民日报》《中国青年报》等中央新闻媒体，一些有分量的稿件频频见诸报端，总队领导委托专人给他们来电道贺，一时间，韩钦宇和包嵘成了总队机关热议的人物。胡少卿此刻除了羡慕嫉妒恨，就只剩下了纳闷的份儿：韩钦宇外出时，自己就"克扣"了他近三分之二的差旅费，包嵘是支队派出去结伴学习的，一个支队能给多少钱，他心里跟明镜似的，两个人的钱加起来，还不够自己一个人出趟差的多，别说上这么多的稿子，就是躺着成天啥都不干，还不把人给饿死了！可眼下……唉，管他呢！胡少卿不愿坏了自己的好心情，他眼珠子一转，立马有了主意："趁着这股热乎劲，赶紧要钱！要了他们也都不知道！正所谓，你在前方征战忙，我在后方享清闲，你在前方立功劳，我在后方得实惠，你名头越响，我实惠越多，各有所求，各得其所，岂不美哉！"

包嵘返京的前一天，杨亚茹便登上了开往上海的列车。包嵘一大早赶来为她送行，为了能把她送上车，包嵘两天前就买好了站台票。此刻，杨亚茹已坐在了自己的铺位上，望着床下塞满了的大包小包，她禁不住笑着摇了摇头，思绪又飞回了他们那天约会的场景。

那天，韩钦宇借口离开后，包嵘和她沿着公园里的林荫小道，在雨雾里漫步前行，包嵘怕她一路打伞太累，出门前特意从家里带了一把特大号的雨伞，自始至终将杨亚茹罩得严严实实，包嵘的肩头却时不时露在伞外，唉，像他这样真心诚意的人现在已经不多了！有一个感觉在她的心里越来越明晰起来：待在包嵘的身边，对，也只有待在他身边，才能深深地感受到自己就是他眼里永远的唯一，就是他心目中永恒的公主！

包嵘那天特别高兴，似乎有说不完的话，他说过的话，杨亚茹至今还面红耳热，记忆犹新，也许这一辈子她都不会忘记。刚见面时，包嵘一直像是在汇报工作一样说个没完，压根都不给她说话的机会，简直有点得意忘形。不过包嵘说的话都是让人高兴的事，她也乐意当个倾听者。直到后来，包嵘猛然发现自己有些喧宾夺主，才刹住了车，不好意思地看着她，谦卑的眼神像是做错了事的孩子，等着她的责罚，又像是冲锋到了半山腰的战士，等待着她的指示或是命令。

杨亚茹看着包嵘的窘态，大过年的她不想扫了包嵘的兴致，包嵘前边说的话大致意思她都明白，可具体到一些细节，她还是云里雾里，便随口问道："你说的直接提干跟考学当了干部是不是一样？"包嵘见杨亚茹一点也没有生气，连忙解释道："当然一样，只是路径不同，考学每年单位都有指标，谁都有机会，但提干不同，得有优长和特殊的贡献。""那看来你是有优长的啦？"杨亚茹扭过头来，俏皮地问道。包嵘不好意思地笑了笑说："这倒也不是，我之所以没有走考学这条道，是因为我比较喜欢新闻工作，我一入伍就遇上了一位好老师，我不想错过这个难得的机会，为了多学些东西，我差点连干部都当不上了，提干这条道可真是座独木桥啊！"看着包嵘一脸的认真，杨亚茹忍不住笑出了声："瞧你这样，真不害臊，把自己说得活像当阳桥头的猛张飞一样！"包嵘见杨亚茹竟敢这般打趣自己，急得脸都快红到了脖根，辩白道："可不是，战士考学那是百里挑一，我这提干那可是千里挑一万里挑一！""好啦好啦，就别再吹牛啦，说说看，当了警官都有啥好处？"杨亚茹打住了他的话头，问道。包嵘这下算是打开了话匣子，变得滔滔不绝："我这一提干，工资那就是大几千，要不了一两年，我就从排长升到副中队长，然后再是中队长、大队长、支队长……支队长你知道不？那手下管着上千人，和县长平起平坐，到时你可就有福享喽！"杨亚茹见包嵘一脸忘情的样，白了一眼，嗔怪道："好啦我的县长大人，咱能不能不说支队长，咱先说说排长中队长？"包嵘不好意思地挠了挠头，说："排长干完就是副中队长，副中队长就可以带家属，到时你就随军吧，随了军支队还会想办法给你安置工作，要么是公务员，差点也是事业编，美着呢！"

……

坐在车上，杨亚茹反复琢磨着，听包嵘的口气，他好像马上就要去上学培训了，出来就是警官。杨亚茹不了解部队，家里也没有人当过兵，她对警官还是战士没有什么直接的概念，唯一知道的就是战士拿的是津贴，警官领的是工资。唉，恋爱结婚毕竟是人生最大的事情，自己和包嵘究竟能不能走到最后，心里一点谱儿也没有，不过不着急，等回到上海和自己的同事好好合计合计再说！

　　半载光阴说长不长，说短不短，这180多个日日夜夜，对于韩钦宇和包嵘来说，每天都伴着辛劳，伴着挑战，每天都在受着煎熬，都要精于算计。这天，他们终于结束了学习，踏上了西去的列车，列车启动的那一瞬间，如释重负的两个人眼里蓄满了泪水。这些日子里，他们一直都在疲于奔命，整个人活得都快成了一块化石，没有欢乐，没有安宁，没有常人所拥有的一切，这下好了，一切都过去了，他们终于可以松口气了！就在这时，传呼机的鸣叫声打断了他们的遐思，包嵘下意识地翻看了传呼的内容，整个人立马僵在了那儿。包嵘木然地把传呼机递给了韩钦宇。"包嵘好，你们主任打给你卡上的2000元钱，怎么没有转给我？方便请回电话！"传呼是肖华老师发来的。不等韩钦宇开口，包嵘解释道："一周前，主任给我卡上打了2000元，说是让肖华老师支配，我的理解是这笔钱先放到我这里，等肖华老师要用时，我再给她，结果她也没找我，三拖两拖，让我给拖忘了。"

　　韩钦宇以为多大的事，原来只是经费，便说："那钱还在你卡上吧？方便的时候打给她就行了。"包嵘面露难色，支支吾吾地说："钱，钱让我用了。"韩钦宇以为自己听错了，赶忙问："你说什么？"包嵘躲闪着韩钦宇追问的目光，说："家里盖房缺钱，我就把钱留给我弟弟了，谁知道……"韩钦宇听完摇摇头，他对包嵘这样不谨慎感到很生气，但事已至此，即便是生气也无济于事，他看着像犯了错的孩子一样低头不语的包嵘，说："这事我来给你想办法。"包嵘一听，眼里立马露出了得救的喜悦，一脸期待地望着韩钦宇。此时，列车停靠在了西安，韩钦宇让包嵘在车上坐着看好行李，自己下车到站台找了部公用电话，拨通了肖华的电话。简单

　　寒暄了两句，韩钦宇直奔主题道："肖老师，包嵘年龄小不懂事，他欠你的钱，我一回去立马转给你！"肖华口头上答应着，放下电话却依旧愤恨不平，将电话打到了总队政治部分管领导那里。

　　一个看似平常的电话，在总队机关掀起了巨大的波澜，分管领导立马找到胡少卿问明缘由。胡少卿此时并不掌握情况，但见风使舵的他认为收拾韩钦宇的机会到了，他对事情的经过含糊其词，一语带过，对事情造成的后果却一味地放大，大肆渲染。分管领导闻言气愤地说："总队没少给韩钦宇批差旅费，2000元钱竟然也能放在眼里，这不是明摆着雁过拔毛吗？"胡少卿见分管领导怒气冲冲，他火上浇油道："首长批评得对啊！他韩钦宇真是胆大妄为，总队首长派他出去学习，他不打报告，竟然还要领一个小跟班，这下好了，他们捅下的马蜂窝，还得我们来给他们擦屁股！"

　　韩钦宇一回总队上班，就被分管领导叫到了办公室，他们学习期间出的成果、受的苦累领导只字没提，兜头就是一棒："总队给你们的经费不少吧，瞧你们都干了些啥事，钱都花到哪儿去了？人还没回来，编辑老师的问候倒是先到了。"韩钦宇自始至终只见了8000元钱，不知这8000元钱究竟是多还是少，这些钱放到别人身上，别说在报社学习，就是在北京混上半年，那就是他的本事。可眼下，自己带的人闯了祸，打碎了牙也只能忍痛往肚里咽。领导见他态度诚恳、一言未发，气不觉消了大半，他缓和了一下语气，说："你认错和处理问题的方法是值得肯定的，包嵘已被列入了提干对象，这次出了这档事，他提干的问题我想听听你的意见！"韩钦宇见这件事已被领导上纲上线，他忐忑不安地回应道："这件事千错万错都错在我身上，单位批给我的经费，我没有算计好，如果返回前能留有一些机动，或是我把事情想得更周全一些，这样的低级错误完全可以避免。包嵘年龄小，办事缺乏经验，但他人品好，没有坏心，恳请首长能给他一个成长进步的机会！"分管领导本来就对韩钦宇印象不错，加之他这么勇于担当，勇于承认错误，面部表情渐渐地舒展了，脸上露出了笑容。他动情地拍了拍韩钦宇的肩膀，勉励的眼神似乎在默默地告诉韩钦宇：一切都过去了，好好干，从头再来！

第九章
苦旅，韩家有女初长成

　　五彩斑斓的霓虹灯倒映在江面，显得光怪陆离，华美绝伦的游艇划开黝黑的波涛，犹如闲庭信步！华灯初上，列车缓缓驶过碧波荡漾、波光粼粼的黄浦江畔，一座座瑰丽、雄伟的建筑静静地矗立在江边，灯火璀璨的海关大楼、汇丰银行、和平饭店，还有最负盛名的东方明珠，炫动着青春的光彩，这里人来人往、川流不息，操着各地口音的寻梦者带着憧憬的目光，奔波在这座都市的繁华和热闹里。再有几分钟，杨亚茹乘坐的列车将要驶入站台到达终点，几个要好的同事相约要来接她，这会儿，她们应该都已等在了站台。

　　"哎！亚茹！我们在这儿呢！"列车还没停稳，眼尖的周萍萍就已在站台上挥起了手，追着列车喊出了声。现在她们已经拿完了行李，坐上了出租车。杨亚茹忙前忙后张罗着，累出了一身汗，这会儿终于可以松口气了，心里还埋怨着：这个死包嵘，恨不得把家都给我搬来了，要不是同事来接我，这大包小包的，我可怎么拿！和她最要好的周萍萍凑到她的耳边，像审犯人一样悄声询问道："你和包嵘的事，这次回去是不是敲定啦？看这大包小包的，看来他对你用情挺深啊！"杨亚茹两眼左右斜瞄了一下，轻轻地将手指放在唇前比画了一下，暗示道："别说啦，小心被别人听见，晚上咱俩躺在床上再慢慢聊吧。"

　　夜深了，躺在上铺的两个同事已扯起了微鼾，床挨着床的杨亚茹和周萍萍头抵着头趴在床上聊起了闺房话。周萍萍早已按捺不住自己的好奇，她捅了一下杨亚茹，悄声问道："哎！你家那个包嵘怎么样，他和你求婚了吗？"杨亚茹打开周萍萍的手，轻轻笑了笑说："去去去，这八字还没一撇呢，哪儿跟哪儿的话！噢，对了，这回见了包嵘，他说他马上就要提干啦！"周萍萍闻言一下子瞪大了眼，她差点没喊出来："呀！太好了，要提了干，就是警官啦，你要嫁给他，那可是夫人喽！"杨亚茹的虚荣心一下子得到了满足，可她一点都不露声色，随口道："当个小警官有啥了不起，我们好歹在大上海工作，薪水也不低，难道不比他强？"周萍萍撇了撇嘴，说："你倒是比他强，你是咱们酒店的招牌，前台的迎宾，我们就是端盘子端碗的，打工妹一个，我要是能嫁个警官，你让我干啥都行！"杨亚茹打趣道："瞧你这点出息，别老长别人志气，灭自个儿威风，不过话又说回来，我这份工作吃的也是青春饭，人家酒店现在让我当迎宾，那是因为我现在年轻，皮肤上也没褶皱，再过几年，恐怕都老得没人要咯！"周萍萍见杨亚茹放下了身段，感慨道："亚茹，你的话虽说悲观了些，但也有几分道理，趁着自个儿年轻漂亮有本钱，找个合适的人干脆嫁了吧！我要是你，这份工作就不要啦，舍不得孩子套不住狼嘛！"

在边城首府，武警医院肝胆科声名远播，时常患者爆满，一床难求。这天刚上班，总务护士苏雅又接到加床指令。在安放床铺时，一个长得虎头虎脑，比自己女儿略大些的小患者引起了她的关注。患者是因肚子疼，疑似胆石症被送医的。苏雅瞅了一眼床头的剑桥英语，和他攀谈了起来。闲聊中，苏雅得知患者名叫杨杰，是兵团二中高二的学生。随后几天，苏雅在查房中发现，杨杰身边没人照看，尽管病痛将他折磨得面色惨白，可他从不放松学习。苏雅感动之余，每次查房都要同他聊上一会儿。当杨杰得知苏雅的女儿正在上小学，也在读剑桥英语时，共同的话题很快拉近了他们的距离。此后的日子，苏雅一有空就去照顾杨杰。

几日后，杨杰做手术时，苏雅见到了杨杰的妈妈岳淑慧，可她似乎很忙，儿子手术刚完，她便急匆匆地走了。不几日，肝胆科老楼装修，病人都得运到新楼 10 层，苏雅查房时见其他患者家人都在忙碌，唯独杨杰身边仍无人陪护。苏雅纳罕道："杨杰，妈妈呢？"杨杰眨巴着一双焦虑的眼睛，望着苏雅道："我妈在上班，忙，来不了。"苏雅见状，笑道："叫阿姨，我们第一个揩你！"有病友逗乐道："苏护士待你这么好，叫声干妈也不亏。"杨杰闻言，腼腆地低下了头。苏雅带人安顿好杨杰后，隐约得知杨杰生活在单亲家庭，妈妈在机场打工，每天累死累活，可杨杰一点也不领情，不知心疼自己的妈妈。在他住院期间，妈妈来得少，一半是因为忙，顾不上照顾他，一半是因为他恨妈妈，不让妈妈来。苏雅想不通，这对本应情深似海的母子，究竟有着怎样一个打不开的心结。

屋漏偏逢连夜雨。一个月后，刚出院不久的杨杰又因肚子疼住进了肝胆科，检查结果是胆总管结石，需要再次手术，高昂的手术费，使岳淑慧顿时就傻了眼，此刻，她唯一能想到的人就是苏雅。她向苏雅哭诉了自己悲惨的人生际遇，苏雅这才知道，杨杰家是低保户，他爸爸几年前寻了短见，杨杰有个叔叔欠他们钱，可就是赖着不还。苏雅带着岳淑慧找到了医院院长，院长了解到实情后，决定特事特办，先把手术做了，费用以后再说。术后，岳淑慧一直很忙，苏雅和同事便轮流照顾杨杰，每天除去送饭，还将出院病人节余的药品给杨杰用，以此减少杨杰的医疗费用。

随着时间的推移，苏雅这才发现，这是怎样一个多灾多难的家啊！苏雅从侧面了解到，杨杰原本有一个令人羡慕的家，父母都有工作，家境殷实。然而一场变故，却使这个原本幸福的家，顷刻间变得支离破碎。岳淑慧有个闺密，几年前与丈夫离异，独自带着孩子生活，但凡有点困难，杨杰父母都会不遗余力地去帮她。谁料时间一长，岳淑慧发现丈夫有些神神秘秘，后来才知道丈夫和闺密早已出轨，只是自己一直被蒙在鼓里。

岳淑慧悲恸欲绝，选择了离婚，她辞了工作，独自去南方打拼。离婚时，岳淑慧的心早已千疮百孔，她几乎是净身出户，儿子判给丈夫后，她仅有的一点生活希望也随之破灭了，她想到了死，可她不能，毕竟儿子是自己身上掉下的肉，儿子需要她，她又怎忍心抛下儿子，撒手人寰！可孩子尚且年幼，她心里的苦又能和谁去说！她走后，杨杰爸爸便张罗着和那个女人结婚，但谁知那女人与别人还有一腿，她将杨杰爸爸骗得精光后，嫌他太老，一脚将他踹开，与别人私奔。杨杰爸爸受不了打击，每天醉生梦死，回家后便不停地追问杨杰："你妈呢？你妈去哪儿了？"少不更事的杨杰哪里知道大人间的事情，在他幼小的心里，是妈妈撇下可怜的他和爸爸走了。直到有一天早上，杨杰爸爸见回头无望，吊死在了院里的树上。

几近家破人亡的岳淑慧，哪里想到，更多的不幸还在后面等着她。杨杰的爷爷已年逾古稀，接踵而来的变故和打击，使风烛残年的老人一头栽倒，卧床不起。岳淑慧是半个月后才闻知丈夫死讯的，她立刻赶回家，挑起了家里的重担。可此时，她手头仅有打工时攒下的一点存款，生活很快入不敷出，只好到机场去做保洁。杨杰再度住院后，生活更是捉襟见肘，婆婆心疼儿媳和孙子，有时背着家里偷偷送些钱来，但都是杯水车薪。岳淑慧走投无路，这才想起杨杰的叔叔曾借过他家8万元钱，可当岳淑慧找到杨杰叔叔时，他却拒不认账，最后，在老人的干涉下，叔叔勉强答应还回一些，到了拿钱的时候，却要岳淑慧先打欠条，才肯拿出两三千来。

岳淑慧因生活所迫，多次找杨杰的叔叔要钱，使原本就对岳淑慧心存不满的叔叔更是恼羞成怒，他狠下一条心，将哥哥的离世一股脑儿地归罪到了岳淑慧的身上，他一有机会就讲岳淑慧的坏话，挑拨其母子的关系。看着懂事的儿子越来越离经叛道，越来越仇视自己，岳淑慧的心都在滴血：先是闺密不忠，再是丈夫背叛，接着又是小叔子不义……这接连不断的厄运如恶浪般向她袭来，一次次将她推向了死亡的边缘，她感到自己已失去了活下去的理由。

眼下，她觉得唯一能帮到她的只有苏雅，她拿起电话，一股脑儿地将自己的不幸和痛苦倾诉给了苏雅。苏雅听完后，沉默了一会儿，道："大姐，你先别难过，人欠你的，天一定会还你。"岳淑慧苦笑道："这怎么可能，人欠人的，天怎么会还呢？这都是用来安慰人的道理罢了。"岳淑慧嘴上虽这么说，可心里早已经信了。

荷叶如盖，朝露如珠，边城首府晴空万里，真是一个难得的好日子！包嵘背着背包，提着洗漱用具，踏进了他梦寐以求的指挥学校，他将在这里度过军旅中重要的一年，实现人生一次大跨越。包嵘入校学习的喜讯很快传到了家乡，也传进了杨亚茹的耳中，她辞掉上海的工作，一路乘车西行，这会儿，她已背着一个坤包，出现在了包嵘的眼前。

包嵘欣喜若狂，以为自己在做梦，但他还是拿起了电话，给嫂子苏雅报了喜，同时没忘了托付嫂子给杨亚茹找份工作。他知道杨亚茹是忙惯了的人，闲着没事肯定待不住，要生是非。这天，韩钦宇一下班，苏雅就唠叨起了包嵘和杨亚茹的事。两口子自打调到了首府，虽然也认识了一些人，但要说帮人找份工作，的确不是件轻而易举的事。两个人翻开电话本，像审犯人一样逐个过筛子，但凡有点可能的人，他们一个也不敢放弃，打了半晚上电话，都是无功而返，就在他们几乎绝望的时候，一个能帮他们的人却给他们打来了电话。这个人一直欠着韩钦宇很大的人情，他是开火锅店的大老板，现在生意越做越大，除了火锅店，开着一个大酒楼，在南疆还打了两口油井，据说身家数千万。

韩钦宇犹如抓住了一根救命稻草，从不求人的他磨开了面子，诚恳地说："贺大哥，我们都是好兄弟，一直都是你在帮我，我非常感激，本不该再给你添麻烦，可眼下，我有个好兄弟，他的对象辞掉了上海的工作，不远万里来边疆投奔他，这个女孩非常能干，也是个闲不住的人，望大哥能伸手帮一把，给她找份工作。"贺海琪是见过大场面、做大生意的人，他一听就这点事，随口答应了下来。他新开的酒楼员工还没有招满，他乐得送上这份人情："兄弟的事也就是大哥的事，好办，明天就让她来上班！放心兄弟，一定给她一个合适的职位，薪水嘛，好说！"

杨亚茹当天一大早就赶到了酒楼，面试等一切程序全免，贺海琪临出门前，没忘了见杨亚茹一面，他要给足韩钦宇这个面子，他也要给杨亚茹一个合适的岗位。短短几小时，杨亚茹的身份就实现了三级跳，早上上班时，她还是大堂里一个普通的员工，下午上班时，她的身份已变成了大堂经理。这个喜讯让韩钦宇始料不及，更让包嵘感慨万千，乐不可支！他心里盘算着：杨亚茹在这里有了这么好的待遇，自己又马上就成了警官，这门婚事那简直就是天造地设，三个指头捏田螺——十拿九稳。此后的日子里，他一想到这些，半夜里都能笑醒！

杨亚茹后来者居上，大堂里的人都知道她有贺总罩着，没人敢和她公开叫板，但她年纪轻轻初来乍到，就抢了别人的位置，这一抢不打紧，一连串该提拔的人都给压死了，难免有人对她耿耿于怀，恨得牙根发痒。这无疑是触犯了众怒。她们发现，杨亚茹很早就出来打工了，积累了丰富的职场经验，办事滴水不漏，简直无懈可击，可这仇不报，恶气难出！这份仇恨如酒糟般发酵，如炮仗般一点就爆！这天下午间休时，大堂里的人三个一堆、五个一伙围拢在一起窃窃私语，一见杨亚茹走近，立马就变得悄无声息。

一连几天，都是如此这般。杨亚茹忍不住找人询问，被问询的女孩说："她们议论的是你和包嵘的事，我说了你可别动气！"杨亚茹心中纳闷，随口道："有话你就直说吧，我不生气！"那女孩瞅了一眼杨亚茹，怯怯地说："包嵘所在的部队在提瑟大沙漠，提瑟的意思是进去出不来，他现在提了干，估计这辈子得待在沙漠里，大家为你担心，跟着他进了这鸟不拉屎的地方，可不就毁了！"杨亚茹此前只关注过包嵘提干的事，还真没有考虑过包嵘以后会待在什么地方，可这八字还没一撇呢，有人却在给他俩中间垒墙！想到这儿，她没好气地说："包嵘眼下提了干，他这么年轻，又有作为，他不可能一辈子都耗在大漠里！"那女孩却道："听她们说，包嵘所在单位是进疆部队，驻地艰苦闭塞，敌社情复杂，好进难出！"女孩的话捅到了杨亚茹的痛处，她本来还想反驳几句，可她对包嵘的处境和前程实在知之不多，嘴巴张了几下，只觉理屈词穷，竟没有蹦出一个字来……

当晚，杨亚茹辗转反侧，彻夜难眠，她在心里一遍又一遍地考问着自己："自己在上海打工，虽似蝼蚁般卑微，付出与收入也不成正比，可自己毕竟生活在霓虹闪烁的大都市。眼下，自己虽然担任了大堂经理，收入也要比上海的普通白领略高一些，但这里毕竟是边城，文明程度和繁华程度与上海不可同日而语，最闹心的是包嵘集训完毕，还得回到远在天边的大漠腹地，今后两个人若真走到一起，那也难免分居两地，天各一方。这样的苦日子何时又是个头？"想到这里，她不由得急不可待、心焦如焚。好不容易盼到东方破晓，便匆匆地赶到了酒楼。她在楼前大街上徘徊，准备赶在一上班就向贺总摊牌，辞职走人。

杨亚茹来酒楼上班已经一周时间，大堂里里外外的事情她处理得井井有条，上上下下的关系也将得顺顺当当。贺海琪两口子生意做得大，摊子铺得开，酒楼、烤涮园、油井牵扯着他所有的精力，整天忙得脚不沾地，杨亚茹的到来无疑为他撑起了一方天地，他感到自己似乎不是在还韩钦宇的人情，倒更像是韩钦宇又帮他物色了一个得力助手。他正寻思着，办公室的门响了。贺海琪定了定神，中气十足地应了声："请进！"来人正是杨亚茹，贺海琪从转椅里站起身，微笑着示意杨亚茹坐下，道："亚茹，你来得正好，这些天忙忙碌碌的，没能坐下来和你聊一聊，你的工作能力和业绩大家有目共睹，下一步，你在抓好本职工作的同时，我们还准备专门开设一个礼仪班，由你给大家好好讲讲礼仪课，搞好这方面的培训！"杨亚茹一进门，还没说话就让贺总抢了先，而且句句在理、十分中肯，她心里不免咯噔了一下，可她毕竟去意已决，心一横，道："贺总，这些工作您还是安排别人来做吧，我今天找您，是来辞职的。"

昨天还干得好好的，突然间就决定辞职，贺海琪被杨亚茹反常的举动搞得一头雾水，眼前这个人是不能放走的，走了怎么给韩钦宇两口子交代，抛开这些，杨亚茹毕竟是一个不可多得的人才，放走了就是酒楼的损失。不明就里的他此刻只能靠揣摩，他试探性地询问道："亚茹，莫非是大堂经理这个职位低了？"杨亚茹本能地摇了摇头，贺海琪又茫然地问道："那是薪水低了？"杨亚茹又摇了摇头，贺海琪琢磨着：杨亚茹离开是不是有人挤对她？他耐住性子问道："亚茹，你在前台当经理，没人和你唱反调吧？如果有人让你不舒服，你就说出来，我立马开了她！"杨亚茹此刻心思已不在这里，她不想给任何人找不自在，她心平如水地说："贺总，我知道你很抬爱我，可是我一刻也不想在边疆待，这里就是有一座金山给我，我也不稀罕。"听了杨亚茹的话，贺海琪明白了几分，他说："亚茹，包嵘可是个好小伙，有理想、有抱负，毕业了马上就是警官，以后前途无量，你可得坚持住啊！"杨亚茹听了贺海琪的话，也不遮掩，道："贺总，包嵘是个好人，也是个潜力股，但谁能保证他不在边疆守一辈子？我是个小女人，不想让自己的爱人大富大贵，拜将封侯，只求孤独时他能守在身边，为我遮风挡雨，过平常人的日子！"

哀莫过于心死。杨亚茹现在一无所求，贺海琪觉得自己已没有任何理由和借口将杨亚茹留住，他现在唯一能做的是，拖住杨亚茹，以免她不听劝，玩消失，弄得大家今后见不了面！想到这里，他退让一步安抚道："亚茹，你既去意已决，我们也不强留你，只是你来时是韩钦宇引荐的，我这就给他们通报一声，这两天交涉完毕，你便可去留随意。"杨亚茹觉得贺海琪说得在理，转身就出了总经理办公室，反正铁了心要走，又没有什么急事，多待两天在边城转转散散心也好。

杨亚茹虽已摊牌，但她毕竟是职场女性，有着很强的职业操守，从不把个人感情带进工作。杨亚茹的表现使几个竞争对手颇感压力，她们怂恿着大家给她出难题，向她发难：短短一刻钟，杨亚茹就被不同的客人质问了三次，不是菜上错了桌，就是引错了路，更有甚者，有的包间里连个服务员都没有。杨亚茹心里跟明镜似的，可她强忍着就是不接招，她心里甚至在暗自庆幸：我瞌睡了你们给我递枕头，这不明摆着在帮我吗？放心吧，我感谢你们还来不及呢，懒得和你们计较！不过，玩火终要自焚，你们就等着挨收拾吧！

韩钦宇和包嵘前两天还被贺海琪夸赞着、感激着，今天突然被请到了酒楼里，两个人面面相觑，心里直打鼓。倒是贺海琪直言快语，诉苦道："我的两位好兄弟呢，你们介绍给我的人，不是观世音，也算是孙大圣了！本事倒是挺大的，但脾气也和孙猴子一样大。这不今天都快闹翻天了，要不是我好说歹说，把她强留下来，这会儿早不知上哪儿去了。你说我到时拿什么给你们交代？"包嵘是明白人，寻思着杨亚茹老毛病又犯了，八成是被边疆的偏远闭塞给吓住了。可他哪舍得下这份情，他决定同杨亚茹好好单独谈谈再说。韩钦宇料想这件事八成得黄，但他见包嵘铁了心，自己却爱莫能助，只由着他折腾，死马当活马医吧！

杨亚茹此刻已放下了手头的工作，现在是间休时间，包嵘正坐在她的对面，两个人都有一肚子的话要说，但却僵持着谁也不愿先开口。包嵘讨好地笑了笑，硬着头皮打破了让人窒息的沉默："那年我俩高考双双落榜，我没有陪着你一起去上海打拼，而是选择了从军入伍这条路，本想着这辈子你都不会再理我了，眼下我又进了疆，当兵都当到了天边边，我连做梦都没有想到，你会到边疆来找我。你能来而且留了下来，你不知道我的心里有多么的高兴。再有一年时间，我就成为一名干部了，到时我竭尽我的所有好好待你，让你成为世上最幸福的人。"包嵘刚一说完，杨亚茹瞥了他一眼，说："你当不当干部，我不稀罕，就你拿的这点死工资，我也不可能成为世上最幸福的人，我现在只想问你，你在大沙漠里还要待多久？"包嵘一下子被杨亚茹呛得两眼发酸，一时语塞。

杨亚茹见包嵘默不作声，接着道："爱情是需要物质做基础的，没有物质基础的爱情就是空中楼阁，你可千万别搪塞我，大漠再苦，只要两人相依相偎就足够了。"包嵘见杨亚茹这么市侩世俗，他忍不住正色道："我们部队是驻守在大漠腹地，可随军家属天南海北都往这里来，有的放弃了高薪的工作，有的不顾百万身家，他们图的不就是相依相偎、天伦之乐吗？"杨亚茹一听就来了气，她不耐烦地说："天底下也就是傻子多，你们进疆，那是献了青春献终身，日子久了出不来，那就该是献了终身献子孙了！你若再要拦我，我就要怀疑你在限制我的人身自由，到时我就该报警了！"杨亚茹对边疆军人的奉献与前景摸得这么深、想得这么透，这是包嵘始料不及的。包嵘怔怔地望着眼前这个熟悉的陌生人，心想强扭的瓜不甜，人各有志，不可强求。当天下午，他买好车票，将杨亚茹送上了东去的火车……他心里默念着：此生我没能成为你唯一不变的永远，但愿你总能如此幸运，找到像我这般疼你爱你的人。

这年夏天，总队家属院清退出了一批住房，韩钦宇分到了一套两室一厅的房子，这让韩钦宇和苏雅的心乐开了花。韩颖马上就要上小学，总队家属院地处首府核心地段，分到这套房子，意味着孩子可以顺理成章地迈进首府最好的学校。

眨眼间，韩颖入学已半个月，首次摸底考试，韩颖全班第一，老师指定她当了班长。孩子优异的表现让苏雅十分欣慰，这天下班后，她早早就去接女儿，在校门口，她看到一些家长拎着包装精美的月饼、茶叶等礼品，心里不由得咯噔了一下：听说现在上学，要想让老师多关照自己的孩子，少不了请客送礼！想到这儿，她拨通了韩钦宇的电话，商量道："马上中秋了，孩子刚上学，老师那里是不是需要看望一下？"韩钦宇正忙得不可开交，随口道："孩子上学，老师教书，天经地义的事，别把正常的事老往拧巴里搞！"苏雅还想说什么，见韩钦宇这般一根筋，一下子被噎得张不开口，听着电话里的忙音，她怔怔地站在那里，半天回不过神。直到韩颖过来扯她的衣角，她才想起自己是接孩子来了。路上，杨参谋的妻子和她聊起了天，见她两手空空来接孩子，感慨道："这富人过节，穷人也过节，不过这节和节可不一样啊。学校教学质量高，这礼自然送得也不能轻了。"苏雅见她话里有话，不解地问道："你倒说说看，过节和过节究竟有啥不一样？"她笑了笑解释道："富人过的是节日，穷人过的是节坎。你看，过节手里拿东西的是穷人，手里不拿东西的都是富人！"苏雅哑然失笑道："我这手里可啥都没拿，看来我是富人了？"她看了看苏雅，折身就朝她们家的门洞走去，脸上挂着匪夷所思的笑。

"妈妈，班长我不当了，你不会生我气吧？"中秋节刚过，苏雅像往常一样去接女儿，刚走出校门没几步，韩颖便忧心忡忡地对苏雅说。苏雅看着眼泪汪汪的女儿，她怕要强的女儿想不开，尽管心里很难受，仍装出一副满不在乎的样子，说："小颖，当班长能锻炼人，不过咱们上学的目的是多学知识，多长智慧，培养高尚的道德情操，锻炼人的途径很多，不一定非得当这个班长。"韩颖见妈妈挺开明，紧锁的眉头一下子就舒展了，苏雅悬着的心也落了地，可就在转瞬间，苏雅发现小颖的眉头又皱了起来。她追问再三，小颖才怯怯地说："妈妈，今天老师把我的座位调到了最后排的角落里，我的同桌也换成了不爱学习的朱鹏安。"苏雅越听心里越窝火，就在两天前，有人告诉她，小颖班上大部分人给老师送了礼，尤其是班主任苏老师的门槛，都快让人给踏平了。当时她还不信，现在看来，一点也不假。想到这儿，她恨得咬牙切齿，转身拉上小颖就要去找老师理论。小颖被吓得不轻，赶忙将妈妈拦住，苏雅心疼女儿，无奈只有强咽了这口恶气。

　　此次座位是微调，朱鹏安个头中等，原来坐在教室中间部位，刚入学时，朱鹏安挺好学上进，老师还让他当了数学课的课代表，没过几天，学校给学生建立了学籍卡，朱鹏安的课代表就莫名其妙地被撤了。坐在朱鹏安附近的几个同学，前几天还在巴结讨好他，之后态度就起了变化。这天课间休息时，有人悄声议论道："我们的班长和数学课代表都被换了，班长不知道是啥原因，朱鹏安家里可穷了，父母都是打工的，他有时午饭都没钱吃，老饿肚子。"有人接过话茬，说："这你们都不懂，我们现在上学，拼的是爹！""可不是，我们上学父母不上心，老师也不会用心。""你们这都说的啥，我咋就听不懂？"有个女孩单纯一些，眨巴着一对水汪汪的大眼睛，咔咔地笑着说。有个小大人模样的男孩讥笑道："这个都不懂，我上中班时就明白了，这叫仕途经济！""好了好了，别说了。"有人见韩颖过来，努了努嘴道。

朱鹏安被撤销了课代表，倒也没啥，只是同学们私下议论多了，看他的眼神也怪怪的，最让他难受的是，连他家的老底都快被翻了个遍。他开始变得不爱学习，上课老走神，有时还迟到早退，班长几次批评了他，他都梗着脖子不说话，一副满不在乎的样子，后来变得一上课就开小差，捣乱课堂秩序，搅扰得周围的同学不得安生。韩颖和他同桌，更是深受其害。老师几次公开点名批评他，可他好不了几天又会成老样子。韩颖几次想让妈妈找老师帮她调换个座位，可想到妈妈对老师有意见，话到嘴边又咽了下去。这天上课，朱鹏安的老毛病又犯了，他一边摆弄着文具盒，一边到处弹纸团，一不小心纸团弹错了方向，就会弹到韩颖的身上，韩颖忍无可忍，便悄悄瞪了朱鹏安几眼。韩颖发现几乎油盐不进的朱鹏安，顿时安静了下来。这堂课，整个下午甚至一连几天，朱鹏安虽然听课不认真，但老实了不少。这天晚饭后，韩颖值日，她留意到，等大家走后，朱鹏安满教室搜寻着饮料瓶子，出门后还边走边捡，她这才猛地想起，朱鹏安的午饭都是靠捡来的饮料瓶换来的。

次日午饭时分，韩颖没睡午觉，早早就来到了班里，朱鹏安此刻正在就着榨菜，啃早上买来的凉馒头。韩颖瞅了瞅朱鹏安瘦弱的身影，多日的怨气瞬间就化作了怜悯，她打开餐盒，推到桌子中间，说："来，朱鹏安，我从家里带了饭，一起趁热吃吧。"说着就将筷子塞到了朱鹏安手里，朱鹏安瞅了一眼饭盒里丰盛的饭菜，愣怔地看着韩颖，要不是手里正捏着韩颖递给他的筷子，他真有点怀疑自己是不是听错了。韩颖见朱鹏安没反应，笑着说："快吃啊，愣着干什么？"朱鹏安看着韩颖天真的笑容，这才慢慢回过神来，和韩颖一起动起了筷子。这顿午餐是朱鹏安自上幼儿园以来吃得最香的一顿午饭。朱鹏安从小是在苦水里泡大的，父母很早就背井离乡到了首府乌市，在他出生前，父母一直在做铁矿生意，那时父母生意做得大，家里养着两辆小汽车，可没过几年，遇到了金融危机，铁矿生意一落千丈，再没有起来，父母积攒的家底全都搭了进去，还倒欠了银行几十万元的债务。这些年，一贫如洗的父母靠给别人当保安做保姆养家糊口，赚钱还债，平时父母别说照顾他，就连过问一声的力气都没有。

　　韩颖和朱鹏安后来渐渐成了无话不谈的好朋友，朱鹏安的身世深深刺痛着韩颖的心，她决心帮朱鹏安一把。她很快意识到，光靠自己的力量是不够的，她把自己的想法告诉了妈妈。苏雅搂过懂事的女儿，疼爱地说："朱鹏安是个好孩子，他父母正处在困境，我们得拉他们一把，咱们可不能因朱鹏安家穷，就瞧不起人家。"韩颖见妈妈这么富有爱心，笑着对妈妈说："放心吧妈妈，你不是教育我做人不要势利吗？你还说过，孩子都是好的，只要我们多一些爱心，世上走错路的人就会少些。"此后，苏雅每天变着花样给两个孩子做好吃的，一天三顿饭，一顿不落，有时双休日、节假日，苏雅还把朱鹏安邀请到家里，让两个孩子一起学习做作业，朱鹏安的学习成绩直线上升，很快就蹿到了年级前十名，好多过去瞧不起他的孩子现在又开始巴结起了他。可他心平如水，他佩服的人掰着指头都能数过来，他总和韩颖开玩笑："你可好好学，要不我会超过你的！"

　　七月流火，有着六分之一国土面积的边疆已有了丝丝凉意，葛兰普的葡萄熟了，白水的苹果压弯了枝头，宇垄的红枣映红了天际……在这个令人迷醉的季节里，内地的人们都按捺不住蠢蠢欲动的心，争相来到这神秘的天地，一睹异域迷人的风情。新闻媒体的编辑记者也喜欢在这个季节采风，记者站里的几个人兵分几路，忙得连轴转，有时还直怨分身乏术。

韩钦宇有时从早到晚都往返在机场与总队之间，连喘气的时间都没有。即使这样，胡少卿却鼻子眼窝都不好受，只要客人一和韩钦宇打过交道，即使韩钦宇再忙，客人需要等候，陪同的事也不愿再找别人。这对于韩钦宇而言，陪谁到哪里采风或是游玩没啥区别，而在胡少卿看来，却大不相同：陪着有权有势的出去，自然是不带任何压力，好吃好喝还有好处可捞，而陪着一些资历浅的编辑记者，说好听点，是去采风，说难听点，那纯粹是去玩命，哪里危险哪里艰苦就到哪里去，那真是有写不完的稿子，爬不完的格子。

"哟！温记者啊，久仰久仰！"这天还不到午饭时分，胡少卿就接待了四拨客人，有三拨客人他打着穿插来接待陪同，这些人都能给他带来好处，可眼下，刚接到的这位温记者他却像见了瘟神一般，避之唯恐不及，不过，面子上还得过得去。他努力地动员着面部的肌肉，做出了一张虚假得像纸花一样的笑脸，寒暄道："温记者，您这大忙人，没有大版面大思路请您您都不会来的，这次过来是不是又有什么让人震撼的选题？"温记者见来接站的人是有名的大忽悠胡少卿，正眼都没瞧他一眼，道："我这次来，是采访总队解困工程进展情况的，韩钦宇忙啥去了，今天咋没来？"

胡少卿见温记者如此傲慢、答非所问，碰了一鼻子灰的他，巴不得一下子就将温记者推给韩钦宇，随口回应道："韩钦宇这两天也在忙接待，不过温记者如果采风要用到他，我立马建议部领导让他脱产，全程陪你。""这样不好，太麻烦了，夏季边疆来人多，你们又要忙工作，又要忙接待，不容易，我们自己能做的事，尽量给你少添些麻烦才好。"胡少卿嘴上答应着，心里却暗骂道："别说的跟唱的一样好听，你过来明面上是采风，捎带着是游玩，而他们无非是更直接一些，游玩就是游玩，不带任何遮掩，如果要让我来选择，我宁肯选这些直截了当来揩油的，也不愿跟你们这些虚头巴脑的人打交道。"见胡少卿半天没有说话，温记者抽出一份写好的新闻稿，说："解困工程这次要做大文章，稿子要多个拨次去刊载，来之前，我电话采访相关领导，撰写了这篇消息，里边牵扯到了总队两位领导，得让他们审一审才能发表。"胡少卿接过稿子，随手翻了翻说："专家就是专家，你看这稿子，标题多新颖，导语多别致，通篇稿子多大气！"温记者听着这恭维之词，不觉浑身起了鸡皮疙瘩，他打断胡少卿的话，问道："噢，对了，你们总队长我熟悉，你们政委是不是叫……"胡少卿眼睛早已瞅到了总队政委的名字，他看了一眼，坏笑了一下，敷衍道："噢，温记者我们到了，下车洗漱一下吃饭吧。"

安顿好温记者住处，胡少卿将温记者送上了电梯，便折身返回了办公室。他瞅着稿件里写错了的领导的名字，心中暗喜道："天助我也，韩钦宇啊，这份新闻稿看来真是为你量身打造的，待会儿好好呈吧，有你好果子吃！"他冷笑着拿起了听筒，拨通了韩钦宇的手机，说："钦宇啊，忙坏了吧？温记者来啦，有任务，你把手头的事放一放，这几天就专门陪他吧。"不待韩钦宇回话，他又道："我这里有温记者写的一篇急稿，趁领导这会儿还没休息，你赶快拿过去帮他审一下吧。"韩钦宇见胡少卿语气急促，一路小跑就赶了过来。胡少卿将稿子递给他，不容他校对便催促道："这份稿子是报社约稿，要得急，赶紧呈，待会儿领导就要午休啦！"韩钦宇见催得紧，又怕领导要午休，出了门便直奔政委办公室，正要锁门的政委见他气喘吁吁，料有急事，反身就进了办公室，开始审稿，看着看着，眉头就皱了起来。整个下午，韩钦宇的心都在揪着。

中午，政治部设宴在招待所宴请温记者一行。部领导为了显示重视，邀请总队政委出席宴会，宴席尚未开始，服务员便开始给大家斟酒，总队政委摆摆手道："小杯撤了，给每人上一瓶小伊力特，谁最后喝完，另加一瓶！"见政委今天这般豪放，大家不知何故，唏嘘不已：这一小瓶可有半斤，一瓶下肚也就到位了，赶快先吃点东西垫垫底吧。谁知还未动筷，政委拎起酒瓶祝了酒词，一仰脖子就对着酒瓶开吹，一桌人见状，也都纷纷效仿，有人喝得太猛，呛得咳嗽连天，韩钦宇不知道这酒究竟该喝深喝浅，心一横，干脆来了个底朝天。这时，政委将自己的酒瓶反转过来，晃荡了几下，半滴不剩，他扫视了一圈，喝完喝剩的各占一半，他朝服务员一招手道："我看大家酒量都不错，再给每人上一瓶！"见大家面面相觑，他清了清嗓子道："下面我提议，没喝完的相互敬一下，一口干了吧！"趁着大家喝酒的当口，喝完的人拿起筷子，想赶快换换口味吃上两口，谁知政委又拎起了酒瓶，咕嘟咕嘟吹了起来，大家哪敢动筷，连忙起身干起酒来。新上的酒还未喝完，有人就醉倒在了桌前，有人忍不住现场直播，吐得昏天黑地。满桌的好饭好菜一口未吃，宴席便草草收场。韩钦宇挣扎着送走了客人，摇晃着出了餐厅大门，他觉得夏日午后的阳光是这般的刺眼，突然，他的眼前出现了一道黑影，碧绿的树叶开始泛黄发黑，转瞬间，眼前的景象就消失了，变得漆黑一片。他本能地意识到，自己很可能是喝酒太快太多，酒精中毒了。他原地立定，尽力平复着心绪，几分钟后，眼前的景象才慢慢地恢复了正常。回到宿舍，他倒头沉沉睡去。

晚饭时分，温记者派人来找他。韩钦宇刚醒酒，不知何事，心里有些发慌。一见面，温记者就急切地说："钦宇，闯祸啦！"见韩钦宇被唬得不轻，他抱怨道："你呈稿子前也不说看一看，政委的名字错啦！今天午饭后，政委调侃说，'我们弟兄两个，大的叫大伟，大而不伟，小的叫骁靖，骁而不靖'。"韩钦宇见温记者急成了这样，心里非常难受，他明白有人在给他们挖坑，现在都快把他俩给活埋了。可这百口莫辩，又有什么办法呢！想到这里，他安慰道："温记者，这事不怪你，千错万错，都是我的错，我惹的祸，我去给领导解释、道歉，他怎么处理我都行，但一定要把你给洗白了。"温记者见韩钦宇厚道、有担当，他怎么忍心看着他被人给害了，他一把拉住准备转身而去的韩钦宇，说："清者自清，浊者自浊，有些事情不能解释，越描越黑！"见韩钦宇还心存疑虑，他又安慰道："将军额头能跑马，宰相肚里能撑船。政委是大家风范，他说说气话也就没事了，我们得沉住气。"临出门，他又嘱咐道："钦宇，别往心里去，待会儿等政委气消了，我去找他，到时你陪我下去采访吧，好离那些人远点！"

送走韩钦宇，温记者猛地想起了什么，脸上的愁容立马舒展了，他用手拍了拍因醉酒而发胀的脑门，自嘲道："你瞧我这脑袋，常总即将到任，来之前说好让我陪他到南北疆走走，到时还要宣传一下解困工程和组建天鹰突击队的情况。到时我提议让韩钦宇一道去采访不就行了！"想到这儿，他没有去找政委，而是和常总的秘书取得了联系，得到的答复是：日程待定。

这天，宣布命令大会刚结束，常建安便带着分管作战训练的领导和相关处室人员，一头扎进了基层。事先没有拟制方案，也没有通知要去哪家单位，只通知温记者和韩钦宇随同采访。车队出发后，韩钦宇从温记者口中得知，近些年，边城犯罪势力抬头，恶性犯罪事件频发，常总到任是临危受命。据说在宣布命令大会上，常总脱开讲话提纲，只说了三句话："既然来到了这片土地，现在我和大家一样，都属于这片土地。今后工作中，我会尽心尽责，希望大家监督支持我。我是军事干部出身，在座的各位从现在起要给自己把把脉、紧紧弦。"

常建安交代身边的随从人员，不得向任何单位通报行程。他知道，要想了解部队处突作战的真实水平，必须出其不意。而想要组建一支有战斗力的突击队，也得首先了解其产生的土壤和环境。第一站他们直奔边疆南部重镇。在支队门口，常建安和一行人下了车。武警市支队的牌子一下跃入眼帘，白底黑字透着一股庄严和神圣。只是悬挂在大门上方的国徽有些陈旧，露出斑驳的黑色。两名哨兵挺直地站立着，常建安一行尚未靠近，便被对方发现了，将军的警衔实在太过醒目。一名哨兵立即开门、敬礼。另一名哨兵趁着这当口，连忙拿起电话接通了作战值班室。哨兵语无伦次的报告，让作战参谋一头雾水。参谋费了好大劲才明白了哨兵的意思，但还是疑惑地问了一句："没看错吧？""没错，就是总队长，后边还跟着……"孙参谋不待哨兵说完，忙向支队首长报告。支队长肖志强连忙拉上政委迎了出来，谁知却扑了空。总队长进了大门就冲中队去了。支队政委何成毅一脸疑惑道："你说总队长下基层，怎么连点动静都没有？"肖志强拍着脑门回应道："听说新总队长做事雷厉风行，从不按常理出牌。咱们可得赶紧找到他，要不等他发现了问题，那可就引火上身了！"

部队都带出去训练了，中队只有一名通信员紧张地跟在常建安他们后面。部队秩序还可以，常建安不住地点头，证明部队管理很严格。走进战士宿舍，常建安感到异常寒冷，屋外零下十几摄氏度，而屋里似乎也没有一丝暖气。常建安转身问通信员："这么冷，战士们晚上怎么睡觉？"通信员站得笔直，大声回答："报告首长，我们不怕冷，都能睡得着。"答案虚假得让人心酸，常建安也没有再问下去，有些问题不是一个战士能够回答得了的。支队领导终于找了过来，远远地就敬礼。常建安发现支队长的敬礼还看得过去，可政委的敬礼却不伦不类。大家这才留意到何政委敬礼的手是一扭一扭地贴到脑门上去的，很认真却不好看，也不标准。待他们走近，常建安对何成毅说："政委同志，以后可得好好练练敬礼，你那可不标准。"何成毅脸一红，连忙点头称是。

常建安扭过脸又对支队长肖志强说："我刚去过训练场，你说这样的部队会不会有战斗力？"支队长闻言立马低下了头，他心里明镜似的：这些年一味抓管理，保安全，部队从没有好好摔打过。眼下无论多大官，只要不出事就是最大的政绩。肖志强低头不语，脑门上的汗不停地往外冒。"部队立即集结拉动。"常建安向身边的作战处长下达了命令。肖志强惊魂未定，似乎没有听懂常建安的话，作战处长向肖志强重申了一遍："H市刚发生罪犯越狱事件，现命令你部火速前往处置。"肖志强一听，拔腿奔向作战指挥中心，他心里明白，总队长亲自组织的作战演练，弄不好就会砸了饭碗。然而，他使尽了浑身解数，几分钟后，支队虽按规定时间集结到位，但着装、携行物资等未能达到要求……作战处长的脸色十分难看，而常建安却比较平静。这个速度和水平在他的意料之中，下午在检查部队训练情况时，他就知道会有这个结果。讲评时，常建安拍了拍肖志强的肩膀。只见他头上的汗滴答滴答直往下掉。常建安说："今天不怪你，但我希望从今天开始，你的这根弦要绷紧了。你要认真反思你守卫的这个地方，给我拿出你的铁拳、尖刀、气势来，好好操练你的部队，过些时日我再来验收。"

在另一个支队，常建安遇到了让人啼笑皆非的事。支队的作训股长异常肥胖，跑起步来身上的肉都在晃动。常建安眉头一皱，但还是让作战处长下达了追击逃犯的演练命令。站在队伍面前，作训股长开始分配任务，口齿不清晰，动作不规范。尤其是他带领的小分队执行任务时，一堵矮墙挡住了去路，两名战士使劲在下面推，他使了吃奶的力气往上爬，好不容易骑到墙上却下不来。作战处长见状大喊道："快下来，你爬什么墙啊，旁边不是有路可以绕过去吗？"常建安怕他摔着了，站在一旁的支队领导连忙小声地解释道："这是某某领导的儿子。"几名战士好不容易才将作训股长弄了下来，此时他已是大汗淋漓。常建安把他叫到跟前道："你的勇气可嘉。我现在给你两条路，第一条路是立即把你的体重减下来，然后重新定岗。第二条路是赶紧转业。"这样的人也能当作训股长，部队的军事训练让常建安忧心忡忡。

常建安越走心情越凝重，他对身边的随行人员说："抓部队，搞建设，不能凭想当然，我们走不到，就看不到，看不到问题的根源所在，我们就不会有好的解决问题的思路和办法。"这天，车队从白城出发，开始了大漠之行，他们所到的支队地处大漠腹地。这个支队所属部队营房既有20世纪60年代的土坯房、70年代的干打垒，又有80年代的旧平房，再就是水的奇缺，这里位于大沙漠的南部，有"干极"之称，真可谓"春风不度玉门关"，大西洋的西风万里迢迢，经北疆缺口吹到东疆南疆，已成强弩之末，涝坝水便成了官兵唯一的水源。新战士到大漠，首先要过的是吃水关，腹胀、拉肚子，短则数月，长则数年，然而劣质的涝坝水也不能满足供应，每天每班一盆水，洗漱之后集中浇菜。

条件较好的常古支队二中队，相对于南线，可以说是"天堂"了，官兵们在睡觉的床铺下挖个洞就有水渗出。可是这水因氟、钙、汞等多种微量元素严重超标，苦涩不堪，人畜不能饮用。在二中队，最让官兵们头疼的是气温高达40多摄氏度的夏天，还得穿着秋衣、秋裤上哨，戴上防蚊帽站岗，一班哨下来，战士们的衣服汗湿得可以拧下水来。只要去过细月湖的人都知道：细月湖的蚊子一把抓，个头赛蚂蚱，战士们称为"轰炸机"。去一趟厕所，即使蹲得再快，都会在屁股上留下几十个疙瘩。带毒的蜘蛛随处可见，红、黑、白、灰，五颜六色，大小各异，大的赛过鸡蛋，小的比芝麻还小，官兵们统称为"重型坦克"。到了晚上，当疲劳一天的官兵刚进入梦乡，蜘蛛有时就会从脸上爬过，第二天就会留下红肿痕迹，有的疤痕达四五厘米长，而且是永久留念。这种蜘蛛爬过人的喉咙时，还会有生命危险。中队有好几个战士脸上留有牛皮癣一样的疤痕。官兵们风趣地说："这挂在脸上的疤痕是革命的烙印。"

自然环境的恶劣，如果说还可以忍受和克服，那么文化生活的单调、精神生活的贫乏几乎逼得人发狂。白天兵看兵，晚上数星星，邮车几月来一次。战士们说：三月不来报，一来一大抱，新闻成旧闻，只好当资料。在大漠里，常总还听到了这样一些故事：一位四川籍警官的妻子带着五岁的女儿来大漠探亲。那时正值大漠风沙期，一连月余沙暴不止，娘儿俩只能每天在电话里和亲人"见面"。直到假期满了风沙还没有止住，她们只好打道返川。临行前，女儿把抱着的布娃娃留了下来，告诉周围的叔叔们："等我爸爸来了，叫他看看布娃娃，就知道我多么想他了。"一个警官的妻子放弃了内地优越的工作，不顾家人阻拦，带上两岁的儿子来到了大漠，梦想从此结束牛郎织女的生活，全身心地支持丈夫为国戍边，然而，她和小孩一连三个月的腹泻怎么也止不住，最后，丈夫只得把娘儿俩送回了老家。

离开支队时，常总得到了这样一个统计数字：许多在大漠干了20多年的军人，他们和妻子儿女生活在一起的时间，大多累计不到5年，不少军人宁愿过两地分居的生活，也不愿让妻子儿女随军，因为随了军也不能随夫，一年到头，夫妻难得有几次团聚。何况随军家属就业很难办，不少家属在内地工作环境相当不错，来到边疆就只好在家属院里养养鸡，种种菜。

次年元旦，杨杰出院时已是高三后半年，苏雅为其负担了全部的学费和住宿费。杨杰返校后拼命学习，考上了解放军炮兵学院。谁知开学没多久，一名学员在武装越野时突发心脏病猝死，学院领导在震惊之余，要求对新生进行复检，复检中，学院拿杨杰的伤疤说事，准备让他退学。这天，岳淑慧接到了杨杰指导员的电话，要求她来学院一趟，她心急如焚、束手无策，只好把复检的事告诉了苏雅。苏雅明白，岳淑慧一旦去学院，杨杰必退无疑，这事关乎杨杰的一生，马虎不得。

　　苏雅着急之余，安抚好杨杰妈妈，让她千万别去学院，自己当下就给杨杰的指导员去了电话。电话里，指导员支支吾吾，只说杨杰因腹部有伤疤已被停止训练。苏雅见指导员有所隐瞒，便将杨杰家中的情况告诉他后，恳求道："杨杰腹部的伤疤，是医生因急着开会误诊而二次手术造成的，他除了患过胆总管结石症，身体没有其他任何问题，希望指导员能从中斡旋，帮帮杨杰。"见指导员默不作声，她又恳求道："即使真到了退学的地步，希望学院能出面协调，让杨杰转入地方大学，他的家现在已经支离破碎，再也经不起任何风雨了，否则会毁了孩子，毁了这个家。"指导员听苏雅说得恳切，杨杰的情况也着实令他动了恻隐之心，他便将学院让杨杰退学的情况如实相告，并表示会不遗余力帮助杨杰。

　　苏雅按照指导员的要求，当天就将复印好的病历快递到了学院相关部门。做完这些，她仍担心杨杰的事出现闪失，当晚，她又将此事告诉了韩钦宇，很少求人的韩钦宇思虑再三，拨通了黄沁月爸爸的电话。没过几天，在多方斡旋下，学院查明了事实，撤销了让杨杰退学的决定。杨杰的退学风波刚过去不久，他家又发生了巨大的变故。杨杰爷爷本来卧病在床，一天突然意识模糊，昏迷过去，岳淑慧和婆婆将他送到了医院，检查后发现是脑出血，婆婆一听消息，突发脑梗，一病不起，没几天，杨杰的叔叔又查出患有白血病，家中的重担一下子全落在了岳淑慧的肩头。为了让儿子安心上学，岳淑慧辞掉工作，在医院病房里铺上毯子打起地铺日夜陪护。杨杰听说叔叔患了白血病，便和妈妈商量要捐献骨髓，配型最终未能成功，杨杰叔叔没能等到骨髓移植手术，便撒手西去。杨杰叔叔很早就和妻子离婚，家产判给了妻子，自己带着女儿生活，他去世时，女儿正上高三，杨杰和妈妈将叔叔的后事料理完，又照顾起了妹妹的生活起居。两个月后，杨杰的爷爷过世，他和原配在四川有一个儿子，当初，杨杰的爷爷和现在的妻子私奔到边疆，留下原配和儿子在四川相依为命，那个儿子听说父亲病后，并未探视过，老人过世了也没有露面。杨杰的奶奶出院后，瘫痪在床，两个儿子都已离世，杨家唯一的孙子杨杰还在上军校，照顾老人的重担全部落到了岳淑慧肩上。岳淑慧尽心尽力地照顾婆婆，为了方便老人的生活起居，她买来护理床，不离不弃地陪伴左右。杨杰平时常寄钱回家，让妈妈买营养品，岳淑慧自己省吃俭用，想着法子保障老人的饮食，定期到医院检查时，各项指数都很高，医生感到很惊奇，常说别的病人有四五个家人一起照顾，来检查时还总是营养不良，岳淑慧只一人照顾，却能照顾得这么好。

　　杨杰自从考上军校，岳淑慧忙着照顾老人，没有时间再去工作，婆婆的医疗费和饮食起居全靠杨杰一人的工资开销。长期的劳累和营养不良将岳淑慧折磨得看起来很衰老，可她无怨无悔。每当这时，她都会想起苏雅给她讲过的故事。这天，她忍不住拨通了苏雅的电话："苏雅，你不是早先给我讲过一个'人欠的天会还你'的故事，那次我没有听完……"苏雅听了，笑道："大姐，你说的是明朝吴子恬的故事吗？这都过去了多长时间，你还记得？"见岳淑慧笑了笑没吭声，苏雅便娓娓道来："吴子恬是个读书人，母亲很早就过世了，父亲娶了继母，但继母偏心，对他弟弟比较好，对他不好，他心里慢慢地就有不平，有怨，后来他娶妻了，继母对他太太也不好，他想要去找继母理论，但太太把他劝下了。"岳淑慧听到这里，感到和自己的遭遇竟是这般相似，忍不住问道："那后来呢？"苏雅接着道："后来吴子恬的父亲去世了，留下了地和银两，结果继母把最差的地留给了他，自己跟亲生儿子留了好地，还私吞了不少钱，吴子恬要去找继母理论，又被太太拦下来，太太对吴子恬说：'吃亏是福，该是我们的，跑都跑不掉，哪是争能争来的呢？越争福报越折损。'结果很快，继母的儿子染上赌博恶习，把钱全部败光，母子几乎沦为了乞丐。"苏雅说到这儿顿了顿，道："大姐，假如你是吴子恬，这时候你会怎么办？"见岳淑慧默不作声，苏雅又道："这时候，吴子恬的太太劝他赶紧去把母亲、弟弟接回来。吴子恬和太太不仅接回了母亲和弟弟，还帮助弟弟戒赌，最后感动了继母，一家人和和乐乐地生活在一起。吴子恬的太太后来生了三个儿子，都考上了进士，该是他们家的福报，怎么会跑得掉呢？一个家族里出一个进士就很不容易了，她生三个，三个都是进士，你看她的福报有多大！所以人量大福大，尤其是不要和自己的至亲计较，三个儿子从小看到母亲的德行跟度量，耳濡目染，哪有不成才的道理？"

又是周末，苏雅忙完手头的工作，紧赶着去接韩颖。课外班的孩子已走光了，邹月和韩颖正在练口语。苏雅推门走了进去，两人只顾着练英语对话，谁也没有留意有人进来，苏雅怕搅了两人的兴致，侧身轻轻坐了下来。女儿的口语发音很准，口齿伶俐，对话自如，这让苏雅颇为欣慰。轮到邹月时，苏雅发现，邹月嘴张得很大，脸憋得通红，声音嘶哑得快听不到音。邹月都病成了这样，还在给孩子上课，这可怎么行！想到这儿，苏雅打断了她俩，三下两下就收拾好了东西，拉上女儿和邹月就往家赶。

回到家，苏雅一边忙着给邹月打点滴，一边抱怨着她太不爱惜身体。忙完，苏雅系上围裙，又开始生火做饭。饭菜刚摆上餐桌，女儿在房间里喊了起来："妈妈！有人敲门！"苏雅撩起围裙，擦了擦手，打开门一看："哟！包嵘来啦，快进来！"见包嵘手里拎着东西，苏雅埋怨道："都是自己人，人来就行啦，别老是带一大堆东西，你一个月才多少津贴！"包嵘憨笑着说："嫂子，不见外，这就是我的家，我没带啥贵重东西。"包嵘闪身进了厨房，随手端出了几样卤肉菜，拎出了两瓶红酒和饮料，说："哟！嫂子，看来我真有口福，这么多好吃的！我们阶段考试过啦，今天喝点小酒庆贺一下吧。"不等苏雅搭话，他突然感到屋子里的气氛好像有些异样，他又接着说："嫂子，不对吧，今天是不是有贵客临门啊，家里饭菜可从来没有这么丰盛过！"苏雅放下围裙，笑道："包子就是比馒头有心眼，你还真猜准啦，小颖的老师来咱家了，快来，我给你们介绍一下。"包嵘跟着苏雅来到了小颖的房间，苏雅笑着给包嵘介绍道："这是咱们小颖课外英语班的邹月老师。"正在输液的邹月行动不便，她欠了欠身子，微微一笑，算是打了招呼。苏雅又转过身对邹月说："邹老师，这是我经常跟你提起的小兄弟包嵘，他刚提干，正在指挥学院学习。"包嵘见邹月这般端庄秀丽，一下子就着红了脸，变得格外拘谨起来。

邹月拔掉了针头，韩钦宇也回到了家，大家分宾主落座，晚宴正式开始，大家边吃边聊，亲得就像一家人。韩钦宇见邹月嗓子不好，询问道："嗓子哑了多长时间了？怎么也不让你姐早早给你看看？"不待邹月说话，苏雅接荏道："谁说不是，这都快一个月了，要不是我今天瞅见了，指不定还要拖到啥时候。"邹月红着脸听着苏雅姐的抱怨，心里暖融融的，出门在外，有人心疼真好。这顿饭，包嵘吃得最拘谨，从头到尾他没敢搭话，额头上不时渗出细密的汗珠。他心里盘算着：这么漂亮的姑娘，要是能成为自己的对象，讨回家做媳妇该有多好。嫂子最疼我，送走客人，我就找嫂子好好谋划谋划。不过要想稳妥点，最好还得让大哥出面，这事才不会有闪失。

　　送走了客人，包嵘准备开口，可转念一想：邹月可是大学生，自身条件又这么好，能行吗？想到这儿，他心一横，给自己打足了气，试着对苏雅说："嫂子，今天这位英语老师，我看这人挺好的！"苏雅是过来人，早就留意到了包嵘饭桌上的窘态，她心里跟明镜似的。可她答非所问道："对，你说的是邹月？她英语教得可好啦，人也挺好，小颖可喜欢她了。"包嵘见苏雅如此不解风情，红着脸道："嫂子，邹老师多大了，毕业了没有，不知道谈没谈对象啊？"不待苏雅回应，韩钦宇搭话道："邹月年方二十有一，河南人氏，未婚，包弟是否有意于她？"包嵘见韩钦宇两口变着法子拿自己寻开心，闹了个大红脸，窝在一旁不再吭声。韩钦宇见包嵘这么不经逗，半开玩笑道："女追男，隔层纱；男追女，隔座山。你要真动了这心思，我和你嫂子就帮你牵个线搭个桥，不过追上追不上，还要看你有没有那股痴蛮劲。"韩钦宇的话让包嵘吃了一颗定心丸，他顿时就来了精神，将胸脯拍得震天响，嘴里连说："没问题，保证拖不垮，炸不烂，打不散！"

第十章
爱之涩，人生若只如初见

一个月时间，温记者和韩钦宇随同常总将基层团以上单位跑了个遍，一路上跑坏了好几个轮胎，好多人瘦了一圈，也黑了许多。随行人员一回机关就蒙头大睡。睡醒后，逢人便说，这一趟将几十年的路都跑完了。

次日，在常总的提议下，总队召开了党委会。会上，常建安忧心地说："此前，相关处室和记者站都给我上过件，但纸上得来终觉浅。不去走一圈，真不知道基层官兵的苦超出了我的想象，尤其在南疆，住破破烂烂的房，睡歪歪扭扭的床，喝浑浑浊浊的水，是大漠官兵生活的真实写照，上级的维修经费年年拨，我们的维修工程年年搞，可住房墙体裂缝大的地方能伸进去一条腿，小的地方也能伸进去一只胳膊，屋子里白天不点灯看不见东西，屋顶到处透风漏光，透光点就像满天的星斗，有些干部家属万里寻亲，却只能住在堆杂物的库房里，连个接待室都没有。"对此，有人说："艰苦是边疆部队的特色，'大漠精神'会因'解困'失去原有的光彩，淡化官兵吃苦奉献的意识。再说了，上级每年拨给我们的维修费，只够修修补补，危房推倒重建，资金缺口太大，难免欠账借债，到时上级还不追究我们铺张浪费，寅吃卯粮。"常建安闻言反驳道："我们绝不能把艰苦作为部队的标签，只要艰苦，不要奋斗，部队驻地环境越艰苦，越要建设一流部队。再者，绝不能眼里只有头顶的乌纱帽，而不顾基层官兵的安危冷暖，拿有限的经费干面子工程，否则，就是对基层官兵的犯罪。"见常总越说越激动，有领导脸上挂不住了，难为情地说："这些年，我们一直在努力改善基层的生活条件，但摊子太大，顾了这头，就顾不了那头，边疆经济落后，地方财力支持有限，问题久拖难解，主要还是钱不够用，有钱啥都好办。"

"办法总比困难多，穷和尚、富和尚的故事大家都知道吧？想要做成事，就会有一千个理由，不想做成事，就会有一万个借口。"常总队长闻言回应道，"解困工程也是暖心工程，驻守在大漠冰川的部队，地处偏僻、环境恶劣，许多官兵是献了青春献终身，献了终身献子孙！他们的苦处我们一定要用心去体会，要想尽千方百计，排除千难万难，去为他们解难送暖。"见党委副书记亮明了态度，话说得这么中肯，常委们陷入了沉思，谁也不敢再马虎搪塞。

屋子里静得出奇，只剩下了墙上钟表的嘀嗒声。见大家都是徐庶进曹营，一言不发，常总能体谅到大家的难处，但凡有办法，为基层解难的事，谁愿意拖延欠账。党委书记怕大家不发言、冷了场，便会意道："我们副书记今天谈到总队多年的积弊，这些积弊如果讳莫如深，只会使总队老大难问题像滚雪球一样越滚越多，久拖难解。"说完这番话，他笑着看了看常总，道："建安，你可是领导机关下来的，站得高、看得远，咱们的解困工程立马启动，你有什么好的招法不妨讲出来，我们大家好学习学习，领会领会，把我们的老大难彻底给解决了。"

常建安见大家一脸虔诚，等着他来支着，胸有成竹地说："我的方法可以总结为两句话：一个箩筐四人抬，三步并作两步走。上级每年都给我们下拨营房维修费，这些钱如果仅用于修修补补，无异于将钱撒了胡椒面，钱花了，破旧的营房今年修明年依旧破，依旧是危房，倒不如我们将三年的维修费集中起来，彻底将危旧营房推倒重建。所需的建房经费，我们可以向上级申请一些，到地方银行借贷一些，总队从家底费里拿出一些，各单位自行筹措一些，等解困工程完毕，第二年、第三年上级拨下来的维修费我们可以集中用于还贷，这样解困工程既可以顺利实施，上级下拨的经费也不会再打水漂。"

不出一周时间，相关部门就将筹措到的用于解困工程的钱款如数下拨到了基层单位，"解困工程"当即上马。总队派出专人现场督导，并推广了宇垄支队"系统规划，量力而行，以人为本"的建设思路，将改造营房时淘汰下来的门窗、床板等营产营具进行废物利用，组织"四小工"将旧床板刨光，安上旧桌腿，铺上钢化玻璃，制成学习桌，将老式床头柜支腿锯掉，粘合在一起，改造成衣柜。

总队的务实之举匡正着基层部队的事业观和政绩观。宇垄支队直属大队驻守在沙漠腹地，为了抵御风沙、改善环境，支队请来治沙专家，总结摸索出了靠种小麦、苜蓿改良大漠沙土的方法，并取得了成功。但在这些来之不易的地里栽什么树，大家产生了分歧。有人提议，要想让支队尽快露脸，就得多栽一些生长速度快、能让人眼睛一亮的树种；有人提议花大价钱移栽一些已经长成的风景树，到时上报经验做法时有说头。但是，支队党委认为，必须着眼部队长远发展，不能搞劳民伤财的"政绩工程"。此后，2000多棵经过精挑细选的果树苗落户大漠，扎根警营。几年后，官兵们就可享用到自产的水果。

常总打出的一套组合拳，可谓"一石激起千层浪"，总队一些靠拍马逢迎、请客送礼为生的干部，变得惶惶不可终日，胡少卿也感到了前所未有的惶惑和挤压，只拿钱骗吃骗喝不干活的日子到头了。这天晚上，胡少卿张罗了一桌饭局，"四大金刚"齐聚一堂，觥筹交错中，他醉意醺醺地说："新来的常总作风太实太硬，还好陪他去基层采访的是韩钦宇，要是我们哥几个，一个月下来骨头还不得颠散架了！"鲁一江接荏道："可不是，常总可不好糊弄，听说他下基层一个月，跑烂了四个轮胎，总队最高的、最低的、最热的、最冷的、最苦的、最远的地方他几乎跑了个遍，哪个单位有多少间危房，吃水用电有哪些困难，他都了如指掌，有人还传言他对一些特困单位门窗坏了几扇，玻璃坏了几块都心中有数。以后写稿子，可不能打马虎眼了，没准哪一天他跟你较起真来，弄你个大红脸。"鲁一江说着话，鼻尖上又冒出来细密的汗珠。见鲁一江说得有板有眼、神乎其神，李和平插话道："常总这叫有气度有魄力，你看咱们总队这么多年解决不了的老大难，他一当老大，马上就不难，这不挺好吗？不过你们也别紧张别争宠，一朝天子一朝臣，你们以前是混出来的，现在该咋混还咋混，不过别太明面了，该潜水时潜潜水也就没事啦！"

胡少卿见李和平说话有些不中听，埋汰道："好，我的拼命三郎，常总就喜欢你这样的人，又踏实又顾大局，堪用堪用。"鲁一江见胡少卿满口酸味，他心里暗骂道："就你这货，除了吃馒头混花卷，也就只能干些偷鸡摸狗的勾当。"想到这儿，他嘲弄道："胡大记者，你马上都要当站长了，站长站长，站着都长，不过就怕你不得时，长不过韩钦宇。"一听这话，胡少卿就气不打一处来，他恨得牙根都发痒，这不是哪壶不开提哪壶吗？他正想发作，可转念一想还是忍住了，今晚张罗这个饭局，不就是为着这个眼中钉、肉中刺吗？想到这儿，他讪笑道："好你呢鲁哥，看我都被人欺负成这样了，你还有心思拿我取笑。"

鲁一江见胡少卿这么快就认了尿，不由得动了恻隐之心，他抿了口酒道："看把你急成了啥样，韩钦宇还嫩着呢，要把他从你身边搞消失，不容易，可要让他不碍你事，那可不难。"胡少卿见鲁一江一副举重若轻的样子，急忙催促道："好你呢鲁哥，有啥招数你就快说吧，别卖关子啦！"鲁一江微微一笑，道："一个字，走。"见胡少卿一脸茫然，他打趣道："亏你还是智多星呢，这个走，就是把他送走，送到首都去，送到报社去，一直让他在外面漂着，不就啥事也没了！"胡少卿闷声一想：对啊，是这么个理，我咋就没想到呢！他眯起醉眼，觍着脸连声赞叹，随后便闷着头自顾自一顿大嚼大咽起来。

　　韩颖的外语班依旧在上着，只是每周接送的人换成了包嵘。包嵘入学后一直在努力学习着、表现着，队领导对他十分赏识，大事小事都安排他去做，他现在每到周末基本上成了"自由人"。自打他动了谈对象的念头，队领导一直在为他创造着机会，有时还给他牵个线搭个桥，但没有一个让他中意的，但队领导从不认为是包嵘眼头高，只道是没缘分。

　　包嵘每次接送小颖，到得都非常早，基本上是邹月还没赶到，他已经带着小颖在门口候着，下一节课刚一开讲，他就已在楼道里悄悄地转悠、徘徊。有时，教室的门没关严，他便趴在门缝上朝里张望，像舞台上的追光灯一样，邹月走到哪里，他的目光就追到哪里。有一次，包嵘看着正起劲，有个孩子闹肚子，冒冒失失地拉开了门，一头扎进他的怀里，差点将他摔了个仰八叉，那孩子吓得哇的一声就哭了，教室里的孩子纷纷扭过头来，朝着他们看，轰的一声就笑了起来，邹月的脸刷的一下红到了脖子根。回去的路上，韩颖眨巴着俏皮的眼睛，仰着头说："包子叔叔，你是不是喜欢我们邹老师？"包嵘赶紧去捂小颖的嘴，说："这是大人的事，小孩别乱讲！要不你邹月老师会生气的。"小颖四下张望了一下，见路上没有认识的人，便又壮着胆子问了一句："包子叔叔，你还没回答我的问题呢，你每次带我去那么早，是不是急着去见我们邹老师？"

　　包嵘没有想到小颖这么执着、这么难缠，他只得认栽道："包子叔叔喜欢你们邹月老师那也没啥呀，你不觉得你们邹月老师可爱吗？"韩颖这下得到了她满意的答案，她欢喜地用脚扒拉着地上的小石子，随口道："这就对了嘛，我们邹月老师其实也挺喜欢包子叔叔的。"包嵘一听，一下子来了劲，他马上追问道："小颖，你咋知道你们邹月老师喜欢包子叔叔？"小颖还在自顾自地边走边玩，她头也不抬，便道："我们邹老师嗓子痛，最近一直在我们家住着，妈妈给她边打针边聊天，是她自己亲口说的。"不待小颖说完，他马上问道："你们邹老师跟你妈妈说啥了？"小颖接应道："她说，包子叔叔人挺好的，挺重情义的。"聊到这里，包嵘心里有了谱。

　　包嵘将小颖送到家门口，苏雅循声开了门，包嵘嘱咐两句，便折身下了楼，他跑到药店里，买了一大堆治嗓子的特效药，又去水果店拎了一大袋水果，就往回赶。他得赶快回家帮嫂子做饭，等会儿邹月就来了。包嵘进了门，苏雅见他两手满满当当，一副大汗淋漓的样子，忙说："包子你干啥去了？家里的菜都够了，你还买！"话没说完，仔细一看，苏雅便笑了起来，说："我当是给家里买菜了呢。"包嵘顾不得擦去头上的汗，放下水果，从袋子里倒出一堆药盒，说道："嫂子，你就别取笑我了，快给我看看，我买的这些药管用不？"苏雅见包嵘手忙脚乱地扒拉着，活像扒拉一堆扑克牌，忍俊不禁道："你扒拉来扒拉去我哪儿看得清？看你都快把药店给搬回家了。"见包嵘窘得满脸通红，苏雅很快就拣出了几样药来，笑道："这几样药还挺对症的，没少用心啊，你都快能当医生了！""嫂子快别逗我了，等会儿邹月来了，你把这些药给她吧，好让她嗓子好得快些。"苏雅见包嵘这么细心体贴、善解人意，真为邹月感到高兴。

　　正说着话，门铃响了，苏雅把选好的药一把塞到包嵘手里，笑着说："快去给邹月开门，一会儿好好表现表现。"包嵘扭转身子往门口走去，猛地发现手里还攥着两大把药，他只得把药捧在怀里，腾出一只手来就去开门。邹月见餐桌上像是开了药铺，被唬得不轻，急切地翻看着药盒，焦急地问道："姐，家里谁不舒服？买这么多药？"苏雅一把拽过躲在一边的包嵘，诡秘地笑道："这件事你得问包嵘，他对咱家的病人可上心了。"邹月这才发现，包嵘怀里还捧着一大堆药，脸刷地就红了。包嵘见邹月窘成了这样，圆场道："邹老师，你为咱们小颖带课，操碎了心，嫂子让我给你找了一些药，等会儿你赶快吃上，嗓子好恢复得快些。"说完，他就闷着头钻进了厨房，忙着炒菜做饭。苏雅见包嵘事情做得这么妥帖，打趣道："包嵘不光勤快顾家，知道疼人，这雷锋也学得好，只做好事不留名。"邹月见苏雅话里有话，脸红得像火烧云，一头扎进了小颖的房间，再也没有出来。

天像倒扣的海，辽阔得一望无际，夏虫停止了聒噪，清风暗送着花香。在这样的日子里，烧一壶甘霖，沏一壶好茶该是多么惬意的事。天气转凉，少有客来，胡少卿闲来无事，他猫着腰打开了自己的储物柜，望着满柜子的礼盒，心里犯起了嘀咕："喝龙井、金骏眉好，还是普洱、铁观音好呢？"他关上门，将一盒盒好茶摊开在桌子上、沙发上，打开又合上，合上又打开，最后将眼睛定格在了一盒极品铁观音上，"对，就喝铁观音，这盒铁观音好几万块呢！"他小心翼翼地托起青瓷质地的储茶罐，端详起来，茶罐瓷质坚硬细腻，线条明快流畅，造型端庄浑朴，表面色泽晶莹纯洁且光滑斑斓，他打开盖子，见下面是一只"连瓣罐"，罐底还有烧制印记，暗叹道："唉，瞧这多精致，这可是限量版。"待看茶叶，每粒黑绿油润，砂绿显，红点明，叶表带白霜，条索卷曲，圆结沉重。他不觉两眼发直，颗颗犹如青蒂绿腹蜻蜓头！好家伙！馥郁的香气迅即弥漫开来，令人心醉神迷。他收起满屋子的礼盒，布好茶具，细冲慢饮起来。

醇厚的茶香使胡少卿飘飘欲仙，他将身体倚靠在真皮沙发上，四肢舒展，双目微闭，他觉得自己的灵魂似乎已经出壳，转瞬间就来到了天堂之上。可是忽然有个身影在眼前一晃，让他惊出一身冷汗，他觉得自己一头栽下了天堂，跌进了油煎火熬的地狱，这个身影在他的眼前渐渐明晰起来，挥之不去。他猛地坐起身来，睁眼骂道："好你个碍眼的东西，整天在我眼前晃悠，有你在，我就没安生日子过！"想到这儿，他哪里还有心情再喝这熬人的工夫茶，他起身将泡好的茶水倒进了茶杯，端起来一顿牛饮，没喝到一半，便觉苦涩难耐，啐了一口就将剩下的倒进了痰盂。他开始琢磨起打发韩钦宇学习的事，他盘算着，这次让韩钦宇进京，得给他增加点难度，中央新闻媒体和武警报社不能再让他去了，一则他人熟，再则刊稿难度小，胡少卿一拍大腿，一跺脚，心中一顿狂喜：好！就送他去解放军报社，听说在那儿学习送稿的人都快赶上一个加强营，哪个要想有名气、有建树的单位不重视新闻宣传，尤其是两报一刊！不过，胡少卿脸上的笑容犹如闪电划过夜空，稍纵即逝，他搓着双手，叹道："送出去学习简单，但要送到解放军报社去，难！"

胡少卿拿出通讯簿，筛子般的眼搜寻着能牵线搭桥的人，下班前，总算有了着落。事不宜迟，胡少卿立马找到了分管领导。"少卿有事吗？坐。"分管领导见胡少卿在他办公室门口晃悠，招呼道。胡少卿一屁股坐下说："首长，我今天来，是想给您汇报一下工作。"领导笑了笑说："少卿是大忙人，你来我这里，肯定有事，什么事，说吧！"胡少卿慢条斯理地汇报道："现在我们总队新闻工作势头不错，在中央新闻媒体和《武警报》的刊稿数质量都已名列前茅，但《解放军报》稍弱些，这势必影响到宣传效果，看首长能否派人到解放军报社去学习培训？"领导见自己的心腹爱将思考问题越来越全面，站位越来越高，心中不由得暗喜，他点了点头道："你跟我想一块儿去了，我正准备找你呢！不过，你看派谁去合适？"

　　胡少卿见自己的阴谋马上就要得逞，他往前凑了凑身子，道："《解放军报》是我们军内最权威的新闻媒体，派去学习的人层次要高，年纪要轻，最好是总队记者站里边的。"说到这里，他停住口，一双贼溜溜的眼睛盯着正在沉思的领导，等着下文。良久，领导抬起头，两束探寻的目光落在了胡少卿的身上，胡少卿会意道："首长您看，派韩钦宇去合适吗？"领导微合双眼，略加思索道："韩钦宇？他行吗？是不是嫩了点？"胡少卿一听这话，心里一下子就发毛了，他寻思着：这做了半天的铺垫，难不成给自己挖了个坑，待会儿弄不好还不得把自己给埋了！不行，就是说破天，也得把这个坑留给韩钦宇！想到这儿，他赶忙道："首长，韩钦宇可以的，他这样的人才，在总队屈指可数！"不待他说完，领导满脸疑惑道："韩钦宇怎么就人才难得了？他写的稿子不是说都是你给他挂的名吗？"

　　胡少卿一听这话，心里更急了，他为自己以前总抹黑韩钦宇，总抢他的功劳而懊悔，看看，这不是搬起石头在砸自己的脚吗？他不敢往下想，赶忙道："首长，这不是此一时彼一时嘛，这两年，首长给我们压担子搭平台，大家长进都很快，让韩钦宇去军报学习，再合适不过。"领导见胡少卿力荐韩钦宇，他也不好再说什么，随口问道："派韩钦宇去可以，《解放军报》那边同意接收吗？"胡少卿见大功将成，胸脯拍得震天响，连连表态道："首长放心，万事俱备，只欠东风，只是派人学习可得多出成果。"领导立马指示道："韩钦宇学习的事，马上安排，具体事宜，少卿负责！学习成果多多益善！"

　　出了分管领导办公室的门，胡少卿这才发现，自己的后背全湿了，就连手心里也快能养鱼了。他无心晃悠，直奔自己的办公室，他得趁热打铁，赶快将韩钦宇推下坑。胡少卿草拟完请示，反复推敲，仔细斟酌，一丝坏笑在嘴角慢慢浮起：哼，韩钦宇，这坑总算给你挖好了，你就等着往里跳吧，送你到那儿学习，你以为真是因为你优秀，比你优秀的人多了去了，不过除了优秀，还有你没有的东西，那就是钻营、厚黑，到时看不玩死你。

时光如白驹过隙，转眼间开学已一周，接送韩颖上课外班的事，包嵘已全部揽了过去，刚过去的这个假期，邹月没有回老家，一直住在苏雅家里，几乎都快成了韩颖的家教。苏雅除了给她治好了嗓子，每天都变着花样给她做好吃的，虚弱的脾胃也调理好了。每到双休日，包嵘都会不请自来，拎着大包小包的水果蔬菜，给他们做自己拿手的家乡菜，桌子上七碟子八碗，都快垒了起来。包嵘和邹月现在已不再生分，有时还会有一搭没一搭地聊上几句，每当这个时候，韩钦宇和苏雅都会找点借口领着韩颖出门，给他们腾出独处的机会。一开始，包嵘还会有点拘谨，后来聊得多了，慢慢也就放开了。两个人谈生活，谈工作，谈理想，谈今后的发展。包嵘眼下所在的单位，无疑是个硬伤，说起这些，包嵘眉飞色舞的眼神立马就会暗淡下来，不过他心里明白，他俩要想走到一起，这是一个怎么也绕不开的死结，他小心翼翼地试探着邹月的想法，邹月总是避而不谈，不置可否，包嵘急得嘴里都燎起了火泡。

包嵘恋爱受阻，韩钦宇和苏雅看在眼里，急在心头。包嵘每过三五天，就给他俩通报一次情况。韩钦宇焦心道："包嵘提干培训，上半年学，代职半年，再有几个月他就要回老部队代职去了，这一去啥时再出来，那可就没谱了！"苏雅闻言，更是焦虑不堪，叹了口气道："包嵘是个重情重义的好兄弟，他在咱家吃苦受难的日子里，没少帮咱们，你借调总队后的那段时间，家里的米面菜油都是包嵘请假上市里帮着置办的，冬天烤火取暖的煤是他用手推车一车一车推来的，他怕我们不够烧，每天晚饭后都去推，推来的煤堆得像小山一样。像他这样的好小伙，我们得帮他牵好线，邹月嫁给他，不会吃亏的。"韩钦宇沉思了片刻,安慰苏雅道:"据我观察,邹月对包嵘还是有好感的,她现在已在慢慢接纳包嵘,不过爱情和婚姻是两回事,爱情有时凭一时冲动就会产生,而婚姻则要靠坚实的物质和情感基础才能缔结而成。包嵘的现状不可能一下子就会变化,邹月如果动了感情,这些都不会成为问题,而如果她一直迟疑不决,即使我们想办法把他们拉扯到一起,他们最终也会走不下去。"真理往往几近刻薄,现实总是这么骨感,苏雅仔细琢磨着韩钦宇的话,嘴唇动了动,却没说出一句话来,可她还是不愿放弃努力。

月亮渐渐升高,有如身着白色纱衣的少女,娴静而安详,温柔而大方。她那银盘似的脸,透过柳梢,留下温和的笑容。韩钦宇晚上值班,苏雅和邹月两人洗漱完毕,便倚靠在床头上,聊着体己话。邹月心里跟明镜似的,苏雅找她聊天,多半是在关心她和包嵘的事。"你和包嵘认识有段时间了,你们这对'金童玉女'相互敞开心扉了没有?"苏雅轻松地开启了话题。邹月见苏雅这么幽默,心扉一下子就打开了:"苏雅姐,我正为这事犯愁呢,你不找我我还要找你呢,包嵘人厚道、细心、体贴人,谁要找上他,都会幸福的。可他所在的单位实在太远了,都快到了天边边,我倒不怕吃苦,就怕家里人会被吓着。"苏雅见邹月这么通情达理,心里真替包嵘高兴,她略加思索便回应道:"包嵘现在的处境的确让人忧心,可他年轻有魄力,聪明有才干,他不会一直被埋没的,相信他终有出头之日。"

见邹月仍心存疑虑,苏雅接着道:"包嵘是潜力股,你可得抓住了,你看我当初找你姐夫,谁能想到他会进疆,进了疆谁又会想到他会调到总队机关,来到边疆这座大都市。"邹月听了苏雅的话,心中噌地就燃起了希望之火,她扭过头来热切地望着苏雅说:"苏雅姐,我这里没啥问题,只是自打我姐姐做了军嫂,我父母一提起军人,心里就犯膈应……"话没说完,愁容又堆积在了她的面庞。苏雅不解地问道："你姐夫对你姐不好，让老两口生气啦？"
邹月苦笑着说："这倒不是，姐夫对我姐可好了，只是他俩一年难
得见上一面。我姐是个教师，每年两个假期，全都耗在了去看我姐
夫的路上。暑假，路上老发洪水，他俩总是隔河相望；冬天大雪封
山，我姐到了山脚下，我姐夫也下不了山。那年秋天，我姐临产，
他俩商量好在拉萨会合，他好照料一下我姐，可谁知那年的雪下得
又早又大，我妈陪着我姐到了拉萨，左等右等不见我姐夫的影子，
我姐生产那天，我妈担心得要命，签字的手连笔都握不住，浑身就
像筛糠一样。自那次受了惊吓，她就发誓小女儿就是跟了讨饭的，
也不能再嫁给军人。"谁说不是呢？邹月的话苏雅感同身受，如果
自己的女儿长大成人了，难保自己不会有这样的想法。她疼爱地看
着邹月，心里像打翻了五味瓶，这一夜，她失眠了。

　　夜深了，邹月侧过身去，躺了下来，这一夜，她辗转反侧，
未能成眠。姐姐和姐夫艰辛的爱路历程，使她万分感慨，可人生的
路前行都是黑的，谁知道今后会有什么样的际遇。她越想越烦，心
里犹如一团乱麻，没过多久，一阵沉沉的睡意袭来，她干脆两眼一
闭，什么也不去想了。繁重的授课任务加上学校里紧张的学习生
活，邹月忙得几乎喘不过气来，她已腾不出时间和精力再去想自己
和包嵘的事。包嵘每周还在接送着小颖，还在给他们变着花样做好
吃的饭菜，邹月发现自己已渐渐离不开包嵘，偶尔包嵘有事来不
了，她觉得自己的心里就空落落的。她一次次地在追问自己，这也
许就是人们所说的爱吧：起初，自己觉得包嵘个头不高，现在看着
也顺眼了；起初，自己觉得包嵘眼睛不大，不是双眼皮，现在却觉
得他的两只眼睛是那样的聚光，连单眼皮也成为一种独特的美；现
在就连包嵘又粗又黑，甚至有些夸张的两道浓眉，也似乎成了造物
主赐予他的唯一标识。

　　邹月决定在包嵘下部队代职前请段长假，带他去见自己的父母。她按捺不住自己急切的心情，当晚就将自己的想法告诉了苏雅。苏雅被惊得目瞪口呆，她随口追问道："你不会是一时冲动吧？跟家里人商量过了吗？"见苏雅此刻反应如此强烈，邹月感到心里暖暖的，她心里明白，在苏雅的心里她和包嵘一样重要，苏雅只想让她俩幸福快乐，不想看到任何一个人痛苦，受委屈。邹月顿了顿，平静地说："苏雅姐，我是认真的，我想好了，一个人能找到爱自己和自己所爱的人，是不容易的，找到了，就得珍惜。我认为，人的幸福，不是你拥有多么辉煌的事业，处在什么样的高位，而是面临各种人生磨难时，两个人能否并肩携手，相依相偎，不离不弃。你看你和姐夫，经历了那么多的人生坎坷，却总是相爱如初，你还放弃了与家人团圆的机会，放弃了那么好的前程，无怨无悔，我认为这才是人间难得的真爱。"苏雅见邹月说得这么动情，还拿自己和韩钦宇打比方，立马不好意思地低下了头，这让她不得不重新思考如何去帮邹月走出爱的迷局。

　　列车鸣着长笛，欢快地穿行在陇海线上，翻滚的麦浪犹如金色的波涛，熟透了的柿子好像红色的宝石，红扑扑的苹果活像绿叶掩映的笑脸，火红的高粱犹如燃烧的火把……望着车窗外美丽的秋景，包嵘的心都要醉了，尽管邹月父母这一关非常难过，他心里一点也不托底，可恋爱结婚的事，决定权归根结底还是在邹月手里，再说邹月家是书香门第，伯父伯母也都通情达理，只要自己好好表现，没有过不去的火焰山。邹月此刻的心绪却一点也不宁静，正所谓近乡情更怯，列车眼瞅着已驶过了三门峡，再一路往东，到了郑州，也就到了家门口，父母听说她要回来，高兴得天天给她打电话，这会儿说不定早已在郑州车站等着呢！

离到站还有近两小时，包嵘就已从上铺上一骨碌爬了下来，行李架上、卧铺下边、茶几台下散放的东西他都已归拢到了一起，邹月散放在茶几上的洗漱品、化妆品，他也全部收拢到位，忙完这一切，他擦了把脸，换上了邹月为他专门置办的行头——笔挺的皮尔·卡丹西服、领带、锃亮的金利来皮鞋，听说这双皮鞋还有特制的内增高鞋垫，他这一穿上，立马感到整个人都帅气了不少！他照着镜子，由衷地赞叹道："哎，这真是人靠衣装佛靠金装啊！俗话说丈母娘看女婿——越看越欢喜，现在连我自个儿都越发喜欢自个儿了。"这会儿他已回到了包厢里，刚刚起身准备去梳洗一下的邹月，猛地一抬头，愣是没有认出包嵘，直到包嵘开了腔，邹月才忍不住笑出了声："你咋打扮得跟个新女婿一样？"包嵘笑着贫嘴道："我可不就是新女婿，要去见老丈人，真得感谢你给我置办的这身行头，我都快认不出我自己了。"邹月不好意思地回嘴道："这才哪儿跟哪儿，怎么就老丈人长老丈人短地叫上了？真不害臊！"包嵘估摸着时间差不多了，忙侧身让道给邹月，好让她赶快梳洗。

车辆慢慢滑进了站台，邹月的额头抵着窗玻璃，两只眼睛四下搜寻着，这才看到爸妈的身影，她高兴地轻拍着玻璃窗，呼喊着爸妈，爸妈也伸长脖颈紧盯着驶过的车厢，搜寻着女儿的身影。列车刚停稳，两位老人便随着人流步履蹒跚地挤到了女儿乘坐的车厢门口。"哎哟我的月月，妈妈想死你了！"邹月刚一下车，妈妈一把将邹月揽在怀里，好一顿埋怨，"都怪你不听话，我们让你考内地的院校，你非要跑到这么远的地方去，看这下见一面多难啊！"包嵘紧跟着邹月就下了车，他脊背上背的，肩上扛的，胳膊肘夹的，手里提的，活像一个搬运工一样。他来到邹月身旁，将东西往邹月脚下一堆，立马又折身上了车，又是一顿肩扛手提，邹月爸一看包嵘这么热心，又是问好，又是递烟，又是道谢，心想："还是边疆人厚道，看这忙帮得多卖力。"他心想着这次东西拿完，包嵘就该上车走了，可谁料想这小伙归置完东西，像周仓一样静静地戳在了邹月的身旁，丝毫没有要走的意思，他纳罕道："月月，这些东西都是你带回来的吗？"邹月这才意识到自己光顾着跟妈妈亲热，竟然将包嵘晾在了一边，她不好意思地做了个鬼脸，朝爸妈努了努嘴，道："爸，妈，这是包嵘，我的男朋友。"

邹月的话一下把爸妈惊得目瞪口呆，爸爸怔怔地看着眼前这张陌生的面庞，脸一下子就黑了下来，暗自寻思着：邹月这事做得太轻率，终身大事也不跟父母商量一下，就自作主张，这不是胡闹吗？妈妈一看老伴变了脸，想到邹月难得回来一趟，再大的事，也得回家再说，可不能闹得让孩子下不了台，她便悄悄拽了拽老伴的衣袖，圆场道："月月，包嵘，你们一路上累坏了吧，咱们赶快回家吧。"一路上，大家闷不作声，各想着各的心思，车里静得只剩下了风声。

邹月家只有姊妹两个，姐姐出嫁后，爸妈一直住在这里，这套住房140平方米，位于市区核心地段，小区环境优雅，远离主干道，可谓闹中取静。房子中式装修，实木地板，家具都是清一色的红木材质，客厅和门厅挂着几幅考究的字画，整体格调古香古色。包嵘家在农村，没见过什么大世面，他一踏进邹月的家门，一股自卑感便悄然袭上心头。邹月妈给他沏好茶，示意女儿好好招待客人，便闪身进了厨房，帮着老伴一起忙着做起饭来。邹月爸见老伴来给他打下手，悄声道："你说咱养的两个女儿咋都这么傻，谈对象这么大的事，事先也不说一声就把人领回来了，你让咱们这老两口咋办？"邹月妈见老伴动了气，开导道："月月年龄也不小啦，也该谈婚论嫁了，她是个懂事的孩子，她看上的人错不了。"邹月爸见老伴这么护着女儿，焦心道："女不教，母之过！咱们这两个宝贝女儿，遇事先斩后奏，都是你给宠坏的，你看看，莹莹一声不吭，嫁给了边防军人，苦成啥样，月月不吭不哈，就给咱们领回来个人，可别再是个军人，还又是个边防军人，到时你让我们老两口可咋活？"邹月妈一听老伴的话，顾不上和他打肚皮官司，擦了把面手，折身就回了客厅。邹月妈笑了笑对女儿说："月月，你回来了就去给你爸爸搭把手，聊会儿天吧，你爸爸在厨房叫你呢。"邹月笑着看了看包嵘，起身进了厨房，邹月妈在包嵘对面落了座，寒暄了几句便拉起了家常，很快便将包嵘的底细摸了个八九不离十。包嵘的身世家境她都不在乎，可当她得知包嵘就是一名军人，部队就在大漠腹地时，脑袋嗡的一下就大了：这可咋给老伴交代，这不是怕啥来啥吗？哎哟，这可要了我们的老命喽！

　　"钦宇，处长找你，请到他办公室去一趟。"刚上班，宣传处内勤干事便找到韩钦宇说。这让韩钦宇颇感意外：记者站虽是宣传处下属单位，但一般都是部门分管领导直管，没有特别的事，处长一般不会直接找到记者站某个人。韩钦宇还在想着心事，不觉已到了处长办公室门口，门虚掩着，处长刚看见有人影闪过，便招呼道："是钦宇吗？赶快进来。"韩钦宇一进门，处长寒暄两句便直奔主题道："钦宇，咱们总队新闻报道势头不错，近几年一直在武警部队名列前茅，在这点上你功不可没，现在总队争取到一个去军报学习的名额，你准备一下，明天就得动身。"

　　见韩钦宇一时有些发蒙，处长随手拿起一份首长已圈阅完毕的请示件，递给韩钦宇道："这次学习培训，规格很高，你又是首长钦点的人选，我看了一下，给你的刊稿任务很重，你可得高度重视，好有个心理准备。"韩钦宇一边听着处长的嘱咐，一边扫视了一眼请示件，承办人签名处赫然写着"胡少卿"三个字。韩钦宇的脑袋一下子就大了，他暗自思忖：这又是胡少卿出的幺蛾子，这次这个坑不仅挖得又大又深——《解放军报》那么点版面，多少部队多少人都在盯着，这么重的刊稿任务，累死也完不成。这倒也罢了，这么大的事，他竟然办得这么隐蔽、这么不露声色，半点回旋余地都没有。想到这儿，他只有苦笑着接受任务的份儿。胡少卿的为人和做派，处长心知肚明，少不得安慰韩钦宇几句，他能做的也仅此而已。

韩钦宇接上小颖回到家，苏雅还没回来，他像往常一样，安顿好女儿，便系上围裙，开始和面、洗菜、切肉，忙着张罗起晚饭，明天这个时候，他就已经坐上进京的车，今天，他得多做几样拿手的好菜，好好表现一下。唉！自打苏雅嫁给自己，要么就是跟着自己东奔西跑，工作都丢了，要么就是自己成天东奔西跑，忙得顾不了家，这不才刚消停两天，就又被胡少卿算计上了！

苏雅哼着小曲回到了家，这几天她心里一直高兴着，边城首府连着几天都在降温，韩钦宇终于从迎来送往中解脱了出来，每天除了正常上班，都能按点接孩子，回家做饭，这让她省了不少心，她越来越觉得自己是这个世界上最幸福的人。听到敲门声，韩钦宇提溜着拖鞋，微笑着迎了出来，在苏雅低头换鞋的当口，他顺手接过了苏雅的单肩包，苏雅见韩钦宇这么殷勤，抬头又见餐桌上摆得满满当当，随口道："钦宇，今天是什么好日子？"见韩钦宇站在一旁只管傻笑，她心里暗自将家里老人和小孩的生日盘算了一遍，笑道："不对啊，今天谁也不过生日，难道有什么好事你瞒着我？"韩钦宇见妻子心里起了疑，怕辜负了这一桌好饭，装作没事人一样，一把拉过了妻子，招呼着孩子，遮掩道："这些天我们都累了，做几样好菜给大家补补身子，今天我还特意备了瓶红酒，我们一家人小酌两杯。"

苏雅了解钦宇的行事作风，疑虑陡增：他指定遇上什么难事了，要不这么追问他都不肯说。但见钦宇兴致高涨，便不再追问，安坐下来，对酌起来。小颖吃完饭，做起作业。苏雅和韩钦宇收拾停当，在沙发上坐了下来，见韩钦宇还没有想说的意思，苏雅探询道："你是不是又要出差了？"韩钦宇本能地摇了摇头，苏雅又追问道："那就是又要去北京了？"见韩钦宇默不作声，她心里一沉，忙问道："多长时间？啥时候走？""半年，明天。"韩钦宇挤出这两句话，便颓然地瘫倒在了沙发里。"啊？半年？明天？"苏雅尽管已有了心理准备，可她还是被惊到了，自己上班这么忙，孩子又还这么小，前些日子还有包嵘搭把手，眼下包嵘也回家相亲去了，唉，这往后的日子可咋熬。她默然地站起身来，叹了口气，便进了房间，为韩钦宇收拾起了东西。

邹月进了厨房，忙着四下里找围裙，准备给爸爸好好搭把手，邹月爸切着菜道："月月，别忙啦，东西我都准备好了，你就待在我身边，陪我说会儿话吧。"邹月一看厨房里菜、蛋、肉摆得满满当当，就是找到围裙，也搭不上手，索性待在一边，同爸爸拉起了家常。没说两句，爸爸就将话题扯到了包嵘身上，他询问了包嵘的籍贯、家境后，又问道："包嵘和你是同校还是同班同学？"邹月回应道："不是的，爸，他已经工作了。"邹月爸一听，停住菜刀，偏过头来问道："他在哪儿工作？"邹月见爸爸一脸认真劲，咬了咬嘴唇，道："他去年刚提干，现在马上毕业就要下部队。"邹月爸一听包嵘是个军人，女儿的回话每次都像挤牙膏一样，似在掩饰什么，焦心地问道："他上的院校是不是在首府？他毕业后是不是还得留在那儿？"见女儿红着脸站在那儿一声不吭，他小声训斥道："这不是胡闹吗？我们还指望着你上完学回内地工作呢，你看我和你妈，一天天老了，身边没个人能行吗？"

正在这时，邹月妈一阵风似的来到了厨房，见老伴脸色铁青，她明白老伴已经什么都知道了，一把拽上女儿，闪身就进了书房。刚一闭门，她便训斥道："月月你好糊涂，你谈对象时想过我和你爸没有？交往多长时间了，到啥程度了？"邹月被妈妈的阵势吓了一跳，她怯怯地说："妈，我和他才刚交往没多长时间，你想哪儿去了？"邹月妈一听这话，长长地出了口气，道："这就好，我的小祖宗，好合好散，我们身边离不了你，你赶快让人家孩子去跟别人谈吧，别把人家给耽搁了。"邹月见妈妈也世俗起来，撒娇道："谈对象的事看的是缘分，缘分到了，其他的这不就顾不得了吗？"邹月妈见女儿直冒傻气，不待她说完，抢过话茬道："我也知道恋爱靠的是缘分，可你也不能把一辈子的幸福都给搭进去，边疆那么远，他待的单位那么苦，你倒是图个啥？"

邹月见妈妈动了气，马上乖哄道："边疆是远了些，可那儿一些城市我也去过，虽不怎么繁华，但也蛮有特色的。"邹月妈见女儿还在贫嘴，打断她的话头道："月月，别给我打马虎眼，你倒是给我老实交个底，他的部队究竟在南疆还是北疆！"邹月见妈妈追得这么紧，蒙混过关是不行了，心想：伸头一刀，缩头一刀，干脆摊牌算了。她吐了口气、定了定神，垂着眼帘道："老妈！我说了你可别着急！"说着用眼角余光偷瞄了妈妈一眼，见妈妈焦急地等着下文，她忐忑不安地从牙缝里挤出了两个字："宇垄！"声音小得快连自己都听不清了。

"啥？宇垄？你给我再说一遍！"邹月见妈妈被宇垄这个地名唬得下巴都快掉了下来，连忙安慰道："别看宇垄在大漠边缘，那城市好着呢，盛产举世闻名的宇垄玉。以后我到了那儿……"不等她说完，邹月妈立马打断了她的话，声音都提高了八度："好你个月月，你就别再给我灌迷魂汤了，宇垄那个地方我和你爸都知道，你爸一直担心你在边疆谈对象，给我们找回一个待在天边边的女婿来，真是怕啥来啥，你趁早给我死了这份心！"

邹月见妈妈和自己杠上了，委屈得眼泪直在眼眶里打转，可她转念一想，妈妈这么生气，也是为自己好，小心地给妈妈赔着不是道："老妈，我知道错了，可包嵘人好，又有才干，要不了多久他就会到总队的。"邹月妈刚还在气头上，现在女儿服了软，一副可怜兮兮的样，不觉心头一软，心疼起女儿来，她担心刚才语气太重，女儿受不了，便又和解道："月月，人生大事可得想好了，你看我和你爸都老了，以后的路，还得靠自己去走，你这么恍惚，让我和你爸操不尽心。"邹月见妈妈语气缓和了下来，她的心头掠过了一丝光亮，她没有急着去说服妈妈，她心里明白，只要妈妈没有将路封死，剩下的事情都交给时间来解决，事缓则圆嘛。

包嵘此刻被晾在了客厅里，尽管厨房里隐约飘来一丝丝饭香味，可他透过诱人的饭香，闻到的却是一股股火药味。屋里静得都能听到心跳声，包嵘坐立不安，时间仿佛停滞了。邹月先是被妈妈支进了厨房，没多久，又被妈妈叫进了书房，中间当口，自己又被伯母像查户口一样过了次堂，心里快乱成了一团麻，他替邹月捏了一把汗，他能体悟到邹月眼下的处境，他恨不得冲到书房替下邹月，去承受所有的委屈和责难。

"她妈，快喊孩子们吃饭啦！"邹月爸自打进了家门，一头扎进厨房，忙得昏天黑地，现在一大桌美味佳肴已经上齐，尽管女儿一回来就给他添堵，可见女儿一面多难啊，还有什么比家人团聚更让人开心的事情。见客人都上了桌，老伴和女儿还迟迟没有过来，他一边招呼包嵘，一边笑着朝书房喊道："哎，我说你俩咋还不出来，看看我给你们做啥好吃的了！"邹月妈听到老伴又在催她娘俩，她稍稍平复了一下心绪，拉开了门，边回应着就上了桌。大家边吃边聊着，起初，老人问一句，包嵘说一句，显得很拘谨，酒过三巡，菜过五味，邹月爸一下子就放开了，包嵘胆子也壮了起来，两人有一搭没一搭地聊起了部队，聊起了边疆的生活。

聊着聊着，邹月爸醉眼惺忪地问道："你们部队是在沙漠里边吗？"见包嵘点了点头，他暗自思忖：这小子还算实诚，邹月给我们出了个大难题，硬着把两人拆散，难免伤感情，待我仔细盘问，与他周旋，好让他知难而退。想到这儿，他又随口问道："你们部队离首府有多远？交通方便吗？家属随军孩子上学怎么样？"包嵘见伯父虽没有一下子就接纳他，但思想方面也没有想象的那么激烈，这些问题要是给伯父交代好了，自己和邹月的事，不是没有希望。想到这儿，他小心翼翼地回应道："我们部队离首府远了些，有1800多公里，不过交通挺方便，沙漠公路路况很好，跟内地高速公路一个等级。"见伯父对他的回话默然颔首，便又接着道："我们支队是进疆部队，家属随军的问题上级很重视，解决得很到位，现在许多家属一随军，只要是本科生，大都被录用为地方公务员，老师和医生这两个职业，安排得更好。"

邹月爸见设的套没起作用，忙又问道："你学习期满会安排在哪儿？"包嵘随口道："宇垄。"邹月爸眼前一亮，又追问道："你回老部队能调出来吗？"邹月见爸爸像法官一样，一直在问询着包嵘，便不时给爸爸递眼色，偷拽爸爸的衣襟，坐在一旁的邹月妈明白老伴的用意，便不停地和邹月聊天说话，不给她干扰老伴的机会。包嵘见这个问题问到了要害处，他又不能绕开不回答，思虑良久才答道："伯父，这个问题很难说，照我们……"邹月见包嵘马上就要掉进坑里，立马抢过话茬道："照他们部队以往的先例，有才干的人，待不了多久就调到上级机关了，他们支队进疆也就两年多，带他的老师韩钦宇还有好几个人都调总队了。"包嵘见邹月帮他解了围，满眼都是感激，邹月妈见老伴挖的坑转瞬间就被女儿给填了，她又气又急，白了一眼女儿道："好好吃菜，你爸和包嵘在谈大事，咱们女人家别插嘴。"饭吃到临了，包嵘简直好似越障高手，邹月爸只得暂且作罢。

韩钦宇被安排进军事部。吃住在报社，宿舍虽是半地下室，但离办公楼很近，这就省去了劳累奔波。带他的老师是一位年富力强的组长，不大的办公室，摆放着四张桌，有三张拼在一起，独桌半掩在门后，韩钦宇到得晚，先来的两个人，与自己年龄相仿，男军官坐在组长对面，女军官坐在右手侧。这天上班，组长召集大家开会，明确了分工及规章制度，临了，笑道："这间办公室，过两天要挤五个人。"说着扭头朝女中尉笑了笑，她马上会意道："组长，要来的是不是我们南政的学姐？"组长笑了笑道："你这个学姐，她刚考上博，年龄只怕比你还要小些。"见女中尉一脸惊诧，组长没再吭声，示意大家各忙各的去。

韩钦宇到报社学习已非首次，可谓轻车熟路，收发稿件，修改小样，校对大样，凡事做得有板有眼，没过几天，组长就对他青眼有加。这天早晨，韩钦宇早早忙完杂务，又埋头校对起大样，他感到身后有个人影飘过，一股淡淡的幽香随即弥漫开来。她见组长不在，屋里的人都在低头忙着，她拣了个空位，坐了下来，也低头忙了起来。韩钦宇侧过脸去，正好看到这位妙龄女军官的侧影，她的头样很美，秀发齐肩，微向里扣，蓬松地遮住了双耳，制式的军装难以掩住她曼妙的身形、纤细的腰身，反为她平添了几分英气。不大一会儿，组长带着女中尉朝办公室走来，女军官听到熟悉的脚步声，便迎了出去，同组长打招呼。组长进得门来，给大家隆重介绍道："这就是我说的南政高才生、军事科学院女博士黄沁月，以后大家同学，互相关照。"随后又将大家介绍一番，顿了顿说：
"哦，对了！我马上要开个会，你们相互熟悉熟悉。"

黄沁月落落大方地和大家打着招呼，很快熟络起来。大家自
报家门，进一步地介绍着自己，满屋子的人只有韩钦宇是边疆过来
的，显得格外的扎眼。黄沁月出身军人世家，从小就有英雄情结，
在她的心里，边关的明月都要比内地的月亮大得多、亮得多。当她
听到韩钦宇是来自边城首府的军事记者，且在南疆重镇宇垄待过，
参加过许多处突维稳任务，眼睛一下子就亮了起来。她款款来到韩
钦宇跟前，伸出了右手，郑重道："丹心昭日月，碧血洒天山。了
不起啊，向您致敬——可爱的天山卫士！"韩钦宇这才留意到，黄
沁月面庞古典而又清秀，眼睛像微风拂过的早稻田，不时露出稻田
下面水的青光，柳眉纯净得犹如画就的一般，眼睛上盖着长长的睫
毛，给象牙色的脸投去一抹淡淡的阴影，细巧而又挺直的鼻子透着
股灵气，柔唇轻启，露出一口玉粳白露般的牙齿。见韩钦宇一脸错
愕，她微笑道："好男儿自当有奇志，我若不是女儿身，也会奔着
边关明月而去。"韩钦宇这才回过神来，赶忙和她握了握手，微笑
道："钦宇不才，岂敢岂敢！古有穆桂英沙场建奇功，今有黄沁月
胸中有奇志，钦佩钦佩！"两人咬文嚼字的对话，引得大家禁不住
笑出声来。他俩更是四目相对，忍俊不禁，心篱瞬间拆解。

军事组一下子来了四员干将，工作干得风生水起，一向忙得
昏天黑地的组长，可支配的时间越来越多，他提议开设新闻沙龙
的想法，让大家颇为期待。这天上午，忙完手头的事情，大家围
成一圈，组织了首次新闻沙龙。组长微笑着扫视了一圈，乐不可
支道："别看咱们这个新闻沙龙小，但是陆海空武警的代表全都有
了，下面咱们按编制序列依次开讲。"组长话音刚落，黄沁月也不
推让，双眉微蹙，随即道："我给大家带来的是当下影视媒体比较

热门的话题——脱衣舞主持。"过于敏感的话题顿时引得大家一片
哗然，可她似乎早有预料，并不以为意，从容不迫地讲述起来，边
讲边比画着，动作形象逼真，甚至有些过于夸张大胆，让大家不由
得浮想联翩，羞涩不已，海军上尉借口内急，去了厕所，空军中尉
见学妹如此前卫奔放，她俯下身去，拿出传呼机，假称有事起身到
了走廊。组长和韩钦宇却听得津津有味，黄沁月心里明白，内行听
门道，这一堂课总算没有白费，她口若悬河般地讲述着，不时感激
地看他们一眼。海军和空军代表卡着点进门落座，只听到一些结束
语，这才发现是自己想歪了。海军上尉是组织干部转行过来的，擅
长典型宣传，空军中尉是科班出身，她俩体会交流中规中矩。轮到
韩钦宇，他一开场，讲述的都是边陲卫士的战斗生活，处突尖兵的
动人风采，新闻背后鲜为人知的动人故事，他的心得体会，犹如边
疆部队发展的望远镜，边陲生活的多棱镜，一下子就将大家带入
了遥远闭塞、神秘寂寥、热血沸腾的边陲军人世界，让大家耳目一
新，灵魂震颤。半小时的体会交流，大家还嫌太短，组长点评给了
高分。沙龙之后，韩钦宇隐约感到，黄沁月的目光总会不时落在他
的身上，自己的内心也在悄悄发生着微妙的变化。

　　打发走了韩钦宇，胡少卿安逸了许多，眼下还有桩喜事，就是
他新晋了副处长，与他一起晋职的还有韩钦宇，不过他一直瞒着不
说，他心里有自己的盘算：眼下自己当了副处长，韩钦宇接了他的
班，官倒是升了，可一副一正，一虚一实，眼瞅着大权就得旁落，
至少再不能独断专行，为这事，他好几个晚上都没睡好觉。刘亦龙
早就吵吵着要让他放血，他都没有心情去张罗饭局。急过几天，他
也就疲了，他忙着让人将自己的办公室从三楼搬到了十楼，为了这
一天，他巴望得眼都绿了。他双手捧着一张报纸，躺倒在转椅里，

跷起二郎腿来，优哉游哉地瞅着看有没有花边新闻，不时腾出手来呷巴一口茶。不过这在他看来，还是案牍之劳形，日影移得这般慢，似乎专和自己过不去。正闷得慌，刘亦龙扯着高门亮嗓就闯了进来，他随手将自己刚刚付梓的《那山那水那河》，丢到胡少卿的桌面上，说："胡副处长，恭喜你终于修成正果，没事了多写写散文诗歌，别一根筋钻到本报讯里出不来。"胡少卿顺手翻看着诗集，挖苦道："我们是苦命人，正事还忙不来，哪有这闲情无病强说愁？"见刘亦龙觍着个大脸笑呵呵地看着他，他又挖苦道："这诗集名字取得倒不错，那山那水那河，就是不见那人，噢，对了，那人真的不行。"说罢，也不看刘亦龙的脸色，自顾自地笑得前仰后合。刘亦龙知道胡少卿在取笑他，可他并不恼怒，他还有事找胡少卿合计。

刘亦龙等胡少卿收住了笑，凑上前去，悄声道："你还有心思跟我没正形，我看那不行的人没准就是你。"胡少卿闻言欲怒，却发现话里有话，忙问道："你倒说说看，我咋就不行？"刘亦龙回应道："你眼下看是升了副处长，可那是明升暗降啊，韩钦宇接了你的位置，你再不动作，马上就没你说话的份儿了。"胡少卿倒吸了一口凉气，道："你担心的倒也没错，可他韩钦宇要想架空我，还嫩了点。不过，凡事得未雨绸缪，你可有高招？"刘亦龙觑着一双师爷眼，阴沉沉地算计道："你和韩钦宇晋职，都属于微调，不会大张旗鼓地宣布命令，此前有人传言，总队即使正营满编，领导也要腾出位置给韩钦宇调职，你不妨将错就错，告诉他下的命令是电影发行站站长，他必不起疑，到时他名不正言不顺，你虽提职，仍可大权在握。"这招虽损，却暗合了胡少卿"穿别人的鞋，让别人瞎找去吧"的人生信条，他高兴地拍手连声道："高，实在是高！知我者，亦龙也！"当下，就拿起电话，定好了晚宴的地儿。

晚宴只有四个人，胡少卿和刘亦龙各带了一名处里的内勤，宴会规格不低，人少，但菜品很多，七碟子八碗都快摆了起来。不待菜上齐，他们便喝酒划拳，胡吹海侃，不大一会儿，便酒酣耳热。刘亦龙见胡少卿来给他敬酒，他亲热地勾搭着胡少卿的肩膀，移步到角落里，微微俯下身子，醉眼迷蒙地说："老弟，早晨跟你说话，忘了一个人，这个人，你可得赶紧拉拢过来，一下镇住他，让他对你服服帖帖。"胡少卿晃着身子道："你说的是沈俊杰？他才过来半个多月，这里能有他啥事？"刘亦龙回应道："欺老不欺小，你别小瞧了他，他可是复旦大学的国防生，脑子应该好使着呢，用好了可是你不可多得的马前卒。"胡少卿一听言之有理，用手背拍拍脑门道："你倒说说看，我咋个用法？"刘亦龙坏笑道："你这可是升官不长心，当然得先教会他花钱报账。最好还得给他挖些坑，把他的小辫子揪在手里。"胡少卿闻言，一点就透，他会意地笑了笑，等着下文。两人说着话，头抵着头，向前勾着，酒杯在空中旋来转去，不时碰在一起，杯里的酒连滴带洒，都快见了底。

　　邹月和包嵘的事僵在了那里，可毕竟来者都是客，请客容易送客难，不管事情成不成，留人在家里住上几天，看看家乡的风土人情也是情理中的事。不过老两口很快就发现，包嵘真是个勤快的好孩子！早上他们还没有起床，包嵘就已经悄无声息地为他们备好了早点，上午他俩出去遛弯回来，家里早已收拾得清清爽爽，午餐也已经在做。包嵘掌勺，邹月在一旁打下手，一连几天，饭菜既不重样，色香味美，又照顾到了个人偏好。这让他们不觉进退两难起来，可他们心里还是有颗定盘心，来家里就是客，好吃好喝好招待，要想打女儿的主意，没门！

　　慵懒的午后，邹月爸戴着老花镜，手里捧着一本古籍，半躺在摇椅里，眯着眼研究着，消磨着时光。包嵘和邹月收拾完餐盘，就相跟着出了门。邹月妈见老伴躺卧在摇椅上，眼睛半开半合，优哉游哉，像个老学究一样，焦虑地说："你看这包嵘，人倒是蛮实诚蛮勤快的，可就是邹月若是跟了他，以后烦心的事指定少不了！"邹月爸心里也着急，可一番较量下来，他浑身解数使尽，可包嵘仍没事一样待着，一点走的意思都没有，女儿也不站在他们这边，一吱声就跟着跑了，他实在拿包嵘没办法，便随声支应道："嗯，边疆确实太远了，宇垄确实太苦了。"邹月妈见老伴没把他的话当回事，一把夺过老伴手中的书，唠叨道："看书看书，成天就知道看书，女儿都让人拐跑了，你也不着急！"邹月爸见老伴动了气，忙坐起身道："她妈，你倒给我说说看，咱能有啥好办法？"邹月妈见老伴也不费心琢磨，又把球踢给了自己，便指责道："你可是咱们一家之主，将来女儿走错了路，我可只管和你说事！"邹月爸一听就急了，忙回应道："古语云：子不教，父之过；女不教……"不等他说完，邹月妈就打断了他的话头，数落道："好了好了，女不教，母之过！我看你这个老学究，满脑子都是之乎者也，说这些有用吗？让女儿断了念想才是正经！"

两人正争得不可开交，门铃响了，邹月爸像是见到了大救星，马上抽身去开门。邹月妈赌气进了卧室，再没出来。门开了，邹月拎着东西，合上雨伞，闪身进了门，包嵘却蹲在楼道里，忙着拆封东西，半天没起身。邹月爸正欲出门察看，邹月一把拉住说："这是包嵘给您买的笔砚，您快瞧瞧！"邹月爸酷爱书法，一听女儿手里拎的是笔和砚台，立马相跟着进了书房，女儿先抖搂出来的是一方砚台。邹月爸见此砚形方朴实，莹润细密，色泽曼妙，叩之有声，抚之若肤，砚背荷叶如盖，雕饰线条明快。把玩许久，暗自赞道："此砚应是歙砚上品，无怪文人墨客皆视歙砚为至宝，黄庭坚曾有诗云：'不清不燥禀天然，重实温润如君子。'"

邹月见爸爸对这个砚台珍爱有加，又指着书案上码放整齐的十几支毛笔，道："老爸，这些毛笔您看看合意不？"邹月爸扭过头一看，好家伙，这么多的毛笔，一字长蛇阵般排开，大号的堪称如椽巨笔，小号的能写蝇头小楷，大大小小排在一起，犹如俄罗斯套娃一般有趣，禁不住乐了："月月，一下买这么多的毛笔，咱家要开笔店了吗？"邹月一歪脑袋，俏皮地说："包嵘说啦，老爸字写得可好了，宝剑就得送英雄。"听了闺女的话，邹月爸心里别提多舒坦。两人聊得正起劲，包嵘已将宣纸从油毡布里取出，他拎着两大捆宣纸进了书房，邹月爸一见这么多的宣纸，当时就愣在了那里，这么多的宣纸，少说也有二三十刀，而且都是上好的徽宣。老人见包嵘又是买这又是买那，禁不住道："孩子，一下买这多东西，得花多少钱！"包嵘笑了笑说："伯父，一点心意，没花啥钱！"邹月一旁帮腔道："包嵘刚提干，领了半年工资呢，这只是略尽点孝心！"

邹月见爸爸已有了接纳包嵘的意思，心里暗喜道："老爸现在加入了我们的阵营，就只剩下搞定老妈了。"邹月这才想起自打进门就没见妈妈的身影，便侧过脸问老爸："老妈呢？"老头朝卧室努努嘴，悄声道："你妈正和我怄气呢，我看一时半会儿消不了啦。"邹月见爸爸神情沮丧，一筹莫展，不免心焦起来：自己和包嵘的事，妈妈不点头，那等于还在空悬着，爸爸在这节骨眼上，惹妈妈生气，那不等于在给人添堵吗？想到这里，她嗔怪道："老爸，我妈的脾气你又不是不知道，凡事多让着她点，不就没事了。"邹月爸见女儿长大了，便笑了笑疼爱地说："月月说的是，你俩要能早回来一小会儿，我和你妈的气也就怄不起来。"邹月见爸爸认错态度很好，便笑道："解铃还须系铃人，乖哄老妈的事，还得你自个儿来，别人谁也帮不了你，和老妈处不好关系，仔细老妈晚上不让你进门。"邹月爸见女儿得理不饶人，便笑道："我们都老夫老妻啦，没你说得这么玄乎。"

邹月妈躺在床上，正独自怄气，尽管隔着门，但老伴和孩子们的话她还是听得真。见老伴进来，她身子一转，别过脸去。邹月爸见老伴两眼微闭，还在置气，坐在床沿，俯下身去赔着笑脸道："她妈，多大点事，还在怄气呢？"见老伴侧脸装睡，不搭理自己，邹月爸又觍着脸道："孩子大了，恋爱的事就由她们吧，一人一福，一人一命，强求不来。"邹月妈本不想理他，但见老伴转换了态度，猛地坐起身道："他们给你灌啥迷魂汤了，别以为我不知道，月月年轻不懂事，难道你也跟着犯糊涂？"邹月爸见老伴还在钻牛角尖，劝解肯定不起作用，只能启发诱导，想到这儿，他和声细语道："她妈，你说给月月找对象，图的啥？"见老伴这个问题好幼稚，她白了一眼，反问道："你倒给我说说看，图的是啥？"邹月爸回应道："依我看，孩子找对象，图的就是两情相悦，不离不弃，一生幸福。"邹月妈闻言气不打一处来，心想：这老头看来还不糊涂，可到了这件事上，想的和做的完全不是一回事。她没好气地说："你也知道一生幸福，可这幸福，包嵘他给得了月月吗？一想到边疆、大漠，我的心一下子就被揪到了天边边！"邹月爸见老伴只嫌弃包嵘所在单位苦，而对个人条件没有指摘半句，便耐心开导道："人的命运都在变，包嵘刚当兵时，也不在边疆，月月上大学前也在内地，你看这不都在变吗？咱现在就是给月月找个内地的，没准月月也不愿回来。"邹月妈乍一听这话，心里还有些憋火，可细一想，倒还真是这么回事。见老伴闷在那儿不吭声，邹月爸又趁热打铁道："包嵘这孩子人好实诚有孝心，不光对咱月月一心一意，以后成了家，对咱老两口也错不了。"邹月妈听着是这个理，可她心里还是拧着一个结：包嵘要是窝在大漠出不来，那不是苦死月月了？唉，事已至此，月月自己认定的事，也只能由着她。

第十一章
爱之饴，天堂人间共徘徊

　　雨霁初晴，银杏着金，天澄澈得犹如一泓秋潭，燕山山麓好似画家的信笔涂鸦，黄澄澄的银杏，金箔般闪亮；红彤彤的枫叶，直烧到天际；沁香四溢的丹桂，香满京都。长假已放，韩钦宇却已得了假前综合征，他忙着手头的工作，心里却盼着长假不用加班，好让自己的身心得以放松和休养。他正出神，传呼机响了，他的心一下子就悬了起来，立马紧张地掏出传呼翻看。"钦宇，国庆长假有无安排，如无，一起去爬香山吧！"传呼是黄沁月发来的，韩钦宇望着手里的传呼，长长地舒了口气，眉头一下子又皱了起来：自己已有家室，和人家一个女孩爬的哪门子香山？他的手指忙着去按键盘，准备回复。可他转念一想：人家女孩好心相邀，你却不理不睬，岂不又有故作清高，不通人情之嫌！回信他打了删，删了打，折腾得头昏脑涨，最后心里一急，传呼再怎么响，索性不去理会。

　　宿舍里，黄沁月倚靠在床栏上，焦急地盯着传呼屏，消息刚发出，她的心跳得厉害，手心直冒汗，她期待着屏幕点亮，但又害怕呼机骤然响起。然而，半点钟已过，却不见回音。她心中的紧张渐渐被焦虑所取代，她担心信息没有发到，便又重发一回。发完，她站起身，在房里踱起步子，努力控制着不去看传呼，但这无疑是徒劳的，传呼越是不响，越是不由得想拿起看看。后来，她甚至怀疑是不是呼机坏了。她忍不住拨通了传呼台，急切地问道："请问我有没有漏收的传呼？"电话里传来柔和的女声："女士您好，您没有漏收的信息。"黄沁月连说声谢谢的力气都没有了，失神地挂了电话。她目光又聚焦在呼机上，仿佛这不是传呼，而是韩钦宇冷漠的、坏笑着的眼。晚饭时分，传呼突然响起，她心中不由得一阵惊喜，可她很快就失望了。紧接着，她的传呼接二连三地响起，她快速地翻看着，假日约她的人又排起了长队，可就是不见韩钦宇的身影。整个假期，黄沁月都在生闷气，哪儿都没去成，可也无可奈何！

　　七天假期，韩钦宇将日程安排得有条不紊。前两天，他去国图抱回了一摞书，闷在宿舍里与先贤对话，困了就蒙头大睡，一天只吃一顿饭，早餐晚餐全都省了。中间三天，他慢条斯理地忙完了手头文案。剩下两天，他故宫、北海、天坛、颐和园一顿狂游，倒也优哉游哉。转眼间收了假，韩钦宇像往常一样，哼着小曲进了办公室，黄沁月比他来得还早。韩钦宇不由得心中一愣，黄沁月将鬓发拢到耳后，轻声问道："钦宇，我的短信你收到了吗？"声音很低很柔，眼神却咄咄逼人，韩钦宇本能地点了点头道："收到了。"黄沁月见韩钦宇还算诚实，眼神里满含着歉意，怨气消解了大半，她平复了一下心绪道："收到了咋不给我回个信？"说着话，眼里闪烁着委屈。韩钦宇这才感到，约会是两个人的事，即使你有不同的想法或是顾虑，也得给对方回应一声，否则你是清闲了，别人却坐了蜡。想到这儿，他硬着头皮说："你发来短信，我当时是这样想的，我已经成了家，孩子都快七岁了，我和你一起去爬香山不合适。"见韩钦宇这般老实传统，甚至有些古板，黄沁月不由得笑出了声，她打趣道："好你个钦宇，就因为这个？"韩钦宇见她这么不以为意，不拘流俗，不好意思地低下了头。"好了好了，这事到此为止，哦，对了，你是宇垄过来的？听说宇垄盛产美玉，你可有斩获？"韩钦宇见黄沁月在为自己找台阶下，便随口回应道："我在宇垄待过一年，身上恰巧戴着一块。"说着，他从脖子上摘下了一块鸡蛋大小的脂玉，递了过去。黄沁月本是没话找话，打个圆场。可没料想韩钦宇这般认真，她手捧着脂玉，端详着，许久才回过神来，不由得暗叹道："谦谦君子，温润如玉，百闻不如一见啊。"韩钦宇见她甚是喜欢，便微笑道："你若喜欢，我回去，就给你寄块过来。"黄沁月笑着听了，全当他随意客套，并未放在心上，自顾自地忙去了。

　　不知不觉，韩钦宇已进报社20多天，刊稿件十几篇，部分作品还被其他中央新闻媒体刊用。他这些年记下的厚厚几本采访笔记，现在派上了大用场，他忙完手头的事务，没日没夜地梳理反映边疆部队发展进程的素材，撰写发表了《天山天兵从天降》《旋翼下的捕歼新视野》等深度报道。韩钦宇万万没有想到，他踢出的头三脚引得一片赞叹，却让胡少卿慌了神。胡少卿琢磨着赶快将他撤回，可苦于没有理由。这天，他正搜肠刮肚地思谋着，几份函件让他眼前一亮，暗叹道："韩钦宇啊韩钦宇，这就怨不得我了，你这可是自己挖坑自己跳，你引来这多中央媒体，还想消停地待在外边？"他一边打着请示，一边用余光打量着手边的报纸，心里像打翻了五味瓶："玩得可真够大，《光明日报》头版，洋洋数千言，连中宣部都惊动了。不过得感谢你，你这可是为我胡某在作嫁衣！"

请示很快被批准，媒体进驻当天，韩钦宇就已被召回，开始了新一轮的忙碌。迎来送往、花钱办事的肥差自然轮不到他，撰写通稿、领导讲话等苦差劳役，布置会场、沟通联络等琐事杂务，不容推托地落在他的肩头。没过几天，总队领导宴请媒体来客，大家都对韩钦宇赞赏有加，这让胡少卿又妒火中烧，连韩钦宇晋职的事都瞒了起来。觥筹交错中，他瞅准机会，就和人咬耳朵，恶意中伤韩钦宇。宴会上，见有人向韩钦宇道贺擢升正营，新晋站长，他怕事情败露，一把将韩钦宇拉到墙角，耳语道："你看我这脑子，都给忙糊涂了，晋升站长的事，我都忘给你说了，不过兄弟，你这次晋职，没有岗位，领导将电影发行站站长免了，给你腾了位置，以后站里的事，还和原来一样，你可不要有啥想法。"韩钦宇立马明白了意思：职务升了，编制走了，活要照干，钱不能花。好在自己凭本事吃饭，眼里也没这仨瓜俩枣。不让花钱，不担责任，倒落得清静。他随口敷衍了几句，便不去搭理胡少卿。

重大典型挖掘工作是件劳心费力的事，韩钦宇作为主力，忙得连轴转，每天只能睡四五个小时，眼瞅着到了周末，这群"新闻狂人"没有半点休息的意思，领导们每天忙完工作，几乎都在陪着，一个个也累得眼圈发黑。周五晚上，部门领导设宴犒劳大家，几杯酒下肚，记者们才从工作状态中走了出来，大家交流着感情，舒展着身躯，这才感到腰酸背痛，疲累不堪。有人提议休整休整，领导马上送上顺水人情，韩钦宇负责接待的是两个边疆籍女记者，准备回家看看，领导安排韩钦宇负责带车陪同，女记者谢绝了领导的美意，韩钦宇白捡了一天假。他简单地收拾了一下，直奔玉器店，买了块上好的脂玉挂件，寄给了黄沁月。

采访活动已临近尾声，韩钦宇几乎忙成了蹦蹦车——连轴转。沈俊杰偶尔过来搭把手，大部分时间都在听胡少卿指拨。胡少卿整天有一搭没一搭游荡在采访团和总队机关之间，颇有几分超级大总管的范儿。每隔几天，胡少卿都要到财务上去请领经费，带着沈俊杰采买东西，然后让沈俊杰四处去找发票，报销账目。不多久，胡少卿就指使沈俊杰虚开了好多票据，有些发票干脆让他到票贩子手里去搜罗，报销时，每张发票还让沈俊杰签上自己的名字。这使沈俊杰战战兢兢，后怕不已。沈俊杰父母都是农民，自小就为他打上了朴实的烙印。高考时，沈俊杰报考了国防生，出了校门就进营门，单纯得就像一张白纸，眼瞅着副处长净让他干一些违规的事，心里既抵触又害怕。这天，他实在忍不住，鼓起勇气道："处长，咱们虚报得太多，我都怕死了，以后能不能实报实销啊？"胡少卿用眼角瞟了一眼沈俊杰，慢条斯理地扯出一摞假发票道："什么叫我们？看清楚了，这上面可全都是你的签名，你不找我，我还正要找你呢。虚开发票的事，财务已经盯上了，你若听我的话，我就替你兜着点；你要不听话，可得掂量掂量。"

　　沈俊杰被胡少卿的淫威所慑服，他没再吭声，就出了胡少卿的办公室。发生在他面前的事，是这般的蹊跷：他明明看着这些假发票都是自己开好贴上去的，眼下都给撕了下来，可胡少卿让他报的钱数，却一分不少地打进了他的公务卡。其实这也没啥稀奇，胡少卿偷梁换柱的做法，岂是一个涉世未深的国防生一下就能想得明白的。那天，沈俊杰贴好单据，呈了上来，胡少卿利用沈俊杰下去改请示的空当，就将假发票替换成了事先找好的真发票。呈报事宜仍由沈俊杰办理，结果自然是一路绿灯，他这样做，自然也有目的，那就是借此揪住沈俊杰的小辫，好让他担惊受怕，唯命是从。谁料想能上名校的沈俊杰也非浪得虚名，他渐渐想明了道理，拆穿了胡少卿的西洋镜。

　　胡少卿的做派，使沈俊杰愤恨不已。沈俊杰是怀着报国志携笔从戎的，他没想到，刚进警营，就碰上这样龌龊的顶头上司，不由得心就凉了半截。胡少卿安排事情，他表面上唯唯诺诺，私底下却能推就推，能拖就拖。沈俊杰与他玩起了太极，这是胡少卿始料不及的。他一上班，就躺倒在转椅里，眯着眼睛生起了闷气。办公室的门突然被敲响了，胡少卿没好气地支应了一声，一个高个长脸的人就闪进了门。胡少卿抬头一看，来人正是有着"三姓家奴"之称的吕世仁，他脸的长度超出了常人的想象，加上发际线迅速撤退，脸和脖子加在一起都快赶上上半身了，让人立马就会想起狭长的河西走廊，他现是北疆支队新闻干事，去年刚在记者站培训过，上半年才转的干。胡少卿见是自己的心腹，就像银行家看见了金元宝，立马起身相迎，一边看座，一边搓着手，激动地说："世仁，你来得正好，我正愁着没人用呢！"吕世仁来看胡少卿是费了些周折的，他不想待在偏远的支队，那里庙太小，他的胃口太大，时常感到自己饿着，口袋瘪着。他是来求胡少卿帮忙调动的。他一听胡少卿的话，两眼闪着贼光，立马就缄了口。胡少卿见吕世仁眼巴巴瞅着自己，接着道："我现在到了处里当领导，记者站还由我主管，每年经费一大把，没个好管家可不行。"吕世仁是司务长出身，花钱走账的路数门清，见胡少卿给他摊了牌，他立马谄媚地笑道："处长有大手笔，只管掌舵，剩下划船撑篙的事，不劳您操心。只是要我到您跟前，恐怕要费些周折吧？"胡少卿撇了撇嘴道："这点事，难不住咱，要人难道还比要钱难？只怕你这回来了就不用走啦！"

吕世仁第二天就到记者站上了班，采访团送走了，收尾工作大致忙的都是韩钦宇一个人，花钱报账的事吕世仁全揽了去，沈俊杰立马变得无事可做起来，他见韩钦宇为人正直善良，整天忙得不可开交，便主动去给他搭把手，吕世仁担心沈俊杰成了韩钦宇的人，当下就找胡少卿告了一状。胡少卿本来就窝着火，一听沈俊杰胳膊肘乱拐，气不打一处来，立马关了门，同吕世仁密谋起来。吕世仁早就与胡少卿臭味相投，恨不得穿进一条裤腿，他眨巴着一双鼓突眼，阴毒地说："处长您高升了，韩钦宇眼看着坐大成势，弄不好就会把您架空，要防住这一点，就得让他没有帮手，成天陷进文字和事务堆里不能自拔，沈俊杰没事要给他找事做，缠住他的手脚，像熬鹰一样熬他，直到把他熬废熬跑为止，要不了几年，您扶正了，我也就把韩钦宇顶跑了。"一席话句句说到了胡少卿的心坎上，他拍了拍吕世仁的肩头，乜斜着眼，轻哼道："你就像钉子一样盯死喽，我变着法子熬，早晚熬不死，也给他熬跑了，熬废了。"

送走了吕世仁，胡少卿闲来无事，一屁股坐进宽大的转椅里，头向后仰着，翻着眼睛死盯着天花板，两只手在圆鼓的肚子上交握着，两只大拇指不停地用力地对抵着，他的心一刻也没有清闲，他绞尽脑汁地盘算着如何给沈俊杰一双小鞋穿，可眼下沈俊杰还没有小辫子让他来揪。这让他着实有些窝心，正在这时，电话铃响了。

放下电话，他便赶忙去了八楼，总队领导找他。寒暄了几句，总队领导说："总队人才队伍建设问题你们好好关注一下，看能否做篇文章。"胡少卿连声称是，激动地受领了任务，这可是他上任以来，首长首次直接给他安排任务。

胡少卿抑制不住激动的心情，一路哼着小曲回到了办公室。这件事可是件露脸的事，自己出马肯定不行，他得安排两个人去做，只有这样，才能一石三鸟。至于这两个人，他心里也早已盘算好。胡少卿平了平心绪，拿起电话，叫来韩钦宇，简单做了交代，便打发走了。他知道，这点事难不住韩钦宇，他总能平中见奇，推陈出新。眼下关键的是，要把这副担子，变着法子压到沈俊杰身上，压实了，压死了！沈俊杰这才进了门，胡少卿满脸堆笑地请他坐下，和风细雨地对他说："俊杰，你来总队也有段时间了，你可是总队挖来的人才，眼下首长非常关注人才队伍建设，这个任务你可要完成好，给咱们露一手。"沈俊杰现已非白纸一张，他琢磨着，才来了多久，这么重的担子咋担得起，正想婉拒，胡少卿一下子就截了他的话头道："你可是复旦大学的高才生，总队首长专门点了你的将，可不能有畏难情绪啊！"沈俊杰见退路被封，便请示道："处长，我虽当了干部，但还是个学生，此次宣传是不是得先起草一个详尽的宣传方案？宣传的力度和拨次是不是也得大一些、多一些？"见沈俊杰缠上了自己，胡少卿拿起本子起身道："人才队伍建设事不小，具体怎么反映，总队领导没明示，你自己琢磨吧。我还有个会，你先去吧。"

沈俊杰是科班出身，他心想：既然首长这么重视此项工作，眼下又钦点了自己，宣传力度肯定小不了，得把事情想周全一些，把宣传计划做周密一些。两天后，一份拟好的方案来呈到了胡少卿的案头，沈俊杰静静地侍立在一旁，等待着胡少卿的示下。胡少卿随手翻了翻方案，便抬眼质问道："就这些？"沈俊杰被问得一头雾水，不解地回应道："就这些。处长还需要啥吗？"见沈俊杰这么木讷，胡少卿质问道："你说还需要啥？整整两天了，你都在忙些啥？就整出这么个破玩意儿，我一刻钟就搞定了！"这份方案，沈俊杰都快熬了两个通宵，副处长的话像锥子扎着他的心，他强压着心里的委屈，道："处长不是说，典型和重要工作的宣传，要有章法，不能想到哪儿宣传到哪儿……"不等他说完，胡少卿打断他的话茬道："处长说处长说，我都说啥了，记者要有倚马可待的本领，工作报道，尤其是首长关注的工作报道，就得像虎口夺食一样去对待，像你这样，首长早晚等得花儿都谢了。"沈俊杰道："处长，我知道你在追问我稿子的事，但我觉得凡事预则立，不预则废，既然首长这么重视，宣传计划是最当紧的，计划定了，稿子自然就跟着出来了。"胡少卿见沈俊杰跟他谈业务，心里暗骂道："真不知天高地厚。"想到这儿，他怒斥道："你才喝了几瓶墨水，竟在我面前充起师傅来了，难不成我不知道什么当紧不当紧，首长现在要看的可是变成铅字的东西，你倒说说看，像你这样，只闻楼梯响，不见人下来，行吗？"不待沈俊杰反应过来，他啪的一下就将文件夹丢在了地上。沈俊杰的脸一下子就白了，弯腰的一刹那，眼泪唰唰地就砸在了地上。

　　当晚，沈俊杰憋着一肚子气，按自己拟订的计划，将反映总队人才队伍建设的消息、通信、特写全部撰写完毕，他咽不下这口恶气，次日他早早等在了胡少卿门口，他要证实自己的实力。过了上班时间，胡少卿用钥匙尖剔着牙，挺着肚子走了过来，瞥了一眼沈俊杰，一扭头便自顾自去开门。沈俊杰在一旁问好，他理都没理，一推门就进去了，他把臃肿的身躯塞进转椅，悠闲地跷起二郎腿，眯起眼，暗自道："就你小子能，在外边好好给我候着，我知道你昨晚没睡，没睡又咋了，我也知道你稿子写完了，写完了又咋了，写得再好我也懒得看！"沈俊杰一连打了几次报告，前边没人吱声，他忍不住又打了一次，这回里边像是在接电话，声音很大，像在骂人，接着就吼了起来，细一听，又像在指桑骂槐，句句都牵连着自己，沈俊杰感到一股热血噌地就蹿上了头顶，他在墙上死命地甩了两下夹子，头也不回地就下了楼。

次日，沈俊杰就递上了转业申请。这在总队掀起轩然大波。一时间，国防生闹转业的事成了大家热议的话题。大家的猜度，胡少卿心知肚明。可当人问起，他总是闪烁其词，一顿敷衍。有人开始怀疑沈俊杰的入伍动机，乃至他的人品。有人私下议论："现在的国防生，有几个心系国防的，无非是把部队当个跳板，翅膀硬了就想飞。"有人在传沈俊杰早已联系好了工作，找到了下家。谣言让沈俊杰苦恼不已，百口莫辩。这场风波，正是胡少卿想要的，他甚至盼望事情闹得越大越好，到时沈俊杰不仅会滚蛋，而且他还得为此付出昂贵的代价——违约金。这颗钉子一旦拔除，韩钦宇难免也会唇亡齿寒，到时也好挫挫他的锐气。

事情在持续发酵，沈俊杰的日子越来越难熬，可胡少卿跟没事一样，一直在欺上瞒下，任由事态发展，部门领导过问了几次，他总是避重就轻，敷衍了事，拿年轻人抗压能力弱，思想波动大搪塞。这天，他又找来沈俊杰，一口气给他安排了六件事情，一份请示从站长到总队首长，逐级审签，要过八道关，沈俊杰跑上跑下，折腾到快吃午饭，才办理完毕。谁料想胡少卿又拿着一份报告让他再去审签，并道："首长催得紧，下午上班前务必办理好！"弄得沈俊杰连午饭都没吃上，紧赶慢赶只过了五道关。上班后，胡少卿就追着找沈俊杰，见没办完，又劈头盖脸将他臭骂了一顿。次日，沈俊杰手头的事情，已累积到了十多件，胡少卿一口气又给他安排了五件，每件事情都很难做，且都十万火急。沈俊杰跑上跑下，呈批文件，几乎累瘫，午休时间，他又跑到市里给胡少卿的朋友去买一款精油，找遍了大街小巷，无功而返。中途他给胡少卿去了电话，胡少卿又是一顿臭骂："瞧你们这些国防生，屁事都搞不定，左请示右汇报，你还让人睡不睡觉！"沈俊杰气愤不过，拗劲上来，梗着脖子找到胡少卿理论道："我是国防生咋啦！是签了志愿书，但我签的不是卖身契，你能瞧上我，我就干，瞧不上，就让我走人，有啥大不了！"胡少卿闻言，满脸横肉乱颤，双目凶光毕露，啪地一拍桌子站起身道："想走好啊，尽管打请示上来！只怕违约金交了，还得背个处分！"说着话，飞溅出的唾沫星子几乎能将沈俊杰淹死。沈俊杰气得七窍冒烟，一时语塞，摔门扬长而去……

　　眨眼间，邹月和包嵘在家里已待了小半个月，他俩本打算到两个家里都走一走，现在看来，已经没有时间了，便决定直接买票回边城。两位老人见硬来不行，便施起了缓兵之计，他们琢磨着，等过段时间月月毕业实习时，就把她叫回老家，等实习完了，直接到找好的单位上班，到时两个人天各一方，他们纵有山盟海誓，也叫他们转眼成空。

　　眼看到了实习季，老人费尽口舌，邹月总是搪塞推托，没有半点要回来的意思。望眼欲穿的老人被逼无奈，打点了行装，便登上了西去的列车。到了学校，老人这才发现，女儿宿舍的大门紧锁，早已人去楼空，老人料想着女儿定是干了傻事，被包嵘拐跑了。他们顾不得喘口气，立马买了长途客车票，一路向南，直奔宇垄。2000公里的长途跋涉，越走越荒凉，半天都见不到一个村庄，浩瀚无垠的大漠一片死寂，穿行在茫茫沙海里的客车犹如一叶扁舟，一会儿冲上浪头，一会儿跌入谷底，好不容易到达了宇垄，满大街看不到一张相似的面孔。心如死灰的老人暗下决心，说啥也得把月月给带回去！

　　两位老人没来之前，听去过南疆的人说，前些年，这座城市非常小，没有几条街不说，每条一眼都能望到头，市区主干道上，毛驴车随处可见，有的还和机动车抢道。一直生活在大都市的两位老人，听了下巴都快给吓掉了，都什么年月了，边疆重镇咋还是这样！临上火车前，邹月爸苦笑着安慰老伴道："没事，等我们找到了月月，直接领着她回家不就成了。"车到宇垄，老人一看，长途汽车站盖得倒挺气派的，打的上了主干道，街道也蛮宽的，两边的高楼大厦，洋溢着现代化气息。他们很快就找到了支队，虽地处市郊，但营区规划合理、美观庄重，营房设计新颖、风格独特，设施配套齐全、人性智能。老人无心关注这边陲小城的变化，他们眼下最急切的事，是找到支队家属院，找到月月待的地方。

　　两位老人摸到家属楼下，一口气爬上了顶楼，敲开了包嵘的房间。门是包嵘开的，月月也紧随其后来到了门口，身上穿着睡衣，睡眼惺忪的样子，好像刚刚午休醒来。见爸妈突然出现在眼前，邹月眼里闪过一丝惊喜，立马又被惶恐淹没。包嵘赶紧接过老人手里的行囊，将他们请进了屋里，老人这才发现，月月和包嵘似乎已经同居，床头贴着一个大大的"喜"字，老人本想拽上女儿回家，眼看着生米做成了熟饭，顿时只剩下了窝火生闷气的份儿："好你个月月，瞧你干的啥事，我们可是书香门第，你这么先斩后奏，让我和你妈情何以堪！"

　　邹月妈见老伴气得不轻，她让包嵘陪老伴拉会儿家常，自己悄悄地将女儿叫到了屋里，黑下脸来询问道："月月，不是妈说你，你也太草率了吧！"邹月见妈妈一进门就黑脸训她，委屈道："妈，我咋了嘛！"邹月妈见女儿犟嘴，没好气地说："你说你咋了，你俩都住到一起了，这婚还没结呢，你让我和你爸的脸往哪儿搁！"

邹月一听妈妈的话，立马就乐了："妈，瞧你想哪儿去啦，我和包嵘是分开住的！"邹月妈疑惑地盯着邹月道："你说啥，床头喜字都贴上了，还能分开睡，谁信呢！"邹月见多说无益，一把扯上妈妈，就到了对面房间，邹月妈一看没错，这才是女儿的闺房，她的面容顿时就舒展了，她不好意思地笑了笑，问女儿道："那床头的喜字究竟是咋回事？"邹月见妈妈一副打破砂锅问到底的架势，立马又乐了："妈，那喜字是别人贴上去的！"不待她说完，邹月妈又疑惑上了，忍不住插话道："我知道，那喜字肯定是别人贴上去的，你倒是说，贴这喜字究竟是啥意思！"邹月见妈妈还在误会，耐心解释道："妈，这套房子是包嵘刚搬进来的，房子的主人原来是一对新婚夫妇，人家现在分上了更好的楼层，包嵘见屋子装修得不错，闲置着可惜，就把他的房子和这套房子调换啦，我们住进来还没两天，你和我爸这不就到了嘛。"

邹月妈疑虑顿消，算是吃了颗定心丸，长长地舒了口气，拽女儿回家的念头，立马又冒了出来。她无心再和女儿掰扯，便推说自己饿了，催着女儿和包嵘快去做饭，包嵘和邹月见老人风尘仆仆万里寻亲，系上围裙，便奏起了锅碗瓢盆交响曲。一桌丰盛的佳肴很快上齐，酒酣耳热之际，邹月妈见老伴一直在使眼色，便施起了攻心计，她压低声音悄悄地对坐在一旁的女儿道："月月，包嵘你也来看过了，他刚下部队肯定事不少，转上两天你就和爸妈一起回家吧，实习的地儿我们也给你联系好了。"邹月闻言，秒懂了妈妈的心思，她怯怯地对妈妈说："我来找包嵘之前，他们支队领导就已为我联系好了实习的地儿，我感到边疆城市师资力量挺弱的，在这儿实习，既能丰富自己的人生阅历，又能为民族地区建设发展尽一点绵薄之力，我想你和老爸是不会反对的吧。"邹月妈见女儿说的每一句话都那么中肯，几乎无懈可击，自己和老伴一直都是这么教育孩子的，现在如果和孩子唱反调，那自己和老伴岂不成了双面人？想到这儿，她没再说话。

晚上，两位老人聊起了白天的事，邹月妈对老伴说："月月八成被包嵘给洗脑了，我今天给她说让她和我们一起回去实习，她满嘴都是大道理，但她道理讲得滴水不漏，弄得我都没法跟她过招。我看，扬汤止沸不如釜底抽薪，明天你找机会和包嵘谈一谈，让他知道我们老两口的难处，只要他知难而退了，月月这里只能是剃头挑子一头热！"邹月爸闻言，面露难色回应道："人都说女儿是娘身上掉下的肉，咱连女儿都搞不定，包嵘可是外姓之人，要想让他退出，我看比登天还难。"邹月妈一听这话，立马就不乐意了，她嗔怪道："好你个大老爷们，遇到点事就往后缩，我看女儿被人拐跑了，谁来给你养老送终！"邹月爸一听这话，顿时就没了词，两人反转身去，赌气各自想起了心事，没多久便沉沉睡去。

旅途劳累，加之劳心费神，老人一觉醒来，不觉已日上三竿。他俩洗漱完毕，包嵘和邹月已为他们端上了丰盛的早餐，邹月告诉爸妈："包嵘特意请了假，好好陪陪你们！"老人本想着要和包嵘过过招，见包嵘这么热心好客，心里真有些不落忍。但他们一想来时的初衷，便又横下了心。邹月爸首先开了腔："包嵘，你们现在吃用咋样？"见包嵘一脸迷惑，他解释道："我们在你这儿吃的，和你们在部队吃的一样不？"包嵘搔了搔头，不好意思道："伯父，我招待你们的有时还真没有我们部队上吃得好，这不是想着咱们自己做的还是要可口一些……"邹月妈见包嵘误会了老伴的意思，心想我们吃得好住得好有啥用，这地儿远不说，关键是太危险，便插话道："咱们现在住的吃的用的都好，可就是你们这职业太危险了，你要是在内地该有多好！"包嵘这下明白了两位老人的心思，他们担心邹月跟着自己不安全。包嵘找到了韩钦宇撰写的深度报道，给老人介绍起边疆武警部队的发展进程："现在，我们边疆武警部队，阵容结构已从单一步兵转变为多兵种协同，指挥系统已由鸡毛信转变为三级网，科技装备已从铁脚板转变为铁翅膀，作战能力已突飞猛进。"见两位老人听得起劲，他又介绍道："部队已列装了武装直升机，空中侦察可谓鹰眼高悬、明察秋毫，兵员投送可谓神兵天降、精准到位，空中打击可谓重拳凌空、疾如迅雷，空中追捕那更是雄关难挡、如影相随！"邹月爸越听越起劲，不由得感叹道："照你这么说，边疆这处突维稳，那不就真成了张飞吃豆芽——小菜一碟了！"包嵘憨憨地笑着，搔了搔头，算是默认了。

　　早饭后，两位老人像吃了定心丸一样舒坦，他们怕给孩子们添麻烦，下楼准备去院子里走走路、健健身，顺道去菜市场买点菜，给孩子们做点好吃的，改善改善生活，也不枉他们大老远进趟疆。谁知下到二楼，邹月爸一脚踏空，一个滚身直接蹿到了一楼，邹月妈吓得不轻，直呼来人！邹月和包嵘闻声冲了下来，包嵘见伯父一条腿痛得动弹不得，立马叫来了救护车，直奔地区医院。邹月爸左小腿骨折，当天就做了手术，一连几天，包嵘没日没夜地守在伯父床前，端屎倒尿，洗身擦澡，比儿子侍奉得还要精心，惹得邻床的病人羡慕不已。

　　半个月后，邹月爸出院回家疗养，包嵘每天不管多忙，都要把伯父背上背下，还买了轮椅，一有空就推着他转悠散心，陪他聊天解闷。邹月爸见包嵘这么有孝心，心里暗自盘算道："多好的孩子，要不是待在这个蛮荒之地，月月找了他，指定错不了，你说我和老伴还能受委屈？"想到这儿，他感慨道："包嵘啊，你倒说说看，你啥时候能出了这宇垒？"包嵘见伯父又问起了自己前程的事，他的眼神一下子就暗淡了下来，他实在回答不了伯父提出的问题。这些天，邹月虽说不打招呼追了过来，可自己的心里也在纠结：人都是人生父母养的，哪个父母不想让自己的子女能待在一个离自己近点的好地方？可眼下……想到这儿，他道："伯父，您放心吧，等我做通了月月的工作，我一定会把她完完整整地交给您和伯母。"邹月爸一听这话，心头不由得一热："这孩子多好啊，啥时候都不忘替人考虑。"

晚上，邹月爸按捺不住自己激动的心情，对老伴说："你看包嵘是个多么好的孩子，他和月月的事，我们能不能重新考虑一下？"邹月妈见老伴思想出现了变化，她接过话茬道："谁说不是呢！自打你受了伤，这孩子忙前忙后，一颗心都快捧出来了，你说我这心里能没有感触吗？"邹月爸见老伴说出了心里话，他思忖了一会儿，试探道："包嵘现在待的地方是偏了点，可他和月月成了家，我们两头跑着，不也挺解闷的吗？"邹月妈知道了老伴的心思，随口附和道："我看也成，他俩成了家，再要个孩子，我们到时过来给他们带一带，好让他们安心工作，好好发展，今后我想他们会有出息的，走出宇垄我看不是没有可能。"两位老人意见很快达成了一致，邹月爸一拍脑门道："噢！邹月妈，差点忘了告诉你，包嵘正准备做邹月的工作呢！咱赶紧给孩子交个底，可别让他们再作难了。"

典型采访圆满收官，当天下午，韩钦宇便回到了总队机关。收发室打来电话，有他的快递，块头挺大。他和正准备去取报纸的市支队新闻干事孔力，相随着来到了收发室。孔力见快递块大难拿，一把抢了过去，韩钦宇争他不过，只得拿上报纸。孔力虽力气过人，但个头不高，纸箱尽管看着不是很重，但又宽又高，孔力歪过头抱着，前边的道遮挡得几乎看不见。韩钦宇几次想去倒手，孔力推说不重，坚持不让。到了办公室，孔力一看，箱子上赫然写着军事科学院博士生队，惊讶道："行啊，站长！军事科学院寄来的！"见韩钦宇愣着没吭声，孔力瞪着眼瞅着，这回更是惊讶，忍不住喊出了声："黄——沁——月？行啊站长！听名字就这般清新温婉，美女吧！"孔力见韩钦宇笑而不答，心里就明白了八九分，他知道自己是韩钦宇一手带出来的，这里面的秘密早晚会和他分享。

孔力正闹腾着，忽想起领导的快递还没送，便自顾自忙去了。韩钦宇仔细端详着快递的日期，他惊异地发现，黄沁月寄件的时间竟然比自己还要早几日，确切地算，也就是他离开报社的第二天。这么大的包裹，她是怎么寄过来的，她都寄了些啥？韩钦宇迫不及待地打开了纸箱，里面除了一些中原的特产，还有一盒极品观音王。韩钦宇没有其他的爱好，除过看书就是喝些茶，连这点爱好，黄沁月都知道，真是难为她了！韩钦宇哪里知道，自打黄沁月对他有了好感，就琢磨起了他的饮食习惯和兴趣爱好，她特意让母亲买来了家乡特产，向父亲讨要了这盒珍稀的观音王。

东西寄出后，很少打电话给她的父亲特意打来电话，说："沁月，这盒观音王是我带的学生给我的，它可是刚采摘的新茶，颗颗都是优中选优的芽尖，你可省着点喝。"黄沁月一听老爸说得这么玄乎就乐了，她忍不住笑道："老爸，心疼了吧？好茶你喝我喝不都一样，这么小气干吗！"见老爸被噎得半天说不了话，她又打趣道："噢，对了老爸，你这茶这么珍贵，没有收礼受贿之嫌吧？"父亲一听这话，立马就急了："哎，我说沁月啊，你老爸是啥人你还不知道？别得了便宜还卖乖！我这个学生，早就毕业工作啦，这盒新茶是他家茶园里自产的，当年他在学校的时候，有件事没做对，我还批评过他呢，当时想不通，现在明白啦，这不在谢我吗？人家又不求我办啥事！"黄沁月见老爸经不住逗，赶忙又是说好话，又是赔不是，总算将老爸打发了。

有人说过，记者这个职业，非常艰辛危险，危险程度仅次于刑事警察，劳动强度仅次于煤矿工人。这点韩钦宇深有体会，这场大战之后，他又有了喘息的机会，可这让他这个忙惯了的人，还真有些不大适应。孔力怕他闲不住，累坏了身子，吵吵着要和他一起品茶。孔力知道，要让韩钦宇休整下来，要么帮他搜罗好书，要么和他啜饮。韩钦宇这才一拍脑门道："瞧我这记性，要不是你嚷嚷，那盒极品观音王又该让我给放长毛了。"孔力见站长发了话，立马就将观音王从箱子里拿了出来，逗趣道："我已经觊觎你好久啦，看你还往哪儿逃！"说着，便烧了一壶纯净水。翻开茶盒，精美的青瓷茶罐一下子就摄住了孔力。他暗叹着打开了茶罐，幽香瞬间就溢满了房间，孔力喃喃道："这么名贵的茶，得值多少钱啊！自己咋消受得起。"韩钦宇见孔力像中了魔障，笑道："好茶就是让人品的，以你我的品格，那还是担得起的。"孔力调试好水温，精心地冲泡好了两杯热茶，出神地看着茶杯里清亮的茶色，道："这茶单看着就好，怎舍得喝了它，你闻这清幽的茶香，就先醉了！"韩钦宇笑道："哪有这么玄乎。"端过杯子就先喝将起来，谁知刚一入口，便觉口齿留香，沁人心脾。

醉人的茶香里，韩钦宇和孔力眨眼间就消磨了一个上午，养足精神的孔力，起身又去忙手头的事情，韩钦宇吃完午饭，这才想起黄沁月给自己好茶喝，得赶快打个电话道声谢。他试着拨了几次号码都是忙音，他放下电话正准备休息，电话响起了，来电正是他刚才拨的号码。他刚拿起听筒，电话那端便传来了黄沁月夜莺般的嗓音："钦宇是你吗？我刚给你拨电话老是拨不通，是不是太忙了？"韩钦宇忙道："沁月，不忙不忙，你刚拨电话的时候，我也正给你拨电话。"黄沁月忍不住打趣道："哟，看来咱俩是心有灵犀啊！"韩钦宇笑着接茬道："可不是，我一回来就想给你打电话，可典型宣传的事千头万绪，把人都给忙傻了。噢，对了，你寄的茶叶我已喝过，都要羽化成仙了。"见韩钦宇这么懂茶，这么夸赞自己，黄沁月不好意思地笑了笑说："这只是一点心意，别放在心上，你寄来这么精美的玉石，都不知该咋谢你！"

两人聊着，不觉就转了话题。黄沁月年龄这么小，就成了军队最高学府的博士生，这在韩钦宇眼里，黄沁月身上无疑笼罩着谜一般的光环，他忍不住问道："沁月，你才多大就在读博，你该几岁上的学啊？"见韩钦宇满心迷惑，黄沁月微笑道："五岁，我爸妈都是军人，他们忙，就送我上了学。"韩钦宇感慨道："真羡慕你啊，我做梦都想上大学，可是我却总在象牙塔外徘徊。""怎么会呢，你这么有才气，应该能上很好的大学才对。"韩钦宇顿了顿，落寞地回应道："谢谢沁月抬爱，想想可叹，我真是没有上大学的命，高考时家里穷，参了军……"黄沁月打断韩钦宇的话，问道："入伍后咋不考军校？"韩钦宇道："考了，文化课还是全师第一……"不等他说完，黄沁月又插话道："这不就成了吗？"韩钦宇叹了口气道："五公里越野考核，我休克了。"黄沁月闻言惊诧道："唉，你也真够背的，命运待你太不公道了。"她顿了顿，又道："不过这也没啥，现在你不也挺好吗？那后来……"韩钦宇见黄沁月有些不解，笑了笑回应道："后来我立了二等功，直接提的干。"黄沁月一听韩钦宇是二等功臣，不觉肃然起敬："钦宇，了不起啊，二等功可是高功啊，能提干更是佼佼者，我们读大学是百里挑一，你可是千里挑一啊！"韩钦宇见黄沁月这般夸赞自己，不好意思道："哪里哪里，我这纯粹是无路可走逼出来的，哪儿像你，这么小就成了博士，成了国家栋梁之材。"黄沁月闻言笑道："好了好了，咱俩就不要互相吹捧了，时间不早了，赶快休息会儿吧。"临放电话，黄沁月又缀了一句："钦宇，我爸在院校工作，也许他能帮你圆梦大学。"

　　沈俊杰的处境已危如累卵，他几次想去找韩钦宇讨教，可韩钦宇被指派到训练基地封闭起来搞集中宣传，沈俊杰考虑到事情比较敏感，电话里说不清，当面商讨路途较远，又有部门领导在，即便去了也说不上话，只得作罢。这些天，回总队办事的人，也带回了传言，韩钦宇很是焦急，却爱莫能助。眼下，沈俊杰的转业申请，已呈报到了部门领导的案头。早在几天前，胡少卿上蹿下跳，挨着办公室给领导们做了汇报，历数了沈俊杰种种离经叛道的"恶行"，临了，都不忘痛心疾首地自我批评一番，好像沈俊杰如今已成了十恶不赦的罪人，只有严惩快办才能使其受到应有的惩罚，消除给大家带来的负面影响，使有类似想法的人悬崖勒马。

　　部党委会上，国防生成了大家讨论的焦点，有人直言不讳地指出：国防生缺乏对部队的认知，没有经过部队大熔炉的锤炼，有些人身上兵味匮乏，与部队感情淡漠，稍遇挫折便承受不住，只想打道回府。有的学生官甚至自嘲"国防生就是能力低、素质弱的代名词"。部领导赶忙打住大家的话头，让大家就事论事，商讨如何处理这件棘手的事。大家这才发现自己跑了题，分管领导根据胡少卿提供的种种"劣迹"，给大家通报了沈俊杰的"罪状"。大家这才发觉，平时不吭不哈的沈俊杰，这么有心计，这么不守规矩。习惯了听一面之词，只拿耳朵开会的委员们意见出奇地一致：走人可以，违约金留下！

　　事情越闹越大，沈俊杰转业几乎已成定局，不可逆转！消息很快传到了沈俊杰的家中，他的父亲，一个老实巴交的农民，急得好几个晚上都睡不着觉，这高昂的违约金对这个贫困的家庭来说实在是一个天文数字。父亲劝沈俊杰赶快收回申请，别干傻事。沈俊杰又何尝不知道家里的情况，他怎能想到，自己只是闹闹情绪而已，可眼下已被人断了退路。这些天，沈俊杰的父母变卖了值些钱的家当，四处借债，但终究是杯水车薪，违约金仍有很大的缺口，头发都快愁白了。老人还是如期被请到了部队，看着儿子来队还没半年，就被人害成了这样，禁不住肝肠寸断，老泪纵横，死的心都有了。同乡战友马涛私下出主意给沈俊杰："解铃还须系铃人，坑是胡副处长给你挖的，你和你父亲去求求他，或许他能高抬贵手，放你一马。"沈俊杰闻言梗着脖子道："燕赵自古多豪杰，走，我要走得昂首挺胸；留，我要留得不卑不亢。让我干苟且偷生、辱没灵魂的事，除非杀了我。"马涛说："逞一时豪侠易，补违约金的窟窿难！就算我们大家一起帮你，这钱也很难凑够。"沈俊杰依然不为所动，道："我就是卖血，也不会低三下四地去求那个卑鄙小人。"马涛见说他不动，叹了叹气，不再言语。

　　眼瞅着沈俊杰要吃亏，马涛焦心地找到他父亲，道："大伯，俊杰性子硬、不服软，只怕要吃亏，你赶快私下找胡少卿说说情，也许还有转机。"老人一听儿子的事有回旋余地，连声道："好，好，我去找，只是胡少卿不认识我，人家能见我吗？"马涛道："大伯，没事，我虽然跟他交际不多，但也算是旧相识，我带你去吧。"见有人带他去，老人愁苦的脸上闪过一丝喜色，他连忙又问道："去见人家带点啥东西好呢？"马涛思虑良久，道："胡少卿比较贪，吃用讲究，不行了就带上好烟好酒吧。"老人背着儿子，买好礼物，心里仍不踏实，又包了一个厚厚的红包，这才和马涛一道趁着夜暗敲开了胡少卿的家门。

　　酒足饭饱，胡少卿大腹便便地仰靠在客厅宽大的真皮沙发上，右手剔着牙，左手在圆滚的肚皮上摩挲着，他刚刚才收看完《新闻联播》，嘴里对一些他认为不平的事骂骂咧咧。听得门铃响起，他走到门边，没好气地问道："谁啊？"马涛回应道："是我，马涛。"胡少卿在猫眼里瞅了半天，这才慢腾腾地开了门，他和马涛虽然认识，但马涛只有求他的份儿，今天找上门来，想必也是有事求他，他眼皮往上一翻，鼻子里轻哼了一声，算是打过了招呼，正欲扭头自顾自进屋，却见马涛身后又冒出了一个庄稼人，他立马警觉地问道："他是谁啊？啥事？"说着，两腿轻轻一叉，便将两人堵在了门外。马涛见胡少卿准备拒客，赔着笑脸道："这位大伯是沈俊杰的父亲，他过来认个门，看望看望处长。"胡少卿斜了老人一眼，见衣着土气，却还干净，便侧身让出窄窄一点过道，待两人换好拖鞋，才让进了客厅。他从阳台上拿出两只小圆凳，安顿着让马涛和老人坐下，便板着脸又仰靠在沙发里。

马涛见胡少卿端起了架子，心里的火不由得直往上蹿：大家住在一个大院，谁还不知道谁几斤几两，这才提了几天副处，就牛成这样，眼里都没人了！可马涛心里明白，眼下自己在代人受过，替人求情，再大的火也得压住，一旦闹崩了，吃亏的只能是好友沈俊杰。想到这儿，他满脸堆笑眼道："胡处长，您是赫赫有名的大记者，咱们记者站能有今天这样辉煌的成就，您可是功不可没……"不等马涛说完，胡少卿乜斜着眼道："咱们能不能有事说事，别给我戴高帽子，整得只见帽子不见人！"马涛没想到胡少卿会来这手，顿时窘得僵在了那儿。

老人见状，只得硬着头皮出来解围，他颤巍巍地将手里的好烟好酒向前推了推，道："领导，俊杰年龄小不懂事，给领导添麻烦了，我过来代他给您赔个不是，您大人不记小人过，他好歹也是您一手培养起来的，该打打，该骂骂，好让他长点记性，别再由着性子胡来！"胡少卿闻言，瞅了瞅地上的烟酒，暗自思忖：你家俊杰这回摊上大事了，你拿着这仨瓜俩枣，就想把事情摆平，我看简直是痴人说梦，要不了几天，你儿子就得卷铺盖走人，到时违约金一分都少不了。不过，送上门的好处不要白不要，要了也白要！想到这儿，他冷笑道："这就对嘛，我这人简单，就喜欢直来直去！不过大叔，咱可把话说明白了，你家俊杰上的可是名牌大学，哪轮得上我来培养，别说是打骂，就是批评他两句，他也未必情愿。"

胡少卿见老人一脸谦卑，阴暗的内心不由得有了些许满足，不过，他转念又想起了沈俊杰和他叫板时的眼神，愤恨不平道："俊杰闹转业，按说也不算啥大事，国防生来部队水土不服的事多了去了，不过人家都会看风向，闹一闹，不等领导动了真格，马上就停啦，可咱俊杰倒好，拗得要死，不撞南墙不回头！"老人一听这话，急忙插话道："领导，你行行好，赶紧拉俊杰一把，可不能让他由着性子往南墙上撞。"胡少卿见老人被自己玩得团团转，此刻，他感到自己俨然是手握生杀大权的主宰，他鄙夷地笑了笑说："俊杰的事，不是不能回旋，但你们来晚啦，前阵子他闹得凶，我们都帮他啦，可他就是不撞南墙不回头。现在，他已是撞破了南墙，回不了头，谁还能帮得了他！"

通特沙漠腹地，月朗星稀，春寒料峭。一群鬼魅般的身影，零星刺耳的枪声，打破了大漠的沉寂。"01，01！我是07！犯罪团伙正在向沙漠腹地逃窜，是否追击，请指示！""07，07！火速追击，全力捕歼！"随着一道电令，三架直升机腾空而起，迎着大漠风沙，呈"品"字形直抵指定空域。"嗒嗒嗒！"战机时而俯冲、时而拉起，向犯罪分子盘踞的窝点发起猛烈的攻击……只见一枚枚照明弹将大漠暗夜照耀得如同白昼，一道道火舌随即直刺窝点，十数名负隅顽抗的犯罪分子瞬间倒地毙命！担负此次演习空中指挥的就是总队直升机大队长、特级飞行员孟一凡。

三年前的初夏，武警部队在这里组建了第一支航空兵部队——直升机大队，孟一凡作为边疆军区某陆航团的飞行骨干，被调到总队直升机大队任大队长。这支武警航空兵部队，无疑是大家瞩目的焦点。韩钦宇几乎成了这个大队的编外队员，他先后撰写了反映大队建设进程的《从零点起飞》《旋翼下的捕歼新视野》《兵心如鉴》等深度报道，引起了新闻媒体的高度关注，孟一凡作为领军人物，荣誉纷至沓来，被官兵誉为"大漠飞豹"。韩钦宇情凝笔端，接连推出了孟一凡锻造大漠空中劲旅的感人事迹，引起社会各界的广泛关注，武警部队将其列为"中国武警十大忠诚卫士"候选人。

这年春天，忠诚卫士推选工作被摆上了总队党委议事日程。党委会上，党委成员普遍认为，总队所属部队驻地冰山连绵、大漠浩瀚、环境恶劣，给官兵远程作战和跨区抢险救援带来了很大的困难，近几年，上级先后为总队装备了卫星定位仪、防化侦察化验车、特种照明车、排爆机器人等一大批高新装备，有效提升了部队现代条件下的执勤处突能力，尤其是直升机大队作为武警部队首支航空兵部队，使命神圣、作用重大。孟一凡作为这支部队的领军和代表人物，进一步挖掘推出其先进事迹，不仅能有效激励官兵的士气和斗志，也能充分回应上级党委首长对边疆部队的关切之情。有人则提议，直升机大队的事迹大多是通过韩钦宇的笔端推向全国的，我们不妨再给他压压担子，好让孟一凡的先进事迹家喻户晓。党委当即形成决议，此次任务责无旁贷地落到了韩钦宇的肩头。

韩钦宇虽已多次报道过大队的先进事迹，但尚未给个人写过人物通讯。韩钦宇追溯着孟一凡的足迹，倒回到了三年前的夏天。刚走马上任，孟一凡面对一架架崭新的战鹰，训练无场地、飞行无大纲、组训缺人才……一道道"拦路虎"相继横亘在了他的眼前。但他没有退缩：没有导航台，他带领官兵将导航、气象、机务等设备组装在一辆汽车上，建起一个临时飞行指挥保障中心；没有大纲，他结合过去的飞行经验，连夜编写教材……仅一星期，就实现了武警部队航空兵历史性起飞。随着采访的深入，孟一凡探索直升机在处突作战中的特点和规律，填补了直升机在处突维稳中空中打击作战理论的空白；研发飞行参数判读软件系统，建立直升机全时空、全疆域处突维稳作战数据库，实现直升机由训练技术型向实战运用型的飞越等先进事迹相继被挖掘出来，一个典型人物立马在韩钦宇的笔端鲜活起来。他撰写的题为《大漠飞豹》的人物通讯，受到了总队党委的充分肯定，总队领导指示，迅速派人进京协调集中宣传事宜。

消息传出，总队新闻口的人员立马活跃了起来，尽管大家知道，韩钦宇是首要人选，但谁陪着去或者谁带着去，这却大有文章可做。胡少卿此刻正面无表情地窝在自己的转椅里，心里的算盘珠子却扒拉得震天响：都说政治部门是清水衙门，记者这个行当是个苦差事，可眼下这典型宣传，总队还是舍得花费的，这样的肥差可不能便宜了韩钦宇那小子，说啥也得插他一杠子，可这杠子……"笃笃笃"，胡少卿正在思谋着，一阵敲门声打断了他的思绪，他抬头一看就乐了：都说边疆地邪，想啥来啥，你瞧，这来人不正是自己想要找的吕世仁吗！

俗诂说，跑惯的腿，吃惯的嘴，吕世仁和胡少卿原本就是一丘之貉，好得就差穿进一条裤腿。他进得屋来，不待胡少卿招呼，便一屁股在对面凳子上落了座，火急火燎地说："胡处，韩钦宇马上又要进京了，这可是个肥差，一趟下来，就是不抠不索，也能落得个盆满钵满，这事你知道不？"胡少卿本以为吕世仁是来给他支着的，一听这话，顿时就没好气地说："你倒是消息灵通得很，这都快成旧闻了，你还咋呼个啥！"吕世仁见拍马拍到了马蹄子上，两只铜铃般大的鼓突眼顿时就睁得溜圆，不安分地在眼眶里打起转转来。他灵机一动，接着道："胡处，韩钦宇是首要人选，可你是分管领导，理应出马带着他去，到时好事你只管往上扑，苦活累活你尽管往他身上推，到时取下的经是你唐僧的，闯下的祸是他悟空的！"

吕世仁的话让胡少卿茅塞顿开，他激动地站起身来，隔着桌子拍了拍吕世仁的肩头，笑呵呵道："英雄所见略同，知我者吕世仁也！"吕世仁见主子乐不可支，便卖力地支着道："胡处您这次带他出去，只要掌握经费大权即可，眼下，得赶快上件，将经费审批到位，拿在手上，这样才不会被动。至于其他细枝末节，全都甩给韩钦宇去做，好捆住他的手脚，不让他节外生枝！"胡少卿会意地笑了笑，两人接下来又密谋了好一会儿，便分头忙碌开来。接下来的事，胡少卿办得滴水不漏、顺理成章，进京的日程也确定了下来。

胡少卿带队进京的事敲定了，他和吕世仁一刻也没有清闲，他们现在腾出手来，紧锣密鼓地在拔沈俊杰这颗眼中钉。那天晚上，沈俊杰的父亲刚出了胡少卿的家门，他便拿起电话，一顿恶人先告状，将老人可能要走的门道全都给封死，老人见跑断腿也找不到回旋余地，凄然地踏上了归途。没过几天，沈俊杰便颓然地离开了部队。临行前，他找到韩钦宇，落寞地说："当年我携笔从戎，何等的意气风发，可这才到部队多久，却已成折戟沉沙，想来如同噩梦一般！"

韩钦宇闻言，痛惜不已，他好言安慰道："部队是所大学校，更是一个大熔炉，在这里我们每个人都会接受锻造，都会百炼成钢，军旅生涯有长短，但我们的人生追求不可变。相信世上还是好人多，别跟损人利己的人一般见识！"沈俊杰见韩钦宇这么推心置腹，不由得感慨道："部队的确是成就人梦想的好地方，好人确实不少，但好人一万个不多，坏人一个就不少，以前我只知道有损人利己的，现在有人让我开了眼，损人不利己的事，竟有人也乐此不疲啊！"韩钦宇深有同感，随口道："可不是，正所谓天雨虽宽，不润无根之草，佛门虽广，难教罪恶之徒。有些坏人你就全当他是一条疯狗，见了只管避开就好！"

沈俊杰见韩钦宇这般和他交心，愁眉一下子就舒展了许多，他怕韩钦宇为自己的前程而担忧，悄声说："我离开部队实在是逼不得已，不过你别为我担心，自打那天他们挖断了我的后路，我就试着给几家用人单位发去了几份简历，你猜怎么着？"见韩钦宇听得入神，他接着道："那几家用人单位抢着要我。看来这名牌大学也不是浪得虚名的，我那些年吃的苦、受的累，一点也没有白费！"韩钦宇见沈俊杰有了好的归宿，他关切地问道："那这几家单位，哪家更好一些？"沈俊杰掰着指头，如数家珍地给韩钦宇介绍着，名头一家比一家响。沈俊杰和家里人更倾向于南航，这家公司准备招聘他去直属的杂志社任编辑。这样沈俊杰不仅收入高，专业也对口。

眼中钉被拔，肉中刺被挑，一切都按着吕世仁的计划安排在有条不紊地推进着，眼下，他倚仗着大权独揽的胡少卿，几乎可以为所欲为，典型宣传的费用，在他的眼里，犹如囊中之物。这天一大早，他又拿着厚厚一沓报销凭证，悄悄地闪进了胡少卿的办公室，诡秘地笑了笑说："胡处，我手里这沓账报销完了，咱们典型宣传的事就可以画上圆满的句号了。"胡少卿瞅了一眼眉飞色舞的吕世仁，按捺住自己心头的阵阵狂喜，道："这回咱们吃了回独食，不过贪吃过多容易消化不良，可别把肠胃给撑坏了。"吕世仁一双闪着贼光的眼珠乐得滴溜溜直转，他忍不住笑道："胡处，咱可是做大事的，这点油水腻不坏咱，比这再多一点，咱也能吞下。"说到这儿，他拍了拍有点鼓突的腹部，坏笑道："我可是有名的大胃王哦。"胡少卿见状，忽然心里有点发慌，正色道："少贫嘴，我可告诉你，这件事盯着的人多着呢，你尾巴可给我夹紧点，别哪天有人干煸你，把我一块给清炖了。"

两人聊得正起劲，桌上的电话响了，胡少卿拿起听筒，电话里传来了部领导秘书的声音："胡处长，请到部领导办公室来一趟，有事找。"放下电话，胡少卿的心便扑通扑通直跳，秘书虽没在电话里多说什么，可今天说话的声音明显地与往日不同，想到这儿，他不由得打了个激灵，是啊！今天秘书打来电话，连往常该有的寒暄打趣都给省了。吕世仁见胡少卿一副丧魂落魄的样，眨巴着一对鼓突眼，探询道："胡处，部领导找你啥事？"见胡少卿只顾拉开抽屉一顿翻找，吕世仁不觉也慌了起来，他会意地拿起桌上的记事本，道："胡处，你是不是在找这个？"胡少卿出神地瞅了一眼，随手就接了过去，探身又从笔筒里抽出一支笔来，啥也没说，自顾自出门去了。

胡少卿忐忑不安地上了楼，秘书似乎已等候多时，他见胡少卿走近，朝部领导办公室努了努嘴，示意他赶快进去。胡少卿推开虚掩的门，这才发现，部领导的办公室里，几名副职正襟危坐，一个不落，他心里不由得一惊，不待定神，他眼角的余光又瞥见了他最担心见到的人。部领导见他进来，也不寒暄，也不让座，开门见山道："胡少卿，典型宣传的事忙完了吧，可眼下你惹的事也出来了。"胡少卿虽不知道是啥事，但他心里不由得直发虚，此刻他耷拉着脑袋，低垂着眼帘，横下一条心，一声不吭地站在那里，只凭领导发落。

分管领导付光耀见胡少卿此刻卑微得像一粒尘埃，不由得动了恻隐之心，他趁政治部主任尚未发作的当口，会意地用自己的目光同其他两位部门副职交换了意见。不待付光耀说话，有位副职道："少卿，你最近是不是得罪了什么人啊？"胡少卿一听这话，心里便明白了几分，他没有搭话，依旧低着头，一副可怜兮兮的样，政治部主任见有人替胡少卿开脱，他也乐得卖个人情，这件事不管有没有，查实了毕竟不是什么光彩的事，对个人对单位都没有半点好处。想到这儿，主任顺水推舟道："告胡少卿的事，纪委可以介入一下，但一定要查有实据，切不可捕风捉影，不管告状的人出于什么目的，仅就匿名这一点，就不该提倡，否则，此风盛行，难免搞得单位乌烟瘴气，人人自危。"

付光耀见主任开了口子，他当即接过了这个烫手的山芋，不管件事处理起来多么棘手，毕竟可以把控事态，缩小影响，掌握工作的主动权。其他两个副主任，见有人为此事出头，乐得落个清闲，立马帮胡少卿开脱起来。胡少卿见部领导雷声大雨点小，板子高高举起轻轻落下，侥幸之余，猜不透领导葫芦里究竟卖的啥药。几位副职见主任火气已消，便顺坡下驴，起身告辞，胡少卿正准备尾随着出门，政治部主任叫住了他。胡少卿会意地关上了门，主任从抽屉里拿出一个厚厚的信封道："少卿，你看好了，这就是人家告你的匿名信，你究竟都干了些啥，这上面列举得一清二楚！"见胡少卿仍一脸无辜的样，主任唰地从信封里抽出厚厚一沓信笺，在桌子上摔得啪啪直响，厉声道："少卿你醒醒吧！要得人不知，除非己莫为！你干的好事虽说不上罄竹难书，但也算是到了触目惊心的地步，你若再不收手，一旦出事，恐怕天王老子也救不了你！"

胡少卿被告的事很快传到了吕世仁和刘亦龙的耳中，两人火急火燎地赶了过来。见胡少卿如丧考妣的苦瓜样，吕世仁抢先道："胡处，咱被人打了黑枪，别的先不管，最当紧的是要找出打黑枪的那个人，要不然吃哑巴亏不说，难保事态会恶化成什么样。"刘亦龙见胡少卿若有所思地点了点头，他接过话茬道："你们倒说说看，这个人究竟会是谁？"刘亦龙的问话虽短，却一下子刺痛了胡少卿的神经，他猛地转过头来，急切道："我说老刘，这都啥时候了，你还有心思卖关子，我要是知道是谁打了我黑枪，这会儿会待在这儿，看我不过去捏死他才怪呢！"刘亦龙眨巴着一双师爷眼，不紧不慢道："瞧你猴急的，不是我说你，有些事不是不能干，干了关键要让人家抓不着把柄才好，否则，还不如悄悄地待着！"见胡少卿闻言脸涨得通红，立马开解道："刘处，咱仨儿可是拜把子的兄弟，你看胡处被人欺负成这样，咱们能不能想想办法把那墙缝里的柱子给挖出来。"刘亦龙闻言这才笑道："这有何难，要找出背后打黑枪的那个人，我们得用排除法，这件事做了对谁越有利，谁的嫌疑就越大。"吕世仁闻言犹如醍醐灌顶，想都没想，嘴里便蹦出了三个字："韩钦宇！"胡少卿和刘亦龙闻言本能地点了点头，早已恨得咬牙切齿。

眼瞅着马上就要进京，韩钦宇的心此刻还不在肚里。韩颖小升初成绩已然揭晓，尽管女儿考分高居榜首，可眼下据说要上好中学，只有两条途径：一条是分数高，居住在名校学区；一条是分数高，有门路。韩颖只占到了分数高，其余这两条，都沾不上边，原因是家属院和这所名校隔了条马路。苏雅使尽了浑身解数，依旧未能找到门道。这天早饭后，苏雅边收拾碗筷，边打趣道："有句顺口溜说的是，一等爸爸不说话，二等爸爸打电话，三等爸爸坐家骂……"见韩钦宇坐在一旁发愣，苏雅转过身，笑了笑嘲弄道："嘿，我说钦宇，你这究竟算是几等爸爸啊！"

韩钦宇就是不信邪，闻得此言，他的拗劲噌地就上来了，他抓起电话就要到了一家不看成绩只认钱的名校分校，电话一接通，对方便问道："你是学生家长吧，学校的规矩你都知道吧？"不待韩钦宇回话，对方接着道："咱们学校本部的名气在边城大家是知道的，分校名气比本部还要更响一些，要上咱们学校，得赶紧交钱排队。"韩钦宇闻言强压怒火道："我家女儿考试成绩全首府第三，不知上咱们学校还要不要附加条件？"谁料对方不以为奇，淡然道："上咱们学校成绩好那是自然，不过还得另交3万元钱的集资建校费。"

韩钦宇见对方如此霸道，追问道："你们本部是不是也是如此？"对方随口答道："那是自然，建校费一分不少。"韩钦宇见对方都快钻进了钱眼，他揶揄道："咱们收费这么高，不知凭的什么？"对方不明就里，顺口道："我们学校设施好，师资强，再还有……"不待对方说完，韩钦宇插话道："不知师德咋样？"对方赶忙道："师德自然好……"韩钦宇抢过话头，道："学校都把师德变卖了，还拿什么去给学生传道授业解惑呢？"对方一听，这才发觉掉进了坑，嘴里结巴了几下，终究没有出声，啪的一下就挂断了电话，韩钦宇再打过去，电话响着没人接，再打成了忙音。

恶气算是出了，但孩子上学的事终究拖不得，苏雅每天都在托人找关系，关系没扯上，倒是扯出了一肚子怨气。眼瞅着又要进京，韩钦宇不觉怒火中烧，他决心用手中的笔为大家讨回一个公道。当晚，他依据自己采访到的事实及自身经历，愤然写下了题为《花钱可择校，校规校纪良知何在？师德亦卖钱，传道授业解惑凭啥！》的读者来信，传真到了当地新闻媒体，两天后，他便随同胡少卿坐上了东去的列车。

此次典型宣传，韩钦宇出发前就已做足了文章，进京后，就只剩下了协调新闻媒体一件事，胡少卿最爱干的就是这等差事，既光鲜又实惠，自打住进宾馆，胡少卿每天都会找事将韩钦宇支开，自己好独来独往，韩钦宇本就是个实干家，不喜抛头露面，倒也落得个自在清闲。转眼到了周末，韩钦宇闲来无事，正准备拿起电话打给黄沁月，传呼机突然响了，韩钦宇点亮屏幕，一行信息蹦了出来：钦宇，我在楼下等你！落款只有两个字：沁月。这突如其来的信息，使韩钦宇为之一震："不会吧，我走得这么仓促，连单位好多人都未必知道，黄沁月从哪儿得到的消息，这么快就追了过来？"

韩钦宇百思不得其解，可传呼信息又岂容置疑，他麻利地穿上外套，收拾停当，三步并作两步就出了宾馆。宾馆大门外，一棵国槐树下，一个熟悉的倩影映入了他的眼帘，韩钦宇正想挥手打个招呼，谁知黄沁月却似乎发觉了什么，稍一扭头便背转身去，径自低头慢步向前走去。韩钦宇疾步追了上去，不解地笑问道："沁月，遇到熟人啦？怎么见了我，这么别扭？"黄沁月见已拐到远离宾馆的一条小巷，摘下墨镜，微笑道："人言可畏，我这还不是在为你的清誉着想，你同事见了岂不说闲话？"韩钦宇本就一头雾水，听闻此言更是迷惑不解，黄沁月不仅知道自己来京住处，而且还知道有同事相跟，想到这里，他禁不住脱口笑道："说说看，我还有多少事在你掌控之中？再说了，人家若想盯上我们，你刚往宾馆门前一站，还不让人猜出个八九不离十？"

黄沁月见韩钦宇贫嘴上了，便正色道："你这次进京，为的是推典型，看来估计没你多少事，不过离钱物远点未必是坏事！"韩钦宇闻言更是惊得不轻，他感到自己在黄沁月眼里几乎成了透明人，便笑了笑回应道："你说得对，静以修身，俭以养德，这次进京，我要利用好这段时间，好好读书学习，修身养性。"黄沁月见韩钦宇唱起了高调，歪过头微笑着看了看他，说："我们大学图书馆书可多了，我到时每天给你占个位子，你来和我一起读国学吧，估计等你回部队时，你都要成孔圣人的第七十三个贤徒了。"韩钦宇见黄沁月拿他寻开心，马上后退了半步，踏着黄沁月的步子，跟进起来，黄沁月知道韩钦宇又在耍花招，便打趣道："你这又是在干啥？"韩钦宇一脸正色道："我这么虔诚地跟着你，还不是想当个博士后，要不孔圣人认得我是谁。"

黄沁月见韩钦宇没个正形，从单肩包里掏出几本书，一把扯过他，像幼儿园老师训小朋友一样，正色道："这些业务书籍，都是我从图书馆挑选出来的，没事你好好看看，对你今后走好新闻之路会有帮助。"见韩钦宇如获至宝的样子，她又拿出一本《世界名诗选》，对韩钦宇说，"你酷爱诗歌，满身的诗意，相信这些与你神交已久的伟大诗人，会带给你别样的人生。"韩钦宇接过这些难得的书籍，就像基督教徒接过了《圣经》，眼里写满了虔诚，他真不知道该怎样去感谢眼前的这位知己，好在他马上留意到，天色近午，他拦下一辆出租车，眨眼间就来到了大富豪酒店门前。拽上还在发蒙的黄沁月，他大步流星地就来到了包间，他一口气点了八道菜，想都没想，就将菜单递给了服务员，服务员老练地报起了菜名，刚报到第五个，黄沁月礼貌地要过了菜单，拿起笔唰唰就勾掉了四道价格不菲的山珍海味。韩钦宇一看就急了眼，吩咐服务员就按原菜单上菜，末了，不忘加上一句："菜品质量搞好些。"

黄沁月见韩钦宇这么执拗难免着急，不过她心里明白，韩钦宇在感恩她、报答她，可她转念一想，韩钦宇为人这么正直，彼此又互为知己，实在没有必要如此破费。想到这儿，她动情地说："钦宇，君子之交淡如水，饮食吃饭以可口舒心为宜，两个人一下点这么多菜，你让我的心岂能安宁？"韩钦宇刚才只想着一表诚心，经黄沁月这一点拨，立马意识到了自己的莽撞与冒失，他找到服务员，对菜品进行了重新调整，四个主菜以清淡为主。菜品很快上齐，黄沁月脸上露出了笑容，他俩边吃边聊，好不惬意。用餐过半，服务员又为黄沁月奉上了一盅燕窝，黄沁月疑惑地问道："我们没点燕窝，是不是上错了？"服务员微笑道："这盅燕窝是这位先生特意点给您的，请您慢用。"黄沁月这才反应过来，一定是韩钦宇在更改菜品时动的心思。她默默地品尝着燕窝，深深体会到了自己在韩钦宇心目中的分量。

眨眼间，半个月过去了，胡少卿犹如胡蜂浪蝶般周旋在各大新闻媒体之间。这段日子，韩钦宇过得一点也不落寞，他除了泡在国图里，又和黄沁月约会了几次，两个人谈人生谈理想，谈边关冷月，也谈象牙塔里的故事，两颗火热的心在默默地靠近，他们似乎都有一种相逢恨晚的感觉。协调的事很快有了眉目，胡少卿的使命结束了，接下来要做的是，要按照各大新闻媒体的风格对人物通讯进行改写，韩钦宇忙得昏天黑地，再也没有时间和精力去见黄沁月。黄沁月也似乎很体贴他，从未牵扯过他的精力，直到他的工作进入了收尾阶段，他的传呼机又响了，黄沁月又出现在了那棵国槐树下。这次她来和以往不同的是，她似乎知道，韩钦宇马上要走，给他送上了一把湖蓝色的苏州丝绸折扇和一部摩托罗拉手机。

韩钦宇想着自己还要待上一阵子，加之他没有给人赠送礼物的习惯，等他手捧着黄沁月赠送的礼物时，这才发现自己实在太木讷，以致都失了礼。这天上午，送走了黄沁月，韩钦宇才从胡少卿的口中得知，他们此行的任务已全部完成，返程车票都已买好，明天一大早就得动身。韩钦宇这才着急起来，自己只有今天午休时间有点空，他决定偷空去给黄沁月买件礼物，回赠给她。这点时间只够他去双安商场一趟，而且还得速战速决。他几乎是跑着逛商场，买点什么好呢？他的心里一直在盘算着、纠结着，忽然，首饰柜台里珠光宝气的项链戒指使他眼前一亮，对，女孩子都爱戴首饰，干脆买个项链或是戒指送给她吧。他根据自己的经济实力和他所要表达的感恩之情，很快相中了一枚钻戒，他心想：项链太普通，还是钻戒更耐看一些。时间不容他多想，他顾不上让人封包装饰，拿上礼物，叫了出租车便火急火燎地赶到了黄沁月的校门口。

　　黄沁月见刚刚分手，韩钦宇又追了过来，以为出了啥事，军装未换就出了校门。韩钦宇见惊吓到了黄沁月，心里不免愧疚起来，他递上礼物，顽皮地笑了笑，抱歉道："古人云，有来无往非礼也，一点小小心意奉上，还望笑纳。"见韩钦宇紧赶慢赶，只为这事，黄沁月定了定神，打趣道："我当是什么十万火急的事，原来就为这？"说着话，她看了看韩钦宇送给她的礼物，眼睛一下子就直了——竟然是一枚钻戒！她脸上顿时泛起一抹红晕，眼里掠过一丝惊喜，但立马又被疑惑所取代，黄沁月静静地看着韩钦宇，正色道："这是送我的？是不是太贵重了？"韩钦宇很少送礼物给人，更别说异性，包括他的妻子苏雅，在他看来，只要感情好，送啥礼物都是多余。他见黄沁月这般认真，忍俊不禁道："我今天给你送的这个礼物，只是一个小小的心意，等我以后有钱了，我再给你换一颗更大的。"说着，他夸张地用手比画着，惹得黄沁月忍不住笑道："这不就挺好，要那么大的干吗？多费钱啊！"说着，脸上又泛起一抹嫣红，羞涩地低下了头。

　　那天，胡少卿前脚刚走，付光耀又折回主任的办公室，掩上门，汇报道："典型宣传专项经费多，谁来经手承办都会成为大家关注的焦点，经费如何开支、是否合理，大家有些看法在所难免，不过像胡少卿这样被人举报了的，还不曾有过。"主任闻言，若有所思地点了点头道："政治部门是清水衙门，大项开支少，重大典型宣传也不是每年都有，这次匿名告状的事，为我们敲响了警钟，以后，但凡有大项开支，我们要在监管机制和措施上下功夫，扎好制度的笼子，收紧钱袋的口子。"付光耀连声称是，主任的心思他已大致明了，大事化小，小事化了，看来要放胡少卿一马，不过接下来如何处理这件事，主任依旧没有明示，难免心里托不了底。想到这儿，他请示道："匿名告状，不管举报者出于何种目的，毕竟违反了组织原则，可对举报者如果置之不理，对所反映的问题不予重视，一则难免助长不好的风气，再则还有可能引发连锁反应，使单位鼓包冒泡。"主任见副手看问题比较深刻透彻，便指示道："处理这件事要外松内紧，既要顺藤摸瓜，尽快查出匿名告状之人，查清所反映的问题事实，又要尽量消除影响，缩小知情者范围。"

付光耀回到办公室，拨通了纪检处长杨德贤的电话，寒暄了几句便探询道："匿名举报胡少卿的事不知有没新的进展？举报者的身份确定了吗？"杨德贤道："只凭举报信还不能确定其身份。不过，这件事现还在持续发酵，举报者大有不达目的誓不罢休的架势。"付光耀沉思片刻道："那这个人会不会是胡少卿身边的人呢？"杨德贤道："单从信的内容来看，不排除这种可能。"付光耀闻言顿时来了劲，这颗埋在身边的地雷，说啥也得赶快挖出来，否则就是睡着了，也非得让噩梦给惊醒！放下电话，他便让人要来了相关材料。不看不打紧，一看后背直发凉，举报信里赫然列出了胡少卿五条罪状，每个方面的每件事有名有姓，有时间有地点，就连参与的人员也列出了清单，每个人在其中扮演什么角色，做过什么事，说过什么话，基本上都是据实照录。付光耀脑海里闪出了一张又一张面孔，稍加思索，便很快被排除了：以胡少卿的心计，怎么可能让身边的人揪住自己的尾巴？那举报者又会是谁呢？付光耀放下材料，揉了揉发胀的脑门，下意识地摸向了手边的电话。

胡少卿很快被召进了办公室，不等他落座，付光耀便道："反映你的材料我刚刚看过了，列举了五个方面的问题，每个问题言之凿凿，触目惊心，如若这些问题是实名举报，或是一旦查实，你的前程就不用说了，十有八九还有牢狱之灾！"胡少卿闻言，尽管办公室里冷气开放，但他的后背前心的内衣早已湿透，他颤声道："副主任，我是您一手栽培起来的，尽管身上小毛病不少，可触碰高压线的事，你就借我个胆子，也不敢呀！"见胡少卿一脸虔诚，说得这么动情，眼角都泛起了泪光，付光耀不觉心头又软了，他给胡少卿倒了杯茶，递上纸巾道："你的为人组织还是信任的，不过这件事已惊动了纪委，举报者虽未具实名，但所反映的问题有板有眼，你可要做好应对的准备。"见胡少卿耷拉着脑袋，默不作声，他又宽慰道："你的脾性我是了解的，急躁且火暴，在工作中与人难免有磕磕绊绊，身边有矛盾的人你往往有戒心，其余和你有交集的人，未免都能做到滴水不漏，你回去好好想想，或许会有新的发现，到时我们才好积极应对。"

夜静如水，荷香阵阵，胡少卿躺在宽大的席梦思上，却睡意全无，他的脑海里不断地闪现出一张张可疑的坏笑着的面孔，这些人都有嫌疑，可似乎又都不是，他的后背越想越发凉，他的脑袋越想越发涨，红肿的眼睛涨得都快要从眼眶里爆裂出来，他好想停下来，睡上一会儿，可这些面孔却赌气般地和他作对，他感到自己都快要被逼疯了，直到天快亮时，他的精力才被耗得油尽灯干，沉沉地睡了过去。日上三竿，他依旧在昏昏大睡，他是被部领导秘书的电话惊醒的，他连帽子都没顾得上戴，就匆匆赶到了单位，进门时才发现钥匙也落在了家里。他恨恨地踹了几脚办公室的门，吼了几句谁也听不懂的咒语，便如惊弓之鸟般地向九楼赶去，政治部主任还在等着召见他。

胡少卿刚蹑手蹑脚地出了电梯，远远便听到主任正在办公室

里发飙："你们都看看，好好看看，这都是告他胡少卿的，你们都
数数，好好数数，这告状信到底有多少封……"胡少卿吓得直倒
退，秘书连忙拽住他的衣袖道："赶快进去吧，主任正在火头上，
到晚了还不知道会怎么怼你呢！"胡少卿硬着头皮打了几声报告，
正在发作的主任丝毫没有停下的意思，付光耀轻轻拉开门，示意胡
少卿赶快进来。胡少卿的出现使主任简直怒不可遏，他将举报信在
桌面上摔得震天响，呵斥道："胡少卿，你睁开眼看看，这举报信
都快有一箩筐了！"胡少卿望着主任手里摔得七零八落的碎纸片，
不由得打了几个激灵。主任见状越说越气："这倒也罢了，匿名信
我们替你兜了，现在倒好，人家实名举报你，你看看，都举报到哪
儿去了！"见胡少卿一对惊恐的眼睛一顿乱瞄，站在他身旁的一位
副主任，悄悄告诉他："你小子倒好，这回窟窿捅大了，惊动的地
方你还是不知道的好，要不你得吓晕过去。"胡少卿闻言，不觉冷
汗直冒，副主任又贴近他的耳边说："告你的人，是一名女干部，
你与她的交集估计少不了，要不人家举报的事件件都能捅到你的
腰眼。"……

　　午饭时，胡少卿才出了部领导的门，他怎么出来的自己都不
知道，他觉得自己就像做了一场噩梦，不过这个噩梦似乎才刚刚开
始。他胆战心惊地找来了刘亦龙和吕世仁，吕世仁听罢，怯怯道：
"胡处，这次咱们的娄子算是捅大了，不行了咱们把钱赶快给退回
去，也许组织上还能宽大处理。"胡少卿闻言瞪眼呵斥道："瞧你
这副德行，你以为贪了占了，退了就没事了，如果都能这样，贪污
犯就不用进监狱了……"不待胡少卿说完，刘亦龙插话道："少卿
说得对，有些事做错了就错了，千万不能轻易认错，有些路走错了
也就错了，千万不要想着回头，你也回不了头，打死的少，吓死的
多，死扛住，啥事也没有！"胡少卿闻言道："就是嘛，亦龙兄说

得对，死扛住，头掉了不就碗大点疤！"刘亦龙见吕世仁一脸茫然，接过话茬道："你俩在这件事上，那可是一条绳子上的蚂蚱，一荣俱荣，一损俱损，话又说回来，这件事组织上处理起来也比较棘手，该认错的地方，赶紧认错；该出血的地儿，赶紧出血，相信组织不会将你们一棒子打死！"吕世仁闻言，犹如抓住了一根救命稻草，接过话茬道："这话说起来简单，听着也有道理，可即便是组织想放我们一马，那举报的人，她能答应吗？"刘亦龙眨巴着一双狡黠的眼珠，道："俗话说，解铃还须系铃人，这个女干部我知道是谁，只要你们肯下功夫，剩下的事我来摆平。"

　　一连几个晚上，从来都是颐指气使的胡少卿，彻底当了回龟孙子，他不仅赔上钱，赔上笑脸，被人呼来唤去不说，几乎都快要叫人姑奶奶了。摆平了告状的女干部，他又和吕世仁找到领导，又是退钱，又是一把鼻涕一把泪地做检讨，等熬过了这道关，他们的口袋几乎都快倒翻了过来，人也快脱了几层皮，瘦了好几圈……这天晚上，刘亦龙给他们设宴压惊。刚开席，他见吕世仁面色土灰，河西走廊一样的长脸好像刚刚刮过一场沙尘暴一般，一双鼓突眼少了一份贼气，平添了几分沧桑，平日里直往上翻的眼珠此刻向下低垂着，好像丢了什么东西似的。他忍不住笑道："小吕，多大点事，不就是破了点财嘛，怎么整得好像霜打的茄子？"见吕世仁不搭腔，他又打趣道："天塌下来，有高个儿顶着，这不还有胡处为你遮风挡雨呢！"吕世仁闻言，想了想，说："这倒也是，这回财破得虽然连本都折了，不过好在有惊无险，真得感谢处座抗压耐摔打，要换作我，早成了无头的乱麻——一团糟。"刘亦龙见吕世仁说的是心里话，连忙端起酒杯道："小吕是明白人，这次你们躲过这一劫，少卿没少受委屈，来，咱两个给胡处敬个酒！"

胡少卿两杯酒下肚，不由得感慨万千，他喟然道："老刘，还是你够哥们、够兄弟，我胡少卿玩了这么多年鹰，谁料想如今被鹰给啄了眼，想想我都愧对自己的座右铭！"刘亦龙笑道："少卿啊，没喝咋就高了，今晚高兴，喝酒吃菜，还谈什么座右铭啊，这玩意儿太高雅，不接地气！"吕世仁一听就乐了，他坏笑道："我说刘哥，我们胡处的座右铭，你真不知道？那可太有名啦。"刘亦龙见吕世仁眉飞色舞，说得挺玄乎，禁不住道："你就别卖关子啦，他的座右铭我咋就不知道，说说看。"不待吕世仁开腔，他便抑扬顿挫道："不就是'穿别人的鞋，让别人瞎找去吧，走别人的路，让别人无路可走'！"吕世仁和胡少卿见刘亦龙阴阳怪气，一副嗲声嗲气的太监样，笑得差点背过气去。刘亦龙见自己的表演天赋派上了用场，打断他们道："咱们乐归乐，女干部的事交给我，到时，我刘某人会给你们送上一个意想不到的大礼！"

薄雾透晨曦，清气绕旭光。节气交了处暑，天地间渐渐呈现出令人鼓舞的成熟之美。列车此刻正奔驰在华北平原上，路边荷塘里，莲花依然在默默地绽放，天地间仍是一派葱茏。不过这时的绿，已不像夏季时那样鲜亮、嫩绿和透明，而显出了几分厚实、柔韧和老练。无涯的绿，在夕阳的映照下，会透出淡淡的、金黄的光晕。这金黄的光晕，仿佛就是金秋的一种预演。要不了多久，天地间就会真的出现漫野的金黄和火红，早熟的玉米高粱就要收割，繁忙的秋收即将到来。

韩钦宇半躺在卧铺上，翻看着黄沁月送给他的诗集，任思绪自由地翻飞。他隐约感到身旁背包里有东西在震动，继而传出了清脆的铃音，他半天才反应过来是手机发出的声响。信息是黄沁月发来的："钦宇，你好吗？现在走哪儿了？你刚走，我却觉得已过了一个世纪，整个人都感到不好了。"韩钦宇凝视着屏幕，愣怔得回不过神来。不等韩钦宇回信，信息又追了过来："我给你的书喜欢不？顾上看了吗？"韩钦宇看到这条信息，仿佛见了大救星一般，立马编好信息，按下了发送键。黄沁月的信息几乎是同时发来："印度大诗人泰戈尔的诗你喜欢吗？《世界上最遥远的距离》这首诗你读到了吗？"这首诗韩钦宇很早就读过，几乎耳熟能详，他不假思索地回应道："世界上最遥远的距离，不是生与死，而是我就站在你面前，你却不知道我爱你……不知道是不是这首？"短信刚发出，韩钦宇马上发觉似有不妥，可早已撤不回来。他怕黄沁月误会，立马又回信解释道："泰戈尔的诗仿佛是一汪清泉，沁人心脾，所有的思想和感情都非常炽热纯洁，他的诗将优美的风格和激情融合在一起，展示出一种既完整又十分深刻的精神美感。"

韩钦宇刚按下发送键，黄沁月的信息便挤了进来，除了一个笑脸，没有多余的一个字。韩钦宇正在纳罕，信息又来了："钦宇，我伟大的评论家，评论很精彩、很到位！不过，我现在要的不是你对泰戈尔的评价，我要的是你对这首诗的理解和感悟。"韩钦宇一看自己掉进了坑，这颗球接不住也踢不回，他干脆罔顾左右而言他，道："泰戈尔的《爱者之贻》也不错嘛！"黄沁月立马回信道："愿闻其详。"韩钦宇回复道："我的小船载满了人，装满了货，但是，我怎能回绝你呢？你孤身一个，只带了几束稻谷。你年轻，身材苗条又纤弱；飘忽的微笑在你的眼角闪烁，你的黑色长裙像雨天的乌云。船上当然有你的位置。"不待韩钦宇稍有停歇，黄沁月便接上道："旅客将一路陆续登岸归去。你且在我的船头稍停片刻，待船儿靠岸时谁能将你留住？"韩钦宇看了，哭笑不得，暗怨道：

"亲情和爱情是人们永恒的话题，闲来无事聊聊也好，可你这个泰戈尔迷，他的诗你如数家珍，干吗还让我劳心聒噪，岂不怪哉？"便赌气不再理会。

黄沁月见韩钦宇默不作声，心里颇为纳罕："韩钦宇看着挺淳朴厚道的，没想到城府还挺深，礼物最能传情达意，他送了，我也收了，可你真要和他认真起来，他却总是言不达意，闪烁其词，让人捉摸不透！"想到这里，她气不打一处来，编辑短信的手指也明显加快了速度，可就当她按下发送键时，她的手像被蜇了一下，顿时僵在了那里："对啊，韩钦宇已有家室，我再和他这样交往，岂不成了第三者！"可她看了一眼桌上的钻戒，想法立马就变了："有家了又能咋样，这年月结婚就像派对，看对眼了就拍拖，离婚就像解散，看走眼了就拜拜。"想到这儿，黄沁月顿时觉得如释重负，同时为自己的大胆乃至世俗而感到吃惊。可眼下，黄沁月觉得在这样一个情爱泛滥，而爱情奇缺的年代，能碰上一个真正在乎自己的人，心地纯良而满身诗意的人，是这样不容易。既然遇到了，就是上天对自己的眷顾，绝不能错过。除却身世、容貌和学历，仅是年轻这一条，就已足够。

黄沁月想明了理，对着镜子做了个鬼脸，她觉得自己马上又满血复活了似的，对韩钦宇的看法有了变化。她顺手按下发送键，心里得意道："好你个韩钦宇，你就和我玩躲猫猫吧，总有一天你会把自己逼到墙角出不来，到时可别怨我对你不客气！"韩钦宇见黄沁月半天不理他，手里捧着诗集，可眼睛一刻也落不到书上，见手机没有动静，他暗自生起了闷气："嗬，心眼这么小，我也就赌了口气，你倒真不理我了！"正想着，手机的屏幕点亮了："钦宇，我想问你一个问题，这个世界上，所有人都会背叛我抛下我不管我，唯独你不会？"韩钦宇一看就乐了，好你个博士生，怎么会问这么好玩的问题？他想都没想，便回应道："是的，我能做到。"信息刚发出，黄沁月的信又到了："钦宇，以后成了家，有了孩子，我会对你的孩子比对我的孩子还要好。"韩钦宇一看，更乐了，前面的问题如果只是好玩，后边这段话简直有点癫狂甚至无厘头。此念一闪，便又责怪起自己：有朋若此夫复何求，难得沁月如此诚心，而自己却……他立马觉得汗颜不已，耐下性子揣酌起黄沁月的心思，本想回应，可他抓耳挠腮，愣是想不出合适的话来。

眼看就冷了场，韩钦宇好生心急，正在这时，屏幕又亮了起来："钦宇你相信海誓山盟吗？"韩钦宇随手回复道："相信，你相信吗？"这回，黄沁月回复得很慢，韩钦宇心里不由得纳罕："从古到今，经典的爱情故事，不都是靠海誓山盟而闻名于世的吗？"想到这儿，他抢先亮明自己的观点："沁月，你看诸如'生死相许，不离不弃''山无棱，天地合，乃敢与君绝'这些爱的誓言，多么惊天地泣鬼神！"不料，黄沁月的观点却完全相反："海誓山盟都是些骗人的鬼话，是最不可信的！"韩钦宇看了，立马就蒙了，心里不由得犯起嘀咕："这可真是女人心海底针，难捉摸，费思量！"正想着，屏幕又亮了："钦宇你看，从古至今，这些爱情誓言有几人能坚守，到最后不都变成了死无对证的谎言。你坚持着，他背弃了；你等待着，他忘记了。"见韩钦宇一时没有回应，黄沁月又发来信息道："真正的爱情是可以超越生死的，并不需要那些所谓的誓言来维系和羁绊。《牡丹亭》里的爱情故事就是明证。"这使韩钦宇想到了国学大家陈寅恪关于爱情的五种境界：情之最者，世无其人，悬空设想，甘为之死，如《牡丹亭》之杜丽娘是也。与人交识有素，而未尝衾枕次之，如宝黛等中国未嫁之贞女是也。再次之，曾一度枕席，而永久纪念不忘，如司棋与潘又安及中国之寡妇是也。再次之，则为夫妇，终身无外遇者。最次之，随处结合，唯欲是图，而无所谓情矣。
想到这里，韩钦宇忽然觉得自己与黄沁月的聊天，简直是接受了
一次关于爱的科普，不过也不乏思索的成分，他不由得打了个激
灵：这些年只顾蒙头赶路，竟蹉跎了一路风景！

第十二章
爱之痛，至爱无求亦悲切

未觉池塘春草梦，阶前梧叶已秋声。两天后的清晨，韩钦宇乘坐的列车到达了边城车站。韩钦宇上车前，关内还是夏的尾巴，眨眼间，眼前的边城却已是秋的模样。边城秋天恬静淡雅，不像春天那般旖旎，不像夏天那般热烈，不像冬天那般沉寂，只是轻描淡写般的从容和安逸。

韩钦宇本打算次日再上班。谁料还没出站，就收到了孔力的传呼："韩站长，出事了！你赶快来单位吧！"韩钦宇送走了胡少卿，便打的直奔总队机关。孔力卡着点等在了总队大门口，他帮韩钦宇拎上行李，就进了办公楼。路上，他焦急地告诉韩钦宇："你进京前采写的那篇批评性报道惹祸了！那家学校的人把你给告了，这几天他们天天来总队找你，要讨说法，听说这件事都闹到了部领导那里，这不，今天听说你回来，他们一上班就来单位找你，说啥也不走。"韩钦宇闻言，笑了笑道："我当是啥事呢，就这点事，慌个啥，他们理亏，要闹，随他们闹，他们不闹，我还正准备找他们呢。"孔力一听韩钦宇的话，立马就慌了："站长，这可不行，这些人都有来头，我看部里领导未必都能扛得住，还是大事化小，小事化了，咱们好汉不吃眼前亏！"

两人说着话，就已出了电梯口，不等他们拎上东西，两个闹事者就已蹿上前来，一把扯住韩钦宇的胳膊，就往部领导那里拽。韩钦宇给孔力使了个眼色，便不慌不忙地与闹事者相随着上了楼。部领导见状，一边招呼闹事者进屋，一边和韩钦宇寒暄了几句，便打电话叫来了胡少卿。当胡少卿一身军装，快步来到领导办公室时，韩钦宇这才发现，原来胡少卿上车后并没有回家。胡少卿按照部领导的指示，将人领到了自己办公室，不等听完闹事者陈述，他扭过头来黑下脸，便将韩钦宇一顿训："我们和学校两家虽不是共建单位，但军民鱼水一家亲，你咋能这么干，一点鸡毛蒜皮的事就往报纸上捅！还不快给人家道歉！"闹事者本来就是些飞扬跋扈、胡搅蛮缠的人，一看有人为他们撑腰，恶胆立马变得更壮起来，其中一个穿运动装的人指着韩钦宇，对胡少卿说："慢着，两句道歉可别想打发我们，他得拿出点诚意来。"胡少卿一向视韩钦宇为眼中钉、肉中刺，虽然两人颐指气使的样子令他颇为不快，但只要能给韩钦宇穿小鞋使绊子，他也就忍了。稍做思量，胡少卿满脸堆笑地问两人："那你们二位的意思是……"穿运动装的人哼了哼鼻子，指着韩钦宇道："首先，他得登报道歉，向公众承认报道严重失实；其次，要赔偿我们名誉损失费！"胡少卿一听有戏，不待他们说完，便插话道："这些要求我看也还比较合适，至于这个名誉损失费，你们可得先说个数。"胡少卿的话正中对方下怀，运动装傲慢地伸出了两个指头，晃了晃道："20万，一分都不能少！"

韩钦宇本是风风雨雨里走过来的，这些事他见多了。起初，他听着还来气，后来看这一唱一和的表演，还蛮有意思的，倒也坦然了许多。再后来，干脆躲在一边懒得说话，做起了看客。闹事者见自己横眉竖目，费尽口舌，韩钦宇却没事人一样，压根不理会，便冲着胡少卿一顿发飙，撂下几句狠话，摔门扬长而去。胡少卿哪里想到，米人会有这么一手，弄得他灰头土脸、措手不及，他愣怔了半天，才回过神来，见韩钦宇还在一旁待着，本想一顿发作，转脸便将火头压了下去，头也不抬，摆了摆手示意他忙别的去。胡少卿原本就是地地道道的汉奸料，摇尾乞怜的事那就是本分，偶尔讨不到主子的欢心，乃至挨了主子的流星拳、窝心脚，那也没啥可计较的，可眼下哪里还能再容得下韩钦宇这个眼中钉、肉中刺，在他的吊梢眼里，韩钦宇的影子都是黑的！

韩钦宇前脚刚走，吕世仁便闪身进得门来。胡少卿不由得心头一喜，让座的当口，起身便拧上了门，道："韩钦宇的事你都听说了吧，外边反应如何？"吕世仁眨巴着一对鼓突眼，伸长脖子凑上前道："事情闹大啦，韩钦宇这回真是摊上事了，你知道那学校背景是谁？咱们总队领导都不一定惹得起！"胡少卿一听就来了劲，坏笑着支棱起耳朵就等下文。吕世仁一看胡少卿这么上心，压低声音道："胡处，咱们记者站里其他人翻不起什么大浪，只就是这韩钦宇好比茅坑里的石头，又臭又硬，这回咱们揪住了他的小尾巴，与学校里应外合，说啥也得把他给搬走了。"胡少卿立马回应道："谁说不是，只是要搬掉这块石头，不光要下气力，还得有招法！"吕世仁眨巴着鼓突眼道："这有何难，咱们只需给闹事的透点信，指下门路，不怕事情闹不大，就怕事情收不了场！"胡少卿哑然失笑道："事闹大才好挖眼中钉，收不收得了场，关咱屁事！"两人会心一笑，又是一番思谋，直到谋定方罢！

　　事态在急剧扩大，情况越来越糟，处领导、部门领导、总队领导相继找韩钦宇进行了问询和面谈，韩钦宇感觉得到，组织为自己做了不少幕后工作，但眼下情势好像对自己、对单位都有些不妙，他难免感受到了压力，开始着急上火起来，可他心里仍是认定了一条理：邪不压正，公道自在人心！午休当口，吕世仁又鬼鬼祟祟地溜进了胡少卿的办公室，一对鼓突眼里洋溢着喜气，他猥琐地堆着笑道："胡处，有好戏看了，总队领导都坐不住了，现在校方正在和媒体交涉，要不了一时半会儿，媒体也得找他韩钦宇的麻烦！"正说着话，电话响了，胡少卿抄起听筒没说两句，便兴奋地朝吕世仁挤眉弄眼，吕世仁马上凑到跟前，悄声会意道："是不是报社打来的？"胡少卿一边接打着电话，一边坏笑着点点头。通完话，吕世仁立马支着道："我们先别吭声，闷在一旁就行，好戏马上开演。"

　　那边胡少卿和吕世仁正在幸灾乐祸，这边一个电话就打了进来："韩站长，读者来信的事现在越闹越大了，校方有些人能量很大，连区里一些领导都惊动了，目前我们的处境有些被动。"韩钦宇闻言不好意思道："虽说舆论监督是我们记者的本分，我们的出发点为的是解决问题，谁也不想把事情闹得太僵，但眼下看来没那么简单，害得报社也不得安宁，心里真是过意不去。"对方闻言，会心地笑了笑道："我们媒体就是群众千呼万应的喉舌，记者部也自然是我们的记者之家，你这么仗义执言，咱们媒体绝对不会落后，永远都是你们记者的坚强后盾。"放下电话，韩钦宇感到心里暖暖的，可他的心还是难免揪了起来：君子难斗小人，尽管理在自己和报社这边，可校方一些为非作歹的人何等刁钻，你动他们的利益，要比触碰他们的灵魂还难，他们岂能善罢甘休！

这天夜里，韩钦宇辗转难眠，他满脑子都在琢磨应对之策，可越琢磨，越感到劳心费力，最后直想到头昏脑涨，才昏昏睡去。一觉醒来，他感到人活着就得有骨气，站着生跪着死的事坚决不干，大不了卷铺盖走人，回到地方还是一条好汉！想到这儿，他觉得自己算是彻底解脱了。可谁知，这天上午，校方还闹得风风火火，不到吃午饭，就已经偃旗息鼓，没到两天，一干相关责任人，撤的撤，降的降，相继受到了处理。学校的党委书记还带人来到总队领导办公室表达谢意，激动地说："现在社会上在刮不正之风，学校这块净土也未能幸免，一些人趁势胡作非为，我们切齿痛恨，却无能为力，眼下我们的驻军记者剜疮除瘤，真是大快人心！"总队领导见坏事转眼间就变成了好事，这对他们触动很大，送走学校领导，总队领导对此事进行了深入分析研究，指示记者站在搞好正面宣传的同时，做好舆论监督工作，并对韩钦宇进行了慰问与安抚。

眼瞅着韩钦宇又逃过一劫，胡少卿和吕世仁又急又气，他们找来刘亦龙，又开始密谋起来。刘亦龙觑着一双师爷眼，慢条斯理地道："你们可算是找对人了，总队要在南疆进行人装结合检验性实兵演练，届时中央新闻媒体采访团要进驻采访，到时派韩钦宇随同采访即可……"不等刘亦龙说完，胡少卿打断话头道："你出的啥主意，我咋没看懂，咱让韩钦宇陪同采访，到时各大新闻媒体上都是他的稿件，这不是帮他出名吗？"刘亦龙故作深沉，卖起关子道："幼稚。欲取之，先予之。我们明面上给他一个西瓜，实则给他一颗拿不到手的芝麻，他为了这颗芝麻，还得赔上手里的西瓜！"胡少卿被刘亦龙绕口令般的车轱辘话整得云里雾里，忍不住喝止道："我说赛诸葛，你能不能说人话？别净扯这些没用的东西！"刘亦龙狡黠地笑了笑，诡秘地朝胡少卿勾了勾手指，胡少卿和吕世仁会意地将耳朵凑了过去，几个人密谋了几句，便忍不住哈哈大笑起来，吕世仁笑得前俯后仰，差点背过气去。胡少卿则巴掌拍得震天响，嘴里直呼："高，实在是高！"

采访团如期出发，根据分工，韩钦宇的主要任务是保障记者们的出行安全，并为他们提供服务，按照往常经验，尽管这些记者们出来采访时间跨度长，随身行李多，有的除了大包小包，还有"长枪短炮"，有的还带有涉密电脑。登车前，韩钦宇发现同行者里，有两个是胡少卿他们一伙的，一下起了戒心。他暗想："这两人聚在一起，定不干好事，恐怕十有八九是冲着自己来的，但不管他俩安的什么心，自己仔细提防就是。"采访团陆续进了车厢，韩钦宇将行李安置好，仔细清点了随行物品，一件不少，即便这样，他还是放不下心来，一路上，对负责看管的物品多次进行了巡查。入夜，同包厢的两名参谋去找军报记者打牌，韩钦宇怕丢东西，关上包厢门，看起了书。夜色越来越黑，韩钦宇不知道自己什么时候闭上眼沉沉睡了过去，待他听得有动静被惊醒，车窗里已漏进了微明的天光。不大一会儿，车已到站，大家手忙脚乱地往下搬运东西，大大小小的行李，无序地堆在一起，犹如一座小山，韩钦宇搬完最后一趟，便开始麻利地点验起了行李，两名参谋不顾他阻拦，拎起行李就往接站的车上搬，害得韩钦宇只得到车上又去重点，不待点清，那两人就已将带队的副总队长请上了车。见韩钦宇没有停下的意思，一名参谋讥讽道："哟，韩记者，有你这么干事的？总队首长都落座了，你咋还戳在那儿！"韩钦宇正想分辩，另一名参谋接茬道："演练都快开始了，咱们得赶紧赶过去！"说着话，又扭头命令司机立马出发。副总队长见他的两员爱将这么会抬轿子，笑着点了点头，由着他们折腾。

车队不紧不慢地驶进了支队招待所，临下车，一名参谋煞有介事地对大家说："演习指挥部刚刚发来信息，原定上午的演习，因故推迟，具体时间待定。"末了，另一名参谋又补充道："各位编辑记者，待会儿下车先洗漱休整一下，一小时后开饭，到时我来请大家。"行李被搬下了车，散乱地堆在了一起，韩钦宇一边翻检清点，一边整齐地码放着，清点完毕，他的后背立马开始发凉：少一件行李！对，而且是一台涉密笔记本电脑！见韩钦宇一下慌了神，两名参谋假惺惺地询问了几句，便去找副总队长报告情况。副总队长闻讯火冒三丈，厉声喝问："究竟丢了什么东西！是不是记者的东西？"不待两名参谋回话，他又怒吼道，"去把韩钦宇给我叫来！"

一名参谋刚出房间，另一名便垫话道："首长，韩钦宇太不负责任了，临行前我们千叮咛万嘱咐，生怕出事，你看，这下娄子捅大了吧！"说着话，韩钦宇就被带进了屋，副总队长见韩钦宇一脸茫然与歉疚，心不由得软了下来，询问道："钦宇，究竟丢了啥东西？"韩钦宇低声回应道："电脑。"副总队长眉头一下子就皱了起来："电脑？就那台涉密电脑？你看看，怕啥来啥！你这究竟是咋搞的！"见副总队长怒火中烧，眉头越皱越紧，一名参谋又煽风道："首长，听说那台笔记本电脑里不仅有许多涉密信息，还有军事实力呢。"副总队长一下子就听不下去了，他啪地摔碎了手里的茶杯，道："韩钦宇，你给我等着，看总队怎么处理你，这件事捅大了，你是要上军事法庭的！"

韩钦宇眼瞅着大祸临头，他的心里跟明镜似的：有人在陷害自己，害人的人就在眼前，可他现在百口莫辩，一点证据也没有。想到这儿，他钢牙咬碎，委屈地低下了头，任由心里的愤恨翻江倒海！副总队长毕竟是见过大世面的，他瞅了瞅眼前默不作声的韩钦宇，又瞥了一眼一旁幸灾乐祸的两个参谋，心里一下就明白了，韩钦宇指定是掉进了这两个货挖的坑，不过，眼下不能纠缠此事，找回涉密电脑要紧。副总队长抬腕看了看表，自言自语道："火车走得还不算太远！追！立马追！"说着，他让人赶紧找来支队参谋长，吩咐道："派支队最好的越野车，给我追火车！"

火车像脱缰的野马一路狂奔，"陆地巡洋舰"发了疯似的穷追不舍，副总队长紧攥着车门上方的扶手，两眼死死盯着几乎并驾齐驱的列车，催促道："快！快！再快点！等会儿就得进站！"正在这时，前方道路塌方，车辆前行受阻，正当大家扼腕叹息时，随行的支队"活地图"、作训参谋艾斯卡尔带车掉头拐上了一条乡间小道，这条道虽窄，但比大道要近好几公里。当越野车喘着粗气停在站台时，这趟列车刚刚缓缓驶进了站台，副总队长立马带人冲进了他们乘坐的车厢，简单沟通几句，便开始搜寻电脑，可他们几乎翻遍了整个包厢，愣是不见电脑的踪影，眼看着马上就要发车，副总队长才猛然醒悟过来，立马拨通了那名参谋的电话，参谋起初还吞吞吐吐、闪烁其词，直等到副总队长厉声喝问，他才含混地说："首长您看一下，卧铺底下有一个夹缝，您看是不是掉里头了？"

电脑找到了，真可谓虚惊一场，回去的路上，副总队长气愤地勾着头，一言不发，他心里暗骂道："这两个刀尖上舔血不知死活的货，我早晚会被他们给整废了的！这次他们对人下这么狠的手，我要再不拾掇他们一下，他们该反了天了！"回到支队，副总队长背过大家，将两个心腹叫到房间，关起门来叱问道："说，这电脑是不是你俩藏起来的？谁的主意！"两人见副总队长动了真气，心里先是一惊，而后面面相觑，双双低垂了脑袋。副总队长见两人一副攻守同盟的样子，顿时就来了气，他啪地一拍桌子，厉声道："说！要不说，两个一块处理！现在立马给我滚蛋！"胆大的那名参谋还想蒙混过关，翻了翻眼皮，道："首长，列车一路翻山越岭，电脑包怕是自己滚进夹缝的。"电脑是副总队长亲手从夹缝里拽出来的，那个夹缝在床底下，电脑包要想进去，除非长了腿！他冷笑道："招了吧，电脑包不是你藏起来的，你怎么知道床底下有个夹缝？"那名参谋见露了馅，顿时像泄了气的皮球，随后一五一十地交代了他们的丑行。回到房间，这两人不免悄悄嘀咕起来："唉，你说我们干的这件事，副总队长肯定不会拿我们怎么样，但胡少卿那个地方，我们该咋交差！"

半个月后，演习圆满结束，韩钦宇随新闻采访团满载而归，那两名参谋受到了副总队长的训诫，暂时不敢再为非作歹。这件事最终不了了之，就像没有发生过一样。但终究没有不透风的墙，韩钦宇回到单位，刚刚调任总队首长秘书的包嵘，便私下找到他，为他接风洗尘，设宴压惊。酒过三巡，包嵘眼含热泪道："站长，您是我的恩师，以前都是您用翅膀护着我，现在我到了位置上，我会勇敢地和你站在一起，想办法遏制这些恶人，让他们不敢肆意妄为。"韩钦宇见自己的兄弟这般赤胆忠心，不觉心头一暖，但他马上意识到，君子难斗小人，他不无忧心地劝诫包嵘道："总队水深着呢，你刚来不久，一定要韬光养晦，稳住身形，切不可感情用事，给自己招来祸患。"包嵘闻言，知道大哥疼他，可他心里早就打定了主意，他怕大哥再为他牵心，只管和大哥聊起了家长里短，好让大哥放松身心。

接下来的三个月，韩钦宇隐约感到，胡少卿的气焰低了不少，总队首长那里他也开始慢慢失宠，不过他要晋升宣传处长的传言，越来越有板有眼，一直罩着他的那位领导，现在已坐上了政治首长的位置，韩钦宇无疑是宣传处副处长的不二人选。包嵘几次找机会给韩钦宇透风道："老哥，你马上就要高升了，当了副处长，就会轻松一些了，这些年老哥可真是不容易，看都累成啥样了。"这样的人事安排，早在韩钦宇的预料之中，总队许多明眼人也都纷纷向韩钦宇道贺。可职务晋升毕竟是件大事，不管为哪一级正职配副手，原则上都要征求正职的意见，胡少卿相继被总队和部门领导召见，谈到韩钦宇接班的事，他总是委婉地说："韩钦宇业务能力非常强，可就是协调能力弱了些。"其余的话，他多一句也没有。包嵘很快听到了风声，他立马打电话提示韩钦宇："老哥，你晋职的事，遇上小人了，你得赶快想办法补救一下。"韩钦宇闻讯后，迟迟不愿动作，在他的心里，干好工作，是自己的本分，提升晋职的事，有组织考虑把关，自己还是别瞎搀掺和的好，否则，靠跑靠送晋升职务，和胡少卿之流有啥区别！

任职命令很快下达。据说当晚，总队对韩钦宇的任职意见还是副处长，可次日上会，韩钦宇的任令就变成了副团职干事。此事虽在意料之外，但韩钦宇还是感到没啥稀奇。他这人本身清心寡欲，他只在乎能否将事情做大，至于当不当官，他从不放在心上。不过，公道自在人心，为他鸣不平的人多了，韩钦宇有时难免也会有些失落。黄沁月似乎就躲在门后，韩钦宇前脚晋职，黄沁月的道贺电话后脚就追了过来："钦宇，高升了，祝贺你啊！"韩钦宇笑道："我现在还是干事一个，只是担子会更重些！"见韩钦宇有情绪，黄沁月这才意识到，韩钦宇晋职定是被人算计了，她想了想，实在没有什么好安慰的话，便抱不平道："钦宇，单位对你不好，干脆回内地吧，以你的才干，到哪儿差得了！"见黄沁月在为自己出气，韩钦宇心想：这怎么可能，边疆要调内地，该有多难，何况已是团职。他随口笑道："沁月，我这里好着呢，组织待我不薄，只是偶有坏人作祟而已。"黄沁月闻言不甘心道："钦宇，你早晚要回来，等我有了左右你的能力，那就由不得你了。"

韩钦宇晋职副团，仍还在记者站任站长，站里的财权虽然被胡少卿篡夺，但站里的事，依然是外甥打灯笼——照旧。转眼已过腊八，边城首府也和内地一样，年味日渐浓郁，韩钦宇和苏雅偷空便开始收拾卫生，置办年货。韩颖也已放假，每天都掰着指头数日子盼过年。这些年，他们一家人聚少离多，基本上没过团圆年。这天清晨刚上班，韩钦宇的手机响了，电话是黄沁月打过来的。她没有和韩钦宇寒暄，而是直奔主题，焦急地问道："钦宇，你最近是不是要来北京？"韩钦宇一听就愣了，他想都没想道："这不马上过年了吗，我到北京去干吗？"黄沁月见韩钦宇说得这么斩钉截铁，倒也再没说啥，寒暄了几句便挂了电话。

韩钦宇没把黄沁月打电话的事放在心上。谁料想，当天下午，总队有位领导却找他，让他收拾行李，立马进京出差，顺带将领导女儿的学术论文送到核心期刊发表。韩钦宇发现，出差要办的事很简单，可就是这篇学术论文，要发表在指定的诸如《中国高等教育》《学位与研究生教育》等几家顶级学术期刊上有难度。总队领导交办的事，韩钦宇哪敢马虎，他刚回办公室，便四处打电话寻求发表的渠道。渠道没能疏通，事情的难度却早已超出了他的想象，有人告诉他："在这样的顶级核心期刊上发表论文得排队，稿件作者排的长队说直观一点，都能从北京排到上海去，即使你的论文很优秀，不等上三年五载，门儿都没有。"有人说得更玄乎："在这样的核心期刊上，发表一篇学术论文，相当于在《人民日报》上上十个头版头条！"

总队领导催得紧，韩钦宇第二天一大早就坐飞机离开了首府，飞机引擎轰鸣，努力地向上爬升，不大一会儿，便已升至万米高空，一路向东飞去，眨眼间已出市区。明媚的朝阳下，连绵的雪山熠熠生辉，瑰丽的云海变幻莫测，壮美的山河分外妖娆。可此刻，韩钦宇哪有心思欣赏这眼前的美景，论文的事压得他快要喘不过气，虽说这位总队领导平素里对他不错，有恩于他，但他的心里仍是翻江倒海的，领导交办的事如果办砸了，自己的前程自不待说，面子上也挂不住。想到这里，生性好强的他，甚至连死的心都有了。他无精打采地斜倚在座椅里，无奈地消磨着时光，正在此刻，他的脑海里突然蹦出了一个人，她正微笑着注视着自己，这个人在他的脑海里越来越清晰，他猛地坐起身来，轻轻地拍了拍发胀的脑门，暗自道："黄沁月，对，我咋就没想到她呢，她正在读博士，也许能帮到我。"想到这里，他仿佛抓到了一根救命稻草，心里马上有了依托，这才发觉自己好累，倒头便沉沉地睡了过去。

韩钦宇是被空姐叫醒的，他揉着惺忪的睡眼，背起双肩包，便下了飞机，北京的冬天天灰蒙蒙的，凛冽的西北风直往脖颈里钻，他禁不住打了好几个寒战。此刻他的心也冷得像冰窖一般，不过这也没啥，北京这座城市一直没能接纳他，也没能被他接纳，总是板着一张冰冷的面孔。刚到机场大厅，他的手机响了，电话里传来了黄沁月夜莺般的声音："钦宇，你到了吗？我在大厅门口等你呢！"韩钦宇顿时如沐春风，激动得泪光闪闪，他猛地想起了一句名言：一座城市是否温暖，不取决于这座城市多么高端奢华，而取决于这座城市里有没有牵挂你的和你牵挂的人。在黄沁月的指引下，他此刻已坐上了接站的车，黄沁月和他并排而坐，关切地问长问短，和他拉起了家常。临下车时，黄沁月对韩钦宇说："看来人的第六感还是蛮准的，瞧我这昨天随口一问，竟一语成谶！"见韩钦宇闻言又皱起了眉头，她焦心地询问道："钦宇，快过年了进京，莫不是有啥急事吧？不妨说说，看我能不能帮到你。"韩钦宇迟疑了片刻，不好意思道："我们总队领导家女儿马上研究生毕业，得发表一篇学术论文，而且得是顶级核心期刊。"黄沁月闻言沉吟了片刻道："这件事如果早打算两三年，应该不是难事，可要得急，那就有难度了。"韩钦宇的心一下子就揪了起来，他怕这件事让黄沁月作难，便笑了笑，岔开了话题。

　　黄沁月陪韩钦宇吃完午饭，便将他送到了酒店。回到宿舍，她通过导师找到了愿意帮忙的人，并约好当晚聚餐商讨，晚宴从头至尾都是黄沁月费心张罗的，这件在别人看似几乎不可能的事，当晚就有了眉目。期刊副总出席了晚宴，学术论文破例安排在来年仲夏刊出。晚宴上，一家军队高等学府领导的秘书也赏光出席，答应新年首期就刊发这篇论文，并让韩钦宇三日内去取学报清样。晚宴结束，领导秘书见时间尚早，邀请黄沁月、韩钦宇到大学多功能厅K歌，联络感情，领导秘书约来了同校的几位挚友，大家唱歌聊天，很快就熟识起来。韩钦宇趁着大家乐呵的空当，与领导秘书攀谈了起来，没聊几句，秘书发现韩钦宇是同乡，关系立马更进了一步，他欣喜地拍着韩钦宇的肩头，说："钦宇啊，小老弟，你挺有福气的，黄沁月对你可好了，她对你的事比对她爸的事还要上心！"见韩钦宇并不知情，他又道："你看马上过年了，黄沁月爸妈忙，没时间进京，今晚约好了要替她爸妈参加一个聚会，答谢对她家有恩的老领导。"韩钦宇闻言不由得心生歉疚，感激之情溢于言表。不待他开口，秘书又扭过头问道："黄沁月是不是对你有意思？"韩钦宇一下就蒙了，他当即回应道："不会吧，我们是朋友，她对我倒是真的挺好的！"秘书见韩钦宇似有保留，笑道："只是朋友？"韩钦宇正色道："真是朋友！她是博士，比我整整小10岁呢，再说我已成了家，孩子都上初中了！"见韩钦宇一脸认真，秘书笑道："我看她对你是动了心，她这样的女孩，那点小心思瞒不了我的眼睛。"见韩钦宇默不作声，他又道："黄沁月孤标傲世，很少赞美别人，更别说挂在嘴边，而你的确是个例外！"此话让韩钦宇陷入了沉思，秘书见状，便不再说话，起身去了洗手间。

　　韩钦宇回到宾馆，他半靠在床头，心里乱得像一团麻：和黄沁月交往之初，已亮出了底牌，亮明了态度，按说黄沁月不该有误会才对。想到这儿，他又立马觉得自己是不是患了虚妄症，以黄沁月这样的人品、家世、才貌，只怕追求者趋之若鹜，踏平了门槛。可眼下，秘书的话言犹在耳，韩钦宇觉得，这番话绝非虚妄。如果真是这样，岂不是误了沁月，害了人家。他思前想后，打定了主意，事一办完，立马离开。

　　次日晌午，黄沁月又来到了宾馆，她对韩钦宇说："再过几天就是除夕了，我找了套房子，你收拾收拾东西，干脆搬过去住吧，没事了我们还能一起做顿饭，过个年。"见韩钦宇半天愣着没动，她一边收拾东西，一边催促道："车就在楼下，还愣着干啥。"韩钦宇见状连忙道："沁月，你先停一停，事情马上就办妥了，我也给领导做了汇报，你知道我们记者站越是过节越忙，单位催着我回去呢。"黄沁月一听这明显是托词，理都不理，手里一刻也没停歇。见韩钦宇仍心存顾虑，她打趣道："你以为我借的房子是让你一个人住啊，到时我爸妈也就过来了，他们已和你神交很久啦，正好让他们见见你。"

韩钦宇闻言，惊得不轻，他涨红了脸道："你把我们交往的事告诉你爸妈了？"黄沁月不以为意道："对啊，我们做朋友都快三年了，难道不该告诉他们吗？"韩钦宇心里不由得咯噔了一下：朋友！三年了！想到这儿，他立马警觉了起来："你给你爸妈说我是你的'朋友'？"黄沁月见韩钦宇窘得满脸通红，取笑道："对啊，朋友，难道还要给他们特意声明一下是'男女朋友'？"韩钦宇几乎是脱口而出："那你爸妈咋看的，接受了？"黄沁月笑道："这有什么，他们都觉得你挺好！"韩钦宇听了，心里一惊，立马回应道："沁月，我们是知己，怎么交往都行，可不能让家里人误会。"黄沁月还想说什么，送清样的车到了，换住处的事只得暂且搁置。

送走了黄沁月，韩钦宇躺在床上，闭目沉思：自己和沁月志趣相投，引为知己，这已是上苍何等的垂怜与眷顾，这样的交往向前一步，或夫妻，或情侣，后退一步，或仇人，或路人，莫非男女之间真的无朋友？想到这儿，他的后背不觉开始发凉，手心冷汗直冒，他真的不知道该如何面对这份情感。黄沁月何尝不是，她心里的苦只有自己知道：三年了，自己与韩钦宇可谓是一见倾心，心有灵犀，那日他托物传情时，自己早已情定终身，眼下又得父母怜爱，真可谓是万事俱备，只欠东风，可韩钦宇这东风，却总是飘忽不定，没刮就停。她在心里不由得暗问起自己：难道考验爱情的就只能是时间，是煎熬？

二十八，把面发；二十九，蒸馒头……首府虽已是数九寒冬，冰封雪锁，但街道两旁火红的灯笼已然挂起，灿若繁星的彩灯将道旁的树木装点得流光溢彩，家家户户的门窗玻璃上，已贴上了剪纸窗花。韩钦宇是拽着年尾巴回到家里的，妻子苏雅得知丈夫行程，提前两天便与人调休，将家里装点得年味十足，温馨而又喜气，韩钦宇尚未到家，一桌丰盛的饭菜，已在虚席而待。

韩钦宇进得家门，撂下东西，和女儿打了个招呼，便去洗漱。苏雅忙着收拾韩钦宇堆在地上的大包小包，她边收拾，边高兴地招呼韩颖："宝贝，快看老爸给你都带了些啥！"韩颖闻声从房间跑了出来，一边翻检着，一边欢呼着："哇！我有这么多好吃的，爱死你了老爸！"上得饭桌，苏雅一边给韩钦宇夹着菜，一边赞叹道："我说钦宇啊，这太阳真的从西边出来了，过去你出差多久，给我和女儿连颗糖果都不带，现在真是出息了，带这么多的好东西，选得还这么精心，真是难为你了！"韩钦宇听了，心里不由得一惊，差点没被饭给噎住，苏雅见韩钦宇表情有些异样，打趣道："买这么多东西，难道心疼了？"韩钦宇咽下口里的饭菜，贫嘴道："你老公现在好歹也是团座啦，那么大个北京城，能没个三朋两友？"苏雅一听就不乐意了，嗔怪道："我就说嘛，你的心啥时就变得细发了，敢情这些东西都是别人买的。"

韩钦宇说着话，脑子里却在思谋：苏雅怪自己没心没肺倒不怕，只是这些东西是谁买的，该不该如实相告，自己和黄沁月交往的事要不要让妻子知道。正想着，一直闷着头吃饭的女儿突然插嘴道："老妈，老爸带回的东西，我看不像是叔叔伯伯他们买的！"韩钦宇不由得心里一惊，暗自叫苦道：这真是哪壶不开提哪壶！苏雅刚才本来还没事，一听这话，立马警觉了起来，笑道："童言无忌，我也感到你带回的这些东西定有来路，莫不是有事瞒着我？"

韩钦宇犹疑了一会儿，他心想：人活一世，谁还不交几个朋友，即便是异性朋友，只要用心相交，发乎情，止乎礼，清清白白，又何必遮遮掩掩。想到这儿，他对妻子说："在你面前，我不想隐瞒任何事，只想做个透明人，可我说了，你会生我气吗？"苏雅见韩钦宇这么一本正经，禁不住笑道："说吧，我的大记者，像你这么刚正不阿，传统守旧的人，身上还能有什么新鲜事？"见韩钦宇没接话茬，她又忍不住笑问道："难不成你梅开二度，有了第二春？"韩钦宇见苏雅没个正形，他正色道："这些事，就是死也不会发生在我身上！"见苏雅敛了笑容，等着下文，便将他和黄沁月交往的事和盘托出。见韩钦宇这么中肯，苏雅微微一笑，道："我当是啥大不了的事，能交到黄沁月这样的朋友，那可是可遇而不可求的事，好好交往，凡事多替她想想，别伤害到人家，以后有机会，也让我见见她，若真像你说的这么好，我就认她做妹妹。"

　　韩钦宇走了，黄沁月却仍在北京，爸妈托付的事没办完，她哪里回得了家，这些天，追慕她的人争着给她打电话、发信息，邀请她约会聚餐、一起过年，她都一一回绝了，最后实在厌烦，干脆将手机关了。除夕之夜，万家团圆的日子，黄沁月却孤灯清影，独自守岁，大年初一初二，她还在为爸妈的事劳累奔波，待到与家人团圆，已过破五。

　　眼瞅着女儿翻过年，已满25岁，沁月妈不由得心焦起来，她向女儿唠叨道："沁月，你的年龄也不小了，该谈对象了，没事别总是冷落人。"黄沁月对妈妈的唠叨似乎天生过敏，她焦躁地回嘴道："你没看这些人都不学无术，没事就招人烦！再说，我也没有不理他们！"妈妈见女儿太心高气傲，便劝诫道："你别以为多喝了几瓶墨水，就比别人高多少，成家过日子，可不是开武林大会，见个人就和人家比高低！再说了，就是要比，也不能总拿自己的长处和人家的短处比。"黄沁月见妈妈念的都是些过时的经，便反驳道："古时候成家讲的是门当户对，现代人讲的是心心相印，情投意合！"见沁月又拗上了，妈妈分辩道："心心相印，情投意合，倒真不错，只是不能光顾了这些，闷着头去追不可能有结果的人。"见女儿一时语塞，妈妈顺势开导道："韩钦宇人倒是不错，可他为了你，能把家给毁了吗？就是他想毁，你忍心吗？话又说回来，即便是毁了家，你们走到了一起，你能保证他不会为了别人辜负你？"黄沁月早已动了执念，哪里还听得进妈妈的规劝，想都没想便回应道："爱情是两个人的事，就像两朵带电的云，一旦交会，便情难自已，摧枯拉朽，砸烂旧世界，创造新世界，那是自然而然的事，如若不成，宁愿单身，岂能凑合。"妈妈见女儿执念难消，怕多说无益，不想再争竞，可还是忍不住提醒女儿道："人家是有家室的人，进退自如，而你是个女孩子，年龄也不小了，耗不起，他的心思你可得摸准了！"

又是一度春风来，又是一年春草绿。政治部主任转任了副政委，胡少卿一下子失了宠，韩钦宇虽名义上仍是副团职干事，但总队领导多次明示，记者站的相关事宜，皆由韩钦宇全权定夺，这无疑使韩钦宇有了实权。吕世仁见自己的靠山失势，立马转舵靠向了韩钦宇。他低三下四地套着近乎，一有空便腻在韩钦宇办公室不走，午休时还要和韩钦宇挤在一张床上。

这天中午，吕世仁见韩钦宇一直在忙，便背对着韩钦宇发信息聊天。他见身后有人影晃动，扭头看时，正好与韩钦宇四目相对。正在和一位处长妻子搞暧昧的吕世仁，做贼心虚，以为他的丑行暴露，便对韩钦宇心存芥蒂、怀恨在心，随即又起了歹念。他私下联手刘亦龙、胡少卿，接连又给韩钦宇挖坑发难，几次在呈办公文时，故意偷梁换柱，在字里行间埋雷，意欲让韩钦宇栽跟头，卷铺盖走人。小人行径虽没能将韩钦宇怎么样，但毕竟猪膀胱打人——不疼骚气重。

郁郁寡欢的韩钦宇怎敢将这些事对妻子讲，只能偶尔找黄沁月聊聊。聊得多了，调韩钦宇回内地的事，都快成了黄沁月的一块心病。好在她马上就要进统帅机关工作，玉成此事的机会眼看就要到来，不过，在未有十足把握之前，她绝对不能跑风冒气，否则，以她对韩钦宇的了解，此事八成得黄。这不，她人还没有到位，韩钦宇调动的机会就已摆在了她的面前。正准备接收她的单位领导，刚刚去边疆总队视察归来，无意中还提到了韩钦宇，夸赞他人品正、文笔好、踏实能干。

福兮祸所伏，祸兮福所倚。生活总是如此，有小人作祟发难，就有君子快意怡情，韩钦宇发现自己工作干得越多，出错的概率也就会更大，小人借机挖坑使坏的事更是防不胜防，慢慢地，他学会了韬光养晦，遇事不慌不忙打太极。这天，总队召开干部大会，300余人的会场座无虚席，他和新近调来的文化干事、小作家文晓春成了无话不谈的挚友，他俩躲在会场最后排的角落里，开起了小差，文晓春提议，两人各赋诗一首，题目不定，题材不限，先做完且文采斐然、意境高远者胜出。

文晓春是武警部队小有名气的年轻作家，才思敏捷，风流倜傥，入伍不久，便发表了长篇小说《落雪无声》，在边疆部队名噪一时，他的诗歌散文也写得不错，屡有佳作在《星星诗刊》等文学期刊上发表，他的散文《妹妹，哥哥为你导航》曾获全国优秀征文大赛二等奖。他视文学如生命，在他的眼里，文学创作至高无上，其他文字行当都不入流，包括新闻职业，撺掇韩钦宇改行，不要一条道走到黑。今天他拉着韩钦宇赛诗，既想给韩钦宇出点难题，让他出丑露怯，好潜移默化地将韩钦宇往文学路上领，当然也不乏给韩钦宇秀秀自己"肌肉"之意。谁知他的诗歌才写到一半，韩钦宇竟一挥而就，他眯着眼，不屑地瞥了一眼诗歌，没看两句，眼前却不觉一亮，就再也没有挪开，忍不住念出了声——

怎能忘记那个美妙的瞬间

你飘然而至

有如稍纵即逝的梦幻

有如纯洁美丽的精灵

你不是人间的精灵

你是天外仙

关山迢迢

难阻我逐梦的步履

尘世喧嚣

你遣清风与我耳语

清心沐浴

在心空中诚挚地将你邀请

我苦苦地在天堂与尘世间徘徊

一次次执拗地将天堂的门环叩响

不敢祈望金风玉露般的相逢

只求拜谒你朝圣般的灵魂

我愿用一生的泪

涨一泓秋潭

辉映你如露般的丽影

看完这首题为《秋日私语》的诗歌，文晓春手里的笔顿时涩得挥洒不起来，他出神地望着韩钦宇，嘴里喃喃道："李白有诗道不得，崔颢题诗在上头。大哥胜出，小弟甘拜下风。"韩钦宇见文晓春一脸颓然，便感慨道："诗言志，歌咏情。诗歌是感情的真实流露和写照，我们写诗作文，不是单纯地为写而写，而是为了情感的梳理和升华。你看你的诗写得多好，赶紧把余下的续上，这样我们俩赛诗才有意义，才能圆满。"文晓春闻言，一下来了精神，他挥笔将诗作写就，不待韩钦宇反应过来，一把将诗稿折叠收入囊中，诡秘地笑了笑说："大哥，我看你这首诗，简直是神来之笔，是写给黄沁月的吧，你俩的感情是不是还在升温？"见韩钦宇有些发蒙，又道："大哥你倒说说看，人世间真正的爱情是什么？"韩钦宇稍加思索便道："真正的爱情不就是执子之手，与子偕老吗？"见文晓春没有做出回应，他又补充道："陪伴是最长情的告白，一旦深爱一个人，你的生命将住进那个人的身影。她会成为你身体的一部分，看你笑，陪你哭，直到永远。"文晓春会意地点点头，几乎是自言自语道："爱情是一个将一对陌生人变成情侣，又将一对情侣变成陌生人的游戏，你说对吗？"见韩钦宇默不作声，他又道："很多人，因为寂寞而错爱了一人，但更多的人，因为错爱一人，而寂寞一生。"说着话，声音里透着刻骨铭心的痛。韩钦宇知道，文晓春这段时间正和他的妻子闹离婚，原因是下属单位有个女军医倾慕他的才华，对他爱得死去活来，有点第三者插足的意思。韩钦宇儿次劝过他，文晓春倒也能听得进去，可无奈树欲静而风不止。女军医单位的领导发现了端倪，多次施压，女军医却全然不顾，都快到了破釜沉舟的地步。

文晓春收起了两个人的诗作，往口袋里一揣，诡秘地笑了笑说："我找个人，给咱俩的诗歌评判评判，我想她的评价会很公允。"韩钦宇想着文晓春成天在文化圈里行走，道行深的作家诗人多了去了，让人家看看不也挺好，只是还真有点丑媳妇怕见公婆。赛诗的事韩钦宇已然忘却，这天，他又在办公室伏案笔耕，电话突然响了，不待寒暄，黄沁月激动地说："钦宇，你们寄给我的诗我看了，两首诗都写得很好，《秋日私语》文笔和意境要更胜一筹，这首诗让我又回想起你我初次见面的情景，你的诗将我带进了天堂，又使我堕入了人间，我的灵魂将由此难以安宁。"黄沁月的话犹如春雷炸响，潜藏在韩钦宇内心的情愫瞬间发生着裂变，将他厚重的心门顷刻间炸得支离破碎。他不由得打了个冷战，手抖得几乎都快握不住听筒，心都快从胸腔里挣脱出来，他这才发现，黄沁月不知什么时候，已悄然住进了他的心里，从此再没有走开。他的眼眶有些湿润，一时不知如何回应，黄沁月见韩钦宇默不作声，又道："钦宇，我爸妈看了你的诗，也很赏识，想到边疆来看看你。"韩钦宇闻言越发蒙了，他马上回应道："好啊，啥时过来，你能抽空一起来吗？"黄沁月笑道："我肯定得陪着过来，只是我爸忙暂时来不了，到时我陪我妈一起过来。八一早上的航班，国航的。"说罢，见有电话找，黄沁月便抱歉一声，忙自己的去了。挂断电话，韩钦宇瞅了一眼桌上的台历，次日就是建军节。他找来文晓春和孔力商量，很快将接待事宜安排妥当。

韩钦宇和孔力早早来到了首府机场，文晓春陪着苏雅和韩颖，也早早地在饭店里张罗起来。孔力担心出站人多，看漏眼，特意找来接机牌，高高举过头顶，生怕人看不到。黄沁月刚来到运输带前等行李，韩钦宇一眼便认出了她的背影。黄沁月身着浅绿色竖条暗纹的箭袖衬衣，与米色九分裤搭配在一起，既清新淡雅，又显得风姿这般绰约。黄沁月取完行李，挎着妈妈的臂弯，正往出走，大老远就看到了高举的接机牌，侧脸微笑着看了一眼妈妈，便向韩钦宇挥手致意。不待黄沁月娘俩走出出口，韩钦宇和孔力早已迎了上去，热情地寒暄着，接过了行李，乘车向饭店赶去。

午宴在和谐融洽的气氛里开始，大家众星捧月般地将黄沁月妈妈围在中间，黄沁月被安排在妈妈的右首，可她说啥也不愿坐得太高，最后干脆陪着苏雅和韩颖坐在了下首，韩钦宇和文晓春伴在黄沁月妈妈左右，孔力紧靠着韩钦宇落了座。席间，大家高兴地谈论着边疆的风土人情、北京的建设发展、部队的趣闻逸事，直到宴会结束时，韩钦宇才礼貌地和黄沁月娘俩商定了她们的行程安排。黄沁月娘俩准备先到北疆，考虑到来得突然，韩钦宇手头事多走不开，黄沁月提议待去南疆时，再请他陪同。

不几日，北疆之行已结束，韩钦宇虽未同去，可娘俩却对韩钦宇赞不绝口，沁月妈妈几次给沁月爸爸打电话道："钦宇不光有才干，而且人缘好，北疆之行吃得好、住得好、玩得好，有飞机的地方坐飞机，没飞机的地方坐软卧，机票和车票都是部队战友抢着去订，给钱也不要，用餐都有支队领导陪着，强留了花费，他们又打了回来，几番周折才摆平，但这份情谊值金值银。钦宇的为人你看大家都这么认可。"

沁月妈妈担心若钦宇跟着，南疆之行接待规格会更高，便劝女儿道："我们出来转，韩钦宇也见啦，部队实在太热情，干脆南疆就别让他陪着我们去啦。"黄沁月闻言，心想：老妈咋能这样，我们此行的目的难道她忘了？还是在揣着明白装糊涂？忙道："听说南疆风光奇特，可治安状况似乎差了些，有韩钦宇陪着，岂不是心安一些？"沁月妈妈觉得女儿言之有理，便笑了笑，算是默许了。

人常说，不到哈什不算到边疆，他们第一站便直奔南疆指挥部，韩钦宇的老领导，原支队政委李发平已升任指挥部政委，听说老部下韩钦宇要陪同统帅机关的客人到南疆采风，不待客人到达，早已将采风路线安排妥当。当天中午，韩钦宇一行刚到，他便率指挥部领导出面接待。哈什的景点都在市区，人文色彩较浓，他们仅用了半天时间，走马观花地转了转，便直奔自然景观浓郁的洛布村寨。

随行的参谋林德尔是指挥部有名的万事通，刚一开车，便热情地给大家做起了向导："洛布村寨位于尉犁县城西南35公里处，距白城市南85公里，村寨方圆72平方公里，是中国西部地域面积最大的村庄之一，面积虽大，却只有20余户人家，是洛布人居住的世外桃源。寨区涵盖提瑟沙漠、游移湖泊、塔里木河、原始胡杨林、草原和洛布人。"黄沁月兴味十足地插话道："据说最大的沙漠、最长的内陆河、最大的绿色走廊和丝绸之路在这里交汇，形成了黄金品质的天然景观。"阿不都参谋闻言投来了惊异的目光，他饶有兴趣地接过话茬道："洛布人是边疆最古老的民族之一，他们生活在塔里木河畔的小海子边，封闭的生活环境，造就了与之相适应的生活方式。他们不种五谷，不牧牲畜，唯以小舟捕鱼为食。或采野麻，或捕哈什鸟剥皮为衣，或以水獭之皮并哈什鸟之翎，持往城市货卖，易布以代衣。"

黄沁月来此之前，早已做足了文章，她知道，洛布人的方言也是边疆三大方言之一，民俗、民歌、故事都具有独特的艺术价值，千百年来他们与世隔绝，如今，沙漠中只剩下了为数不多的"最后的洛布人"。他们在沙漠中的海子边打鱼狩猎，种庄稼，保持着原始的风俗习惯，其生活充满了神秘色彩。她甚至还考证过，洛布人又叫洛布淖尔人。据北魏的《魏书·吐谷浑》："吐谷浑北有乙弗勿敌国，俗风与吐谷浑同。不识五谷，唯食鱼及苏子。"吐谷浑当时居青海北部和边疆若羌、且末一带，为鲜卑族的一支，洛布人的风俗与其相同。洛布人和蒙古族等其他游牧民族一样，逐水草而居。有所不同的是，他们不是以游牧为生，而是靠捕鱼和狩猎。

进得村来，远处飘来了悠扬婉转的歌声，这首颇具民族风的爱情歌曲——《心爱的姑娘》，优美的旋律，似在幽幽地诉说着难舍难分的人间真情，咏唱着人间不离不弃的爱的诗篇。华彩的前奏、丰满的和声，倏忽间紧紧扣住了大家的心。黄沁月早已熟悉了它的旋律，忍不住跟着哼唱了起来——

> 我从喀尔曲来，
> 像鱼在水中畅游。
> 自从见到了你，
> 我无法入眠。
> 心爱的姑娘，
> 因为路途迢迢。
> 天上的月亮啊，
> 带去我深深的祝福。
> 我心爱的姑娘，
> 你是我心中最明亮的月光……

　　黄沁月忘情地哼唱着，歌声犹如涓涓细流，激荡着心灵；如同缕缕朝阳，照耀着心扉；如同丝丝细雨，滋润着心田。大家深深地被这美妙的歌声所感染，可只有默然跟在她身后的韩钦宇，才真正懂得这歌声里的深意。

　　演艺厅里，此刻正在上演的是洛布人的"小步拉面舞"，将洛布人款待客人的情景展现得淋漓尽致。大家还有幸看到了中国少数民族仿兽舞蹈中的瑰宝——"狮子舞"，它有专门制作的道具，由一人披挂冉须和戴着铜的装饰，舞蹈者踏着纳格拉鼓的节奏，手舞足蹈，既有仿雄狮威风凛凛的手眼身法步又有扑抓腾挪跳跃等驱邪捕食形态，意境深邃，惊世骇俗，超凡脱俗，具有无与伦比的艺术价值和研究价值。

　　浓郁的异域风情使黄沁月为之沉醉，她和妈妈意犹未尽地走出了演艺厅，又被眼前奇特的自然风光所吸引：一边是碧波荡漾的海子，一边却是连绵起伏的漠漠黄沙，阿不都和随车司机陪着沁月的妈妈去爬沙丘，黄沁月推说累怕晒黑，叫住钦宇，留在了茅草搭成的亭子里，妈妈会意地笑了笑转身走了。黄沁月优雅地绾起长发，在条凳上落座，笑着示意钦宇坐在她身边。黄沁月饶有兴致地和韩钦宇聊起了边陲警营的故事，聊着聊着，就变成了韩钦宇的故事会，黄沁月满眼虔诚，俨然成了忠实的听众。神秘的大漠警营、火热的边陲生活、凄美的爱情故事，叩击着黄沁月的心，听到动情处，黄沁月的眼睛湿润了，眼里泛起了泪光。她下意识地向韩钦宇这边挪了挪，心似乎也与他越贴越紧了！

许久，黄沁月才回过神来，她动情地对韩钦宇说："金戈铁马去，马革裹尸还。我素有报国戍边之志，无奈却是女儿身。不过，不能亲身戍边，将来能嫁个边疆军人倒也能聊以自慰。"韩钦宇见黄沁月娇柔的身躯里，竟藏着一颗赤胆忠心，真可谓巾帼不让须眉，不由得钦敬不已。黄沁月的感慨使他马上又意识到，她现在似乎还没有找到意中人，便问询道："沁月，你的对象谈得咋样？"黄沁月瞅了一眼韩钦宇，不好意思地低下了头，她轻声道："喜欢我的人，倒挺多，可他们都跟我年龄相仿，不成熟，我不喜欢。我喜欢的人，他比我年龄大，已成了家，有了孩子，我总不能把人家给撬了吧！"说完，便侧过脸来盯着韩钦宇看，眼里满含着温情与泪水。韩钦宇哪见过这阵势，顿时乱了阵脚，本想安慰几句，不觉一时语塞，僵在了那里。

回到住处，韩钦宇这才隐约感到，自己已成了黄沁月情感之路上的魔障。他的心如针扎般地刺痛，不由得感慨万千："沁月啊，多好的姑娘，你我相识本是人间奇遇，你我相知应是上天垂怜，你我相望更是凡尘罕有，我能给你的唯有无私与赤诚，哪还敢有一丝俗念乃至非分之想！"想到这儿，他自觉口讷嘴拙，唯有借助手中之笔，情凝笔端，传情达意，吐露心声，一首《风与云的对话》便脱手而出——

云说：热烈而又狂放
率性而又执拗
这便是风的品格
风说：柔美而又易变
多情而又虚幻
都只道是云的风范

风与云
犹如孪生兄妹
牵牵绊绊一天天
云与风
又如生死冤家
纠纠缠缠千百年

风因执拗
情愿被放逐天涯
云因易变
眼里总是泪水涟涟
云起时
风便忘情地追逐
携一路沙枣花香

　　风扯断了云的衣角

　　难在云的心中做片刻停留

　　风来得匆匆

　　云去得缓缓

　　这千古的谜

　　只有云知道

　　风知道

　　天知道

　　地知道

　　晚宴之际，韩钦宇悄悄将诗笺交给了黄沁月。她关上房门，拧亮台灯，默念起了诗歌，诗的内容浅显易懂、明白如话，但她每看一遍，都会有新的感觉、新的思考，她感到韩钦宇用风和云比喻他俩的关系，是那样的贴切、那样的意味深长，他俩彼此爱慕，互生情愫，追逐牵绊，既像并蒂莲花，又如生死冤家。风儿啊！你来无踪去无影！有人说你——无形的风，是真正的本质；无色的风，是玄理的净根；无情的风，是智慧的太极。你倒是说说看，这谜一般的痴缠，这无望的追逐，何时才能落下帷幕，何时才能断了念想？不过她转念一想：何处逢春不惆怅，何人逢情不可怜！韩钦宇又何尝不是如此！她默坐在桌旁，泪水不觉沾湿了诗笺，这一夜，她失眠了。

　　这天早晨，黄沁月起得最早，确切地说，她一晚上都没有合眼。这一天，他们要去被誉为“戈壁明珠”的神木园。还在去边疆的路上，她就已知道，神木园为传经圣人的坟地，坐落于边疆托木尔峰南侧前山区，是历史上伊斯兰教集会和朝拜的圣地。园中的树木种类很多，有杨树、榆树、柳树、白蜡树，还有核桃、杏树，但不知什么原因使它们形态各异。

随同人员侃侃而谈道："相传公元11世纪，沙特阿拉伯一名叫苏力坦库尔米什赛伊德的伊斯兰阿訇，带领2000名教徒，经过印度绕道中国西域传教，受到当地人的抵制并发生冲突。败退至此地，大部分教徒已经战死，形成了一处占地颇大的园林墓群。"见沁月妈妈对神木园充满了兴趣，他又介绍道："园中的泉水、树林都堪称为谜。据说当年苏力坦库尔米什赛伊德败退此处时，教徒们又累又渴，苏力坦库尔米什赛伊德就用离开麦加时穆罕默德送的手杖插在泉源的位置上，泉水就涌出来了。后来，他又把手杖分别插入各处，凡手杖插过的地方，泉水就涌出来，而且奇迹发生了，有水的地方都变成了绿洲。"

陪同的支队干部，一路边走边介绍着沿途的村落和景点。不知什么时候，黄沁月闭上了疲累的眼睛，等她在颠簸中醒来，越野车已艰难地行进在苍凉的戈壁滩上。极目四望，连绵起伏的荒丘，犹如寂寞的凝固了的海的雕塑，越野车活像一叶扁舟，一会儿爬上了波峰浪头，一会儿又跌入了谷底深渊。这才远远瞧见巴掌大的一片翠绿，随行人员便激动地说："快看，那片绿地就是神木园！"黄沁月这才感到，这片绿色带给人的不是希望和欣喜，而是一种孤独和无望，她感到这片神木园多像自己的情感之路，随时都会被这苍茫的大漠戈壁所吞噬！韩钦宇此刻也在想着心事，诗人的情感和气质，使他的灵感在像火苗般蹿动。

进得园中，苍劲的古树，有的曲折盘旋，贴地而伸；有的匍匐在地，犹如龙蛇之状；有的躯干壮硕稳固，枝条随风起舞；有的树头与根部相连，分不清哪是根，哪是枝；有的树倒地后，又从根部生出新枝，笔直向上，长成参天大树。园中有一棵斜长的大树，根部早已腐朽，而树冠依然生机勃勃。园中有一棵古树，据说高达百米，几个人都抱不过来。大家穿行在这遮天蔽日的浓荫下，不由得被这大自然鬼斧神工般的造化所折服，奇特的自然景观、聪慧而又美丽的姑娘，此刻黄沁月成了随行人员摄影摄像的焦点，神木林下、溪流岸边，处处留下了她的倩影。一棵状如马头的"白马王子树"前，她久久徘徊，不忍离去，那虔诚的目光似在追问：神木啊！我的白马王子可知我心，何时才能到来？待到五环谜弧旁，韩钦宇和黄沁月不觉双双驻足，他俩仔细端详着这棵谜一般的五环之树，不由得百感交集：难道我们人类的情感，也就像这棵树上的谜弧一般神秘无解！

快出园时，有人指着坡上一座圆形的坟包介绍说，这里还埋葬着一对情人，他们活着时相爱却未能牵手；他们死后，人们将他们合葬在一起，作为永恒的纪念……这段凄美的爱情故事使大家唏嘘不已。而此时，黄沁月再次收到了韩钦宇传情达意的诗——

思念如雾
从相逢的那一刻升腾
冷酷地将忧伤的眼遮蔽

心痛如伤
犹如神木园般突兀
无情地将大漠的孤寂夸张

漠风如诉 清泉如泣
只为那千年前揪心的一瞬
芳草含情 神木空绿
只为那麻扎般风干了的泪滴

　　黄沁月刚一读完，马上觉得自己的双眼被浓雾遮蔽，胸腔里犹如塞进了一团棉絮，闷得喘不过气来，她痛苦地闭上眼睛，不觉心如刀绞，两行酸楚的泪水禁不住簌簌而下，半天才缓过神来。她凄然地找到韩钦宇，悄声道："钦宇，我不再追你了，太苦了。"声音低沉得犹如狂风里的一缕轻烟。

　　一听这话，韩钦宇喉头一阵发紧，他张了张口，却没有发出半点声音。正在此时，支队副参谋长乘车赶了过来，刚进房间便邀请道："天色还早，不如一道唱唱歌去。"韩钦宇见黄沁月躲进了洗手间去补妆，哪有心思去K歌，便道："多谢参谋长美意，今晚大家都有些疲惫，我看就不去了。"黄沁月闻言，隔着门赌气道："干吗不去，我正想出去K歌，好放松放松！"副参谋长粗人一个，哪能听出话里有话，他见自己倾慕的女孩这么爽快，哪里顾得上看韩钦宇的脸色。他巴不得韩钦宇和沁月妈都别去，那样自己才好玩得尽兴。

　　沁月的妈妈闻声赶了过来，副参谋长讨好地朝她笑了笑，说："阿姨，我们年轻人一起出去乐呵乐呵，可韩钦宇身体不舒服，沁月你就交给我吧，我会尽好地主之谊，让她玩得开心。"妈妈见沁月和钦宇两人神情落寞，知道两人正在置气，她借故将韩钦宇叫到自己房间，道："钦宇，沁月晚上出去，你得跟着，要不我不放心！"韩钦宇岂能不懂得沁月妈妈的心思，他心说："即便您不交代，我也知道该怎么做。"他没吭声，使劲点了点头，便悄然出了房间。

　　一路上，黄沁月和韩钦宇闷声不响地靠在后座两侧，副参谋长一上车就不知趣地说个没完没了，丝毫不顾及别人的感受。进了包厢，副参谋长跑前跑后，招呼服务员端来了果盘饮料，调试好话筒，走到屏幕前，激情澎湃地说："今天，非常荣幸地请到了我仰慕已久的女神——黄沁月女士！下面，有请她为我们高歌一曲！"

说罢，做了一个夸张的绅士式的手势，虔诚地半晌都没有直起腰，黄沁月优雅地接过话筒，莞尔一笑，便亮起了银铃般的嗓音——

> 徐徐回望　曾属于彼此的晚上
>
> 红红仍是你 赠我的心中艳阳
>
> 如流傻泪 祈望可体恤兼见谅
>
> 明晨离别你 路也许孤单得漫长
>
> 一瞬间 太多东西要讲
>
> 可惜即将在各一方
>
> 只好深深把这刻尽凝望
>
> 来日纵使千千阙歌
>
> 飘于远方路上
>
> 来日纵使千千晚星
>
> 亮过今晚月亮
>
> 都比不起这宵美丽
>
> 亦绝不可使我更欣赏
>
> Ah……
>
> 因你今晚共我唱

一首激情四射的《千千阙歌》，被黄沁月演绎得别具风情！副参谋长本就是胆汁质的人，顿时像是被点燃的炮仗，噼里啪啦炸响开来。他使劲摇着、拍打着手里的摇铃，狂热地欢呼着号叫着："噢！噢！我们的女神唱得太棒了，再来一个！再来一个！"黄沁月禁不住这过分的热情，只得又唱了一曲。首曲已表明了心迹，接下来，她又唱了一曲邓丽君的《九月的故事》，她知道，韩钦宇爱听邓丽君的歌，这些意蕴深远的歌词，仿佛就是为他们而写就的。

　　她唱着歌，不时将温婉的目光落在韩钦宇的脸上，她想让韩钦宇通过这歌声，窥探到自己心里的苦。

　　黄沁月的歌声让韩钦宇为之心碎，却也热切地鼓舞着副参谋长躁动的心。黄沁月歌罢，他早已按捺不住自己，他霸气十足地拿起话筒，声嘶力竭地唱起了《死了都要爱》，与其说是唱，倒不如说是吼更贴切些，一顿狂吼使他面部扭曲，憋得犹如新宰杀的猪肝。即便这样，有些高音部分也还是顶不上去。嘶哑的嗓子犹如破锣一般，黄沁月和韩钦宇极力忍受着这噪声的折磨，韩钦宇痛苦得双眉紧锁，只差用双手去堵耳朵。黄沁月尽管感同身受，但还是礼节性地鼓着掌，随着旋律击打着节拍。一曲刚了，不待副参谋长继续，黄沁月早已站起身来，一顿恭维，随即推说身体不适，便拉上二人离开了歌厅。

　　回到宾馆，韩钦宇将黄沁月送进房间，自己也进屋上床。累了一天，挨上床铺，才觉得身子骨这般酸疼，可这点酸疼又怎比得上他心中的痛楚！他心里明白，自己和黄沁月都已喝下了他们为彼此酿下的爱的毒，如果不及早下狠心洗胃冲肠，这毒汁很快便会渗遍全身。等到毒性发作，即便华佗再世，也难妙手回春。想到这儿，他拨通了黄沁月房间的电话。黄沁月一听是韩钦宇的声音，心里不觉一阵惊喜，说话的声音也有些发颤，韩钦宇明白黄沁月的心境，可他更明白，他们之间的情感再也不能任由发展，必须改弦更张，只有这样才有可能浴火重生、凤凰涅槃！想到这儿，他横下一条心道："沁月，你如何看待我们之间的情感？"黄沁月本以为韩钦宇这么晚打电话，会有情感上的突破，谁料他的问话一下子就将两人的感情拖回了原点，她没好气地回应道："我们之间没情感，你看我们还有情感可言吗？"韩钦宇见黄沁月动了气，接话道："我早就知道，你是不会动真情的，但我和你不一样，我如果爱你，为了你的幸福，我愿意放弃一切——包括你。"韩钦宇说完，电话里顿时没了声息，静得让人心里直发虚。此刻，他感到自己的心都在滴血，他觉得唯有伤透黄沁月的心，才能断了她不切实际的念想。

黄沁月闻言，顿时就泪崩了。电话里传来了抽泣声，她哽咽道："钦宇，你能不能别这么说，这样会伤到我的。"见韩钦宇默不作声，她又道："钦宇，你倒说说看，你是怎么看待我们之间的情感的？"卑微得像一粒尘埃。韩钦宇此刻一点也不怜香惜玉，他狠下心道："我感到我们之间的情感，如果再往下走，那只能是情人，如果要往后退，好了就是路人，若要不好，会是仇人。"话刚说出，电话里便传来了黄沁月压抑的哭声："钦宇，你在欺负我，我绝不会给人做情人，即便受骗不得已，任谁都可以，而唯独你，绝不会！"她越说越气，最后几乎是歇斯底里道："钦宇，我算是白疼你了，我和你交往，不是奔着情人来的，我冲着什么，你心里明白，你若是装糊涂，便是欺心了，你的良心你的灵魂就不怕受谴责吗？"韩钦宇见已达到了目的，他仍不忘再给黄沁月滴血的心口上撒上一把盐："沁月别说了，你我一拍两散，接下来的行程，我已全部安排妥当，单位有事，我明天得立马回去，恕我先走一步，不能奉陪！"黄沁月再没有说话，电话也未挂断，任凭韩钦宇折腾，都不再理会。

黄沁月和韩钦宇又度过了一个不眠之夜。这一夜，他俩都经历了炼狱般的煎熬。韩钦宇面色灰暗，双目无神。他依稀明白了，人生最深的孤独，是你明知道自己的渴望，却只能对它装聋作哑。人间走得最急的往往是最美的景色，伤得最深的是最真的感情。他担心，终有那么一天，两个本来很近的人变得很远，甚至比以前更远。黄沁月几乎一夜间花容失色，肤色也没有了往日那般的鲜亮，原本颀长而又光洁的脖颈上，一道道指甲抓出的血痕那般的触目惊心。是啊！这个纯情的姑娘，她以为爱情可以填满人生的遗憾，然而，制造更多遗憾的却偏偏是爱情。高傲的她初次尝到了失恋的感觉，在她的心里，绝非失去一个恋人那么简单，而是她因这个恋人而写的诗，而唱的歌，而想象出的幸福，而变成的那个更好的自己，一下子都失去了依据。就像自己在盖一座城堡，而那个人离开时，把城堡底下的土地，一起带走！他俩何尝不想一刀斩断这恼人的情思，可他们明白，如果一个人的感情得到了解脱，那么另一个人将走向可怕的地狱。韩钦宇终究没走，他又岂能狠下这颗心，他觉得即便如此已是十恶不赦的浑蛋，如果再浑蛋一丝一毫，将会人神共愤，天地不容！

本来还有三天的日程，缩减到了一天，当天返回首府，次日在首府逛逛，当晚便乘机返回。黄沁月的妈妈知道女儿的苦，可她又担心直接从南疆打道回府，会让韩钦宇难堪，便采取了这个折中的办法。韩钦宇刚下飞机，苏雅的电话就追了过来，韩钦宇将黄沁月母女二人送至宾馆门口，沁月妈便催着钦宇赶快回家，毕竟小别胜新婚啊！

韩钦宇走后，见女儿仍陷进情感旋涡里不能自拔，她开导女儿道："人的一生注定要遇到两个人，一个惊艳了时光，一个温柔了岁月。韩钦宇对你而言就属于前者。"见女儿默不作声，她又道："有人说爱情是盲目的，但不盲目的爱毕竟更健全更可靠，真正的爱情是在无法相爱时，要懂得放手。"黄沁月虽感到妈妈的话句句在情在理，可她仍心有不甘道："那诺言呢!他可曾有诺在先！"见女儿仍未抛却执念，便道："诺言的诺字和誓言的誓字都有口无心，有些人不需要再见，因为他们只是路过而已，忘却就是彼此最好的纪念。"见女儿又沉默不语，她又道："时间可以了解爱情，可以证明爱情，也可以推翻爱情，其实假装的爱情比真实的爱情还要完美，这就是为什么许多女人都受骗了。"

　　妈妈的话无疑击中了黄沁月本就流血的心，可她仍未死心，执拗地歪过头，望着妈妈的脸，不解道："可我和钦宇交往，总有一种初恋般的感觉？"见女儿如中了魔障，妈妈赶紧开解道："初恋的芬芳在于它热烈的友情，它在向你传递爱的时候，也许是无心之过，别轻易感动。"妈妈怕自己的话给女儿带来误解，她马上又补充道："不过，爱是苛求的，因为苛求而短暂，友谊是宽容的，因为宽容而长久。妈妈之所以这样对你讲，并不是不让你和韩钦宇来往，而是想让你明白你该如何和他去交往。"听到这里，黄沁月悬在眼里的泪不由得滚落了下来。

　　此次南疆之行，韩钦宇犹如坐了一趟爱情过山车，回家的路上，韩钦宇的心里翻江倒海，他不知道如何安放自己和黄沁月的感情，如何向妻子苏雅坦白这段情感历程。他颓然地摁响门铃，韩颖约莫着是爸爸回来了，欢快地为他打开了家门，欣喜地将爸爸迎入了家中。苏雅撂下围裙，顾不得将出锅的饭菜端上餐桌，便迎了出来，为丈夫调试热水，备好换洗的衣物，眼里溢满了爱意。韩钦宇的心被家的温情包裹着，妻女的亲情将他从情感的旋涡中，暂时解救了出来，他的心绪渐渐得以平复，可他沮丧的神情依旧未能逃过妻子敏锐的眼睛。晚饭后，苏雅总感到钦宇似乎心里有事瞒着她，便拉着他去楼下花园里散步。

　　花园不大，却也绿树成荫、鸟语花香。苏雅和韩钦宇十指相扣，边走边聊，这才感到凉爽的秋风是这般的惬意，如血的残阳是这般的壮美。苏雅的心里不由得一惊：是啊！自己和钦宇转眼间结婚已十载有余，这些年里，她和钦宇疲于奔命，谈说的都是柴米油盐，关照的都是生活琐事，钦宇的情感世界自己却很少关切、欠账很多，在她的眼里，钦宇就像一个长不大的小男孩，她都快将钦宇与韩颖一般看待了。她懂得，爱情抵抗不住烦琐的家务，务必要有一方品质极坚强。单纯就饮食起居而言，自己作为妻子，无疑是称职乃至是优秀的。可好女人理应是男人的学校，理应懂得去如何对待自己的学生，好让他永远不要毕业。在这点上，自己却无疑是不称职的。钦宇此次出去没几天，回来时却像丢了魂似的，这其中原委，苏雅自然猜得出，她相信自己的直觉。这不能怪钦宇，正所谓，心若没有栖息的地方，到哪里都是流浪。在真正幸福的婚姻中，友谊必须伴着爱情一起成长！

　　韩钦宇见苏雅有些心不在焉，也依稀洞穿了妻子的心思。他在默默地检讨着自己：忠贞是培养爱情的养料，婚姻不是给对方承诺，也不是约束别人，而是约束自己。是啊，妻子给了自己生命中不可承受之重，自己理应用一生来报答她。想到这里，韩钦宇向苏雅吐露了自己的心迹，韩钦宇和黄沁月在交往中，两人似乎都没有做错什么，一番追问之后，韩钦宇赠送礼物的细节，使问题的根由浮出了水面。不过无知者无过，苏雅没有生气，她暗自思忖：有位哲人说过，男人是女人一生都在雕刻的工艺品。这件工艺品越是精美越是成功，欣赏他爱慕他想得到他的人就会越多。钦宇能得到这么优秀的女孩的垂青，说明自己无疑是成功的雕刻师。想到这儿，她凝望着丈夫，平静地说："爱情原来是凄美的吞噬，但愿我的身体容得下你，永不分离。"韩钦宇不禁为之一震：是啊！爱总是那么奇怪，明明什么都那么介意，最后却什么都原谅。他见妻子对自己是这般的宽容，感激地看着她，回应道："我现在才体会到，爱一个人就是在漫长的时光里同她一起成长，在剩下的岁月里同她一起凋零。我不仅仅要你爱的肉眼认识我的肉身，我要你的灵眼认识我的灵魂。"苏雅担心韩钦宇深陷情网，为情所伤，深情抚慰道："有位哲人说，一个知己就像一面镜子，反映出我们天性中最优美的一部分。沁月秀外慧中、重情重义，你和沁月的情感风波，因误会而起，但也是真挚而纯真的，世界这么大，彼此相遇相知多么不易，理应珍重，你与她正常交往，她若不弃，我就与她义结金兰，成就一段人间佳话。"

次日清晨，国际大巴扎早已车水马龙，人流如织，这座具有浓郁的伊斯兰建筑风格的"世界之窗"，重现了古丝绸之路的繁华，堪称世界巴扎之最。韩钦宇早早陪着沁月娘俩来到了这里。这里是边疆名优特产、皮草以及欧亚各国丝织品、工艺品最大的集散地，内地来客旅游观光，这里都是最后一站。韩钦宇陪他们来这里，绝不是为了让他们领略一下西域民族特色文化，带上一些风情独具的纪念品，而是为了送上一份浓浓的心意，聊表感恩之情。半月前，沁月费心协调的论文已在核心期刊发表，这份恩情，怎么报答都不为过！韩钦宇和黄沁月在妈妈和妻子的开导下，虽都已平复了心态，但难免还是有些尴尬。韩钦宇和黄沁月都有重修旧好的意愿，韩钦宇不管买啥，妈妈还有意推让，但黄沁月基本上是来者不拒，一一笑纳。黄沁月的心里暖暖的，工艺品、首饰等特色礼品但好就买不说，仅围脖披肩，就有整貂皮草、蚕丝毛纺等不同面料、不同花色、各种款式，韩钦宇一一翻遍，悉数买下。

韩钦宇表达心意的愿望太过迫切，以至于都快让沁月妈妈有点承受不起。黄沁月这才出面调停，予以解围。剩下的时间，他们决定到首府边上的雅玛里克山上转转。登山途中，妈妈不好意思地悄声对黄沁月说："钦宇今天的心意是不是太重了，你看这样合适吗？"沁月逗趣道："妈妈，你是不是担心钦宇有啥企图？"妈妈若有所思道："这倒也不是。"沁月见妈妈仍心存疑虑，又笑着问妈妈道："你信不信有一种感情，一辈子都不会输给时间？"妈妈怔怔地望着女儿，说："你是在说你和钦宇吗？"沁月笑道："是的妈妈，我昨晚和钦宇聊过，他说，喜欢一个人，就应该像阳光一样包围着她，给她以光明和温暖。真爱有时无关爱情，这个人幸福了，自己也就幸福了。"妈妈闻听此言，为女儿能碰上这样一个知己欣喜不已，她想了想，对沁月说："我和你爸商量过了，准备将韩钦宇认作义子，今后你也就有了哥哥。"黄沁月闻言，心头不觉一痛，垂下眼帘，不再说话。这份情感的转化与接纳，她该经历怎样痛彻心扉的煎熬！

飞机已缓缓驶入跑道，韩钦宇的手机响了，这部手机是黄沁月分别时送给他的，临登机前，黄沁月对他说："钦宇，手机里有首歌，是特意留给你的，等我登机后，你再听。"韩钦宇打开播放器，手机里便传出了坐娜凄美的歌声——

曾经为谁哭红了眼睛

那是生命中最美丽的表情

总有一些不在乎

或许是糊涂

就算错了也心服口服

爱是一场

不靠岸的旅途

也是上天最骄傲的礼物

我可以假装作永远不认输

也不怕最后是否能找到归宿

我宁愿只活在

那些年

那片段

和回忆追逐

期待旧情伤痛

随光阴结束

还不如欢欢喜喜用心去感触

有天生命再回头

爱恨都更清楚

至少我们拥有最完美的幸福

如果那时真的让爱留下来

也许现在只会变得更孤独

情愿笑着流过泪

不让生命荒芜

也许我们都该庆幸这样结束

你常说

我爱哭

对啊

我是真的很爱哭

但只在你面前

我好强

我对抗自己

也对抗世俗

但

我对抗不了你

对抗不了我曾经深爱过的你

　　黄沁月走了，韩钦宇的心快要被歌声融化了，自己和沁月就像并行的两道闪电，永远没有交汇，但却互放着异彩。在他的心里，爱就是一得永得，爱就是没有理由的心疼和不设前提的宽容。韩钦宇宁愿被所爱的人在记忆里淡忘，也不愿所爱的人因他而受伤。他决心由此展开爱的救赎。

第十三章

爱之殇，碧落黄泉皆不见

　　夏至后的一个清晨，总队政委像往常一样，从容不迫地处理着手头的待办事宜，电话响了，他拿起听筒，传来了接线员激动的声音："首长，军委一号台要您！"政委闻言，立马像被电打了一般，噌地一下就从转椅里站了起来，激动得都快要伸手去敬礼。正在办件的李和平默立在一边，走也不是，留也不是，虽没有听清谈话内容，但隐约知道电话是四总部一个二级部领导打来的，大抵是最近要从总队调人过去。通话结束，政委定了定神道："和平，快去把韩钦宇给我叫过来。"韩钦宇进得门来，政委一边给他看座，一边激动地说："钦宇，总部机关准备调你过去，你赶紧收拾一下，我让人给你订票，明天下午就得报到。"韩钦宇此时手头还压着一大堆事情，不待他开口，政委就打断话茬道："手头的事情，立马交接。你要去的部门，正缺人手，耽搁不得！"说着，又安顿好送站事宜。

　　韩钦宇上调的消息不胫而走，领导和战友们纷纷为他道贺，由于走得太突然，邀请韩钦宇聚会的人特别多，韩钦宇均婉言谢绝，他怕处理不当，让人产生误会，说他亲疏有别。当晚10点多，胡少卿打来电话说："钦宇，我们共事一场，你眼下已成了我们处的荣耀和佼佼者。处里在银都酒店略备薄宴，一起聚聚，你可要赏光啊。"韩钦宇面情向来很软，他简单收拾了一下，准备前去赴宴。苏雅拦住他，断然道："这么晚了，你就不怕胡少卿摆下的是鸿门宴！"见韩钦宇有些愕然，苏雅又道："你和他共事这么多年了，他害过你多少回，你心里难道没个数？你不怕，可我却一直为你捏着一把又一把汗。"韩钦宇想想，妻子说得对，等电话再催，他便寻了个借口，断然谢绝！

　　银都酒店里，胡少卿、吕世仁、刘亦龙这帮人犹如开万国博览会，可谓是五毒集聚，桌上除了他们左牵右扯的三四个人之外，下首还坐着害过韩钦宇的那两个参谋。他们见韩钦宇根本不上套，本就已经开吃的这帮家伙，不再矜持收敛，一顿胡吃海喝起来。这顿鸿门宴，他们已密谋了整整一个下午。刚上班，胡少卿便找来刘亦龙说："韩钦宇可是我们的死对头，过去，他是我们的眼中钉、肉中刺，可眼下这小子时来运转，眨眼间从乌鸡变成了金凤凰，一旦让他飞上高枝，坐稳交椅，你说我们几个还能有啥好果子吃？"刘亦龙闻言，一对师爷眼顿时瞪得溜圆，他不由得打了个激灵，仿佛韩钦宇正在掘他家的祖坟。胡少卿见状，又烧火道："咱们和他的事，事情倒小，你家那宝贝儿子老是欺负人家女儿，他到时能不时常想着你？"刘亦龙闻言，立马急了："那都是孩子间的事，我又没瞎掺和！"胡少卿见他的话点中了要害，立马又道："还说没有，你家儿子早把你给卖了，他欺负人家女儿说：'我爸比你爸官大，我欺负你可以，你要是敢还手，我就让我爸收拾你爸！'你倒说说看，是不是有这回事？"刘亦龙一听倒吸了一口凉气，他压根没有想到，自己成天飞扬跋扈的作态，竟然被儿子全盘接收。他的师爷眼滴溜一转，立马会意道："我说胡少卿啊，我们都是一根绳子上的蚂蚱，犯得着这样统一思想，你就直说吧，我们究竟要把韩钦宇怎么样？"胡少卿一看，老狐狸就是老狐狸，立马换了一张面孔道："就是嘛老刘，我们可不能让韩钦宇就这么顺顺当当地走了，最好今晚挖个坑，就将他给埋了。"这可是刘亦龙的强项，他当即支着道："这个鸿门宴还得你来摆，毕竟他人没走，你还算是他的直接领导，你约他出来吃饭，料他也不敢爽约，到时我们满桌子的人，轮番上阵，挨个灌他，不把他当场喝废，也得找个小姐，整点花边新闻，好让他身败名裂。"两人正为他们的如意算盘击掌而喝，吕世仁像是在门后边躲着，敲门闪了进来，三人又是一阵盘算，便分头展开行动。眼下如意算盘落空，他们只得另谋他径。

　　总部机关与北海公园仅一墙之隔，接站者为韩钦宇接风后，将他直接送到了昆玉河畔的直属单位招待所。当晚，韩钦宇刚安顿停当，有人告诉他，调他过来的二级部正在推重大典型，中央媒体宣传已在进行中，届时还要在人民大会堂做事迹报告。韩钦宇的任务是撰写一篇主人公家属的汇报稿。韩钦宇参与推出过重大典型，这件事做起来轻车熟路，他利用整整一晚上时间，吃透了此次典型宣传的所有材料，第二天便拿出了初稿。接着，他又投身到了故事集的采访编纂工作中，韩钦宇很快就打开了工作局面，直接领导对他评价很高。

　　转眼间，半个月过去了，典型宣传的工作已到了攻坚阶段，韩钦宇作为材料组成员，在直属单位招待所和游泳馆内设的宾馆间来回奔波，原本已撂下的汇报稿又被旧事重提，组长带着三四个人，每天都在修改汇报稿。这天，他们又像往日一样，坐在投影仪前，推敲研究起来，组长自始至终都是主导，他说一句，韩钦宇便改一句，不过他的语速很慢，几乎是一个字一个字往外蹦，有时半天说不了一句话，就像患上了严重的便秘一般，急得韩钦宇恨不得用手指去往外掏。

　　几天后，组里上班的时间越来越早，有时早饭都是抽空解决的，晚上加班则越来越晚，12点之前能睡觉算是烧了高香。这天傍晚，汇报稿又像往日一样，改了不到牙长一点，大家正准备收工吃饭，组长随口又来了一句：“今天不在状态，改过的这些都删了吧。”韩钦宇听了哭笑不得：这都快过去半个月了，汇报稿改改删删，到了，还等于一个字都没动。高级机关有些人的作风，在韩钦宇心里开始打起了问号，抛开工作能力素质、工作效率不说，仅这每天住宾馆，吃会议餐，设备损耗等各种杂沓，工作成本是不是有些太高！可他眼下人虽然已到位，却仍属于借调人员，他又能说些什么。尽管他压抑着自己的情绪，可这些人似乎还是略有觉察，关系渐渐地不如刚到时那么融洽顺畅。可他哪里知道，胡少卿、刘亦龙这帮小人自他走后，便开始托人找关系，搭天线，私下里寻找人际关系，对韩钦宇实行封堵打压。

　　这天晚上，又一口气耗到了子夜时分。散场后，韩钦宇拖着疲累的身子，刚刚躺倒在床，电话突然打了进来。组长笑了笑说："钦宇，这篇汇报稿修改得非常艰难，这些天我一直在思考，今晚总算有了点眉目，你就辛苦一下，按我的思路先修改修改，明天会稿时好进展得顺畅些。"组长慢条斯理地给他点拨着，半小时后才挂断了电话。韩钦宇心里明白，按组长的要求，这篇汇报稿等于得重写，而组长的想法显然也不成熟，有些地方根本站不住脚，无奈人在屋檐下，不得不低头，有时候领导错了，明知前面是沟，你也得先跳下去再说，何况韩钦宇隐约感到从最近几天开始，组长似乎一直有意无意间在给他挖坑，大有不将他活埋绝不罢休的架势。他哪里知道，厄运才刚刚开始，此后每晚，组长都有新的想法，都是如此。组长每天很早就坐在了会议室里，电脑总由韩钦宇一人操控，每晚子夜时分散场后，组长都有新的思路冒出，汇报稿已写了二三十个版本，韩钦宇每天睡觉的时间只有不足三小时。他哪里知道，胡少卿他们早已和这些人扯上了关系，他们这样做，有一个很形象的称呼，叫作"熬鹰"！在他们眼里，韩钦宇简直就是桀骜不驯的鹰，不好好熬或是熬不死、熬不废，他们的这一双双眼睛像是都得被啄了去似的。

　　眼看着事迹汇报会就在眼前，可韩钦宇负责撰写的汇报稿，还看不出一点眉目。这天，投影仪架到了二级部小会议室里，韩钦宇首次踏进了这座神秘而又神圣的大院，这座地处北海公园西侧的大院，一座座办公楼虽是新中国成立后盖起的楼房，但却显得依然古朴庄严、气势非凡。他怀着崇敬的心情来到了位于四楼的办公区，有人指了指宣传组的门牌，悄声告诉他："韩干事，你的命令虽然没到，但你的岗位已初步确定，你不久将会到这间办公室办公。到时可别忘了多关照一下兄弟。"改稿间隙，韩钦宇内急，出门后正闷着头朝厕所方向走去，他的余光似乎瞥见了一个熟悉的身影，都说闻香识女人，就是蒙上他的眼，仅凭这一缕暗香飘过，他都会知道，刚刚一晃而过的身影是谁。正在这时，那间办公室里，似乎有人在说话，这熟悉的声音，又使得韩钦宇不由得一惊：怎么可能，黄沁月怎么可能会在这里办公？她刚进去的办公室，就在宣传组的斜对面！

会稿工作仍在继续，这时已轮到了韩钦宇负责的这篇稿件，他打眼一看，稿件有些眼生，起初他心里还有些暗喜，毕竟这难缠的事情，终于有了眉目，可一开改，他气得差点没有拍桌子：汇报稿出彩的内容已全被砍掉，逻辑上也颠三倒四。更可气的是，这样的稿子，还没改上几句，竟然有人赞赏，要求通过。韩钦宇的拗劲又上来了，倒不是非要跟谁争个你高我低，关键是这篇汇报稿如果报到部领导那里，他丢不起这个人！尽管如此，他强压怒火，建议对稿件进行重审，太多不合适的地方可否按原稿内容进行修改完善，谁知竟有人认为没有这个必要，意欲强行通过。韩钦宇忍无可忍，暗自思忖：自己要来的这个部门，水这般深，黄沁月也在这里工作，以后难免抬头不见低头见，以自己这样的脾气秉性，得罪坏人在所难免，这样不仅会害了自己，弄不好还会殃及沁月。想到这里，他正色道："这篇稿件若想这样上报，我坚决反对。退一步说，我的意见如不能采纳，稿件是谁改的，请签上他的名字，连同我撰写的初稿一并呈上，请领导审阅定夺！"眼看事已闹僵，有人悄悄地拉扯韩钦宇的衣袖，帮他打起圆场。韩钦宇本想让步，可他转念一想，这些天，部里的人或多或少都有接触，很多人口气很大，有人自称是军委领导的亲戚，有人说自己四总部有人，来头一个比一个大，韩钦宇尽管不知真假，可他毕竟不是攀龙附凤之人，日后毕竟很难入流，想起这些，他去意已决，也便无所顾忌。

韩钦宇那天没有认错人，他瞥见的人就是黄沁月。他哪里知道，她结束边疆旅程后，回京就进了总部，从事干部工作。韩钦宇的调动事宜不仅由她全权负责承办，决定调他也是由她举荐的。黄沁月的爸爸是这个系统的元老，身份地位不低，说话相当有分量。尽管韩钦宇调动的事难度很大，撇开干亲不说，仅其人品才干而言，沁月爸爸也乐意玉成此事！韩钦宇进京当天就给黄沁月去了电话，黄沁月担心韩钦宇没啥城府、加之尚未立足，恭贺嘱咐几句就挂了电话。

那年黄沁月回京后，她的爱情之舟修正了方向，她开始与追求者约会，有两个人让她芳心微动，一个是和她一起读博的同学，年龄长黄沁月七岁，家在北方农村，父母都是地地道道的农民，家境贫寒、身形清瘦、文质彬彬、谈吐幽默。另一个在团中央工作，中等个头，面容白皙、家境优裕，虽然只比黄沁月大了四岁，却已是处级干部。两人追求都很紧，逼得黄沁月都快得了选择综合征。她电询了苏雅，苏雅倾向于前者，她认为，同学朝夕相处，知根知底，有感情基础，而后者虽个人条件更为优越，出手也很大方，为人看似洒脱，但家庭背景复杂，两人交往时间太短，难保婚后不出变故。黄沁月和家人采纳了苏雅的建议。半年后，黄沁月便与其步入了婚姻殿堂。

黄沁月可谓双喜临门，这年年底，个人终身大事和毕业分配去向都基本合乎自己的心意。她将自己的喜讯第一时间告诉了韩钦宇和苏雅，领受了他们的衷心祝福。她刚腾出手来，便一心想为韩钦宇做点事情，当她发现部门首长对韩钦宇颇为赏识时，不露声色地予以举荐，她担心自己分量不足，又搬出老爷子帮韩钦宇说话，不承想，事情顺利得超乎想象。可眼下，钦宇进京还仅仅只是她宏大构想的第一步，她觉得以钦宇的才干，今后自会有大作为，她经过一番精心谋划，几乎快将韩钦宇五年、十年乃至更长时间的发展进步，都考虑到了。

可正当黄沁月踌躇满志时，她发现，有一些靠裙带关系混进高级机关的小人，在向韩钦宇不断地发难，她决定冒险和韩钦宇碰一次头。这天下午，她发短信给韩钦宇，约他去楚天鸿茶楼见面，有事相商。这家茶楼就在黄沁月单位的边上，因为位置处在主街，离单位太近，许多人觉得来这里谈事不够隐蔽，其实不然，黄沁月发现这里反倒不容易碰到熟人。韩钦宇按图索骥，很快找到了这家茶楼，两人好久不见，感慨不已。韩钦宇发现，黄沁月来得急，上身穿着件便装，军裤却没有换。黄沁月将自己发现的情况向韩钦宇通报后，再三叮嘱他多加小心，不要轻信他人，遇事要冷静，但有棘手问题，要与她商量后再做定夺。

说完正事，茶点已全部上桌，他俩边吃边聊，拉起家长里短，用餐完毕，黄沁月起身去了趟卫生间，回到房间，韩钦宇发现她的手里正攥着一条断得只剩下两条白线的制式内腰带，韩钦宇看了，想都没想便找来剪刀，为她一顿修复，待黄沁月接过腰带，也不回避，便当着他的面，将内腰带复又穿好扣上。系好腰带，黄沁月紧挨着韩钦宇坐下，幽幽地说："钦宇，和你交往时间越长，越感到你难能可贵。"坐上返程车，韩钦宇脑子里一遍又一遍地回放着这段场景，黄沁月的心思他才勘透一二——那就是我黄沁月对你韩钦宇永远都不设防。

　　回到家，黄沁月发来了短信，她在短信里谈道：婚姻不是爱情的终结或是终点，而是爱的修行的起点。人一辈子都在恋爱，恋爱就好比修行，即便结了婚也不能停止。爱情使人心的憧憬升华到至善之地。在这条修行的路上，爱之神会给你明月鲜花、良宵美景，同时也会给你坎坷荆棘、苦难煎熬，如果你经受住了，你的爱将得以升华，你将看到人活着难以看到的天堂，你若承受不住，你将会误入歧路，堕入万劫不复的地狱。她一再嘱咐韩钦宇，要用超过所有人的爱去爱自己的妻子苏雅，正如她将用超过所有人的爱去爱自己的丈夫一样。在她看来，其他人不管多么才华横溢，或是多么蕙质兰心，他们对于自己而言，那也只是夜空里的月亮或是星星，给予自己的只有宁静的虚幻的美，而唯有患难与共的夫妻，那才是彼此情感天空里，不可或缺的太阳。

　　韩钦宇这些天也一直在思索，他感到自己似乎也顿悟了，不过任何语言都不能准确地表达自己的内心，天下所有的错过了又深爱着的人，多么像生生世世都在追逐，生生世世又在错过的荆棘鸟。是啊！这对深爱着的荆棘鸟不知从哪里起，就与钟爱的恋人失散在荆棘林。此后，它们一直都在错过，一直都在轮回，从出生的那一刻起，它们都在寻找那片令它们痛彻心扉的荆棘林，找到最长最尖的那根刺，猛地飞扑上去，在荆棘刺穿胸膛，奄奄一息的时候才放喉歌唱，声音要比夜莺还要美妙……他由此深受触动，觉得唯有以露珠般晶莹澄澈的诗篇，才能表达自己对爱的理解与诠释——

　　我们诞生在一个古老的传说中

　　在爱情还没有诞生之前

　　我们早已占据了菩提树最大的枝柯

　　巢窝在翠绿的阴凉中掩映

我们把华美的羽毛喙啄
歌声像彩云后镶嵌着金边的太阳

伊甸园使我们动了俗世的憧憬
那一刻我们相约同行
那一日我们私离仙境
那一年我们尝尽千辛万苦
那一世我们失散在荆棘林
泣血含泪痛哭失声

这阴错阳差
就像噩梦般地重演
我出世时你未生
我年壮时你尚小
我垂幕时你初长成
双飞双宿成了我们心碎的梦境

千年的修行
千年的企盼
依旧未能博得命运之神的垂青
千年失声的等待
我渴望看到那苦苦寻觅的泪眼
挽不住的却是彼此错过的背影

痛彻心扉的人间之旅
我依稀明白了有一种爱

因凄清而壮美
因痛楚而永恒
因纤尘不染而圣洁
因无欲无求而超越了世俗的轨迹

爱与恨，没有绝对的界限
圆满与遗憾，也只在一念间
红尘中我披风而舞
不向命运认输
无悔的付出
只求我爱的人拥有幸福

我要寻找你
在一条叫万水的河边
在一座叫千山的峰上
用我毕生中最凄美的歌唱
让一切歌声都黯然失色
让我爱的人投来她最心动的目光
抚慰我滴血的心房

我在蓁蓁树枝间婉转啼鸣
何惧荆棘刺穿心胸
这一刻我超脱了垂死前的剧痛
企盼着下一个无悔的转世轮回
我看见有洁白的安琪儿飞来
我看见了上帝都在屏息聆听

　　这首诗，黄沁月含泪读了一遍又一遍，她不得不承认，还有一种情感有别于其他任何情感，它是那样的圣洁无私、凄清壮美、无欲无求，超越了世俗乃至生死，这种感情无疑是爱的精魂、爱的绝唱！

　　暑热渐消，浓荫如盖，宁静的昆玉河畔依旧是人们消暑纳凉的好去处。韩钦宇此刻静静地站在桥头，凝望着余晖晚照的河水，似乎荡漾的微波里潜藏着他想要探寻的人生秘密。是啊！眼下会稿风波使得韩钦宇运势急转直下，处境越发微妙：借调进京已快月余，调令迟迟未能发出，说是帮助工作，可自风波之后，每天都在招待所待命。老部队也借着工作忙，催着回去。这怎能让人不心焦！韩钦宇几次想打电话给黄沁月，号码拨完，通话键却如巨石般沉重，始终未能按动。倒是黄沁月在他几乎绝望时打来过电话，除了安慰他，让他耐心等待，没有传递出任何于他有用的信息。当然，这期间，倒是有人暗示过他，要想事业顺风顺水，哪能不站队投门子？

　　事迹报告会如期举行，调令业已发出，不待黄沁月来电祝贺，韩钦宇想去直属单位的消息已如投石击水，波澜四起：这些天来，有人在千方百计给韩钦宇挖坑设障，意欲除之而后快。有人也在竭尽全力为韩钦宇百般斡旋，铺平道路！然而，大家发现，几乎就在刹那间，自己反对或是支持的那个人，转身就拐进了令人意想不到的岔路上，怎能让人不为之喟叹、唏嘘不已？是啊！有的人兢兢业业、默默无闻，可被人污为孤芳自赏、盲目蛮干，到头来难以立足、举步维艰；有的人拉帮结派、明争暗斗，却被美化为和衷共济、团结奋进，最终黑白颠倒、善恶难分。唉！这也许就是生活的精彩与迷人之处，它有自己运行的规律。在它看来，善恶忠奸、万事万物都如它的孩子或是信徒，他们都有各自的命运与归宿，只是成长和修行是必修课，谁也别想轻易窥伺到其中的奥秘，偷懒走捷径！

韩钦宇要去的直属单位全军有名，最早办公地点在中南海，后来搬到了南礼士路，20年前，又从重庆搬到了现址。韩钦宇的对立面见他知趣，承诺只要他到直属单位去，有房子，有实职。结果，房子倒是分了，可宣布命令时，却还是副团职干事，且因没有编制，职务只得用括号予以标注。短短几个月，韩钦宇的人生就像坐上了过山车，一会儿天上一会儿地下。韩钦宇并不以为意，可身边的同事，甚至于远在万里之遥的战友，却时不时给他打电话，替他惋惜鸣不平：韩钦宇是个大才，待在这样深度涉密的单位，无异于将高音喇叭放到了地下室！尽管大家知道韩钦宇是个干将，也无意于官场，像他这样的人不管在哪儿，那好比麻袋里的锥子——早晚要出头的！

韩钦宇报到后，直觉告诉他来对了地方。单位编制不大，却人才济济，还有院士；军地名头不响，却举足轻重、成果丰硕。但他很快也发现自己赖以生存的小环境却不容乐观：他所在的宣保科，原是两个科室合并而成的，科里除了任期快满的科长，一名三期士官，还有一名女干部和一名男干部。女干部在请长假，难得露面。男干部倒也年轻，可刚被列入了转业对象。有人私下对韩钦宇说："别看这个锣齐鼓不齐的科室，上边对接着宣传、保卫好几个口子，误打误撞进来不打紧，虚晃几枪赶紧抽身。要不等老科长一退休，这个烫手山芋想扔都来不及！"

人说世事如棋局，一着赶着一着来。不待老科长到点，政治部主任袁文锦便已找上门来："部里的人事安排明眼人都能看得出来，宣保科这就交给你了，这副担子是重了些，但我相信你能担好！"不待韩钦宇表态，主任又接着道："我们所明年成立50周年，所庆工作马上铺开，你可得有思想准备！"就这样命令未下，科长的担子却已落到肩头。上任第一天，韩钦宇才发现原本就人丁不旺、步履维艰的宣保科眼下都快到了无人可用的地步：老科长退休在即，每天能来点个卯就算不错了，两个年轻的干部一个仍在请长假，一个忙着找接收单位，除了那个一门心思扑在工作上的三级士官，韩钦宇此刻几乎成了孤家寡人。

韩钦宇心里明白，科里目前的现状，别说筹备所庆工作，就是完成上传下达、沟通协调等日常工作也颇为艰难！眼下，最大的任务就是网罗人才、招兵买马。韩钦宇硬着头皮找了主任找政委，部里和所里领导都很重视，也很想帮他，可他们掰着指头扒拉干部，一个萝卜一个坑，哪个都挪不了窝。一连几天，韩钦宇又忙又累，急得嘴里都起了火疱！这天中午，袁主任打来电话说："所里新来了两个女干部，刚毕业没经验，你看……"不待袁主任说完，韩钦宇当即表态，照单全收。有人笑话韩钦宇是韩信乱点兵，现在宣保科所庆任务这么重，那可是等米下锅，等这些人培养出来了，黄花菜也该凉了！韩钦宇可就是不信邪，他一边用处理日常事务来锻炼新人，一边通过大项任务来锻造团结协作精神，科里的新人很快都上了道，他扶上马又送一程，没过多久大家不仅都能独当一面，集体攻关能力也没有哪个科室能比，保卫、文化、群众和对外宣传等工作可圈可点不说，仅所出的所庆简报，就以其鲜活的内容、巧妙的构思、朴实的文风，引得大家争相传阅。

韩钦宇进京不久，黄沁月便催着韩钦宇将苏雅和韩颖接到了北京。母女俩来京时，已是开学第二天，韩颖的转学问题还没有着落，黄沁月和爱人四处托人，投送简历，陪着苏雅和孩子去学校考试、面试，几经周折，终使海淀一所百年老校接纳了韩颖。韩颖在次年的中考中，以骄人的成绩被北大附中和清华附中争相录取，在部队大院里一度被传为佳话！韩颖报到的前一天，黄沁月和爱人来为她道贺，他们给韩颖送了一部苹果平板电脑，里面为她存储了近20G的学习资料、名家讲座、中外名著和名人传记。在他们看来，别人家孩子有的，自己的干女儿也得有，绝不能让孩子输在起跑线上。

两度春秋弹指而过，韩钦宇唯一缺憾的是受编制所限，正团岗位奇缺，职务晋升困难。不过他并不以为意，心中唯有感恩：从边疆到首都已是不易，何况进京时职务偏高且是跨军兵种调动，难度可想而知。可毕竟转眼间，韩钦宇任副团已四年有余，翻过年，已四十有一，作战部队副团最高任职年限是42岁，尽管科研院所可放宽三年，但三四年的光阴说慢也慢，说快也是一晃而过。熬到45岁显然是不现实的，即使任现职年限再放宽些，韩钦宇也不会这么做，以他的秉性，不待组织找他，他就先找上门了。他眼前的路显然只剩下了两条，一条是自主择业。虽说他有二等功，工资几乎可与退休持平，可像他这样忙惯了的人，这么年轻就赋闲在家，不给急疯了也得给熬傻了。此路显然不通，而转业这条路，至少在两年前，他几乎没有考虑过，他是靠本事干出来的，短短20多年，解放军和武警的军装就换了四次，人生的轨迹几乎在西北部画了个圈。可眼下，转业成了他不可回避的人生大考，他感到了前所未有的压力。

生活往往就是这样，越想回避的话题，越绕不开去！可在部队，像他这样焦虑的人，又岂止他一个！韩钦宇惊异地发现，人在顺境时，你不会留意自己身边有多么的热闹，人在穷途时，你才会发现，在疲于奔命的这条道上，你绝对不是个独行者。眼下，韩钦宇所在的政治部，只有三个科，其余两个科长的任职时间都比他长，一个正忙着复习外语，准备参加职称考试，几乎是从头学起；另一个忙着钻研申论，准备参加公务员考试，都快赶上了范进中举。可两人乐此不疲，大有破釜沉舟的架势。这倒没啥，远在天边的老战友，此刻也与他同病相怜：退下来不甘心，往上走没可能，向外去没奔头。最让他焦心的是，近两年从身边转业到地方的战友，说起二次择业，犹如重生再造了一回。战友们的经历和体悟，韩钦宇又岂能无动于衷？

可韩钦宇哪里知道，自他刚调走，有位老领导就一直在找寻他。这天清晨，一个陌生的号码打了进来，对方直呼其名道："钦宇！是你吗？"韩钦宇听声音这么陌生，不由得警觉起来，那人见韩钦宇并不搭腔，便自报家门道："我是常副司令的秘书柳琪琛，今晚老部队战友聚会，邀请您参加。"晚宴在欢快的气氛中进行，席间，他给常副司令敬酒时，首长询问道："钦宇，你在那边咋样？"韩钦宇微笑着汇报说："挺好！"首长闻言追问道："究竟咋样？你可要说实话。"韩钦宇这才吐露了实情："这边什么都好，就是发展有些受限。"首长当即表态道："既然这样，那就干脆回来吧。"韩钦宇只当是随口说说，并未当真。

不几天，黄沁月突然打来电话，询问调动的事。韩钦宇惊讶之余，转念一想，调动的事八字还没一撇，便闪烁其词道："首长倒是有过这个意思，也许不过是说说而已……"不待韩钦宇说完，黄沁月便打断话头道："行啊，说说而已？你就瞒吧。"韩钦宇见黄沁月动了气，忙道："首长起初也真就那么一说，这不今天你要不打电话过来，我早把这件事给忘了。"黄沁月闻言更是不依不饶："首长这么大的领导，那可都是一言九鼎的人，岂会拿一个人的前程开玩笑？"见黄沁月兴师问罪的架势越来越猛，韩钦宇这才傻了眼，他真没想到首长会这般认真。黄沁月顿了顿，待气消了些才告诉他，武警那边几天前就启动了调动程序。临了，她向韩钦宇透露道："钦宇，此次武警准备调你到院校部工作，在这里你受委屈了，若真能过去，发展前景错不了。"

调动的事启动半年多了，却只闻楼梯响，不见人下来。他哪知道，胡少卿的保护伞此时也调到了总部，韩钦宇的调动必先过这关，这不直到常副司令亲自过问，这才松了手。可此时，新组建的部门已满编，常副司令只得将韩钦宇放到了分管的直属院校。可伸向韩钦宇的幕后黑手一刻也没有停歇。那年年底，韩钦宇已任满现职整整五年，尽管工作业绩十分突出，可职务依旧未能晋升，据说原因是调来时间短。不过这也没什么，在落寞的日子里，韩钦宇这下有了闲暇去整理《天山听莲》书稿，这部获奖作品集在次年夏季付梓。

连雨不知春去，一晴方觉夏深。仲夏时节，在家暑休的韩钦宇手机突然响了，来电是一个陌生的本地号码。接通电话，一个颇有磁性的男中音自报家门道："我是国防科工局新闻宣传中心丁书记，请问您是韩钦宇吗？"韩钦宇本能地做出了回应，他又道："钦宇，你的作品《天山听莲》我拜读了，我们中心新闻联络处有空缺，不知你可有意向？"不待韩钦宇表态，他又向韩钦宇抛出了诱人的条件："我们国防科工局是国务院下属的副部级单位，只要你肯转业过来，新闻联络处处长的位置正虚位以待，年薪30万！"

国防科工局开出的条件不可谓不诱人，韩钦宇此时是副团职科长，按常理转业到地方要降半格，而此次国家部委选调干部，他的职务不降反升，无异于连升两级。像这样可遇而不可求的美事，韩钦宇不能说不动心。当他在闲聊中了解到，国防科工局正在策划组织"神舟"飞船宣传，人手紧张时，他立马决定将选调的事暂放一边，利用假期先去义务帮忙。短短两星期，韩钦宇的为人和工作能力，颇受局领导赏识。韩钦宇考虑到职务晋升总卡不到点上，发展空间越来越小，便决心离开部队，为首长减轻负担。国防科工局局长听取汇报后，当即启动了国家部委选调干部程序。

选调工作一路绿灯，短短五天时间，韩钦宇便拿到了正式调函，由于事关重大，他和妻子苏雅专程找到副司令员当面汇报情况，首长闻言默不作声，半晌才道："钦宇，这件事不知你想清楚了没有？"苏雅担心钦宇面情太软坏了大事，抢先道："首长，这件事事关钦宇前程，我们全家都支持钦宇能抓住机会，还请首长多关照。"常副司令突然被苏雅将了一军，见已无挽回余地，他落寞地拿起了电话道："请帮我接学院李政委。"电话里很快传来李政委的声音："首长，我是李润兴，请指示。"常副司令顿了顿说："你们学院韩钦宇被国家国防科工局相中了，机会难得，请关照放行。"李润兴闻言立马急了眼："首长，韩钦宇可是个人才，我们正准备用他呢！"见首长默不作声，他立马又道："惜才当先取信于才，爱才当有爱才之道！首长的教诲不敢忘怀，指示坚决落实！"

事成当晚，韩钦宇却怎么也高兴不起来，他望着衣帽架上的军装辗转反侧、彻夜难眠，手足之情他难以割舍，知遇之恩岂能背弃，首长费尽心血耗去整整一年时间，才将自己调来，可自己屁股尚未坐热，又要抽身而去，于心何忍！调入学院，由于时间过短未能破格使用，但为发挥优势，领导两次为自己调整岗位、搭建平台。这一走，又岂能对得住学院领导的关心培养！想到这里，他拨通了李政委的电话，道："政委，我不走了！我舍不得朝夕相处的首长和战友！"李政委闻言，道："你当真不慕高薪、位置，决定继续留队？"不待回话，他又道："你赶紧将你的想法向首长汇报一下！"短信刚发出，首长回信："不走好！接着干！"结果自然皆大欢喜：年底，学院为他晋升了职务，正团命令刚宣布，一纸命令又调整他到机关任职，这无疑使他的工作更加得心应手。喜讯几乎是接踵而至，韩颖以骄人的成绩被剑桥大学录取，韩钦宇和苏雅没有太多的积蓄，黄沁月夫妇和爸妈慷慨解囊，使得韩颖终于圆梦剑桥！

　　翻过年，军队改革的号角吹响，部队落实编制，韩钦宇主动要求到基层历练一番，他感恩领导，不想让组织犯难。他的搭档是一位老机关，核心科室科长出身，懂基层会管理，可他却并不看好眼前这个岗位。他不止一次打趣道："咱这可是麦里沟的姐姐，越哭越倒回去了！一个团长守着几十号毛头小子，这不是明摆着抢连长的饭碗！"话虽不中听，可却是实情：他俩所在的单位是学院干部培训大队所属的学员队，大队是旅级单位，编制五个团级学员队，过去一直是用来培训预任大队长教导员，或是担负参谋干事轮训任务的。学员队编制七八十号人，队长政委虽配到了正团级，却不配副职或参谋干事。说是队领导，实际直接面对的是还没有走上干部岗位的分流学员。唯一稍能聊以自慰的是院校正在摸索中的模拟连制度，也就是将一个队分成两个连，各自完善其组织架构。学员队和学员连分别成立五人党支部，学员队党支部正副书记由队长政委担任，委员从两个连指导员和一名普通党员中产生。

　　学员队编制和组织架构的特殊性，别说军事干部出身的队长，就是有着丰富经历的韩钦宇有时也会忍俊不禁。刚上任那阵，看着几个毛头小子和自己一起议事，不免总感到有些滑稽。后来，他们算清了一笔账："这近百名学员，毕业后至少是中尉排长，相当于带了九个营、三个旅的基层干部。带好了，将影响到数以千计、万计的战士。"然而，理虽如此，可鞋大鞋小只有脚知道，队领导的岗位虽是团级，工作日两人都得在位，双休日两周才能轮一回，碰上搭档家里有事，个把月拴在岗位上是常有的事。在机关时怕应酬聚会，自下了基层，友谊的小船忙起来说翻就翻，不管感情多好、关系多铁，谁能架住个十请九不到呢？起初，韩钦宇还耐着性子解释半天，后来，也就懒得开口，一切随缘起来。在这些日子里，韩钦宇几乎将心思全用在了学员身上。不出一年，所带的学员队便跻身先进行列，队长还被评为十佳干部标兵。

　　"钦宇，你是不是又换岗位了？"熄灯号响起，忙忙碌碌的一天又结束了，韩钦宇拖着疲累的身躯歪在床上，这是他一天最清闲的时候。他像往常一样打开了微信，黄沁月的问候映入了眼帘，刚想回复，手指却像被蜂蜇了似的不听使唤。尽管韩钦宇坚信，自己眼下所处的岗位虽小，但所干的工作却很有意义，可毕竟从部门副职到学员队政委，虽是平调，但在世俗的眼里，好像吃了亏似的。其实，韩钦宇的心思黄沁月岂能不懂，两人虽同处在一座城市，可一年难得见上一面，有时连电话都越打越少，后来微信几乎成了维系感情的唯一纽带，也成为彼此了解情况的唯一渠道。这不，军改刚有消息，韩钦宇就看到了黄沁月转发的署名文章——《军队改革需要八种人》。韩钦宇点赞之余，真心替黄沁月感到高兴。是啊！像黄沁月这样年轻有为的高才生，无疑会成为军改中的幸运者与弄潮儿！

　　改革浪潮下，韩钦宇的身影也始终没有淡出黄沁月的视线。韩钦宇探索学员队在培养人才中的地位及作用，总结推广的依靠模拟任职提升学员任职能力、学员队的育才观等经验做法，相继在媒体刊发后，黄沁月就觉察到了他的岗位变动。后来，黄沁月还留意到，韩钦宇所带的学员队捐资助学贫困山区、为敬老院奉献爱心的事迹也被媒体刊播，不过采写对象是他所带的学员连干部，一个叫黄佳琪，一个叫刘建。尽管黄沁月觉得韩钦宇是干实事、有爱心的人，岗位变换无可厚非，可细想还是颇费思量。韩钦宇愣了半天神，好不容易才憋出了一条短信："基层挺好的，跟年轻人在一起，觉得自己都年轻了，你最近好吗？"短信发出，韩钦宇这才发觉后边那句问话有些多余。前些天，韩钦宇回家轮休时，苏雅说起过黄沁月单位改革的事。听说岗位压减得很厉害，不过好像有领导找黄沁月谈过，要将她定岗定编到核心部门。可没过几天，黄沁月似乎又被告知做好两手准备：要么编余，要么到直属单位去。

韩钦宇等了半宿，也没等到黄沁月的回复，一觉醒来，他猛地意识到自己触碰到了黄沁月的痛处。眼瞅着就到了年根，他和苏雅一腾开空，便心急火燎地去看望黄沁月。暂时尚未定岗、几乎赋闲在家的黄沁月，失去了往日的神采，素面朝天、眼神黯淡，整个人都快脱了形。韩钦宇心里明白，黄沁月是个事业型的女人，可谓巾帼不让须眉，眼下她空有满腹经纶、一腔热血，真要将她编余，或是给不了好的展示平台，这简直比杀了她还要残酷！韩钦宇本想安慰几句，可事情的来龙去脉没搞清楚，有话怕也说不到点子上。要说还是苏雅善解人意，僵局很快被打破，姊妹俩家长里短聊了起来，韩钦宇支棱着耳朵聆听着，总算把前因后果弄明白了，他感激地看了一眼苏雅，心说："好你个老婆大人，套人的话滴水不漏，话被套光了都不知道咋没的。"苏雅会意地看了一眼韩钦宇，似乎在说："我都把情况给打问清楚了，剩下开导人的事就看你的了！"

韩钦宇逮住机会道："沁月，你前程的事，我帮你琢磨了，定有好岗位等着你……"不等把话说完，黄沁月怔怔地看着韩钦宇，苦笑道："我都编余了，你就别拿我寻开心了！"韩钦宇笑了笑，道："沁月，我先问你，起初领导是不是准备将你放到新组建的要害部门、要害岗位？"见黄沁月不置可否，他接着道："很快领导就变了说法，但这不打紧，你看你们单位有四个女干部，都没你这么能干，如果不先给她们找好去处，那改革还怎么进行下去？"黄沁月闻言眼神亮了一下，立马又黯淡了下去，她焦虑地追问道："我和她们一样都是女干部，她们都走了，你说我还能留得住吗？"韩钦宇闻听此话，心里立马就乐了："沁月啊沁月，亏你还是女博士呢，在关乎前程的问题上，智商怎么会降成这样？不过也是，人在事中迷嘛！"他定了定神，回应道："沁月，你看她们几个可都盯着你呢，你就是再能干，领导再想用你，可她们的问题还没解决，你的岗位怎么可能定得下来？"见黄沁月将信将疑，韩钦宇接着道："我帮你想过了，这几位女干部的前程要想尘埃落定，大概还得三四个月，你的事，少说还得半年！"这天晚上，韩钦宇使尽了浑身解数，总算将黄沁月心头的愁云驱散了一些。此后半年多的日子里，黄沁月电话不接、短信不回、微信不刷，犹如从人间蒸发了一般。这天，韩钦宇突然收到了黄沁月发来的一则微信，微信只有一个核心部门的名称。这份久盼方至的喜讯，让韩钦宇几乎喜极而泣，是的！这则喜讯，不仅使他看到了知己的前程，还有由此传递出的军队改革的走向！

两度春秋弹指而过，眼瞅着韩钦宇马上到线，有人劝他道："军改要的是德才兼备的人，前边中央打虎拍蝇，该抓的抓该关的关，好人扬眉吐气的日子到了，趁着这好时候多干几年啊。"可韩钦宇却认为，铁打的营盘流水的兵，老人不走新人怎么能上得来，眼下只是舍不下这身军装，舍不下火热的军营罢了。苏雅担心他这些年太累，身体透支太多，便说："孩子已出国深造，退下来安心休养休养，顺带操持些家务，多过几年舒心的日子。"韩钦宇笑道："你这想法合我心意，可退下来也不能闲待着，你看我这人一闲就生病，就生事！"苏雅打趣道："你说人咋就这么矛盾，忙得要死要活的时候受不了，一旦真闲下来，又觉得不自在！不过你退下来了，还可以接着去做慈善，边疆那么多失学儿童，有你忙的。"韩钦宇闻言道："谁说不是呢，有事做多好啊，尤其是做自己喜欢的事！"见妻子有同感，他又若有所思道："女人嫁给男人，男人嫁给事业，你们女人的心思用在男人身上，我们男人不也得像你们一样，伺候好自己的丈夫！"苏雅一听，不由得乐了，她笑道："你少贫嘴，你那么爱你的事业，干脆和她结婚算了，还要我们娘俩干吗？"韩钦宇心头不由得为之一震，怔怔道："你还别说，如果真有一天，你的丈夫和我的丈夫之间发生了矛盾，而我难以取舍，或是取舍错了，你可不要伤心，我这也是为爱而殉情的，你得为我唱最动听的挽歌，你的歌声将会伴我飞向天堂！"

　　人生没有剧本，生活没有彩排。谁能想到，他俩的对白，却成了例外，韩钦宇的话更是一语成谶！刚刚离开部队的那段日子，韩钦宇一心捐资助学、情牵养老，每天都忙得脚不沾地，苏雅一有空，便给他搭把手，充实的生活、美好的憧憬，使得他们犹如走进了天堂一般！韩钦宇心里明白，眼下，随着老龄化社会的到来，两个孩子要负担起四个乃至八个老人的养老重任，养老院作为传统养老方式，虽不可或缺，可老人们的养老质量却很难提升，情感上的孤独很难消解，组团养老无疑是一个很好的发展趋势。他的想法亲友们认同，黄沁月夫妇更是如此。稍有闲暇，他们便和苏雅一起盘算着组团养老的事，将步入老龄后的日子描摹得那般精彩动人。他们甚至相约待退休下来，找一处僻静清幽的地儿，盖几间青砖瓦房，过段闲云野鹤的日子……可这人神共妒的日子，他们没能盼到，韩钦宇忙得连声再见都没顾得上说，竟失足坠崖，成了帕米尔高原一缕不朽的精魂，留给亲朋好友的只有那令人为之心碎的背影……

　　那是入冬前的一个清晨，韩钦宇和几名志愿者一道，忙着给两所春蕾学校运送过冬物资。由于学校地处帕米尔高原腹地的半山腰上，山高坡陡，道路崎岖，车辆无法通行，他们在一名向导的指引下，赶着骡子，驮着东西向山上艰难地攀爬。时近中午，一场不期而至的暴风雪袭击了帕米尔高原，一头母骡路滑失足，眼瞅着就连同牵着缰绳的向导一起跌入悬崖，韩钦宇眼疾手快，一个箭步冲了上去便将向导推开，自己却被缰绳缠住，被骡子带下了深渊。由于山高谷深，搜救队寻遍了冰山雪谷，仍未找到韩钦宇的遗体。

噩耗传来，苏雅当即昏死过去。一连几天，她以泪洗面，滴水不进。黄沁月和自己的爱人闻讯赶来，陪着苏雅一起为韩钦宇守灵。在亲情抚慰下，苏雅渐渐缓了过来，她感到自己一定是做了场噩梦，等梦醒了，钦宇就会回来。她喃喃地对黄沁月说："钦宇啊，你就是个骗子，眨眼间你就转身去了天堂，却留下孤独的我，用一辈子去等你。这世上如果只有两个人多好，我一定把你欺负得哭不出来，好让你把你欠我的都给我还回来！"黄沁月闻言不由得泪湿衣襟，她本想劝慰几句，可她感到心一阵阵地发疼，嗓子也堵得喘不上气来，只得默默陪着苏雅一起流泪。是啊！上穷碧落下黄泉，两处茫茫皆不见。每个人的心底，都有一座坟墓，是用来埋葬所爱的人的！钦宇，你永远看不见我眼里的泪，因为只有你不在时我才哭泣。钦宇，你真的好狠心，不是说好了我们要一起相跟着慢慢变老，可你连声招呼都不打，竟抛下我们自顾自地走了。好！算你狠！你走，我不送，如若再见，无论多大风雨我都去接你！

刚刚回家奔丧的韩颖，此刻守在父亲的灵前，已哭成了泪人。父亲音容宛在，往事历历在目。是啊！小时候画在手上的表没有动，却带走了我们最美好的时光。她觉得自己有太多太多的话要和父亲去说，可她总是感到，父亲和自己都很忙，今后的日子还长着呢，有时倒是两个人都有空，可总是因为自己不谙世事，和父亲打肚皮官司。是啊！所有的痴恋都一样，当事人认为伟大，旁观者却认为傻气。不过，父亲的这一生算是值了，他的情感故事是那般的清新温婉，可歌可泣，算得上是爱的孤本了！

是啊！大爱无语，至爱无求！父亲您说得对，可我还是好想问您一声："父亲啊，您真的看到过人活着难以看到的天堂了吗？"